U0071121

中國現代文學的觀念與方法

陳國恩 著

目　次

第三輯 批評及方法

第四輯 書評與序跋

附錄

第一輯

現代文學觀念

中國現代文學的
學科獨立與「雙翼」舞動

　　中國現當代文學（下文統稱中國現代文學）作為一個獨立的學科，當下正處在重要的調整時期，其範圍涉及學科的內涵和外延。其實，各種新的現代文學史構想，都冠以「現代」名稱，這說明大家都是在現代文學學科範圍內思考問題，都有意把這個學科與中國古代文學學科區別開來，都致力於這個學科的發展。因而，本文的討論也就著眼於這些新的構想對於中國現代文學學科存在和發展可能造成的影響方面。

一、「現代性」的歧義

　　中國現代文學學科成立的基礎，是它的現代性。可是現在引起爭議的源頭，是現代性並非單數，而是複數，即是說存在著不同的「現代性」。

　　這個學科創建時，是以新民主主義文學史觀為基礎的，這相應地規定了中國現代文學的反帝反封建的內容和白話的形式。也就是說，中國現代文學的內涵是反帝反封建的內容加白話形式，它的外延則又是由這一內涵規定的，其中包括它的一九一七年至一九四九年的時限。新民主主義的現代性，實質是政治革命所追求的現代性。它的基本內容，是要通過社會政治革命，實現現代民族國家的重建，

從而為生產力的解放開闢道路。這一理論，規範了政治革命的複雜運作方式，涉及這一革命的所有方面，其中也包括文學與政治的關係。

新民主主義所規範的中國現代文學史，無法避開文學從屬於政治這一特點，因而按照這種理論建構起來的中國現代文學史，強調政治（無產階級政治）標準的優先地位，文學的意義只能從它能不能適應並完成這一政治革命所提出的任務上來衡量，文學自身的特點和規律性難以得到應有的尊重，這影響了文學史對作家作品的評價和選擇。更為嚴重的是，後來一度指導中國現代文學史撰寫的是在新民主主義理論基礎上發展起來的無產階級專政下繼續革命的理論。這幾乎窒息了中國現代文學史的生氣，一部中國現代文學史，差不多成了中國「左」的政治理論的注腳。

上個世紀八〇年代初，由於政治的轉折，新民主主義文學史觀被啟蒙主義文學史觀所取代。啟蒙主義關注的首先是人的現代性，它要通過人的現代性和人的思想觀念現代化，達成社會政治、經濟、文化現代化的目標，而不是像新民主主義那樣側重於通過社會制度的革命性改造來解決人的現代性問題，後者實質上是把人的現代性理解為隨著社會制度現代化可以自然解決的問題，而這在實踐中已被證明是一種不切實際的幻想。

以這種啟蒙現代性的觀念來改寫中國現代文學史，眾所周知，給中國現代文學史帶來了重大的變化。比如評價文學的標準完全不同了，不再以文學完成政治革命的任務作為價值尺度，而是以文學承擔思想啟蒙使命作為評價的標準。對一系列文學現象的評價也隨之發生了變化，尤其是對魯迅創作價值的認定，對左翼文學的評價，與原來新民主主義文學史觀指導下的文學史有了明顯的不同。現代文學發展的圖景也不再呈現為從新民主主義文學到社會主義文學的不斷進步的模式，而是認為中間經歷了曲折，到新時期才接上五四傳統，文學才又迎來了繁榮。可以說，這是一種新版的中國現代文學史。

從新民主主義文學史觀到啟蒙主義文學史觀的發展，意味著淡化了文學史中的政治革命因素，這與上個世紀八〇年代中期開始的「告別革命」的時勢是相吻合的。改革開放，在政治上的主要問題是如何清理「左」的政治觀念對經濟發展的阻礙，所以需要對革命及其遺產進行新的闡釋。一個基本的方法，就是把革命的合理性置於更具普遍意義的基礎上，把它解釋成為一種「時代的潮流」，賦予它「民族精神」的特質。總之，是淡化其階級鬥爭的色彩，增加一些人性的因素，使之能夠為當前世俗化社會的一般民眾所容易接受。

從這種變化中，我們已經強烈地感受到了由經濟變革所帶動的世俗化潮流對人的思想觀念的強大影響力。這種影響力，也滲透進了中國現代文學學科。它的一個表現，就是用世俗現代性和啟蒙現代性的雙重標準來建構更新版的中國現代文學史。

世俗現代性，是經過現代化包裝的世俗觀念，具有平民化的特色。它與革命現代性的鬥爭哲學隔了一層，與啟蒙現代性的人性批判也有重大差異。它關注的是日常生活，考慮的是如何借助高科技手段，在經濟發展的基礎上讓生活更具樂趣，使人的慾望獲得充分釋放。在世俗現代性中，一切外在的社會禁忌或使命，無論是以革命的名義還是以啟蒙的名義，都暫且放置一邊，活著，並且活好，成了最緊要的事。現代傳媒對於世俗化思潮的興起無疑起到了極為重要的推動作用，比如它製造了一個個狂歡的盛宴，用鋪天蓋地的廣告誘發人的消費慾望，營造了一個慾望化的環境。在這樣的環境中，一些作家把文學當作展示慾望的手段，直接參與了消費主義的大合唱。這樣的現代性，看似前衛，其內質卻是較為傳統的，反映的是人性中帶有普遍性的慾望滿足。相比革命現代性的強調階級覺悟，啟蒙現代性的強調個人獨立和權利，慾望是更具普遍意義的，是為不同時代人所共有的，因而也是超時代的。世俗現代性可以因為加入了時尚的內容顯得十分前衛，可是它的內質卻是可以為不同

的時代所共有。比如《金瓶梅》所展示的慾望，晚清的《海上花列傳》所展示的慾望，和《上海寶貝》所展示的慾望，在表現人性的原始一面上，其實並沒有多大的兩樣，反映的都是一個古老的主題，可以說是一脈相承的。

由這種與時代聯繫不那麼緊密的世俗現代性（其實就是世俗觀念）參與本來由啟蒙現代性主導的中國現代文學史建構，必然地會給中國現代文學學科帶來深刻的變動，這種變動會比啟蒙現代性取代新民主主義觀念給現代文學史所帶來的變動更大。它把文學與慾望的表現聯繫在一起，強調文學面向市民的娛樂消費的功能，所以又必然會要求把通俗文學，包括晚清通俗文學納入中國現代文學史，從而突破了中國現代文學的五四上限。

當然，很少有人主張以世俗現代性全面取代啟蒙現代性來建構中國現代文學史（現代通俗文學史除外），因為我們畢竟抹殺不了啟蒙現代性對中國現代歷史、對中國現代文學的重大影響，也不能輕率地低估體現了啟蒙現代性精神的知識精英文學的價值。知識精英文學，一般地說，代表了民族文學的最高成就。現在的問題只是世俗現代性要參與到中國現代文學史中，並且受矯枉過正的歷史辯證法的影響，現在事實上存在著一種抬高世俗現代性地位的傾向。這從其主導方面說，體現了一種合理的反撥，是對過去相當長時期裡片面否定世俗現代性、否定通俗文學價值的一種校正，但它所帶來的問題，似乎也應該引起我們的重視。

二、突破五四上限的「陷阱」

由於世俗現代性是經過現代性包裝的慾望、正義、價值和知識，當它參與中國現代文學史建構時，如上所言，會突破現代文學

的五四上限。啟蒙主義文學史觀與新民主主義文學史觀之間，雖然存在重大分歧，但在認同「五四」作為新文學歷史起點這一根本問題上，卻是意見一致的。這有助於解釋，為什麼啟蒙主義文學史觀取代新民主主義文學史觀以後，儘管對許多具體的文學現象的評價發生了變化，但學科的基本結構卻沒有變動：中國現代文學還是被認為是發端於五四文學革命的新文學，革命（思想革命和文學革命）仍舊被認為是推動文學進步的力量。而世俗現代性所建構的現代文學，明顯地告別了「革命」的價值觀，降低了「五四」對於新文學發生的意義。

「告別革命」的口號，最早是由李澤厚在一九九五年出版的《告別革命》一書中提出的。他在與劉再復的對談中說，革命是激情有餘而理性不足，因而要改良，不要革命。李澤厚的「告別」論，使革命歷史無法從其自身的連續性上得到闡釋，會造成革命傳統（正統）的斷裂，所以沒能得到主流的認可。但主流社會自身其實也循著從革命到改革的方向調整策略。於是，我們看到革命的傳統雖然沒有中斷，但對革命的闡釋卻發生了重大變化，革命的意義更多地被解釋成為現在民眾容易接受的形式。經過這樣的闡釋，原初與傳統完全對立意義上的「革命」已經變成與傳統達成了妥協甚至和解的「革命」，其內涵和基本的精神都發生了重要變化。這種變化，有它深刻的背景，實際上是反映了基於經濟繁榮和科技進步的世俗化潮流的興起，反映了中國中產階級力量的壯大和市民的社會地位的提升。換句時髦的話說，就是反映了後現代（後革命時代）的時尚。在這樣的時尚中，降低五四文學革命的歷史意義，從而為中國現代文學史突破五四上限、包容晚清的通俗文學創造了條件。它的積極方面，是使人們認識到五四新文學不是無緣無故的，而是有前緣的，其源頭之一就是晚清文學。在長期忽視晚清文學價值的時候，這有一種提醒和反撥的作用。

　　不過，如果反撥過度，對世俗現代性與啟蒙現代性的關係處理不當，甚至把兩者對立起來，或者脫離中國社會變革的特點，挪用西方現代性發展的模式，以世俗現代性取代啟蒙現代性，那它對中國現代文學學科所帶來的問題可能會比它所解決的更多，也更嚴重。

　　它所帶來的問題主要有兩個方面。先說第一個方面，即它有可能解構中國現代文學作為一個獨立學科存在的基礎。

　　中國現代文學為什麼能作為一個獨立的學科而存在？無非是它的對象是現代文學，其性質與中國古代文學有著本質性差異，因而研究這種現代性文學的學科也就自成一個體系。可是人們會進一步追問：這種用來區別中國現代文學與中國古代文學的現代性標準又是什麼？如果僅從理論上加以說明，可以強調它的反封建性，它的白話形式，總之是著眼於它的現代的意識形態和現代的語言形式，雖然要從理論上徹底地解決這個問題也不容易，但至少可以給出一條理論的邊界，提出一個明確的標準。可是，如果要把這個標準落實到文學史中去，問題就更複雜了。僅以現在一般所認可的反封建的內容和白話的形式這兩條來說，就不容易明確地在文學史中指認落實。因為要在中國古代文學中找出一些反封建的思想因素和叛逆激情，非常容易；白話的流行也早已開始，即使是現代的白話，其實也在五四之前的白話報紙中廣泛地使用。所以中國古代文學與現代文學的歷史分界點，即使有了明確標準，也只能看歷史的大勢，著眼於這個點是不是足以代表文學史的重大轉折。稍為具體地說，一是看它變革的力度是不是足夠大，大到足以代表一個嶄新文學時代的開始；二是看這種變革是不是擁有系統的理論，倡導者是不是自覺地運用這套理論加以推動；三是看它對後來的影響，即此後的文學發展是不是以它為基礎，前後保持了直接的聯繫？

　　按照這樣的標準，在中國近代以來的文學發展中，有資格充當現代文學發生標誌的大致有：鴉片戰爭，洋務運動，維新運動，「小

說界革命」和「文界革命」，辛亥革命，新文化運動和五四文學革命。在這些重大事件中，與文學關係密切，而且影響重大而深遠的，還是大家所公認的新文化運動和五四文學革命。因為新文化運動和五四文學革命，是現代文學的先驅者自覺地針對中國傳統文化和古代文學而發動的，它標誌著現代性的「文的自覺」時代的到來。它提出的一套系統理論，產生了重大影響，以致有一種「歷史斷裂」的感覺，而此後的新文學發展又是直接以它為源頭的。因此相比較而言，五四文學革命最有資格充當中國現代文學與中國古代文學歷史分界的標誌。當然，這已是老生常談了。可老生常談並不是沒有道理。要突破「老生常談」，還須十分謹慎。如果沒有經過縝密的通盤考慮而簡單否定「老生常談」，或會造成混亂。比如突破「五四」上限，把中國現代文學的起點追溯到晚清，甚至確定為晚清的某一部作品，就面臨著這樣的危險：它看似創新了學科格局，可是最終會落入一個邏輯的「陷阱」，導致中國現代文學學科的解構。

　　依附於一個有生命力的民族之上的文化傳統，原是一條不間斷的歷史長河。它可以突變，但不會完全斷裂，新的傳統不會與此前傳統毫無關係。所以要在五四文學與晚清文學之間找出前後的聯繫，是非常容易的。如果這可以成為中國現代文學開始於晚清的理由，那麼我們可以按同樣的邏輯，把這個起點進一步推向晚明。周作人就曾明確提出新文學的源頭在晚明，因為要在晚明文學中找出一些晚清「起點」論者所看重的「慾望、正義、價值和知識」，也太容易了。晚明的資本主義經濟萌芽，晚明發達的出版業，晚明的名士風度，晚明的慾望敘事，僅就其與此前的社會和文學傳統的差異而言，按晚清「起點」論的標準，哪一點不可以作為現代文學發生的依據？而問題還在於，按此邏輯，我們還可以把「新」文學的發生標誌進一步向前推，一路推向唐宋，推向兩漢和先秦。因為僅僅從歷史連續性的角度看問題，要在中國古代文學史上找到一點現

代性的思想情感元素和類似現代敘事技巧的因素也並非難事。換言之，按晚清「起點」論的邏輯，晚清的「被壓抑的現代性」，如果不從總體性著眼，僅僅從某一方面看，照樣可以從遠比晚清早的時代找到，比如《紅樓夢》的愛情觀，《孔雀東南飛》的懺悔意識，甚至詩經裡的愛情體驗，這些作品所表達的都是共同人性，與現代人的人性是相通的，我們能因為它與現代人的人性相通而拿來作為現代文學發生的依據？

於是，問題實際上回到了應該如何看待民族文化傳統和文學傳統的前後聯繫和發展的階段性差異之間的關係。為了方便起見，我把我以前一篇文章中的有關意見引述在下面：

　　蘇軾在〈前赤壁賦〉中說過一句很有意思的話，他說：「蓋將自其變者而觀之，則天地曾不能以一瞬；自其不變者而觀之，則物與我皆無盡也。」他的意思是說考察宇宙人生這樣的對象，重要的是你採取什麼樣的態度；從變化的角度看，天地是變動不居的，從不變的角度看，則物我皆是無盡的。我認為，考察像五四文學革命這樣的重大事件，重要的也是你採取什麼樣的基本態度。如果從不變的角度視之，當可發現它與傳統的歷史聯繫，因為歷史本來就是線性的、連續的；如果從變化的角度來考察，則又可以發現它與古典文學及其傳統的巨大差異。於是，問題回到了到底應該從變化的方面還是從不變的方面來評價五四文學革命。這個問題的答案，其實取決於目的。有兩個目的：一是要證明五四文學革命與傳統的聯繫，二是要證明五四文學革命與傳統的對立。這兩個命題都是可以證明的，因為它們從不同的方面反映了五四文學革命與傳統既有聯繫又有對立的真實。而問題在於，這兩個有待證明、並且可以證明的命題，其重要性有沒

9

> 有等級差異？回答應該是肯定的。因為五四文學革命與傳統
> 的聯繫是隱性的，是通過傳統自身的延續性得以實現的，是
> 通過作家所受的民族文化的薰陶得以保證並體現出來的，而
> 五四文學革命與傳統的對立則是文學革命的先驅者所自覺
> 追求的結果。[1]

　　我的意思是說，我們不能無視五四文學與晚清文學的歷史聯繫，但更要重視五四文學相對於晚清文學的新變。說到底，晚清文學的價值，要通過五四文學的更為成熟的新形式表現出來，而此後的新文學顯然是直接在五四文學基礎上發展起來的。比如，晚清通俗文學普遍存在的反對寡婦再嫁、崇尚孝道等觀念，遭到了五四作家的批判，而此後文學的發展，明顯地是與五四文學保持一致的。

　　現在話題又要回到這一節標題所提出的問題上，即邏輯的「陷阱」。我認為，如果僅僅依據文學史前後階段之間的聯繫，發現五四文學有晚清文學這一個前緣，就斷定現代文學的開端在晚清，甚至找到晚清的某一部作品，如《海上花列傳》，作為現代文學發生的標誌，抹殺了五四文學與晚清文學更為本質的差異性，那末如前所言，按同樣的邏輯可以把這個起點一路向前推，中國現代文學也就失去了它作為一個獨立學科存在的基礎，它只能與先秦文學、兩漢文學、南北朝文學、元明清文學並列在一起，成為一個斷代的文學，成為「民國文學」和「共和國文學」，而不再是一種區別於古代文學並與古代文學相對稱的「現代文學」了。

1　陳國恩：〈文學革命：新文學歷史的原點〉，《社會科學輯刊》2007 年第
　　1 期。

三、「雙翼」的舞動

以世俗現代性取代啟蒙現代性，作為確定中國現代文學起點的理論依據所帶來的第二方面的問題，是它可能造成處理通俗文學與知識精英文學關係的困難。

通俗文學與知識精英文學，嚴格意義上說，是既有聯繫又相對獨立的兩個不同的文學系統。范伯群先生對此有很好的闡述，他說：「中國現代通俗文學在時序的發展上，在源流的承傳上，在服務對象的側重點上，在作用與功能上，均與知識精英文學有所差異。如果不看到這一點，那麼中國現代通俗文學的特點也就會被抹殺，它就只能作為一個『附庸』存在於中國現代文學史中，這就不能科學地還中國現代文學以歷史全貌。」[2] 我讀范先生的大作後的一點感想是，如果看不到通俗文學與知識精英文學兩者的聯繫，即在同一個時代語境中產生的體現了不同文化傾向的兩種文學思潮，它們之間與這個大時代，或換一種說法，與中國近代以來所追求的現代性目標的聯繫，就有可能把體現了民間趣味的通俗文學排除在現代文學史的視野之外，忽視乃至抹殺它們對於知識精英文學的推進作用；但如果看不到兩者的區別，除了范先生文中所指出的那種令人擔憂的可能性外，我還擔心有另外一種可能性，即可能倒過來以通俗文學的規則取代現代精英文學的規則，從而徹底顛覆和解構現在的中國現代文學史的規範和構架。范先生是一個嚴謹的學者，他解決這一問題的方法，是先把現代通俗文學的問題放到現代

---

[2] 范伯群：《插圖本中國現代通俗文學史》，北京大學出版社 2007 年版，第 1 頁。

通俗文學的範圍裡來談，把現代精英話語建構的文學作為現代精英文學的問題來對待，沒有把兩者混同，然後再來考慮怎樣把兩者整合起來問題。他說，先把通俗文學「作為一個獨立自足的體系進行全面的研究，在此基礎上再將它整合到中國現代文學史的『大家庭』中去」，他把這項整合的工作稱為通俗文學研究的第二道工序，作為一項有待完成的任務提了出來。[3]

那麼，如何著手這第二道工序並把它完成呢？我在讀了范先生的《插圖本中國現代通俗史後》後寫了一點心得，其中說到：

> 這第二道「工序」，顯然需要根據時代發展進行理論上的創新，對價值座標加以適當調整，而不能簡單地改變歷史的判斷，造成歷史敘事的新的混亂甚至更為嚴重的斷裂。這其中，當然包含了許多很有意味的問題，比如通俗文學所體現的世俗現代性與五四文學所體現的啟蒙現代性是一種什麼樣的關係，它們分別對後來產生了怎樣的影響，如何評價兩者的影響力？又如，二十世紀初的通俗文學所體現的世俗現代性與二十世紀末的世俗化思潮中的文學的現代性是一種什麼樣的關係，而後者與五四的啟蒙精神的關係又應怎樣理解？五四新文學批判通俗文學的正當性在哪裡，五四新文學又為什麼吸收了先於它的通俗文學的藝術因素，而這種從通俗文學中借鑒藝術經驗而推動了新文學發展的現象後來又出現過，甚至像張愛玲那樣真正把兩者融為一體而取得了成功，這又應如何解釋？五四新文學受益於通俗文學流行的背景，是不是就應該把中國現代文學的上限整體地向前推移，

---

[3]　范伯群：《插圖本中國現代通俗文學史》，北京大學出版社 2007 年版，第 1 頁。

不向前推移就難以說明五四新文學與二十世紀初的通俗文學的歷史關聯了嗎？中國現代通俗文學與中國知識精英所建構的文學作為一體的兩翼，是如何雙翼舞動飛翔起來的，也即是如何相互促進，在矛盾互動中共同推進了中國現代文學的發展？這些問題都是值得深入細緻地研究的，而它們又都是從范伯群先生等人的通俗文學研究中所提出來的新問題。僅這一點，也足以顯示范伯群先生這部新書的重要意義。

　　上述問題，需要做專題性的研究，不是本文所能解決的。但有一點我想應該強調，在中國語境中，世俗現代性雖是現代性的一種形態，但它有跨越不同時代的普遍性一面，包含了較多的民間的和傳統的觀念，與古代的傳統容易取得諒解和妥協，而啟蒙現代性則具有鮮明的時代性，因為它是直接針對中國古代傳統的缺陷提出來的，是直接反傳統的，因而完全是一種現代的意識形態，而且因其重視人而貼近文學的審美本質。對於現代中國社會來說，或者從中國歷史的未來發展角度看，世俗現代性可能會經不斷的改造，以新的形態延續下去，甚至演繹得更加有聲有色，勢不可擋，而啟蒙現代性卻會在啟蒙的使命完成後退出現實的舞臺，成為一種思想史的遺產。可是不要忘了，未來社會可能存在的那種世俗現代性，一定是在其世俗外表裡包含了更為前衛的時代內容，而啟蒙現代性的精神則會在這些前衛的時代內容中體現出來，成為其靈魂。任何現代意義上的世俗生活，花樣可以翻新，但最終都離不開啟蒙現代性所規定的人的獨立自由精神，人的基本權利的保障。離開了啟蒙現代性所規定的人的獨立自由精神和人的基本權利，世俗現代性就會退化為古代世俗生活的情調和樣式，失去其現代的特性。因此，我們在把握世俗現代性與啟蒙現代性對於中國現代社會發展的意義，對於中國現代文學發生的意義時，要在相對地更具有現代特色的啟蒙

現代性基礎上來整合世俗現代性的豐富內容,而又從世俗現代性的更接近民間和傳統的意義上來發掘其資源,從而推進啟蒙現代性的民族形態的形成。

對此,范伯群先生曾用了一個形象化的表述:「一體兩翼」。「一體」,是指中國現代文學,它顯然是一種與中國古代文學相對應的現代的文學,我想應該是以最具現代特性的啟蒙現代性作為它的思想基礎,因而中國現代文學的「五四」上限不宜突破。「兩翼」,是指通俗文學與知識精英文學,意思是中國現代文學少不了這兩個方面;少了其中的任何一個方面,中國現代文學就是不完整的。我想這「兩翼」的共存依據,就是世俗現代性和啟蒙現代性在中國語境中的纏繞關係。具體地說,晚清的世俗現代性是中國啟蒙思想產生的一個文化背景,甚至是中國啟蒙現代性的源頭之一,但它的現代性意義,則要到五四時期更為廣泛、更為深入的啟蒙運動和文學革命發生時才充分地呈現出來,雖然它的一部分內容被五四啟蒙運動壓抑了。因此,可以把晚清通俗文學視為五四新文學的一個前奏(梁啟超發動的文學改良運動也是中國現代文學的一個重要前奏),並從世俗現代性與啟蒙現代的矛盾互補關係上說明五四文學革命先驅對它的批判。這種批判明顯地是出於思想啟蒙的時代需要,但其批判本身不應成為抹殺通俗文學中所包含的世俗現代性價值的理由,因為它原是另一種形態的現代性,雖然它中間含有啟蒙主義者很難接受的一些傳統的因素。

「一體兩翼」,一個更為重要的問題,還在於這兩翼是如何舞動起來的。這又是一個須做專門研究的問題,但我想其中的重要一點,是不能僅僅停留在以「舊派文學」的名義在文學史中為其保留一個章節的位置,讓它孤獨地漂浮在「文學史」的海洋上;更不是以通俗文學和精英文學的各自標準相互否定,即用通俗文學的標準嘲笑精英文學的脫離市民大眾口味,甚至一度成了直接表達思想的

工具，反過來也不能以精英文學的標準指責通俗文學的缺乏思想衝擊力度和時代特色，貶低乃至抹殺通俗文學的特有價值。我們需要超越雅俗對立的思維模式，從通俗文學與知識精英文學的矛盾互動中說明這兩翼的舞動，也即是說要在承認它們存在差異乃至矛盾的基礎上，深入考察並清晰闡明知識精英文學是如何吸收通俗文學的觀念和藝術技巧，從而豐富和充實了自身的風格，而通俗文學又如何在知識精英文學的壓力下追隨時代腳步提升了自身的思想藝術，回應了嚴肅的人生挑戰，從而進一步顯示出現代的意義，以至後來產生了像張愛玲這樣兼具通俗性和精英特色的成功的文學家，又產生了像金庸那樣深受現代讀者歡迎的可以雅俗共賞的通俗文學大家。這樣，也許我們真可以寫出一部更有新意的中國現代文學史，實現「雙翼舞動」的夢想。

四、「現代」的價值與「現代」的時間

　　隨著市場經濟改革的深入和全球範圍內文明衝突的加劇，中國大陸自上個世紀九〇年代以後興起了一股新保守主義的思潮。在這一思潮帶動下，激進主義的革命價值觀逐漸為注重利益關係協調的溫和的改革所取代，並開始了對激進革命歷史的反思。反思的內容之一，是開始對傳統文化進行重新評價，改變了激進革命時期徹底否定傳統文化的態度，甚至有點矯枉過正地反轉過來張揚傳統文化，其意當然是為了向內凝聚人心，對外抵抗西方文化的霸權。從某種意義上說，新文化運動和五四文學革命受到質疑，或者超越五四文學革命尋找現代文學新的起點，都是反映了這樣一種新保守主義思潮興起的趨勢。而主張把現代作家創作的古典詩詞也納入中國現代文學史的觀點，同樣地是在這一背景下提出來的。

中國現代文學學科創建者一代，都是反對把現代作家創作的古典詩詞納入現代文學史的。我不想具體討論現代作家的古典詩詞應不應該進入現代文學史，我所關心的是這一主張背後的文學史觀念，這一觀念認為中國現代文學事實上應該是「現代中國文學」。概念中「現代」一詞位置的變化，包含著重要的含義，它是強調我們現在所說的現代文學史，應該是「現代中國」這一歷史時期所有文學都包括進來的文學史，「現代」僅僅是一個時間概念，而不是價值的標準。這實際上是說，中國現代文學不應該過分強調它是一種新的文學，而只是現代時期文學的一個總稱。這樣的文學史觀，不僅為通俗文學進入現代文學史提供了依據，而且也為現代作家創作的古典詩詞進入現代文學史，甚至為現代作家的文言作品進入現代文學史提供了依據。

放棄對現代文學的現代性價值的堅守，這原是「後革命」時期降低激進主義價值觀的歷史地位乃至取消它合法性的一種嘗試，它反映了一種擴大主體自由的價值取向，換一種時髦的說法，就是體現了一種取消意識形態等級、抹平差異、解構主流話語權威的後現代主義時尚。

可是，我想應該充分關注這一概念的內在悖論和由此造成的影響及後果。「現代中國文學」的意圖是要放棄對文學進行現代性的價值判斷，可是它其實並沒有真正取消現代性價值的堅守。說得更確切一點，它僅僅是把價值判斷從文學的層面轉移到了社會的層面，即首先是要確認這個時代的現代性——它是現代的，然後再確認這個現代性的時代中的所有文學現象都是應該進入這個現代文學史的。這其中的悖論就表現在，本來是要取消現代性的價值標準，可是這個概念的成立恰恰又離不開現代性的原則，甚至是完全以現代性的價值為基礎的。換一種通俗的方式提問：我們有什麼理由規定這個時代是「現代」的，是與「古代」相區別的？無非是根

據現代性的標準，哪怕這個現代性的標準要涉及政治、經濟、文化、哲學、藝術、教宗等眾多的領域，否則我們沒有辦法來給這個時代以「現代」的命名。既然我們不得不使用現代性的標準來命名一個時代，又有什麼理由在文學方面放棄和排斥現代性的價值判斷？再進一步說，表面看來在文學領域放棄乃至排擠了現代性的標準，保證了不同意識形態的平等地位，可是我們先已規定了這些文學所藉以存在的社會本身必須是現代的，這種現代性就真的能不涉及對文學價值的評判了嗎？我們又有什麼理由把本性上說與這個「現代」時期文學沒有什麼兩樣、卻存在於這個「現代」以前時代裡的古典作品排除外呢？繞來繞去，其實還是回到了一個根本性的問題上，即中國現代文學，或現代中國文學，本質上講就是一種新文學，它的存在是離不開現代性的價值評價的。如果放棄現代性的價值評價，它的獨立於古代文學的地位就不再存在了，它就只能像上文所說的，成為與古代各朝代文學並列的「民國文學」和「共和國文學」。如此則所謂的「現代中國文學」也就沒有存在的必要了。這就是悖論的實質：本來是想讓一個命題成立，推理的結果卻是得出了相反的命題，使本來的命題失去了存在的依據。

　　如果從具體操作的層面上看，放棄價值判斷的「現代中國文學」之基本意圖其實也是難以貫徹到底的。我們現在實際上僅是考慮到了通俗文學的問題，考慮到了現代作家的古典詩詞和文言作品的問題，但我們是不是要以同樣的理由讓這個「現代」時期的漢奸文學、法西斯文學也平等地進入「現代中國文學史」呢？按理應該進入，但實際上這在任何國家、任何情況下都是不可能的。但如果不讓它們進入，豈不是又放棄了放棄價值評價的初衷，陷入了自相矛盾的困境？

　　其實，問題非常簡單，中國現代文學本來就是一種體現了現代性價值（民族精神自然就在其中）的文學，我們沒有必要擺出十分

客氣的姿態，放棄價值評價的原則，讓所有的文學進來。文學史本來就是有所選擇的，無論是從意識形態的角度考慮，還是從實際操作的技術層面看，文學史絕無可能包羅萬象，讓所有的文學入史。現在的文學史建構實踐中，有一種越包羅萬象似乎就越有創意的傾向，大家想方設法地追求文學史領域的擴充，爭先恐後地要把學科的範圍擴大，甚至提出中國現代文學史應該包括所有用中文寫作的文學。我想說的是「所有」，這在實踐中無法做到。

既然做不到，我們就不妨改變思路，把越包羅萬象似乎就越有創意的這種文學史評價標準糾正過來，理直氣壯地堅持現代文學的現代性質，肯定現代文學的根本意義就在其現代的思想與藝術上，堅持現代文學的五四起點，從它與古代文學的差異性中突顯其現代的價值。在此前提下，走一條文學史內涵深化的發展之路，即以新的視野來發掘現代文學的新的意義，使它的歷史豐富性更充分地呈現出來。

結語：多樣性「文學史」

現代文學的學科創新，需要有一種戰略性的觀念和眼光，即要尊重歷史的實在，保證學科的獨立性。離開這一原則的創新，就是自我解構，自掘墳墓。

但話說回來，這也不應成為阻礙學科創新的理由。在保證學科獨立性的前提下，任何創新都是應該受到鼓勵的。作為一種可行的方法，我想可以在堅持現代性原則的前提下撰寫各種各樣的現代文學史，比如現代通俗文學史，現代區域性文學史，現代臺港澳文學史，現代華文文學史，各民族現代文學史，中國現代民族文學交流史等等。如果作為一種專題性的研究，也可以單獨撰寫現代作家創

作的古典詩詞史。但在大學用作教科書的中國現代文學史，顯然只能是貫徹了經典化原則的現代文學史。現代文學史與現代文學是兩個密切關聯而又絕對不能等同的概念，一個是觀念的形態，一個是客觀的實在。作為對客觀存在的中國現代文學進行文學史的表述，可以採取不同的視角，著眼於不同的側面，可以從古今聯繫、雅俗互動、中外交流等方面著手，以多樣的形式把客觀地存在的中國現代文學話語化。這是一個可以發揮創造性的廣闊領域，它的前景是十分看好的。

華文文學學科建設的三個基本問題

華文文學研究，要作為一個獨立的學科來建設，還必須進一步弄清楚三個基本問題，一是它研究什麼，二是它由誰來研究，三是它為誰而研究。

華文文學在早期，研究對象主要是港臺文學，後來擴大到臺港澳文學，再後來由於有非臺港澳文學參與進來，如東南亞華文文學、北美等地的華文文學受到了關注，才對名稱作了修改，稱為海外華文文學或世界華文文學（大陸的現當代文學除外）。從學科的這一發展過程看，當它主要研究臺港澳文學時，其實是帶著明顯的作為中國現當代文學學科的一種補充來研究的意味，研究者也大多是一些原來從事中國現當代文學研究或比較文學研究的學者。今天，相當一部分的華文文學研究其實還是沿著這樣的方向在進行。比如，我們研究中國新文學如何在海外的華人圈子裡流傳，研究海外的華文文學與中華民族的傳統文化的關係，研究海外華文文學的主題、修辭技巧、藝術風格，研究海外某一地區的華文文學，對海外不同區域的華文文學進行比較等等，除了研究對象換成了海外華文文學，在研究理念及研究方法上其實與研究中國現當代文學沒有什麼兩樣。有些海外華文文學的作者是剛剛出國的，或者是不斷地來往於中國和外國的，研究他們的創作，幾乎與研究中國當代作家沒有區別。這就產生了一個問題：如果我們沒有凝煉出作為一個獨立學科所應該具有的研究理念和研究方法，並自覺地加以運用，而僅僅是沿用研究中國現當代文學的理念和方法來研究海外華文文

學，那麼這樣的研究充其量也只是擴大了中國現當代文學的版圖，對於華文文學研究作為一個獨立學科的生成和發展是沒有什麼特別重要的意義的。我曾從一些研究中國現當代文學的學者那裡聽到他們主張把世界範圍內用華文創作的所有作品都包括到中國現當代文學史中來，寫一部完整的中國現當代文學史。當然，我並不贊同這一主張，因為這不僅事實上做不到，而且包含著我們自己也不曾意識到的，卻會被別的國家和民族誤解為大國沙文主義的意念。不過，如果僅從學理上說，假如用中國現當代文學的研究理念和研究方法來研究華文文學，即把海外華文文學視為中國現當代文學在海外的發展，前述的主張似乎也不能說沒有一點道理。

　　這就產生了華文文學研究的上述三個基本問題。第一就是它作為一個學科，要研究些什麼？是研究海外不同地區的華文文學中的作家作品、文學思潮和文學現象？研究中國文學，包括中國古代文學和中國現當代文學，在海外華人區的傳播與接受？研究一個區域的華文文學與所在國的政治、經濟、文化的聯繫？研究華文作家的雙重身份及敘事策略？毫無疑問，這些都需要研究，但我們必須十分清楚，我們不是為了擴充中國現當代文學的知識譜系而來研究華文文學這些問題的，否則就無法與中國現當代文學的研究區別開來，那樣即使做得再好，也至多是向世人展示了在中國大陸的版圖外，還有臺港澳文學，而世界上還有其他一些地方存在著與中國大陸文學和臺港澳文學相似的文學，這些作品由我們的同胞創作，反映了這些同胞在異國他鄉的經歷和精神歷程，這雖然增加了我們關於中國文學的知識，但對於促進華文文學研究的獨立性不會有大的幫助。換言之，研究華文文學，不能把它當作中國文學的一部分來研究，而必須研究它獨特的東西。它的獨特東西是什麼呢？應該是它的既不同於中國文學而又介於中國文學和世界文學之間的那種身份，以及這種身份所包含的海外華人面臨中西文化衝突時如何從

自身的生存經驗出發融合中西文化矛盾，從而獲得不可或缺的精神支柱的獨特經驗。海外華文作家所寫的，不外乎他們在海外居留地的人生體驗，即使寫他們記憶中的年輕時在中國大陸的生活，因為有一個居留地的文化背景，寫出來的東西也會帶上移民文學的特點，與單純的中國大陸生活背景下的寫作有所不同。華文文學的研究範圍可以很廣，但它的核心或靈魂必須是華人跨文化書寫的經驗，以及這種經驗裡所包含的中西文化衝突和融合的問題。我們這樣界定華文文學研究的重點，事實上是把華文文學當作連接中西文化的一座橋樑，從它的橫跨中西文化的特點出發研究其各個方面，從而突顯這一研究的不同於中國現當代文學研究和一般比較文學研究的獨特性來，突顯它作為一個獨立的學科所不能被取代的價值來。從這樣的獨特的規定性出發研究華文文學的主題、修辭、風格，研究它與中國傳統文化、它與所在地文化的關係，或者反過來，通過研究華文文學的主題、修辭、風格，研究它與中國傳統文化、它與所在地文化的關係，來總結中西文化的衝突和融合的經驗，這才顯出華文文學研究的獨特意義來。總之，研究華文文學不應該是在海外尋找中國文學，而是在華文文學裡發現移居海外的中國人處理中西文化衝突時的獨特經驗，這種經驗是中國現當代文學不可能提供的，更是世界其他國家的文學所不能提供的，而它又是我們未來進一步走世界的過程中十分需要的。以這樣一種理念來研究華文文學，才能充分突顯華文文學研究的學科特點來。

不過，當我們這樣來設計華文文學學科時，實際上已經碰到了第二問題，即由誰來研究華文文學？一個明顯的事實是，上述設計只是一個像我這樣的大陸華文文學研究者的想法。我們指望在華文文學中獲取華人在處理中西文化衝突時的經驗作為中國走向世界的借鑒，這體現了大陸學者的研究目的性，如果換成海外某一個地區或國家的華裔學者，他也許最強烈地感受到是對中華文化的依

戀，他的雙重身份焦慮，他對居住國的當下生存經驗的關注和思考，他對中國古代文學和中國現當代文學的興趣等等，所以他未必會認同上述的研究目的，他的想法甚至可能會與此完全兩樣。所以華文文學研究中註定會出現不同的聲音。這不是在統一的思想框架內對華文文學的某一部具體作品或某種具體的文學現象的認知上的分歧，而是基於研究者主體的價值取向不同、動機差異而不可避免地產生的價值判斷上的差異，是對華文文學的內涵的不同理解，歸根到底這是由不同的出發點和研究理念造成的。舉一個極端的例子，就是臺灣文學的研究。面對臺灣文學這一確定的對象，大陸學者與臺灣學者會有不少共同的語言，但也難免產生意見的分歧。即使臺灣本地的學者，由於其政治立場不同，對臺灣本地文學的文化歸屬的闡釋，對臺灣文學與大陸文學關係的理解，也會存在分歧，這種分歧有時是會非常尖銳的。這種差異乃至觀點上的對立，體現在研究對象的選擇上，體現在研究對象意義的發現和價值判斷上，體現在通過研究所要達到的根本目的上，它會在許多方面表現出不同來。

　　類似的問題，其實也存在於臺灣地區以外的華裔學者對華文文學的研究中。上個世紀早期移居國外的移民與上個世紀末移居國外的移民，他們的移居原因和目的是有所不同的，即使同一時期移居國外的華人，他們的移居理由和目的也不一樣。同時，這些新老移民所居住的國度各有自己的文化傳統，在這些國度生活的華裔與其居住國的文化傳統的關係是各不相同的，這造成他們對於居住國文化與中國文化認同方面的複雜情形。由這些處於不同文化背景中的華人學者來研究華文文學，彼此之間肯定是有差異的，比如側重點有別，目的性的不同，他們要通過對居住地的華文文學和其他地區的華文文學研究來表達的思想和觀點不會一樣。大致說來，中國人移居海外的可以分為兩種類型，一種是移居海外後保持著對中國傳

統文化的依戀，他們希望在中國傳統文化中得到精神撫慰；另一種
是受到居留國的政治、經濟、文化的影響逐漸地與中國傳統文化拉
開了距離，這往往是華裔的第三代、第四代。由前一種類型的海外
華人來研究華文文學，他們會與華文文學中的中華文化情結產生共
鳴，他們的研究目的或許就是發掘華文文學中的與中華文化相聯繫
的方面。由後一種類型的人來研究華文文學，他們或許對華文文學
中的華人處理與居住地的政治、經濟、文化的關係感興趣，要通過
研究來闡述華人獲得新的族群身份的意義，闡述華人融入居住地的
社會生活的必要性。這並非說他們要擺脫中國傳統文化的影響，而
是說他們為了生存必須接受居住國的文化傳統，在生存法則的制約
下，他們自覺地融入居住國社會秩序，因而也就認同了居住國的文
化。這時，中華文化對他們的影響變為潛在的，而他們與居住國的
社會現實和文化傳統的聯繫越來越緊密。我們顯然不能用大陸中國
人對祖國的感情標準來要求這些移居海外的華人，也不能用移居海
外的第一代華人的感受來要求他們的第二代、第三代甚至更後代的
華裔。這一事實提醒我們，海外華人學者對華文文學的理解可能與
我們不同，像李歐梵、王德威，他們研究華文文學，其實並沒有像
大陸從事華文文學研究的學者那樣有一個學科觀念，他們是在研究
香港文學、臺灣文學和大陸的中國現當代文學，從不同於大陸學者
的角度發現了「華文文學」中的很多有趣的意味，提出了不少新穎
的見解。我的意思是說，華文文學所包含的臺港澳及海外華人與中
華文化的情感聯繫是千差萬別的，華文文學研究者的立場和他們對
華文文學的理解也存在差異。既然存在這些差異，我們的問題就是
應該如何面對。換句話說，不同的立場和研究理念，乃至對華文文
學的不同理解，不可能自動整合到我們所理解的華文文學學科中
來，所以我們的任務是找出恰當的辦法，使這些不同既可以共存，
而又不會對我們所要建設的華文文學學科造成負面的影響。

　　要實現此一目標，我認為第一是要堅持和而不同的原則。我們要明確我們的研究是從我們的主體立場出發的，而任何主體都有其本身的局限性，世界又是由不同的主體構成的，所以我們不能把自己的理念作為標準強加給世界各地從事華文文學研究的學者，不能以為自己是唯一掌握真理的人，認為可以承包華文文學研究。我們要對不同的立場採取包容的態度，能夠容忍不同的意見，並積極展開對話，通過對話達到相互的理解。第二，是要堅持自己的立場，這與和而不同的原則並不矛盾。對話和交流本身就是以堅持自己的立場和理念為前提的，沒有自己的立場和理念，對話就變成了順從，就無法正常地進行下去。這也就是說，我們不必為了「和」而隨意放棄自己的理念來屈就海外華文文學研究者的立場和理念，更不能簡單地為了照顧海外華裔同胞的感受而只說好話，不說出自己對具體作品的真實看法。說出真實的意見，即使是批評性的，只要真誠，而且是基於對文學的熱愛和對人的共同價值的尊重，也是能夠得到被批評者的理解與尊重的。如果為了照顧對方的自尊心，不坦率地說出自己的意見，固然可以營造一團和氣的氛圍，作為特定時期的一種權宜之計這是可以考慮的，但這種態度背後其實隱藏著自大的心態，那就是因為你較為弱小，我要表現得大度一點，給你一點表揚，而不指出你的弱點和缺點，這種態度算不得真正的尊重。真正的尊重是基於對藝術的信仰和對對方人格的尊敬，坦率地交換意見，既堅持自己的觀點，又不固執己見。一句話，要把海外同胞看作是自己的親人，在這樣的基礎上，你的意見即使尖銳，也一定是真誠的，遲早能得到海外同胞的理解，並在理解的基礎上進行更為深入的討論和交流，在討論和交流的基礎上增進共識，在共識的基礎上保留各自的個性。

　　至於海外一些華裔學者對華文文學的理解與我們從學科意義上對華文文學的期待有出入，這也不要緊：他們研究他們的，我們

可以從華文文學學科發展的需要出發，堅持我們自己的觀念和態度。對於那些從臺獨的立場和理念出發來研究華文文學的學者，不管他有什麼樣的背景，我們應該表明反對的態度，並理直氣壯地堅持中華民族的正義立場。華文文學研究不可能是純客觀的，既然如此，我們就不必諱言研究的個體特性；但也正因為如此，我們又必須做好接納別人批評的準備，通過對話和交流進行溝通，推進華文文學的研究，提高華文文學研究的水平。

這樣的原則和態度，其實已經觸及了第三個基本問題，即為誰研究華文文學？是為世界各地的華裔同胞研究華文文學，甚至為他們撰寫一部他們所在國度的華文文學史，還是為我們自己研究華文文學，為我們的華文文學學科寫一部華文文學史，或者寫多卷本的分區域的華文文學史，比如臺港澳文學史，東南亞華文文學史，北美華文文學史，歐洲華文文學史？如果確立了和而不同的原則，實際上已經明確了我們只能寫出我們各自所理解的華文文學史，我們不可能代替世界各地的同胞寫他們心目中的華文文學史。這主要是因為世界各地的同胞有他們自己的獨特經驗，有他們自己對於人生和文學的理想，這些經驗和理想折射出他們與中華民族文化傳統的聯繫，也包含著他們各自與所居住國的社會現實和文化的關係，我們不可能代替他們寫出他們的真實感受，即使寫出來了也未必會得到他們的認同；因而他們完全可以而且應該寫出他們自己的華文文學史。但是，他們的華文文學史也不妨礙我們寫出我們的華文文學史，表明我們自己對人生和文學的理解，表明我們自己對世界各地同胞的理解，表明我們自己對華文文學的理解，當然也表明我們自己的對華文文學學科的理解。這種理解，顯然包含了我們對自身局限性的自覺，也即當我們表達自己意見的時候，已經認識到我們的意見僅代表我們自己，它是有局限性的，要得到普遍的認可，就需要溝通和交流，因而寬容的精神又是十分必需的。世界各地的華

人，如果都持這種理解與寬容的精神，不獨斷，而是相互尊重，即以自己的個人化的理解和獨特經驗來從事華文文學的創作與研究，我認為就一定能增進彼此在中華民族文化基礎上的共同情感，同時又能保持各自的個性，擁有一片自由的天地。這樣一種和而不同的局面，又肯定會促進我們所理解的華文文學學科的發展，增強它的學科獨立性和對世界華人的吸引力。

本文發表於《南方論壇》2009 年第 1 期

中國現代文學史教材編寫的幾個問題

　　中國現代文學學科是在新民主主義理論的指導下建立起來的。隨著經濟發展，社會進入了一個全球化的時代，世俗化的潮流開始興起，人們對生活有了新的要求，對歷史和傳統產生了新看法，這直接影響到了中國現代文學學科的發展。與以前在學科範圍內就某些具體問題，比如對某種文學思潮、某個作家、某部作品如何評價進行討論或爭論有所不同，現在的一些爭論，如中國現代文學史開始於何時，其基本屬性如何理解，港澳臺文學和中國少數民族文學怎樣入史，新文學與舊派文學或後來的通俗文學的關係怎樣處理等，涉及到了學科的基礎。在這樣的背景中，中國現代文學史應該如何編寫？此外，現在大學生的知識結構和文化素養與以前的大學生很不相同，中國現代文學史又應怎樣編寫才能有效地服務於素質教學的目標？最近有出版社約我編一本《中國現代文學史》，我想到了這些問題，覺得須找出其答案，教材的設計才會有一個整體性。否則即使編出來，弄不好，評價標準前後打架，創新反成了雜湊。本文是就這些問題談點想法，以求教於前輩和同行。

一

　　中國現代文學，是中國的現代性的文學。這既是指在人們所公認的現代時期的文學，同是又規定了它必須是現代性的文學。現代

時期之所以稱為現代的時期，是因為它具備了現代的性質和特點。文學是社會的一部分，用來確定現代歷史階段的現代屬性的標準，也應該成為確定這一時期的現代性文學的標準。

中國現代文學作為一個獨立的學科，它是相對於中國古代文學而言的。把中國現代文學與中國古代文學區別開來，或者說把中國現代文學從整個中國文學中分離出來，視之為中國文學的現代發展階段的依據，就是現代性的標準。文學現代性的標準，在內容上強調人的獨立精神——人不再像古代作家那樣無法真正擺脫封建臣民的意識，不再成為思想的奴隸，而是一個現代的公民，具有獨立的人格、獨立的思想和獨立的思考能力。表現現代人的這種現代思想和現代情感的文學，即是現代的文學。在形式上，它首先應該是白話的文學，由白話的語言所規定的一切表達方式，包括新的修辭、新的技巧、新的方法，都是現代文學的基本標誌。

中國現代文學誕生於五四文學革命，這是因為五四文學革命開闢了一個新的文學時代。它的劃時代性質，不是就文學史上的某一個階段而言的，而是針對整個古代文學的。五四文學革命依託新文化運動，高舉人的解放旗幟，以「科學」和「民主」為武器，向封建性的文化和以這種文化為思想基礎的文學傳統發起了挑戰，創造了現代的新文學。

五四文學革命與傳統的聯繫是隱性的，是通過傳統自身的延續性得以實現的，是通過作家所受的民族文化的薰陶得以保證並體現出來的，而五四文學革命與傳統的對立則是文學革命的先驅者所自覺追求的。胡適的〈文學改良芻議〉提出「八事」，態度還比較溫和、陳獨秀舉起文學革命的旗幟，提出「三大主義」，把新文學與舊文學完全對立起來，周作人乾脆把新舊文學的對立稱為活文學與死文學的對立，這種激進的態度有可以反思的地方，但無疑代表了五四文學革命的實質。不管它存在多少問題，事實上卻是它規約了

此後文學的發展方向和前進的道路。換言之，現代文學後來的發展是建立在五四文學革命的起點上，不是直接在古典文學基礎發展起來的。它廣泛地吸收和借鑒了西方的價值觀念，並在與民族傳統的矛盾統一中改造了民族傳統，同時也改造了西方的觀念，實現了價值觀的現代轉型。它大量地借鑒了西方文學的形式和表現技巧，並把它與中國傳統文學的經驗加以融合，實現了藝術風格的現代轉型。通過這一系列的改造、融合和創新，新文學傳統的原點形成了，由這個原點產生了觀念意識和表現形式都與古典文學顯著不同的新文學。這個原點自然包含了民族傳統的因素，新文學也與古典文學存在著內在的聯繫，但前者相對於後者又的確是一個重大的飛躍。

二

　　一個民族的文化傳統是不可能真正斷裂的，除非它所依附的民族本身也消亡了。所謂的改變方向或者突變者，是原有的傳統的改變方向和突變，而非憑空創造一種與原有傳統毫無關係的新傳統。改變方向或者突變也是一種歷史的延續方式，只是它與一般的順延方式有所不同罷了。以這樣的觀點看待五四文學與此前中國文學的關係，要注意兩個方面。一方面是必須注意到它與晚清文學的歷史聯繫——晚清文學的小說觀念變革、新技巧的運用、文學傳播方式的改進和關於慾望、正義、價值的想像，已經包含了某種現代性的因素，其經驗相當一部分為五四新文學所借鑒——其實不僅晚清文學，就連整個中國文學都是中國現代文學的背景和源泉。另一個方面，又不能不看到晚清文學是士大夫階層脫離了科舉制度以後與新興的報章期刊相結合的產物，它的存在基礎是正在形成的市民社

會。它後來對商業利益的看重，對市民口味的迎合，雖有現代性的因素，但它所展示的慾望深受舊倫理的規範，停留在「發乎情而止乎禮義」的階段，或者因為倫理觀念的混亂而導致了簡單的官能展示；它的正義，體現的只是清官理想；它的價值和知識帶有過渡時期的特點。晚清文學是新舊雜陳的，新得不夠徹底，與舊的觀念有千絲萬縷的聯繫，表現了過渡時期文學的觀念某種混亂和情緒的無精打采。

因此，王德威的「沒有晚清，何來五四」，可以改寫成「沒有五四，何需晚清」。「沒有晚清，何來五四」若作為一種時間性的延續，是沒有意義的，因為歷史的發展本來就是從晚清的時代發展到五四的時代，這無需強調；但若作為一種價值判斷，則「沒有晚清，何來五四」對一個時期裡忽視晚清文學價值的傾向是一個及時的提醒，使我們意識到五四與晚清的歷史聯繫，但在另一種語境中，比如當一些人尖銳批評五四新文化運動和五四文學革命，想淡化其歷史原點意義的時候，我們也不妨說，這不如強調「沒有五四，何需晚清」更有意義。「沒有晚清，何來五四」，強調的是一個歷史發展延續性的事實，它本身並不能保證把新文學的歷史原點從五四改寫為晚清，也容易使人忽視晚清文學的許多尚欠成熟的方面。「沒有五四，何需晚清」，也不是不需要晚清。作為歷史中的一個階段，你哪怕不需要，它也是存在的。這裡僅僅是強調，晚清文學的意義要通過五四文學的更為成熟的創新才能充分地體現出來。如果沒有文學革命對文學傳統的革新，沒有五四文學在新的思想和藝術基礎上融合中西、大膽創新所取得的成果，沒有五四文學的新傳統對後來的重大影響，晚清文學探索本身的意義是否能得到確認還是一個問題。大量的晚清作品對當下的讀者事實上沒有什麼吸引力，就是一個好的證明。

三

現代性的內涵在不同歷史時期是有顯著差異的。五四文學革命所體現的現代性是一種啟蒙的現代性，它的特點是推崇理性，把人的主體性和獨立思考能力視為人的基本屬性，認為人可以通過獨立的思考來探索世界的真相，解決自身所面臨的問題。啟蒙主義促進了人的覺醒和社會的現代化，在世界範圍內產生了巨大影響。五四文學受它的引導，使文學的人學特性得到了充分展現，文學性的因素得到強化，從而確立了現代文學的人道主義傳統。

人道主義傳統在後來的「革命文學」論爭中受到了質疑。質疑的根源，主要是中國社會由於民眾普遍的文化低下，難以通過啟蒙的方式解決其自身的問題。在俄國革命經驗的影響下，信奉革命的政黨引導民眾走上了社會鬥爭的道路。社會革命遵循的是革命現代性的原則，它的特點是把革命意識放在首位。對於主導左翼文化運動的中國共產黨人來說，革命意識就是要求知識分子背叛自己的出身階級，去表現底層民眾的不幸與痛苦，反映他們的反抗和鬥爭，為建立一個人民當家作主的現代民族國家而努力。它免不了要批駁五四文學革命所推崇的個性解放、思想自由原則，因為個性解放和思想自由在具體的歷史環境中不一定能夠保證個人的思想和行為完全符合革命的要求。

革命現代性推動了左翼文學的興起，並且把文學的政治標準放在第一位，藝術標準放在第二位。由於主要是從政治的角度思考文學的問題，重視文學的政治教化功能，相應地忽視了文學自身的審美規律，左翼文學總體上存在著本質主義思維方式難以避免的概念化、雷同化的毛病，作品的藝術感染力不強。

　　但是左翼文學執著於創建現代民族國家的理想，與啟蒙現代性的目標原本沒有根本的衝突，而且它與啟蒙現代性從社會大系統來思考文學問題的思路是前後一致的。兩者的差異主要在實現現代性目標的方法和途徑上存在不同──一個選擇啟蒙，一個選擇革命；在文學服務對象上各有自己的側重──一個服務於啟蒙，一個服務於革命。這些差異是關鍵性的，但兩者仍有共通之處。因而左翼文學運動經過了曲折的過程，最終還是策略性地融合了五四文學的傳統──這當然是以對五四文學傳統進行改造為前提的。由於跟五四文學傳統有這樣一種聯繫，左翼文學的內在構成就不是單一的，而它的理論形態也處於動態平衡過程中。魯迅就堅決反對教條主義者把文學當成宣傳的錯誤觀點，一些優秀的左翼作家，如蕭紅、葉紫、沙丁、艾蕪，乃至丁玲和茅盾，把階級的意識與個人的生活經驗乃至生命體驗結合起來，也寫出了不少優秀的作品。這些作品貫徹了革命現代性的精神，但也融合了五四啟蒙現代性的傳統。

　　重要的是如何總結左翼文學的經驗，包括它的貢獻和存在的局限。世界上不存在沒有歷史局限性的文學觀和文學。某種意義上說，局限性本身便是一種特色。左翼文學在特殊的年代追求文學的戰鬥武器作用，實質上是為新民主主義的理想而選擇了粗暴的風格。如果僅從文學本身角度考慮問題，當然會覺得它不夠優雅。但如果從整個社會的方面看，在民不聊生、國家危亡的時刻，戰鬥的文學可以激勵民氣，可以讓人民看到民族的希望。犧牲優雅的美比起國家的前途和人民的命運來，顯然並不是一件天要塌下來的事情。比起審美主義的理想來，革命現代性的目標在當時具有更為直接的現實意義，因而事實上得到了當時民眾的廣泛回應。

　　中國有從社會大系統的角度來思考文學的地位和功能等問題的傳統。歷史證明這種「工具論」的文學觀是可以兼顧人情與物理

的，可以包含審美的要素，使文學的社會功能與審美功能達到統一。會不會淪為庸俗的工具論，關鍵在於作家能不能在承擔文學的社會使命的同時把握住自己的生命體驗而採取一種通情達理的審美態度。

四

現代性的再一種形態，是世俗現代性。世俗現代情，有現代性的外形，但內在的精神卻是一般社會中比較世俗化的民眾追求生活享樂和慾望宣洩的要求，是人性中最為世俗一面的體現。它看似前衛，實則比較傳統，與啟蒙現代性所堅持的反傳統的立場很不相同，因而它容易與傳統達成妥協。換言之，它是介於傳統和現代之間的一種人生理想和生活態度，它是跨越不同時代的。我們既可以在晚清找到它，也能在晚明的三言二拍、甚至更早時代的作品中發現它的蹤跡；如果再抽去其特定的時代內容，僅就其看重世俗慾望的滿足一點而言，它事實上已經成為當下的一種時尚了。

當前世俗現代性影響力的加強，反映了後革命時代的來臨。改革開放，在政治上的主要問題是如何清理「左」的政治觀念對經濟發展的阻礙，所以需要對革命及其遺產進行新的理論闡釋。一個基本的方法，就是把革命的合理性置於更具普遍意義的基礎上，把它解釋成為一種「時代的潮流」，賦予它「民族精神」的特質。總之，是淡化其階級鬥爭的色彩，增加一些人性的因素，使之能夠為當前世俗化社會的一般民眾所容易接受。從這種變化中，我們已經強烈地感受到了由經濟變革所帶動的世俗化潮流對人的思想觀念產生了深刻的影響。這種影響力，推動了通俗文學的創作，並使人們重新思考二十世紀初以來通俗文學的價值。

　　通俗文學與知識精英文學，嚴格意義上說，是既有聯繫又相對獨立的兩個不同的文學系統。不能把體現了民間趣味的通俗文學排除在現代文學史的視野之外，忽視乃至抹殺它們對於知識精英文學的推進作用；但也不能倒過來以通俗文學的規則取代現代精英文學的規則，從而徹底顛覆和解構現在的中國現代文學史的規範和構架。通俗文學與精英文學的關係，應如范伯群先生說的，是「一體兩翼」的關係。中國現代文學的「一體」，少不了通俗文學與精英文學這「兩翼」。少了其中的任何一翼，中國現代文學就不是完整的。

　　「一體兩翼」的一個重要問題，是這兩翼如何舞動起來？其中最重要的一點，是不能以通俗文學或精英文學的各自標準相互否定，既不能用通俗文學的標準嘲笑精英文學的脫離市民大眾，也不能反過來以精英文學的標準指責通俗文學的缺乏思想衝擊力和時代特色，貶低乃至抹殺通俗文學的特有價值。我們需要超越雅俗對立的思維模式，從通俗文學與精英文學的矛盾互動中說明這兩翼的舞動。也即是說要在承認它們存在差異乃至矛盾的基礎上，深入考察並清晰闡明知識精英文學是如何吸收通俗文學的觀念和藝術技巧，從而豐富和充實了自身，而通俗文學又如何在知識精英文學的影響下提升了自身的思想藝術水平，回應了嚴肅的人生挑戰，從而進一步顯示出現代的、審美的意義，以至後來產生了像張愛玲這樣兼具通俗性和精英特色的有成就的作家。只有這樣，才可能寫出一部有新意的中國現代文學史，呈現中國現代文學「雙翼舞動」的景象。

五

　　最後還有幾點須提出來。一是港澳臺文學是中國現代文學的重要組成部分，但是鑒於港澳臺文學在二十世紀前半葉與大陸文學處

於不同的社會文化背景中，相互之間的交流遵循獨特的規則，沒與大陸這個時期文學的發展保持同步，所以不易按大陸這一時期文學的敘史方式來描述，可以在教材中把它單獨列為一章。至於它們與大陸現代文學的關係，就由教師按照各自的設想加以討論。

二是不同民族的作家共同創造了中國現當代文學，他們相互之間沒有文學標準以外的地位高下之別。因此，少數民族文學在進入中國現代文學史時要堅持國家水平的標準，不宜劃出一塊「少數民族文學」來做專門的介紹，否則不僅會損害文學史的有機結構，而且會在觀念上造成不必要的混亂。我的想法是在介紹少數民族作家時可以指明他是什麼民族，重點則是從不同民族文學的交流和融合的方面來把握少數民族文學對整個中國現當代文學發展所做的貢獻，從整個中國現當代文學的性質和特點出發來理解少數民族文學的民族特色。

三是中國現代文學史的下限，以前不少教材多定在一九四九年七月第一次全國文學藝術工作者代表大會在北京的召開。第一次文代會的召開，標誌著中國現代文學進入了一個新的發展時期。這一新的發展時期，即通常所說的「當代文學」，與一些教材所指的「現代文學」是一種什麼樣的關係，現在已經有了大致的共識，那就是把兩者合併起來，視之為中國現代文學的兩個不同發展階段。至於如何命名，那並不重要。因此，我們事實上認為中國現代文學止於一九四九年僅僅是一種照顧教材特點的設計。中國現代文學並沒有在一九四九年結束；相反，它要在此後通過新的迂迴走向新的高潮。

四是教材的編寫要考慮到教學的環節，特別是在注重知識傳授的同時，要加強學生能力的培養，將傳授知識、提高素質與培養能力融為一體，充分發揮教材的綜合功能。因此，一個作家適宜只出現在教材的一個地方，一般是他的成就最大在文學史的哪個時期，就在文學史的哪個時期裡介紹，再前聯後延，以顯示這個作家的完

整面貌。這有利於揭示文學史發展的脈絡，同時又可以使學生對一
個作家有整體性的印象。為了強化學生的能力培養，教材的體例似
應做一些新的探索，比如可以在每一章中設計問題探討、拓展指
南、導學訓練、參考文獻等環節。「問題探討」，可以關注這一學科
的研究史方面的一些重要問題，意在讓學生理解某一作家、某部作
品、某種文學現象，人們對它的看法是有變化的。透過這些變化，
可以發現更有意義的東西。「拓展指南」，是與該章教材的內容相關
的代表性研究成果的簡介，目的是讓學生能比較方便地掌握一些代
表性的學術觀點。「導學訓練」，開列與這一章教材的內容相關的若
干個思考題，為學生指示思考的方向。「參考文獻」，則是提供與思
考題相關的研究資料的索引，以方便學生去查找資料，進行獨立的
探索。

本文發表於《中國大學教學》2010 年第 12 期

時勢變遷與現代人的
舊體詩詞入史問題

　　人生在世，時勢的力量常常會比人的意志強。所謂時來運轉，三十年河東、三十年河西，如果撇開其中的循環的歷史觀，僅就其所強調的人的意志拗不過客觀的「勢」而言，說的倒是有道理的。這一點，我覺得明顯可以從近年來關於中國現代文學史教材編寫的討論中得到印證。

　　大約是從上個世紀九〇年代中期開始，中國思想界的這個「勢」發生了重要變化。如果說此前的八〇年代是新啟蒙的時代，強調打破封閉的國門，向世界看齊，那麼九〇年代中期以後，則宣告了向中國文化傳統回歸的時代開始了。新儒學吃香，國學熱興起，五四新文化運動和文學革命受到質疑，似乎中國現代社會的道德滑坡，乃至社會動盪，應當由新文化運動承擔責任，而中國新詩達不到唐詩宋詞的水平，又是胡適們搞的白話文運動惹的禍。循著這樣的退回傳統文化本位的思路，學術界對中國現代文學的許多問題進行了重新的評價，有的可以說是陡然逆轉的，就像王富仁說的，在晚清文學與五四文學的關係上，一些學者認為依照晚清文學發展的自然趨勢中國文學會走向新生，因而新文化運動的激進姿態是有問題的；魯迅對晚清譴責小說的評價是不公正的，茅盾對鴛鴦蝴蝶派小說的批評也是過於武斷的；在五四新文化運動的倡導者與反對者林紓之間，我們對林紓抱有更多的同情，在「學衡派」與胡適們的衝

突問題上，又有人認為反對新文化運動的「學衡派」反而代表了中
國文化發展的正確方向，而胡適等新文化運動的發起者則是西方殖
民主義文化的產物，背離了中華民族的優秀文化傳統。一句話，形
勢的發展似乎是要通過反思五四新文化運動和文學革命的激進變
革，把中國的思想和文化，包括中國現代文學的發展，拉回到中國
固有的傳統道路上去，按中國傳統自然發展的思路和標準來重新審
視五四以來中國文化的變革和文學新變。

　　這樣的時勢變化，在上個世紀任何一個時期都難以預見。它的
實質，是在總結歷史經驗的基礎上，我們開始尊重經濟發展規律，
放棄了從前的激進主義思維模式，不再把革命的那一套簡單地搬用
到和平建設的時代。這就是所謂「告別革命」，開始強調社會利益
關係的平衡，強調中國本位的立場。對外，這是為了抗衡西方話語
霸權，對內則是為了凝聚人心，保障社會的和諧發展。不過以「改
革」的旗幟取代「繼續革命」的理論，並不是否定革命的歷史，只
是對革命歷史進行了新的解釋，並替革命的意義表達找到了一種能
被現在民眾更容易接受的形式，比如一般性地強調它代表了歷史進
步的趨勢，認為它既符合時代潮流，又體現民族的利益，而不再過
分地渲染它的階級對立的內容了。對革命的歷史和意義進行這種新
的解釋，顯然是牽一髮而動全身的大事。它的一個結果，是使建立
在革命（政治革命和思想革命）合法性基礎上的中國現當代文學學
科遭遇了重大的挑戰。

　　挑戰來自多個方面。其中一個方面，就是要把現代作家創作的
舊體詩詞納入中國現代文學史，理由是這些古詩詞是現代人寫的，
雖然它採取了古典的形式，但表達的卻是現代人的思想和情感。這
看起來是有道理的，現代人寫的舊體詩詞怎麼可能不表現現代人的
思想和情感呢？隨便找一下，即可發現許多現代作家在創作現代的
文學作品時，也常常寫一些舊體詩詞，如魯迅、郭沫若、茅盾、郁

達夫，這列舉起來將會是一串長長的名單。我們在研究這些作家時，也時常引用他們的一些舊體詩詞來證明其作為現代人的理想和懷抱。寫舊體詩詞最具影響力的，是一些革命領袖，毛澤東、朱德、董必武、陳毅、葉劍英等，都寫得一手好詩詞，而尤以毛澤東的成就為突出。毛澤東以其強大的詩人才能，氣吞山河，雄視古今，寫出了一個共產黨領袖的闊大胸懷和非凡氣勢。雖然這些現代的詩人，包括毛澤東在內，都說過青年人不宜學寫古體詩詞，他們當然更不會主張要把這些今人寫的古體詩詞納入現代文學史，但今天的學者似乎有理由可以理直氣壯地把它們寫到現代文學史中來。權威性的學術刊物已經發文章提出了現代人寫的舊體詩詞應該入史的問題，重要的學術會議上有德高望重的學者呼籲要把現代人寫的舊體詩詞寫入現代文學史，國家社科基金批准了現代人寫的舊體詩詞的研究項目。如果反對舊體詩詞入史的中國現代文學學科創建者一輩的學者還在世，他們一定會驚訝於世事逆轉的迅速，真可謂世事難料也。

現代人寫的舊體詩詞能不能研究？當然要研究。現代人寫的舊體詩詞能不能入史？我認為要慎重。中國現代文學是從語言形式到思想情感內容都革新了的文學，它與中國古代文學是不同的，兩者各有自己的標準，不能互相借用。中國現代文學之「現代」，是相對於整個古代文學而言的。它不是一個朝代的文學，而是相對於整個古代文學的一種新的文學，它的根本點是現代性。這個現代性，不僅要表現在思想情感內容上，也必然地要表現在作品的語言形式上。語言形式，不是純粹的形式，而是有意味的形式。古典的形式是會限制現代人的思想情感表達的，它不能完全表達現代詩所能表達的內容，或者即使表達了，也難以達到現代詩所表達的那種效果。至於表達的藝術水平，也許現代詩比不上唐詩宋詞，但那是兩種標準，不能混為一談。現代詩要完善，要提高藝術表現力，要吸

收唐詩宋詞的藝術營養，但不可能再回到唐詩宋詞的道路上去。即使回到唐詩宋詞的道路上去，也肯定達不到唐詩宋詞的水平，更難達到唐詩宋詞那樣的影響了，晚清擬古派詩作的命運就是一個很好的證明。這本是由現代社會已經普遍應用白話語言這一狀況所決定的，也是由現代生活的內容所決定的。現代人可以寫舊體詩詞，但舊體詩詞的形式不能充分地表達現代人的思想情感。更確切地說，它不能取代現代詩的地位，代替現代詩來表達現代人所要表達的東西。當然，它也很難產生現代詩所能產生的那種影響。

我們還應該看到，現代人寫舊體詩詞，一般是寫來明志或用來唱和的，大多原來沒有發表的打算。這些詩人有很好的古典文學底子，當情動於中難以自抑時，按他們熟練掌握的那一套格律寫出詩來，帶有一點自娛或娛人的意味。他們所表達的思想情感，是被古典的形式規範過的，是現代人的情感，但又符合古典的形式，因而不免帶上了格律所鑄成的類型化的色彩，與現代人所要求的徹底的個性化有了距離。也許正是因為這一點，這些人幾乎異口同聲地反對年輕人學寫古體詩詞。

主張把現代人寫的舊體詩詞寫入文學史，本是出於一種好心，為的是拓展現代文學的學科領域，或者是為了倡導一種多元格局的文學史觀，來保證現代人的多元的價值選擇。這背後，顯然存在著一種基於歷史的經驗教訓而追求民主自由的良好意願。但這些學人似乎太專注於他們要為其爭取歷史權利的這些現代的舊體詩詞本身了，似乎只要把這些舊體詩詞納入現代文學史，現代文學史就做到了多元融合，實現了價值平等的理想。可這忽視了一個重要的事實，一種不可抗拒的歷史趨勢，那就是即使把這些現代人寫的舊體詩詞納入了現代文學史，那又怎麼了？我不得不坦率地說，那也僅僅是展現這種舊體詩詞在現代文學史上的死亡之旅，與這些學人堅持多元價值、為這些舊體詩詞爭取平等地位的初衷相去很遠了！原

因很簡單，新文學發生期的一些作家大多都能寫舊體詩詞，中華人民共和國成立初期登上文壇的一些作家也有一些能寫舊體詩詞，如果要把現代人寫的舊體詩詞納入現代文學史，主要涉及的是這一批人。他們以後的作家呢？絕大多數都不會寫舊體詩詞了，越往後會寫的人越少。雖然不能說此後不會再有寫舊體詩詞的人了，有愛好者或許仍能寫一手很漂亮的舊體詩詞，但那肯定是個別的例外，他們寫出來的古體詩對整個文壇已經不會產生任何真正的影響了。所以你要把現代人寫的舊體詩詞寫進現代文學史，也只能寫到上個世紀中葉登上文壇的那一代，再往後你想寫也寫不成，再想為舊體詩詞爭取平等的地位，也無能為力了。這不是展現舊體詩詞這一形式完全退出中國現代文學史又是什麼？如果這樣，再怎麼堅持要把現代人寫的舊體詩詞納入現代文學史，又有多大的意義？

時勢是難以抗拒的。不過時勢有它自己的規定性，如果我們利用而沒有把握準確，雖然出於好心，到後來也可能事與願違。一代有一代的文學，舊體詩詞在唐宋時期達到輝煌的高峰，作為一種文體，它的退出當下文學史視野是一個歷史的選擇，本無遺憾，也不影響這種體裁在文學史上仍然活著。

本文發表於《博覽群書》2009 年第 5 期

四〇年代左翼期刊譯介
俄蘇文學文論的流派特色

　　左翼文學批評經歷了一個發展過程，到上個世紀四〇年代已經比較成熟。成熟的標誌，是左翼批評家通過不同文藝觀念的論爭積累了豐富的思想資源，創辦了具有鮮明理論個性的批評刊物，而以這些刊物為核心，形成了幾支帶有流派特點的批評隊伍。左翼批評在堅持文藝的戰鬥性和現實主義方向上持有共同的立場，但不同流派在如何實現文藝的戰鬥性和現實主義方向上有各自的立場和看法。這些分歧是深刻的，並且反映在他們對俄蘇文學和文論的譯介上。筆者選取《七月》、《文藝陣地》、《中國文化》作為四〇年代左翼文學批評不同流派的代表，通過分析這些刊物譯介俄蘇文學和文論的特點來揭示其批評的流派特色，從而為左翼文學研究提供一條新路徑。

《七月》：堅持文學的審美主體性理想

　　《七月》是胡風創辦的。在文學回應抗戰形勢的問題上，胡風等人有自己的看法。胡風說：「文藝家不應只是空洞地狂喊，也不應作淡漠的細描，他得用堅實的愛憎真切地反映出躍動著的生活形

象」。[4]這一看法體現了胡風對於文藝問題的獨特思考，落實到《七月》對俄蘇文學的譯介方面，表現出胡風一派追求文學審美主體性理想的特點。

偏重文學理論的譯介。《七月》對俄蘇文學文論的譯介有兩個特色，一是文論的譯介佔絕對優勢，它總共發表了 19 篇與蘇聯文學有關的文章，但其中作家作品（包括詩歌、小說及散文）只有 6 篇，而對蘇聯作家作品或蘇聯文學現象進行評論的文章有 13 篇，佔總數的 68.4%。二是對同一位蘇聯作家的介紹，也注重其理論方面，如涉及高爾基的文章共有 9 篇，介紹高爾基的文藝觀點或對高爾基及其文學觀點進行闡釋的文章就有 6 篇，佔 66.7%。馬雅科夫斯基的〈我的自白〉與〈論瑪雅科夫斯基〉，也是理論性的。《七月》如此重視文學理論方面的譯介，反映了胡風派有意識地提升自身文學理論修養的努力，同時也符合胡風的「含蓄地表達自己創立流派的願望」[5]在文藝界造成了重大的影響。可是對於理論問題的熱衷，易觸及政治上的敏感地帶。胡風的文藝思想在解放前就受到多次批評，這與派別之爭有關，但也不能否認與胡風等人對自己文學觀點的頑強堅守有關，就像周恩來說的，「延安都在反主觀主義，你（指胡風）在重慶還在反客觀主義」[6]，不難想像會在政治上造成後果。胡風晚年時也曾多次談到自己對政治問題的不夠敏感[7]。

關注非主流的作品。《七月》介紹了高爾基的〈時鐘〉——這篇作品講述時間有限，一個追求生命價值的人應在飛速流逝的時間

4　胡風：《胡風回憶錄》，人民文學出版社 2005 年版，第 85 頁。

5　陳荒煤：《七月·簡介》，《中國現代文學期刊目錄》，天津人民出版社 1988 年版。

6　見《胡風回憶錄》「周公館踐行晚宴」一節中周恩來對胡風的批評。

7　參考《胡風回憶錄》，如重慶左翼人士在學習「文藝座談會」精神時，胡風覺得在國統區這種精神運用不可行；「蔣介石的個別接見」時，胡風的不圓滑，等等。

中把自己有限的生命奉獻給壯麗的人類事業，這是符合左翼文學主流觀點的。但《七月》同時又發表了高爾基的〈從卡普里島的來信〉，這篇文章表現出高爾基對文學青年的關心，也傳達了他對文藝問題的見解。卡普里島是高爾基在義大利的避難所，那裡的頹廢思想影響了他，使他的文藝思想呈現出複雜性，但其中也不乏他對文藝問題的真知灼見，如他在來信中肯定了文學作品中的「人性」因素，這在當時是很不容易的。又如高爾基的〈「普希庚論」草稿〉一文，強調階級的意志不能成為教條，藝術不能成為鬥爭的工具。這一主張與左翼文壇主流的文藝為政治服務的觀點有所區別。《七月》對以盧卡奇與希里科夫為代表的「潮流派」的介紹，也表現出它的非主流傾向。「潮流派」在蘇聯文壇不是主流，中國左翼文藝界整體上對他們也持比較冷淡的態度。但以《七月》為代表的刊物並不排斥這些文藝家，在譯介時反而給予較多的關注。如《七月》把盧卡奇〈敘述與描寫〉（呂熒譯）的長文安排在第六集一、二期合刊的頭條位置，並在〈校完小記〉中對它作了「嚴肅認真」的推薦。

胡風等人執著於自己的文學信念，重視與自己文藝觀相近的蘇聯文藝思想的介紹，表現出不同流俗的識見與勇氣。他們所做的譯介工作，有助於讀者瞭解無產階級文藝的多樣性。

強調主觀能動性和人性的意義。胡風文藝觀中有兩個重要的支點，即「主觀戰鬥精神」和「精神奴役創傷」。主觀戰鬥精神，是指創作主體在與客觀對象相生相剋的過程中認識世界的思想力，體驗現實的感受力，投身於現實的熱情。精神奴役創傷，是指批評者站在啟蒙主義的立場，承認人民群眾中也藏有「污垢」與「膿的血」，否認那種將人性抽象化、理想化，同時貶低知識分子歷史作用的傾向。這一思想隱含了人性豐富性的觀點。《七月》對〈敘述與描寫〉、〈高爾基從加普利島寄來的信〉、〈論戲劇與觀眾及其它〉、〈高爾基

的殉道與我們〉、〈藝術與行動〉以及有關馬雅可夫斯基的兩篇文章的譯介，就體現了這樣的思想。

　　盧卡奇在〈敘述與描寫〉中首先對比了托爾斯泰的《安娜‧卡列寧娜》和左拉的《娜娜》對賽馬的描寫，認為前者的描寫在整個敘事中承擔著必要的職能，而左拉只是抱著一種自然主義的態度為描寫而描寫，缺少一種內在的激情和對敘事的強烈的推動作用。盧卡奇在這裡實際上是強調現實主義創作方法的能動意義，它不是對生活的純客觀的摹寫，而是作家憑獨特的個性對生活的內在意義的透視。蘇聯文藝理論界的一些人批評盧卡奇過分地強調了現實主義創作方法的自律性和能動性，抹殺了世界觀改造對作家的重要意義。這種觀點對中國左翼文學界的影響很大，但胡風卻相當欣賞盧卡奇的觀點，並在〈校完小記〉中表示，問題的關鍵不是抹殺世界觀的作用，而是在於解釋世界觀的作用[8]。他的意思是作家世界觀在創作中，不應該僅僅給作品貼上一個政治的標籤，而是要融化在作品裡，保證作品朝著現實主義的深度掘進。作家世界觀的改造也不應該脫離創作的過程，而是要緊密結合創作的過程來進行。這實際上是賦予了作家在創作中更多的自主權，讓他們承擔起更重要的責任，去發現生活內在的意義。

　　翻譯斯達尼斯拉夫斯基的〈論戲劇與觀眾及其它〉一文，編者說是為了供當時中國戲劇界參考。到底是一種什麼樣的戲劇觀值得中國戲劇界參考呢？不妨先看下面一段話：「不許輕率地和粗淺地應付觀眾的期望，或者只是以觀眾的喝彩或贊許而自滿……當以詭異的舞臺動作或者對生活皮相的類比反而把偉大的主題模糊了，戲劇藝術的課題是以生動的，深入的，真實的形象方法來闡明劇本的

8　胡風：《胡風回憶錄》，人民文學出版社 2005 年版，第 214 頁。

主題」[9]。文章反對皮相模擬的戲劇觀，從某種意義上來說，是對主觀能動性的強調，這正是編者欣賞它的主要原因。

馬雅可夫斯基的〈我的自白〉（又譯〈我自己〉），以自傳的形式，用誇張與近乎戲謔的語氣敘述了詩人一生忠於無產階級革命事業的不懈努力與鬥爭。這篇文章是作者在二十世紀二〇年代派別鬥爭中對反對者的回擊。詩人以獨特的形式表達自己光明磊落的言行，可謂振聾發聵，顯示了主體精神的高揚。胡風曾這樣說：「在我們這裡，馬雅可夫斯基是提不得的。你提他，你就準是學他，通常人們不是表示深惡痛絕就是不屑地冷笑，一個不懂《詩韻大全》的狂妄的洋鬼子！」[10]胡風特別刊出馬雅可夫的文章，不屑於他人的「奇談怪論」，表明的其實是他自己的一種肯定的態度。

在〈從卡普里島的來信〉中，高爾基向青年人說：「一切□人[11]的，不朽的，一切我們所自傲的真正的人性，都是始自微細，看不到的。不要屈服於顯而易知的、□的，在那些『忘八蛋』裡面發現出一些不易辨認的，好的，人性的東西來吧。」[12]而胡風在《人與文學・題記》中說：「藝術應該是人的心靈的傾述，但如果不能對於受苦者的心靈所經驗的今日的殘酷和明日的夢想感同身受，信徒似地把自己的運命和它們連結在一起，那還能夠傾訴什麼，又從何傾述呢？」[13]可見，胡風是有意識地來翻譯高爾基這類文章的。

---

[9] [蘇聯]斯達尼斯拉夫斯基：〈論戲劇與觀眾及其它〉，周麟譯，《七月》1939年第 4 卷第 3 期。

[10] 胡風：《胡風回憶錄》，人民文學出版社 2005 年版，第 214 頁。

[11] 符號□處為模糊、不易辨認的字跡，下同。

[12] [蘇聯]高爾基：〈高爾基從加普利島的來信〉，克夫譯，《七月》1938 年第 2 卷第 2 期。

[13] 胡風：《胡風全集》（第六卷），湖北人民出版社 1999 年版，第 160 頁。

在政治壓倒文藝的年代，重視創作者的主體性和作品中的人性因素，是對教條主義文藝觀的否定，這正體現了胡風等人對文學主體性理想的追求。

《文藝陣地》：主流立場與服務抗戰的態度

《文藝陣地》是抗戰時期一個影響深廣的文藝刊物，撰稿者中有豐子愷、張天翼、老舍、丁玲、葉聖陶這樣的著名作家。茅盾在該刊的〈發刊詞〉中說：「我們現階段的文藝運動，一方面須要在各地多多建立戰鬥的單位，另一方面也需要一個比較集中的研究理論，討論問題，切磋，觀摩，──而同時也是戰鬥的刊物。」[14]這表明他們比較關注文學與現實生活的聯繫，重視文學的戰鬥性。落實在俄蘇文學譯介上，這就表現出一種務實的傾向。這種務實性具有雙重意義：一是意識到了社會現實的複雜性，對文學性的追求最終要服從現實的需要；二是認識到了文學的獨立性，只有從文藝的審美特性出發才能更好地發揮文藝的戰鬥作用。

重視蘇聯文壇的主流思想和作品。《文藝陣地》刊登了〈創造新的紀念碑的形式──蘇聯作家大會報告及討論之一〉、〈高爾基與馬雅可夫斯基〉、〈肖洛霍夫在一九四〇年〉、〈我是勞動人民的兒子──八月出版〉等文章，都與社會主義現實主義的創作方法有關。社會主義現實主義創作方法是經史達林同意後確定下來的，是當時蘇聯唯一合法的創作方法。《文藝陣地》的譯介，為中國讀者瞭解這一創作方法提供了重要資源。一九三二年至一九三四年，蘇聯關於創作方法問題的討論引起了蘇聯文藝界對馬列主義經典作家關

---

[14] 參見《文藝陣地》創刊號上茅盾的發刊詞。

於文藝問題論述的重視。《文藝陣地》對〈馬‧恩論藝術〉、〈列寧論文學、藝術與作家〉、〈關於列寧〉、〈列寧的童年〉等文章的譯載，不像周揚主編的《中國文化》等為著實現「馬列主義中國化」[15]的明確目的，而是意在向人們介紹列寧的文藝觀：「我們相信，這位偉大哲人的思想、事業、德行，尤其是他對於文藝的卓見，大都已有了正確的和扼要的敘說」[16]。

　　高爾基是蘇聯著名的無產階級作家，他的《母親》是無產階級文學的典範。馬雅可夫斯基既是蘇聯著名的未來主義詩人，也是長詩〈列寧〉的創作者。《文藝陣地》對這兩位作家的譯介，不是側重於體現他們的「人性與主觀能動性的價值」，而主要是為著國人瞭解無產階級文學的發展方向，瞭解蘇聯文壇動態。《文藝陣地》曾刊出一個高爾基逝世三周年的紀念專號，刊登了與高爾基有關的系列文章，計有〈高爾基博物館〉、〈紀念高爾基〉、〈上海的高爾基之夜〉、〈少女之死〉、〈在兩條戰線之間的人〉等。前三篇文章是紀念性的，意在向讀者比較全面地介紹高爾基的人生歷程。〈少女之死〉是講愛可以戰勝死神。關於馬雅可夫斯基的文章，有〈高爾基與瑪雅可夫斯基〉，強調馬雅可夫斯基是社會主義現實主義詩人，又是堅持「人──是驕傲」觀點的詩人。〈馬雅可夫斯基八年忌〉一文，雖否認馬的安那其主義，但更肯定他提倡諷刺、反抗、創造的文藝觀。《瑪雅科夫斯基回憶》的作者以自己與馬氏的相識相處，寫了自己眼中的詩人：他是如此可愛而又怪異，對待寫作事業又是如此執著，他永遠激蕩著火一樣的熱情，直到生命的結束。不難看出，這幾篇文章，既有符合中國左翼文壇需要的一面，也有對作家特異個性的宣揚。譯介的目的，正如〈馬雅可夫斯基八年忌〉的作

---

[15] 參見楊松著的〈關於馬列主義中國化的問題〉，《中國文化》第 1 卷第 5 期。
[16] 參見《文藝陣地》第 6 卷第 1 期的〈編後記〉。

者在文中所說的：「中國雖然多年來馬不停蹄地大量地介紹了蘇聯文學，然而對於馬雅可夫斯基的真相是模糊的。介紹馬雅可夫斯基，學習瑪雅科夫斯基是需要的。」[17]說明編者的目的，是為了讓讀者更多、更全面地瞭解馬雅可夫斯基，這與《七月》傾向於選擇能體現馬雅可夫斯基富有個性色彩的文藝觀從而服務於自己理論建設的需要是有區別的。

《文藝陣地》還刊發了一些歌頌蘇聯社會主義新政權的譯作。〈站在新人類的水準上〉，講的是要在新的史達林社會主義時代建立新的高爾基的文學，〈青春復返術〉提出怎樣描寫新生的蘇聯，〈新的生命〉講述的是人們在社會主義建設過程中煥發出新的活力，因此呈現出新的生命。這些譯作正面展現了社會主義事業的美好前景，編者的目的是為了鼓舞中國讀者獻身於無產階級革命事業。

茅盾等人是作家型的批評家，對文藝問題有豐富的感性體驗，但他們又自覺地與中國共產黨的文藝政策保持一致。《文藝陣地》創刊時，茅盾即從周恩來那裡獲得相關指示。其後，新的主編又一直聽取中共領導人的意見[18]。因此，《文藝陣地》對蘇聯主流文藝的重視相當程度上反映的是中國左翼文藝主流派對蘇聯及蘇聯文藝的態度。該刊對蘇聯主流文藝的譯介，主要是為了借鑒蘇聯文學的經驗，解決抗戰時期中國文藝所面臨的問題。這得到了左翼方面

---

[17] 李育中：〈馬雅可夫斯基八年忌〉，《文藝陣地》1938 年創刊號。

[18] 樓適夷在〈茅公和《文藝陣地》〉（《新文學史料》季刊，1981 年第 3 期）中說：「我們刊物在政治方面，在香港就通過廖承志同志的聯繫，爭取到黨的領導，一到上海，首先是巴人同志，後來是梅益同志，都及時向我傳達黨對當前形勢與任務的指示，使我們能夠盡可能地跟隨著抗戰的形勢遵照黨的方針政策前進。巴人同志、蔣天佐同志都在上海給我以直接具體的文藝理論方面的支持，甚至遠在浙東鄉間的馮雪峰同志，也在當前的文藝問題與理論建設工作，給予詳細的寶貴的意見。」

廣泛的認同,而其譯介時的相對客觀態度也使其較易為左翼不同方面的人士所接受。

重視戰爭題材的作品和理論。在抗戰時期,左翼刊物普遍重視與戰爭有關的俄蘇文學作品的介紹。但與胡風派側重於理論問題不同,茅盾更重視為現實服務。他在《文藝陣地》的發刊詞中寫道:「這陣地上有各式各樣的兵器,只要是為了抗戰,兵器的新式或舊式是不應該成為問題的。」[19]這表明該刊的宗旨是只要有利於戰鬥,都能拿來為之所用。《文藝陣地》刊發涉及戰爭或與戰爭有關的蘇聯作品和論文共計 16 篇(其中包括蘇聯著名報告文學家愛倫堡所創作的報導世界反法西斯戰爭的文學作品),佔這個刊物譯介俄蘇作品總數 57 篇(包括以「補白」形式出現的短篇文章)的 28.07%。其中有論文〈國防文學〉、〈在兩條戰線之間的人〉,小說〈加拉喬夫〉、〈外科醫生〉、〈上尉什哈伏洛科夫〉等 9 篇,詩歌〈母親和兒子〉1 篇,報告文學或相似性質的作品〈「我不能靜默」〉、〈我的祖國〉、〈在頓河上〉、〈歐羅巴之夜〉4 篇。相比較而言,《七月》只在第 3 卷第 6 期刊登了一篇季米特洛夫反法西斯的演說。《文藝陣地》刊發的與戰爭無直接關係的蘇聯作品,也是富有戰鬥精神的,如〈親愛的〉、〈孤獨的普式庚〉、〈馬雅可夫斯基八年忌〉等。前者講述的是主人公奧連卡被生活幾番摧殘,卻還能保持自立樂觀的精神。〈孤獨的普式庚〉試圖表明這樣的觀點:詩人普希金的一生是孤獨的一生,也是戰鬥的一生。有關馬雅科夫斯基的譯介,不但是為了讀者更好地瞭解他,也因為「馬雅可夫斯基猛烈式地反抗非常需要」,因而「在抗日的炮火中紀念他」[20]是適逢其時的。這

---

[19] 參見《文藝陣地》的〈發刊詞〉。
[20] 李育中:〈馬雅可夫斯基八年忌〉,《文藝陣地》1938 年創刊號。

些作品，正如編者所說，「它們所反映事件，雖然時地各不相同，然而都與今日的反法西斯戰爭有關一點，卻是共同的」[21]。

　　重視文學「知識」的介紹。知識，在此相對於意識形態宣傳而言，與常識的意義近似，但涉及的範圍相對廣泛。對具有較強參政意識的左翼文化人士來說，與意識形態功利性保持距離只是相對的，茅盾等人相對於胡風派強烈的派別意識與周揚等人致力於構建毛澤東文藝思想體系的自覺性來說，可能稍為超然一些，有了較多的餘力來重視文學知識的介紹。重視蘇聯文學作品、文壇消息以及文學常識的刊發，便是其知識性追求的體現。這種譯介特點的形成，還與編者的作家身份有關。獨特的創作心理體驗、對文藝作品的審美價值有比較深刻的認識，使他們能體會到文學知識對領略文學作品的藝術美、開闊審美視界的作用。

　　《文藝陣地》的這方面努力主要體現在兩個方面。首先，是重視作家作品的介紹。在《文藝陣地》所譯介的 57 篇俄蘇作品中，文藝論文 28 篇，詩歌、散文、小說和報告文學 27 篇，另外還有兩篇以「補白」形式出現的文壇消息。俄蘇作家作品的數量約佔譯介的俄蘇作品總數的 50%（28/57），而同為綜合性文藝刊物，《七月》的同類譯作只佔 31.6%（6/19），可見《文藝陣地》對作家作品的重視。其次，注意對蘇聯文壇動態的介紹，比如〈蘇聯劇壇近訊〉、〈影片《高爾基的少年時代》〉、〈蘇聯紀念托爾斯泰生年一百拾周〉及〈二十五年來蘇聯的文學〉等。其中戈寶權的〈蘇聯劇壇近訊〉，雖然包含對蘇聯戲劇界兩位重要人物的褒貶評論，但主要內容是對蘇聯戲劇界變動情況的介紹。此外，戲劇論文如〈演員研究〉、〈關於劇作底題材〉以及江加爾等民間文學評論的譯載，也是注重於專業性知識的介紹。這些知識性的文章，容易引起讀者的興趣，也有

---

[21] 參見《文陣新輯之三》的〈編後記〉。

助於提高讀者的文學修養，說明編者的心裡裝著戰時大眾對文學的需要。《文藝陣地》從一九三八年創刊至一九四二年終刊，為時四年，後在一九四三至一九四四年間，又以《文陣新輯》的形式出了三輯，雖然幾度轉移陣地，但在戰亂的年代能持續這麼長的時間，不能不說是一個奇蹟。而廣泛的讀者支持，應該就是對於這一奇蹟的一個很好註解。

《中國文化》：從政治高度思考文學的問題

《中國文化》一九四〇年創刊於延安，是抗日民主根據地一份有重大影響的綜合性刊物，它的主編為時任邊區教育廳廳長的周揚。這種特殊的身份，決定了該刊主要是從政治的角度而不是單純從文學的角度來考慮文學的問題，它事實上承擔了宣傳邊區政府的文藝政策、引導根據地文藝的重任，為新民主主義革命的理論建設和反帝反封建的文化思想鬥爭作出過重要貢獻[22]。這一宗旨落實到俄蘇文學文論的譯介上，就表現為對蘇聯主流文論和無產階級革命學說的重視。

大力譯介蘇聯主流文論。相對於《文藝陣地》，周揚主編的《中國文化》更重視文學理論的譯介；而相對於同樣重視文學理論譯介的《七月》，《中國文化》則又更重視蘇聯文壇主流文藝觀的介紹。這是可能理解的：為了解決根據地文藝乃至全國革命文藝所面臨的諸多理論和實踐問題，革命文藝家在結合中國實際情況進行探索的同時，自然要把借鑒的目光投向蘇聯這個無產階級當政的國家——

---

[22] 陳荒煤：〈中國文化簡介〉，《中國現代文學期刊目錄彙編》（上），天津人民出版社 1988 年版。

這是中國左翼文學界的一貫傳統[23]，而且要偏向與自己觀點相近的蘇聯主流文藝學說。

《中國文化》刊載蘇聯作者所寫或與蘇聯有關的文章共計 22 篇（分上下篇者取累加）。除了 1 篇為蘇聯文壇消息外，其他 21 篇全為理論文章，其中與文學有關的文章有 10 篇。這說明，這個刊物對於蘇聯的文藝思想非常感興趣，往往把蘇聯的文論視為「邊區正在討論和實踐著的文藝上的民族形式問題，接受遺產問題」的「最可貴，而最及時的指南讀物」[24]，就像〈高爾基底社會主義的美學觀〉的作者所說的：如從高爾基的小說可以得出高爾基的思想和人生觀，「那末，從他的論文更能直接得到他對社會、文化、文藝各種問題的意見與主張。」[25]這裡，作者似乎是認為學術論文要比小說更能夠直接地解決中國當時所面臨的一些問題。本來，學術論文表達思想的直接性與小說反映生活的生動性各有所長，但編者格外重視蘇聯的文論，這表明他們對與理論建設相關的問題更感興趣。

如果再深入地看，還可以發現，《中國文化》所譯介的蘇聯文論，主要是闡釋史達林所認可和提倡的文學思想的文章，比如〈高爾基底社會主義的美學觀〉（及其續篇），強調高爾基認為的「文藝是一種社會的事業」，文藝的目的是為「社會解放和精神解放」服務，這是當時蘇聯主流的文藝觀。其實，高爾基對文藝問題的看法是複雜的。與胡風等人重視高爾基的文學是人學的思路不同，《中國文化》譯介高爾基的目的是「論述他對文藝的態度和他的文藝批評活動的原則。同時就是論述第一個偉大的社會主義現實主義的作

---

[23] 參見陳國恩等：《俄蘇文學在中國的傳播與接受》，中國社會科學出版社 2009 年版。

[24] 劉增傑、趙明：《抗日戰爭時期延安及各抗日民主根據地文學運動資料》（下），山西人民出版社 1983 年版，第 248 頁。

[25] 蕭三：〈高爾基底社會主義的美學觀〉，《中國文化》1940 年創刊號。

家對於美學的觀點」[26]。這明顯地是與蘇聯的主流文藝觀保持了一致。《中國文化》所刊載的關於列寧的文章，有〈論藝術工作者應學取馬克思——列寧主義〉、〈列寧論文化與藝術〉、〈列寧底著作遺產〉等。這些文章強調列寧是一位無產階級的革命導師，要通過學習他的思想來建設和完善中國共產黨人的文藝思想體系，正如〈列寧底著作遺產〉一文所引史達林的話所強調的：「要記牢，愛護、研究我們的導師，我們的領袖——　伊里奇！」[27]這就與《七月》有所不同，《七月》登載〈列寧與高爾基〉，目的是為了獲得「政治領導者與作家間的關係的借鑒」[28]。

　　大力譯介蘇聯的主流文論，是中國左翼文藝思想體系建設的需要。不過，由於簡單地排斥了其他也很有價值的文藝思想資源，這種做法在實踐中反而損害了左翼文藝思想的健康發展，尤其是在文藝與政治的關係上因為過分強調「政治標準第一、藝術標準第二」，把政治與藝術割裂開來，甚至對立起來，在相當長的一個時期裡，給中國左翼文學乃至整個社會主義文學的發展帶來了消極影響，一度還造成了嚴重的問題。

　　重視無產階級革命理論的介紹。在重點譯介蘇聯主流文論的同時，《中國文化》還譯介蘇聯哲學、政治學、經濟學等無產階級革命學說。原因當然是這些學說對於正在進行革命的中國實在太重要了，許多時候對中國革命具有直接的指導意義。《中國文化》出了十五期，與蘇聯有關的作品20篇（續篇也單獨算作一篇），其中涉及蘇聯哲學、政治與經濟學等理論的文章為10篇，佔整個譯作的一半。它們是〈繼續研究馬克思列寧的哲學問題〉、〈黑格爾底哲

---

[26] 同上。

[27] 張仲實：〈列寧底著作遺產〉，《中國文化》1940 第 2 卷第 5 期。

[28] 胡風：〈《胡風譯文集》幾點說明〉，《胡風全集》(8)，湖北人民出版社 1999 年版，第 322 頁。

學〉、〈學習馬恩列的批評態度與批評方法〉、〈列寧著作底遺產〉、〈關於馬列主義中國化問題〉、〈列寧論中國〉、〈論社會主義社會底動力矛盾問題〉、〈論社會主義時代生產關係底完全適應生產力〉等。前四篇是關於哲學問題的，當時延安新哲學年會討論黑格爾哲學，〈中國文化〉特意將〈黑格爾底哲學〉一文譯出，以供討論時參考[29]。《關於馬列主義中國化的問題》，從馬列主義中國化的「意義」、「歷史發展」、「成績和嚴重的缺點」以及「當前具體任務」等幾個方面展開分析，指出其最終目的是為了「建立以新民主主義的內容為內容和以中華民族的形式為形式的中華民族的文化」[30]。後面幾篇文章則是關於政治與經濟建設等問題的，發表這些文章與蘇聯社會當時正在熱烈討論這些問題有關，也反映了中國共產黨人對中國革命過程中的類似問題的強烈關切。比如〈繼續研究馬克思列寧的哲學問題〉一文的譯者在該文前言中說：「關於社會主義時代生產力與生產關係之間有無矛盾，以及如果沒有，那麼社會發展底動力是什麼等問題，現在隨著一般理論水準底提高，若起了廣泛的討論。」[31]說明他們是從中國革命的實際需要出發來思考這些問題的，並從蘇聯思想界借鑒了相關資源。

從中國革命的實踐需要出發來譯介蘇聯的文論和蘇聯的政治經濟學說，表明《中國文化》具有《七月》和《文藝陣地》等左翼刊物所不具備的政治指導功能，這使它在中國左翼文藝思想建設過程中起到了一個獨特而且相當重要的作用。

本文發表於《江漢論壇》2011 年第 10 期

---

[29] [蘇聯]徐格洛夫：〈黑格爾底哲學〉，楊松譯，《中國文化》1940 年第 2 卷第 1 期。

[30] 楊松：〈關於馬列主義中國化的問題〉，《中國文化》1940 年第 1 卷第 5 期。

[31] [蘇聯]尤琴：〈繼續研究馬克思列寧的哲學問題〉，楊松譯，《中國文化》1940 第 1 卷第 6 期。

四〇年代左翼期刊譯介
俄蘇文學文論的時代特點

　　左翼文學批評到了四〇年代，形成了以《七月》、《文藝陣地》、《中國文化》為代表的不同的流派，這三個刊物的主編分別是胡風、茅盾和周揚。有意思的是，儘管一些左翼文學批評派別在文藝思想上彼此有一些重大甚至是嚴重的分歧，如國統區的胡風與身處根據地的周揚等人就曾為現實主義文藝思想問題發生過激烈爭論，但處於四〇年代特殊的重要時期，這些刊物依然表現出共同的政治傾向。今天，探討左翼不同派別之間的分歧是必需的，但也不能因此忽視了它們左翼身份上的一致性。本文特意選取上述三份代表左翼文學批評不同派別的刊物，就其譯介俄蘇文學和文論的情況作一考察。這是因為左翼文藝批評在相當長的一個時期裡，與俄蘇文學和文藝思想聯繫非常緊密，從它們與俄蘇文學和文藝思想的聯繫中可以把握住其基本動向。通過考察，人們不難發現，儘管左翼文學批評各派彼此有分歧，但在基本政治立場和文藝觀念上仍是一致的，甚至所採取的譯介俄蘇文學和文論的方針也十分接近，即都很看重文學的社會功能，強調文學要為現實鬥爭服務，因而它們在四〇年代民族革命戰爭和人民革命戰爭的背景中譯介俄蘇文學和文論方面表現出了鮮明的時代特色，與三〇年代左翼文學批評的同一工作存在明顯的不同。這一情況，是耐人尋味的，有助於我們對左翼文學陣營內部的結構及文學與時代的關係做進一步的思考。

一、重視戰鬥精神的傳達

　　四〇年代，中國人民經歷了反抗日本帝國主義侵略的民族解放戰爭和爭取民主自由的人民革命戰爭，其殘酷程度超過了現代史上的任何階段。左翼文學批評在這一場血與火的洗禮中，無論是「陣地戰」還是「游擊戰」[32]，主要的目標都是爭取人民戰爭的勝利。《文藝陣地》在其發刊詞中說：「這陣地上立一面大旗，大書『擁護抗戰到底，鞏固抗戰的統一戰線』」[33]胡風在〈願和讀者一起成長〉中也談到：「在神聖的火線後面，文藝作家的這工作，一方面將會被壯烈的抗戰行動所推動所激勵，一方面將被在抗戰熱情裡面躍動著成長著的萬千讀者所需要，所監視……」[34]取得人民戰爭的勝利，是壓倒一切的。這決定了這一時期左翼文學批評的不同派別在譯介俄蘇文學文論作品時，不約而同地突出了富有戰鬥精神的那一類作品的介紹。

　　首先，相對前此階段，有關蘇聯戰爭題材的作品介紹佔了絕對優勢。如《文藝陣地》刊發涉及戰爭或與戰爭有關的蘇聯作品和論文共 14 篇（其中包括蘇聯著名報告文學家愛倫堡所創作的報導世界反法西斯戰爭的文學作品）：有論文〈國防文學〉、〈在兩條戰線之間的人〉，小說〈哈桑湖畔〉、〈火中的河〉、〈電話〉、〈加拉喬夫〉、〈烏克蘭木屋裡發生的事〉、〈外科醫生〉、〈上尉什哈伏洛科夫〉等 7 篇，詩歌〈母親和兒子〉1 篇，報告文學或相似性質的作品〈「我

---

[32] 胡風對《文藝陣地》與《七月》戰鬥性的戲稱，引自胡風：《胡風回憶錄》，人民文學出版社 1993 年版，第 88 頁。

[33] 〈發刊詞〉，《文藝陣地》創刊號。

[34] 胡風：《胡風回憶錄》，人民文學出版社 1993 年版，第 84 頁。

不能靜默」〉、〈我的祖國〉、〈在頓河上〉、〈歐羅巴之夜〉4 篇，此
類作品佔譯介俄蘇作品總數 55 篇（包括以「補白」形式出現的短
篇文章）的 25.45%。對理論問題比較關注的胡風派刊物也有意識
地翻譯有關戰爭主題的作品。《七月》在 1938 年 7 月的第 3 卷第 6
期譯載了 G‧季米特洛夫〈反法西斯主義鬥爭中的革命文學──莫
斯科作家局反法西斯大會上的演說〉一文，表現出昂揚的鬥爭精
神。胡風在晚年回憶了其譯介該作品的意圖：「是盡可能採取審慎
的態度，……革命導師們向文藝提出的莊嚴任務，一定能激勵我們
的作者和讀者，嚴肅地對待文藝事業，正視我們人民在戰爭進程中
的沉重負擔和艱苦的鬥爭。」[35]可以看出他是把蘇俄文學視為精神
的導師，並密切關注著人民戰爭的現實進程。《中國文化》等刊物
主要是從政治的高度思考文藝問題，其直接譯介有關俄蘇戰爭文學
的作品相對較少。這期間，《中國文化》只在一九四一年第三卷第
一期登載了〈高爾基 ── 偉大的人道主義者〉一文。但其在高度評
價高爾基的人道主義觀點的同時，也強調了他的觀點對現實戰爭的
意義。與戰爭有關的作品的大量譯介，鼓舞了人民抗敵的決心，為
讀者把握時代的脈搏提供了幫助。

　　四〇年代左翼文學批評圍繞著取得人民戰爭的勝利這一中心
任務，不同的流派在譯介俄蘇文學和文論時還不約而同地把那些雖
非戰爭題材但包含了高昂戰鬥精神的俄蘇作品納入了視野。如《文
藝陣地》所登載的〈馬雅可夫斯基八年忌〉（創刊號）、〈孤獨的普
式庚〉（第 6 卷第 5 期）、〈親愛的〉（第 7 卷第 3 期）等論文或作品
雖與戰爭無直接關係，但體現了一種戰鬥的精神。有關馬雅科夫斯
基的譯介，不但是為了讀者更好地瞭解他，也因為「馬雅可夫斯基

---

[35] 胡風：《胡風回憶錄》，人民文學出版社 1993 年版，第 108 頁。

猛烈式地反抗非常需要」，因而「在抗日的炮火中紀念他」[36]是適逢其時的。〈孤獨的普式庚〉試圖表明這樣的觀點：詩人普希金的一生是孤獨的一生，也是戰鬥的一生。後者講述的是主人公奧連卡被生活幾番摧殘，卻還能保持自立樂觀的精神。這些作品，正如編者所說，「它們所反映事件，雖然時地各不相同，然而都與今日的反法西斯戰爭有關一點，卻是共同的」[37]。《七月》直接譯介與俄蘇戰爭有關的作品不多，但其所譯介的作品注重戰鬥精神的傳達。如〈高爾基從加普里島寄來的信〉，高爾基表達了這樣的觀點：「你用不著把苦惱著你的不安與不滿情緒絕滅，讓它使你煩惱，讓它燃燒著，它正會幫助你成為一個人，對我們國家需要的人。我們俄國人，太安然自若了，這是對我們有害的，會毀滅我們的。」[38]高爾基對作者所要求的煩惱、燃燒，正是一種動的、戰鬥的精神。這種精神對中國人民的對敵抗戰是有幫助的，而在需要「行動」的時候安然自若則在現實中具有危害性。該刊所載戈寶權譯的羅曼·羅蘭的〈藝術與行動：論列寧〉，高度讚揚了列寧的行動，批判了托爾斯泰的犬儒主義，認為藝術不是躲進象牙塔，而是與行動結合。《詭詘的鯉魚》是對怯於反抗的苟且偷生的人物的諷刺。這些作品都體現了一種對犬儒主義批評、對戰鬥精神頌揚的態度。《中國文化》所登載的〈高爾基論社會主義的現實主義〉一文，同樣傳達了堅持戰鬥精神的觀點，認為高爾基不是「一般地」反對「不抵抗論」的文學現象，高度讚揚高爾基對「不抵抗論」的批判，表示：「這是高爾基在俄國一九零五年革命□[39]八年寫的。讀了這些，令人想到

---

[36] 李育中：〈馬雅可夫斯基八年忌〉，《文藝陣地》1938 年創刊號。

[37] 參見《文陣新輯之三》的〈編後記〉。

[38] 參考 P·馬克西莫夫（高爾基）：〈高爾基從加普里島寫出來的信〉，克夫譯，《七月》第 2 卷第 2 期。

[39] □表示不易辨析的字跡，下同。

其對我們中國今日形勢之大有裨益」[40]可見,高爾基的戰鬥精神也是作者欣賞高爾基文藝觀的重要原因。這些文章雖然不是直接關涉戰爭的,但都傳遞了一種戰鬥的精神。

重視俄蘇文學中戰鬥性主題的作品譯介,是左翼陣營回應時代要求的必然結果,並在實踐中為鼓舞國人鬥志,贏得人民戰爭的勝利做出了自己的一份貢獻。

二、推崇人民性的標準

中國左翼文學最重要的一個特點,是重視文學與人民大眾的關係。早在無產階級革命文學醞釀時期,就提出了文學「要為大多數的人們」,「就不能忽視產業工人和佔人數最大多數的農民」[41]。左聯成立後,組織了文學大眾化問題的討論。到了抗日戰爭與解放戰爭時期,為了使馬克思主義與中國革命的實踐相結合,最大程度地用先進的思想武裝人民,贏得人民對中國革命的支持,毛澤東在延安提出了馬克思主義的中國化問題,強調要創造中國老百姓喜聞樂見的「中國作風」和「中國氣派」,解放區和國統區的進步文藝界據此對文藝的「民族形式」進行了討論。其實,「人民性」的更為深刻的內容還在於文學要體現人民的利益,要合乎人民的要求,要有利於人民的事業,能夠提高人民大眾參與中國革命的熱情和覺悟。四〇年代的解放區和國統區進步文藝界的文學創作體現了「人民性」的要求,同一時期左翼刊物對俄蘇文學和文論的譯介也貫徹

---

[40] 高爾基:〈高爾基論社會主義的現實主義〉,《中國文化》創刊號。
[41] 麥克昂(郭沫若):〈桌子的跳舞〉,《創造月刊》第 1 卷第 11 期。

了這一精神，特別重視譯介包含了人民性主題、具有大眾化形式的俄蘇文學作品。

這首先表現在介紹蘇聯理論家關於戲劇、報告文學、民間文學等戰時為大眾所易於接受的文藝形式的研究成果[42]。比如，《七月》譯介了蘇聯著名戲劇家達斯尼斯拉夫斯基〈論戲劇與觀眾及其他〉，該文提倡深化主題，反對皮相類比的戲劇觀，這是堅持主觀能動性的胡風刊登該文的主要原因，胡風特別強調達斯尼斯拉夫斯基「對戲劇上問題的意見，很足供中國目前戲劇界的參考。」[43]。《文藝陣地》也登載了不少蘇聯學者關於戲劇與報告文學方面的研究文章。戲劇方面有〈演員研究〉、〈論演技藝術的最高目的〉；報告文學方面有〈「報告文學」的本質與發展〉；民間文學類有〈《江加爾》俄譯本序〉、〈蘇聯卡爾美克的文學與藝術〉等。〈演員研究〉是一篇講述演員在舞臺上該如何使用演技以形象地再現人民豐富的情感和思想的文章。斯坦尼斯拉夫斯基著的〈論演技藝術的最高目的〉與此類似，主要講述演技的最高目的是為了「實現劇情的最高目的」，以及如何去實現這個最高目的問題。後者是《藝術與修養》一書的第十五章，該書翻譯過程的「悲歡離合」[44]以及譯者「希望快出書，以應當時劇壇的迫切要求」[45]的心理，同時表明了這篇文章的發表為的是滿足戰時讀者對戲劇的迫切需要。「報告文學」因為其新聞性與

---

[42] 相對來說，以《中國文化》為代表的類似刊物，較少譯介此類題材的作品，但這並不影響左翼刊物整體上對這類作品的關注。

[43] K·達斯尼斯夫斯基：〈論戲劇與觀眾及其他〉，川麟譯，《七月》第 4 卷第 3 期。

[44] 該書由鄭君里與章泯分譯而成。1939 年譯出，但因抗戰的烽火使初譯原稿焚毀於太平洋戰火中。後經三年重譯完成，刊登於《文藝陣地》。該段論述見《演員自我修養》的〈譯後記〉。

[45] [俄]史旦尼斯拉夫斯基：《演員自我修養》，鄭君里、章泯譯，北京三聯書店 1950 年版，第 416 頁。

及時性，是文學中的「輕騎兵」，在戰爭年代尤為讀者所喜愛。譯作《「報告文學」的本質與發展》，為中國讀者瞭解「報告文學」這一新體裁的本質與發展歷程提供了幫助，符合戰時文藝發展的需要。〈《江加爾》俄譯本序〉等，是對俄蘇民間文學的介紹，與中國文壇大眾化運動中對民間藝術形式的大力提倡是相一致的，為中國讀者提供了更為深入地瞭解豐富多彩的民間藝術形式的機會。

推崇人民性的主題，還表現在一些刊物重視具有「人民作家」稱號的俄蘇經典作家作品的翻譯介紹。《七月》、《文藝陣地》、《中國文化》有選擇地推出了一批經典作家，有高爾基、馬雅可夫斯基、普希金、萊蒙托夫、托爾斯泰[46]、契訶夫等。尤其是是前三位，每一種左翼刊物幾乎都有介紹。表 1 反映了高爾基等人及其作品在《七月》、《文藝陣地》、《中國文化》中出現的頻率，可以看出他們在戰時中國左翼文壇受重視的程度：

表 1

分類 刊物	高爾基	馬雅可夫斯基	普希金	合計	總譯介數	與總譯介作品的比值
《七月》	9	2	1	12	19	63.16%
《文藝陣地》	10	3	1	14	57	24.56%
《中國文化》	4	0	0	4	22	18.18%
合計	23	5	2	30	98	30.61%

表 1 表明，這三位作家在上述三個左翼刊物中出現的次數相當於這些刊物同一時期所譯介的俄蘇作家作品總數的三分之一，而二

---

[46] 據李今的《三四十年代蘇俄漢譯文學論》（人民文學出版社 2005 年版），對托爾斯泰的介紹主要原因是因為他曾被列寧稱為「革命的一面鏡子」。

三〇年代曾受到左翼期刊較多關注的陀思妥耶夫斯基、屠格涅夫等，在四〇年代的左翼刊物上出現的頻度則明顯地降低了。在二三〇年代，無論是左翼刊物還是立場持中的同人刊物，都非常關注妥思妥耶夫斯基、屠格涅夫等俄蘇著名作家[47]。如果說二三〇年代刊物較為全面地譯介俄蘇文學和文論，目的在於構建一種知識的背景[48]，那麼四〇年代左翼期刊突出介紹高爾基、馬雅可夫斯基、普希金，顯然是因為他們都是「人民的作家」：高爾基是蘇聯社會主義現實主義文學的一面旗幟；馬雅可夫斯基受到史達林的稱讚，說他「過去是現在仍然是我們蘇維埃時代最優秀的、最有才華的詩人」；普希金作為俄羅斯黃金時代的傑出代表，其作品理應受到廣泛傳播。有意思的是，由於受未來派等左傾思潮的影響，普希金在蘇聯一度遭到過貶低，但他的作品具有人民性的內涵和偉大的意義，使詩人在一九三七年——詩人逝世一百周年之際，在蘇聯和中國重又引發了廣大讀者的敬仰之情，普希金及其作品也成為「人民性」的另一代名詞。中國左翼批評界對這些作家的推崇，反映了革命戰爭年代廣大讀者期待作家傳達人民心聲的願望，更為重要的是反映了左翼批評界在戰爭年代調整了文藝批評的方針，不再堅持狹隘的階級標準，而是從更具有廣泛群眾基礎的人民性標準來要求作家，要求作家表達人民的立場和觀點。

正是沿著這一思路，四〇年代的中國左翼刊物還特別重視譯介堅持「人民性」觀點的蘇聯學者的論文。《七月》刊登了〈「普式庚論」草稿〉、〈論馬雅可夫斯基〉、〈Ａ・克拉甫兼珂〉等文章。〈「普

---

[47] 參考陳國恩等著《俄蘇文學在中國的傳播與接受》第四章第五節〈左聯十年論爭與俄蘇文學文論傳播中的期刊〉，中國社會科學出版社 2009 年版，第 357 頁、375 頁。

[48] 參考陳國恩等：《俄蘇文學在中國的傳播與接受》，中國社會科學出版社 2009 年版，第 361 頁。

式庚論」草稿〉為高爾基所作，他強調出生於貴族階級的普希金是一位突破了他出生階級限制的詩人，因為他來自人民之中。〈論馬雅可夫斯基〉同樣強調了馬雅可夫斯基是一位天才的、創造性的詩人，是人民的詩人。他為大眾寫作，也從大眾那裡吸取了力量，加深了情緒的深度與思想的廣度。很顯然，中國的翻譯者重視這些文章所持的以「人民性」沖淡作家階級出身的思想原則，因為這符合戰時動員最廣大的民眾參與到中國人民革命事業的歷史需要。《文藝陣地》所譯介的〈論革命的語言〉、〈青春復返術〉等文章也具有類似的特點。如〈論革命的語言〉認為優秀的語言是民眾的語言，使用好民眾的語言，是作品獲得大眾認可的重要因素之一。這些作品討論的主題並非「人民性」，但它們大都持人民性的批評原則。再如《中國文化》所登載的〈論藝術工作者應學取馬克思──列寧主義〉一文，其主題如標題所示，不過作者在文章中特別強調，藝術工作者學取馬列主義，是為了在實際中做到怎樣才能更好地為人民服務。這些譯作增強了中國讀者對「人民性」內涵的理解，為創作出符合時代需要、大眾需要的文學作品提供了重要的理論參照。

推崇人民性的標準，集中翻譯介紹俄羅斯和蘇聯文學史上具有人民性內涵的作品和堅持人民性標準的論文，是中國左翼批評界回應時代要求的一個結果。

三、關注現實主義的理論問題

左翼文學界的一個共同訴求，就是追求歷史的「本質真實」，因此在創作方法上，要以現實主義為主導，意在揭示歷史發展的規律。但對現實主義問題的探討，在中國卻經歷了一條漫長的道路，其間特別受到了蘇聯現實主義理論的影響。在經歷了最初的「新寫

實主義」及稍後的「唯物辯證法的創作方法」之後，蘇聯文藝界於
一九三二年提出了「社會主義的現實主義」，在經過周揚等人的大
力宣傳後，這一創作方法在中國左翼文壇佔據了至高無上的地位。
抗日戰爭爆發後，面對戰爭的現實，圍繞現實主義問題，左翼文壇
又展開了討論，以求得對現實主義有更為深入的認識，從而在創作
上能更及時、準確、深入地反映現實。在此背景下，譯介蘇聯文藝
界有關現實主義的理論又形成了一個小小的高潮。

　　四〇年代左翼批評界對現實主義理論問題的關注，首先表現在
刊物翻譯介紹俄蘇作家、批評家提倡現實主義的理論文章。雖然以
胡風、周揚、茅盾等人為代表的左翼批評界的不同流派在如何看待
現實主義問題上存在分歧，並有過激烈的爭論，但他們都推崇和提
倡現實主義。比如《七月》所登載的有關俄蘇文論的 13 篇作品中，
提倡蘇聯現實主義的文章就有〈高爾基論社會主義的現實主義〉、
〈論戲劇與觀眾及其他〉、〈A・克拉甫兼珂〉、〈「普式庚論」草稿〉、
〈敘述與描寫〉等 8 篇，與該刊譯介文論的總數之比約為 62%，佔
了很高的比例。〈高爾基論社會主義的現實主義〉一文重點介紹了
高爾基關於「社會主義現實主義」創作方法的觀點，譯者稱它是「研
究社會主義現實主義創作方法的起點」。其他幾篇雖然不是專門介
紹現實主義理論，但都從不同角度論述了現實主義文藝觀。如〈論
戲劇與觀眾及其他〉是一篇關於戲劇文學的論文，作者反對皮相地
描寫生活的文藝觀；〈A・克拉甫兼珂〉是對蘇聯雕刻藝術家克拉
甫兼珂形象的刻畫，但行文表明傳主之所以能成為「蘇維埃的藝術
家」，是因為他克服了前期浪漫主義藝術家的身份，而從現實中尋
找創作的源泉；盧卡奇的〈敘述與描寫〉，眾所周知，強調現實主
義的能動意義。這些論文為讀者瞭解現實主義文藝觀提供了多側面
的視角。《文藝陣地》共發表了 28 篇與俄蘇文論有關的譯作，其中
〈創造新的紀念碑的形式──蘇聯作家大會報告及討論之一〉、〈高

爾基與馬雅可夫斯基〉、〈肖洛霍夫在一九四〇年〉、〈我是勞動人民的兒子──八月出版〉、〈青春復返術〉、〈論革命的語言〉等論文，都與現實主義的創作方法有關。其中〈創造新的紀念碑的形式〉一文比較明確地提出了對社會主義現實主義的理解：「作為最批判的現實主義，同時又是確證現實的現實主義……為著更多地從理論上展開我們文學發展的社會主義的透視，我以為必須依據於生活與文學的活的實踐。」[49]《中國文化》創刊號所登載的〈高爾基底社會主義的美學觀〉，也是中國左翼文藝界介紹蘇聯現實主義文論的重要作品，該文從高爾基作為「第一個偉大的社會主義現實主義的作家對於美學的觀點」[50]的立場進行介紹，表達了該刊對蘇聯現實主義文論的推崇。

　　對俄蘇現實主義文論的重視和介紹，為中國左翼作家創作出符合革命年代需要的現實主義作品提供了規範和標準，反映了中國左翼文壇面臨革命的現實，為創造出更多更好的現實主義作品而發展和深化現實主義理論的努力。

　　中國左翼批評家對現實主義理論問題的關注，還表現在編者注重發表與現實主義創作方法或創作技巧有關的譯作。表 2 是《七月》、《文藝陣地》、《中國文化》三個刊物發表的俄蘇文學與文論譯作的情況：

---

[49] [蘇]法捷耶夫：〈創造新的紀念碑的形式──蘇聯作家大會報告及討論之一〉，《文藝陣地》第 3 卷第 11 期。

[50] 引自《高爾基底社會主義的美學觀》的〈譯者序〉，《中國文化》創刊號。

表 2

分類 刊物	涉及創作方法 問題的文章	所譯介作品合計	涉及創作方法的 文章與所譯介作品之比
《七月》	4	19	21.05%
《文藝陣地》	11	57	19.3%
《中國文化》	2	22	10%
合計	17	98	17.35%

　　可以看出，涉及創作方法問題的文章佔俄蘇作品譯介總數的近五分之一。

　　在這些涉及創作方法問題的譯作中，相當一部分是作家談創作經驗的，如《七月》登載的〈高爾基論社會主義的現實主義〉以及《文藝陣地》刊發的〈青春復返術〉、〈論革命的語言〉等文章，在倡導現實主義的同時，作者著重談論的是如何創作出優秀的現實主義作品。前者主要是高爾基關於「社會主義現實主義」的觀點，為了強調如何掌握這一創作方法，在該譯文後，又附上了高爾基的一小段論述：「雖然我們有著充分的材料，卻研究得不夠充分，而且我們缺乏把材料造成高的藝術形式的能力。能力是由知識創造的，所以我們非被知識武裝起來不可，而且應該學習巧妙地誠實地工作……」[51]在這裡，高爾基提出我們需要被知識武裝，並巧妙誠實地工作，才能創作出好的藝術作品。〈青春復返術〉是作家歐柳霞談自己創作的體會，講述應怎樣寫新生的蘇聯。〈論革命的語言〉，

---

[51] [蘇]拉弗勒斯基：〈高爾基論社會主義的現實主義〉，周揚譯，《七月》第 5 卷第 1 期。

主要內容是說在經歷了「十月」革命後的蘇聯，我們不僅要學習古典語言，更要從大眾中學習，以獲取「單純聰明」的語言，才能創作出為大眾所喜愛的作品。

　　此外，有些譯作雖非直接談論創作問題，但也會隱含關於創作問題的見解。如《中國文化》創刊號所登載的〈高爾基底社會主義的美學觀〉，在其中「寫什麼呢」一節，轉述了羅曼・羅蘭對創作的看法：「羅曼・羅蘭在那信上說，真正藝術的作品只有真如作家需要寫他，假如他想向讀者說什麼，即作品主題，在他看來□□會非常重要，他不能不在藝術裡給那主題找到表現──只有這樣，才能創立藝術的作品。」還轉引了高爾基的創作體會：「有時候我非常痛苦、緊張如歇斯底里者一樣。好像喉嚨裡梗著骨頭，我想叫喊……」[52]這些著名作家對創作問題的見解以及在創作過程中靈魂的戰慄，有助於讀者更好地把握作品、理解創作。《文藝陣地》所刊登的〈馬雅可夫斯基回憶〉一文，也穿插敘述了詩人創作的情況：「在〈怎樣寫詩〉的小冊子中，馬雅可夫斯基非常精密地描寫他作詩的技術……在說述了以上五點之後馬雅可夫斯基以〈紐約之雨柏林大旅館中的與洗所人〉等詩以說明他之所謂詩的貯藏，韻腳，韻律，頭韻，樂旨等。」[53]這些文章雖非創作經驗的直接表達，但對中國作家掌握現實主義藝術的關鍵同樣具有重要的借鑒意義。

　　　　　　　　　　本文發表於《湘潭大學學報》2011 年第 6 期

---

[52]　此處與羅曼・羅蘭的引文都出自〈高爾基底社會主義的美學觀〉，《中國文化》創刊號。

[53]　Elas Triolet：〈馬雅可夫斯基回憶〉，柳無垢譯，《文藝陣地》第 4 卷第 9 期。

歷史意識與學術創新兼答俞兆平先生

　　前些天上網查資料，偶然發現了俞兆平先生針對我的論辯文章，題目是〈歷史意識與浪漫主義──兼答陳國恩先生〉。此文有沒有在刊物上發表，我不得而知。但讀了後，我感到俞先生是花了細工的，很是較真，因而我覺得應該寫篇文章把相關的問題說清楚，並就此談一點我在學術創新問題上的想法乃至困惑。

　　俞先生的「兼答」針對的是我的〈「歷史反思」應該具有歷史感──與俞兆平先生「中國現代文學中浪漫主義的歷史反思」一文商榷〉（《文學評論叢刊》第四卷第一期）。我寫那篇商榷文章時，與俞先生還不熟，所以讀了他的〈中國現代文學中的浪漫主義的歷史反思〉後，就按一般的方式商榷起來了。我的想法很簡單，凡學術研究中涉及價值判斷的部分可以依據不同的標準，堅持不同的觀點，但依據你的特定標準得出你的觀點的時候，你得尊重基本的事實，這是學術研究中歷史意識的一種重要表現。俞兆平先生的學術功底不淺，不過我當時不太滿意他的〈中國現代文學中的浪漫主義的歷史反思〉一文的地方，並非他說創造社和郭沫若不屬於浪漫主義這一基本結論，而是他在下這一結論時所使用的證據與實情有出入。你可以說創造社不屬於浪漫主義，也可以認為中國現代浪漫主義得由另一批人來代表。但你說創造社的「主要成員在他們公開發表的文章中，從未亮出浪漫主義的旗號，反而對浪漫主義頗有微詞，甚至批判、否定」，則與事實不符。我的商榷文章只限於討論這「從未」的說法成不成立，而不是涉及對中國現代浪漫主義文學

思潮的判斷。沒想到這樣就事論事，我本來以為有助於把問題講清楚，不致引起爭議，卻反而被俞先生說成是「你拍一，我拍一；你拍二，我拍二」的太老實巴交的駁論方式，甚至因為太稚拙可愛而使他提不起「再商榷」的興趣。

後來我與俞先生有些交往，但幾次見面都沒有說起此事。現在讀了他的這篇〈兼答〉，不免啞然失笑，也意識到我最初寫那篇文章參與討論時真的有點「年少氣盛」。不過「年少氣盛」也好，「稚拙可愛」也罷，我在讀了俞先生的〈兼答〉文章後，覺得仍然有一些話要說。這些話當然有一些說明的意思，但如果僅是說明性的內容，本來打個電話就可以解決，重要的是其中還涉及一些文學批評和歷史研究應該注意的原則問題，所以我決定還是把這些想法寫成文章。

首先，我對俞先生的論辯態度持保留意見。他開宗明義就說：「對於文學論爭中的駁論的文章，我素來佩服魯迅的〈估《學衡》〉一類辛辣老到、入木三分的『刀筆吏』般的功力。一個『估』字，直逼『衡』字，如利刃般，直搗心窩，對手無法招架，只得認栽。」魯迅何許人也，「學衡」又何許人也？當今的情況與魯迅時代很不同了，文學論爭用得著這樣「直搗心窩」的方法嗎？即使魯迅的時代，他進行論辯的方式也是看對象的，並非一概地把對手視為敵手，要利刃刺心。我認為學術上的論駁，是為了求得問題的解決，即使意在指出對方的不當，也不是為了讓對手認栽，而是指出對方的問題，期待其做出回應。這樣的來回質疑，方有望取得共識，至少可以使問題明晰起來。如果把自己的意見看成是惟一的真理，關係到個人「武功」的存廢，豈能不把討論當成打架，把對手當成敵手？一旦把對手當成敵手，恐怕就難以做到心平氣和了罷。

第二，引起我與俞先生意見分歧的一個核心問題，不是創造社、郭沫若等人能不能代表中國現代浪漫主義文學思潮的問題，而

是俞兆平先生論證自己觀點的那種方法，我稱這種方法是非歷史主
義的，意思是他提出的論據本身缺乏可靠性，而支持核心觀點的關
鍵判斷又有欠缺。郭沫若批判浪漫主義，是他一九二〇年代中期轉
換方向以後的事，俞先生卻拿來證明郭沫若一貫地反對浪漫主義，
這怎麼能有說服力呢？俞先生斷然地聲稱郭沫若等人「從未」亮出
過浪漫主義的旗號，可是郭沫若卻說過他是一個浪漫主義者：「比
如我自己，在目前就敢於坦白地承認：我是一個浪漫主義者了。這
是三十多年從事文藝工作以來所沒有的心情。」[54]雖然這是在一九
五八年說的，他當時算不算一個真正浪漫主義者，可以討論，但他
在受壓後的鬆綁時期說的這種歷史回顧性的話，而且主要是說他從
前（到一九五八年說話時為止）是一個浪漫主義者，我們沒有理由
懷疑其真誠性，因為他用說假話來偽裝自己是一個浪漫主義者不會
給他帶來額外的榮譽，也即是說他沒有理由一定要冒充是一個浪漫
主義者。五四時期的文學思潮，其理論體系大多不太完備，而且思
潮問題又多與人事關係糾纏在一起。作為創造社的一個頭，郭沫若
承認了自己是一個浪漫主義者，而五四時期他又糾集起一幫人，辦
起了幾個刊物，要跟人一較高下，宣稱要打破一二個統治文壇的偶
像，他真的沒有「主義」嗎？如果有主義，能不是浪漫主義，反而
是別的什麼「主義」（如俞先生所認為的科學主義）？再者，郭沫
若在轉換方向後宣佈浪漫主義文藝已成了反革命的文藝，他們開始
實行自我批判，他們要批判的浪漫主義文學能按到誰的頭上去呢，
是俞先生所認定的宗白華──宗白華夠得上代表一個大的思潮、因
而要郭沫若他們大動干戈地來批判嗎？還有，如果郭沫若真的像俞
先生所認定的那樣歷來痛恨浪漫主義，依他的性格，怎麼可能在鄭
伯奇於《中國新文學大系‧導言》裡宣稱創造社是浪漫主義的團體、

---

[54] 郭沫若：〈浪漫主義和現實主義〉，《紅旗》雜誌 1958 年第 3 期。

他們是一群浪漫主義者以後不出來反駁呢？也許我的見聞有限，至少我到現在為止，還沒有看到郭沫若公開否認鄭伯奇觀點的材料，所以我也要模仿俞先生的口氣說：你拿證據來。不否認，當然不見得等於承認，但這至少比說郭沫若始終「批判」和「否定」了浪漫主義更接近於郭沫若對浪漫主義的態度。至於郁達夫在《文學概說》中論及浪漫主義的缺陷，就因此認為他是反對浪漫主義的，這樣的論證方式我同樣是不敢苟同的。郁達夫在這本小冊子中對各種「主義」都有評說，他說到了自然主義的「致命」壞處，說到了古典主義形式精緻的特點，這顯然都是客觀的介紹，與他自己所實踐的「主義」沒有直接關係。換言之，他批評浪漫主義，並不能證明他就是一個浪漫主義的反對者，他表揚古典主義，也肯定不是在提倡古典主義。我今天的意見還是覺得俞兆平先生的文章有兩個大的缺陷，一是混淆了創造社前後期立場的轉變，把創造社後來的否定浪漫主義，說成創造社一貫的反對浪漫主義；二是說創造社成員「從未亮出」浪漫主義的旗號，你說的是「從未」，這似乎太絕對了，而且是以現在的標準來要求怎麼樣亮旗號了。按照這樣的標準，五四時期的文學思潮亮出的旗號大多都不符合要求，俞先生所認可的足以代表五四浪漫主義文學思潮的宗白華至少不會比郭沫若等人更接近「亮出」了浪漫主義的旗號。我想歷史研究，要留一點餘地。用一種不容置疑的全稱判斷作為立論依據，也許可以帶來創新的效應，可弄不好會給自己帶來麻煩的。

　　第三，歷史研究中的歷史感問題，可分為兩個方面。一是事實判斷的層面，二是價值判斷的層面。事實判斷的層面，如上文所言，屬於一是一、二是二的問題，說過就說過，沒說過就沒說過。當然對一個人說的話，仍然可以進行分析，因為他說的可能並不一定是真心話，或者他說的話可以做多種解釋，這其實已經進入了問題的價值判斷的層面了。一種話的多種理解，有時不是簡單的二元對立

的關係，也即是說，不同的理解可能都具有合理性，關鍵是看你採取什麼立場，使用什麼標準，要達到什麼目的。學術研究的魅力，相當程度上正是在這裡。人們從不同的角度思考，採取不同的立場，採用不同的標準，在對話當中溝通，也許最終達成了某種共識。即使沒能達成共識，也能夠使問題明晰起來，使不同的立場和觀點明確起來，讓人意識到彼此的分歧，從而來進一步思考這種分歧的另外意義。很多時候這樣的分歧，對人類思想史的發展所起作用會比達成某種共識還大。

我強調這一點，目的之一是為了肯定俞兆平先生研究浪漫主義文學思潮所取得的成就。他的文章給人的印象是理論功底扎實，問題提得很尖銳，具有很強的創新意識，但在一些具體的問題上，由於他的專長在於文藝理論方面，對現代文學史上作家個人經歷的複雜性或許不予重視，對相關的史料的掌握可能也欠充分，所以下的一些判斷絕對了一些，我難以完全認同。但這種分歧在學術研究中也是正常的，彼此本可以保留自己的意見。事實上，一種觀點要得到普遍的認同，根本不可能，存在分歧反倒是合理的。如果全民一致認同某種觀點，達到了思想的高度統一，反而是不正常的現象，對學術發展和社會進步未必有益。我研究過一點浪漫主義文學思潮，對它的發生與發展等問題，有自己的一些看法，但我不會否定與我相左的觀點。學術研究中的不同觀點，在很多時候是因為使用了不同的標準，或立場有異，講得極端一點，它們可能是公說公有理、婆說婆有理，即古人所說的智者見智、仁者見仁的問題。見仁見智並非無益的爭論，彰顯彼此的分歧，如上文所言，也有它的好處。

不過如果是事實層面的問題，則情況就有所不同了。一就是一，二就是二，不能把一說成二。我對俞先生的文章提出異議，主要限於這個層面，比如上文提到的你不能把創造社轉向以後的態度

說成是他們一貫的態度，而且說得那樣絕對。不過即使是事實的認定，也不可能放棄分析的方法。比如王國維提出的雙重證據法涉及對地下文物的讀解，如何考定這些出土文物，仍然要用多種分析方法。俞先生在「兼答」文章中說我在分析郭沫若當時否認創造社有劃一主義的真實意圖時，是犯了心理主義的毛病，說我是個人的猜測。不過我想，對一條材料的辨識，有時難以避免運用心理分析的方法，心理分析也並不一定會與歷史分析相衝突，關鍵是要獲得多重證據的支持。我們現在所研究的歷史，已經不是純客觀的存在於歷史深處的歷史本身了，而是人所言說的歷史現象，這就不能絕對排斥對歷史人物進行心理分析。當然，這樣的分析最終也應該接受歷史的和邏輯的檢驗。說郭沫若在創造社成立之初由於要指責別人以死板的主義來規範活體的人心，他就不便提出自己的主義了，我現在還認為這是可以說得通的，當然這可以進一步討論。如果因此像俞先生所推定的那樣，我這樣說，無疑於是在講郭沫若說一套做一套，表面上否定自己有劃一的主義，實際上是因為要指責別人兜售某一主義而不便自己拿出事實上所堅持的主義來，似乎他有點心口不一的人格缺陷，用俞先生的話說，這無異於說郭沫若是一個「口中反對主義，心中崇奉主義」的口是心非的文壇騙子了。說郭沫若是文壇騙子，當然言重了。但俞先生真的相信郭沫若那時完全表裡如一，一派天真，以致他即使為了與他所反對的文壇偶像鬥爭也不會從策略角度說些「口是心非」的話嗎？再退一步說，即使郭沫若那時真的是在說假話，我覺得也不會污了他的清名。因為糾纏著某種意氣之爭的因素，說點這樣無關宏旨的「假話」，用不著較真。這樣的「假話」一般人可能會說，郭沫若也不會免俗罷？

　　其實，俞先生批評我用了心理分析的方法，用調侃的語氣說我生活在世紀交替的今天竟然有本事鑽回到八十年前郭沫若等人的肚子裡，知道當年他們不便拿出「主義」，說的並非真話，而是在

要「語言策略」，可是遺憾的是俞先生自己對這種心理分析的方法也照用不誤。比如，他引用郭沫若與蔣光慈的一次談話，進而分析俄國的高爾基對浪漫主義的態度，最後斷定郭沫若等的接納、承認浪漫主義就與高爾基的理論及蘇共對浪漫主義的重新界定、評價有較大關係。郭沫若並沒有說過他的態度轉變與俄國的高爾基和蘇聯的共產黨有關係。俞先生的結論，不是也運用了分析的方法，其中包括心理分析的方法嗎？我指出這一點，意在強調研究歷史不可避免地需要運用多種方法，歷史中可以讓你隨便揀到的現成事實是不多的，而且即使是絕對客觀的實物，也仍然有分析判斷的必要，否則的話，任何研究都無從談起。俞先生其實是不會反對這一點的，我感到有點不易接受的是他自己運用了心理分析的方法，卻為了突顯別人的謬誤，顯示自己的「武功」，不假思索地把「心理分析」作為一頂有違事實的帽子戴到了我的頭上。

第四，行文至此，我不得不指出俞兆平先生的「兼答」文章實際上已經改變了他原先的觀點。他的〈中國現代文學中浪漫主義的歷史反思〉一文斬釘截鐵地說創造社的「主要成員在他們公開發表的文章中，從未亮出浪漫主義的旗號，反而對浪漫主義頗有微詞，甚至批判、否定」，可是這篇「兼答」已經改成了「後來郭沫若等接納、承認浪漫主義，與高爾基的理論及蘇共對浪漫主義的重新界定、評價有較大的關係」。難道「後來接納」是私下進行的，與「他們公開的文章中，從未亮出浪漫主義的旗號，反而對浪漫主義頗有微詞，甚至批判否定」可以並行不悖？我要說明，我指出俞先生文章前後的變化，主要是想強調創造社確實與浪漫主義有密切的關係，承認這一點本與「武功」的存廢沒有關係。俞先生的學術功底深厚，只是為了創新，把話講得絕對了一些。

當然，俞先生未必承認他的看法發生了變化，他在「兼答」文章中所堅持的基本意見仍然是郭沫若等在一九三二年前（改變了

「從未」的提法）沒有說過自己是浪漫主義者，他們後來「接納、承認」浪漫主義是由於受到了高爾基和蘇共對浪漫主義態度的影響，並且又斷言：「在政治傾向的導引下，郭沫若理所當然地從迴避、貶斥浪漫主義，轉而接納高爾基的『集體主義的浪漫主義』，並開始像蔣光慈一樣自豪地宣稱自己是浪漫主義者，亦即是革命者了。這也是由當時歷史語境所導引的，所決定的。至一九三五年鄭伯奇《中國新文學大系──小說三集》『導言』一出，塵埃落定，創造社的浪漫主義定性便成為『思維定勢』了。」我總覺得俞先生文章中一些判斷過於絕對化，姑且不說這裡的判斷又有他自己所反對的「心理分析」的嫌疑，僅拿他捨不得放棄的創造社的被認定為浪漫主義只是鄭伯奇一個人過失的觀點來看，還是有點靠不住。因為很明顯，依俞先生所說，郭沫若等人接納浪漫主義是與高爾基和蘇共有關，那麼他們所接受的這種浪漫主義就不可能是一般所認為的五四浪漫主義了，而只能是一種革命化的浪漫主義（我認為這是走向政治化的浪漫主義的開端）。鄭伯奇怎麼可能在一九三五年來認定一九三五年其實已經不存在了的創造社是這種革命化的浪漫主義源頭呢？任何稍為瞭解一點中國現代文學史的人都知道，這種革命化的浪漫主義與五四時期創造社和郭沫若等人的那種充滿個性精神的「主義」（且不說它是浪漫主義）是完全不同的，甚至是針鋒相對的。鄭伯奇居然把接納了高爾基影響的「集體主義的浪漫主義」拿過來安到了創造社和五四時期的郭沫若等人頭上，而郭沫若等又加以默認了。我想除非鄭伯奇犯湖塗了，如果不是鄭伯奇犯湖塗，那肯定是我們犯了湖塗。因為鄭伯奇在一九三五說創造社是浪漫主義的團體時，他肯定不會是說他們是「集體主義的浪漫主義」意義上的那種浪漫主義。相反，他是清楚地指出了創造社的那種浪漫主義充滿了個性主義的精神的。

　　第五，俞先生批評我所堅持的創造社和郭沫若的文學思想屬於浪漫主義的觀點，是一種老生常談，我認為這反映出上個世紀九〇年代以來學術界存在的一種急於創新的心態。我寫這篇文章的意圖，如開頭所聲明的，除了做一些說明，還有一點也就是想提出與此有關而又更有意義的關於學術創新的問題。這個問題與我跟俞先生的分歧有些聯繫，但肯定已經超出了這一分歧的範圍。

　　由於社會轉型和意識形態的調整，原來依存於新民主義理論或啟蒙主義理論的中國現當代文學的學科格局目前正在發生一些重要變化。這導致許多文學現象的原有結論需要重新審視，並且學科的格局和結構可能也要進行一些調整。這些問題大多關係到學科的全局，我們在思考時需要有清醒的歷史意識，周密的考量，儘量避免為了創新甚或為了強調與眾不同而發生一些顧此失彼的失誤。我接觸過一些日本學者和臺灣學者的研究，感覺到他們的論著較多的關注一些具體問題，不急於推出宏觀性的結論，論著中有大量材料，整理和分析都十分細密。初看，這樣的成果好像缺乏思想深度和力量，過於瑣碎，但回過頭來我卻感到，這樣的研究方式和學術風格有其優點，即他們的成果比較扎實，不像我們談論宏觀問題有時一不小心會失之空疏，喜歡提出一些「驚天動地」的見解，似乎只要與眾不同就好，比如對魯迅的評價，對左翼文學的批判等，存在著一些脫離歷史環境、缺乏同情的理解之現象，痛快地下結論（必須強調的是，中國大陸同樣也有非常細密扎實的研究成果）。宏觀研究與微觀研究，究竟哪一種方式更好？我想各有優點罷，關鍵是看我們如何來做。宏觀的研究可以做得很好，但這樣的研究需要謹慎，尤其是在下結論時，要小心，儘量做到客觀嚴謹，顯示一種歷史責任感。微觀的研究也可以做得很出色，重要的是要有宏觀把握作為指導，否則就有可能糾纏於現象中，意義有限。

　　早就有學者指出，中國現代文學是一個非常擁擠的學科。因為擁擠，現在想要創新，何其難也。同時，中國現代文學與意識形態的關聯密切。一旦意識形態發生了某種變化，就會出現一波憑藉意識形態變化來炒概念、進行翻燒餅式創新的研究熱潮，即把原來依存於舊觀念的結論用新的觀念來重新闡釋，甚至只要反過來說即行。這其中當然也包括借用外來的概念進行炒作的研究，外來的概念林林總總，翻燒餅更加容易。這樣的研究容易出新，但也可能只是概念與概念之間的打架，而不是立足於中國語境，找到真正的中國式問題，研究這個「真」問題，找出其中國的意義。這後一種的創新研究，是需要聯繫實際的，是要從材料做起的苦功夫。受學科擁擠的制約和這種創新衝動的影響，我們有意無意似乎得了一種創新的焦慮症，總在殫精竭慮地想要提出一點新說法，而不太顧及其合理性；在評價上則是只要新的就好，不太考慮其成立的理由。極端的狀況，就是比拼誰的膽子大了，當然，極端的例子並不多見，但這樣的創新壓力和創新焦慮是存在的。面對此種情勢，許多有識之士呼籲要回歸純正的學風，要守衛學術的尊嚴。我的體會是這要求我們立足於現實的問題，重視基礎性研究，某種意義上說需要用笨功夫，以保證你的研究成果是嚴謹的。

　　學術創新，是一個重大而複雜的話題，顯然無法在這篇文章的尾巴部位把它談深談透，何況我自己還沒有完全想清楚，需要繼續思考。我只是把一些想法乃至困惑提出來，希望得到批評指正。

本文發表於《襄樊學院學報》2008 年第 10 期

第二輯

魯迅的經典化

「魯迅是誰？」

──當前魯迅研究的幾點思考

一、問題的提出

「魯迅是誰？」上個世紀三〇年代初瞿秋白在他的《魯迅雜感選集·序言》中就已提出了這個問題。最近，魯迅的孫子周令飛又重複了這樣的提問。周令飛說：「這幾年來，我心裡面有很大問號。第一個問號，『魯迅是誰』，我認為面目全非。」他強調一些學者把魯迅說成是在寂寞、孤獨甚至絕望和怨恨中死去，這很不準確，因為他所聽到的魯迅並非如此：「我聽我的祖母、我的父親告訴我，當時在上海雖然他也在打筆仗，但是在上海故居裡的生活品質絕大多數是好的。他喜歡看電影，經常去看美國大片，喜歡逛書店，頻繁地逛書店。生活中他不缺吃、穿，他有很多的朋友一天到晚到他家裡來聊天。昨天晚上打筆仗，今天一同吃飯。還有，他娶了一位年輕的太太，有了我父親這個孩子，每天抱在手上。生活是這樣的快樂，我覺得是很豐富的……這樣的一個人是不是像大家描述的那樣，那麼絕望的死去？」[1]瞿秋白的提問，反映了一個文化修養很高的共產黨人對魯迅的理解；周令飛的提問，則是基於他作為魯迅孫子的家庭生活感受。那一個魯迅更真實，真不好輕易回答。

---

[1] 〈「重讀魯迅」與當下意義〉，《上海采風》2011 年第 5 期，第 16 頁。

　　魯迅是一個什麼樣的人，其實從來沒有定論。魯迅的敵人對他的攻擊姑且不論，僅看魯迅朋友或後來崇敬魯迅的人的文章，意見也很不一致。吳虞在讀了《狂人日記》後寫了一篇〈吃人與禮教〉：「孔二先生的禮教講到極點，就非殺人吃人不成功，真是慘酷極了……到了如今，我們應該覺悟：我們不是為君主而生的！不是為聖賢而生的！也不是為綱常禮教而生的！甚麼『文節公』呀，『忠烈公』呀，都是那些吃人的人設的圈套，來誆騙我們的！我們如今，應該明白了！吃人的就是講禮教的！講禮教的就是吃人的呀！」。[2] 吳虞高度肯定了《狂人日記》的歷史功績。可是在「革命文學」論爭中，本來同屬新文學陣營的郭沫若卻著文稱魯迅是「封建餘孽」、「二重的反革命」、「不得志的 Fascist（法西斯諦）」[3]。成仿吾批評魯迅「代表著有閒的資產階級，或者睡在鼓裡的小資產階級」：「他們所矜持的是『閒暇、閒暇，第三個閒暇』。」[4] 馮乃超說：「魯迅這位老生——若許我用文學的表現——是常從幽暗的酒家的樓頭，醉眼陶然地眺望窗外的人生。世人稱許它的好處，只是圓熟的手法一點，然而，他還常追懷過去的昔日，追悼沒落的封建情緒，結局他反映的只是社會變革期中的落伍者的悲哀，無聊賴地跟他弟弟說幾句人道主義的美麗的說話」[5]。李初梨諷刺魯迅是中國的唐·吉珂德[6]。作為魯迅好友的瞿秋白，他在《魯迅雜感選集·序言》中強調魯迅是喝狼奶長大的，是封建階級的二臣逆子，他從進化論

2　吳虞：〈吃人與禮教〉，原載 1919 年 11 月 1 日《新青年》6 卷 6 號。

3　杜荃（郭沫若）：〈文藝戰線上的封建餘孽——批評魯迅的「我的態度氣量和年紀」〉，1928 年《創造月刊》第 2 卷第 2 期。

4　成仿吾：〈從文學革命到革命文學〉，1928 年 2 月《創造月刊》第 1 期第 9 期。

5　馮乃超：〈藝術與社會生活〉，1928 年《文化批判》創刊號。

6　李初梨：〈請看我們中國的 Gon Quixot 的亂舞——答魯迅「醉眼中的朦朧」〉，《文化批判》第 4 期。

到階級論，從個性主義到集體主義，完成了思想的飛躍[7]。一九三七年十月十九日，毛澤東在魯迅逝世周年祭日到陝北公學做了《論魯迅》的演講，他說：「魯迅在中國的價值，據我看要算是中國的第一等聖人。孔夫子是封建社會的聖人，魯迅則是現代中國的聖人。」在《新主民主義論》中，他又寫下了那段著名的話：「魯迅是中國文化革命的主將，他不但是偉大的文學家，而且是偉大的思想家和偉大的革命家。魯迅的骨頭是最硬的，他沒有絲毫的奴顏和媚骨，這是殖民地半殖民地人民最可寶貴的性格。魯迅是在文化戰線上，代表全民族的大多數，向著敵人衝鋒陷陣的最正確、最勇敢、最堅決、最忠實、最熱忱的空前的民族英雄。魯迅的方向，就是中華民族新文化的方向。」[8]然而到八〇年代初，王富仁提出魯迅小說沒有涉及反帝的內容，它的價值不在政治革命方面，而在於揭示了反封建思想革命的重大問題，因此《吶喊》與《徬徨》是「中國反封建思想革命的一面鏡子」[9]。此後，一些學者把魯迅看作平常的人，從《野草》和他後期的一些雜文中發現魯迅的內心非常孤獨、寂寞，甚至陷於絕望的狀態，認為魯迅的偉大就在於對這絕望的反抗。但如前文已經提及的，周令飛不同意這種觀點，周令飛認為魯迅是快樂的。上述諸多觀點所描畫的魯迅形象各不相同，甚至是相互打架的。這還僅僅是國內的情況，如果把視線移到國外，在日本的魯迅研究界我們發現存在著同樣的情形：日本學者所揭示的魯迅形象是有差別的，因而產生了「竹內魯迅」、「丸山魯迅」和「伊騰

---

[7]　何疑（瞿秋白）：《魯迅雜感選集・序言》，《魯迅雜感選集》，上海青光書局 1933 年版。

[8]　毛澤東：〈新民主主義論〉，《毛澤東選集》第 2 卷，人民出版社 1957 年版，第 691 頁。

[9]　王富仁：《中國反封建思想革命的一面鏡子：〈吶喊〉〈徬徨〉綜論》，北京師範大學出版社 1986 年版。

魯迅」[10]。這就真的產生了疑問：不同的「魯迅」，包括周令飛心目中他祖父的魯迅，到底哪個才是真實的？

二、歧見中的意義

其實，不必追問哪個魯迅才是真實的。魯迅是誰？屬於本體論的問題，對此問題的回答要受認識主體及環境條件的影響。人類對對象的認識，永遠在揭示真相的途中。期間達成的認識，僅僅是從特定角度對對象的具體認識。它們可能反映對象的不同的側面，構成對象真相的一部分，但不可能是對對象真相的全部認識。既然魯迅是誰的問題難有最後的答案，我們不妨轉變思維方式，從探究本體論的問題轉向對認識論問題的思考，即暫時懸置「魯迅是誰」的問題，先來思考從「魯迅是誰」的回答中可以看出何種別樣的意義。

從「魯迅是誰」的回答中，可以看出什麼意義？

首先，可以看出魯迅非凡的思想和個性。魯迅提出封建禮教「吃人」的命題，站在時代高度犀利地剖開了中國數千年文明史的真相；他對國民性的批判，把舊中國民眾不敢正視現實，安於現狀，自欺欺人，習慣於在「瞞」和「騙」中苟活的民族劣根性暴露無遺；他時時解剖別人，但更無情面地解剖自己，聲稱自己心中有太多的黑暗，願意肩起黑暗的閘門，放年輕人到光明的地方去。這些都是針對歷史、針對社會、針對人的批判工作，觸及的是幾千年的觀念和幾萬萬人的靈魂，必定要引起熱烈的呼喚和巨大的爭議。魯迅在爭議中堅持己見，不為流俗所動，這種個性在常人眼中可能近於冷

---

[10] 「竹內魯迅」，是指竹內好研究中所呈現的魯迅；「丸山魯迅」，是指丸山昇研究中所呈現的魯迅；「伊藤魯迅」，是指伊藤虎丸研究中所呈現的魯迅。

峻。他預知自己難免遭人嫉恨，因而在去世前乾脆聲稱一個也不寬恕。他不輕易相信未來是黃金的世界，但又反對虛無主義，聲稱「絕望之為虛妄，正與希望相同」。他看人事世情總帶著懷疑的眼光，但是又聲稱願意「聽將令」，滿懷激情地投入到思想啟蒙運動中去。他捍衛自由的精神和思想的獨立，但由於中國民眾受教育程度普遍低下，封建文化傳統十分頑固，思想啟蒙難以通過啟蒙手段實現其原定目的，他就循著為大眾的內在思想邏輯靠近了左翼社會革命，因為這種革命比思想啟蒙更能夠動員一般的民眾。這種複雜的個性和思想變化的軌跡，很容易引起人們的不同解讀。魯迅的思想與中國社會巨大的歷史變動緊密地結合在一起，從某種程度上說，他是一個內涵豐富、意義深刻的文化符號，因而他又經得起人們從不同的觀念和立場來進行評說。

其二，可以看出不同回答者的立場和目的，看出特定社會的政治文化背景。吳虞熱情歡呼《狂人日記》，是因為《狂人日記》對禮教吃人的揭露體現了反封建的五四時代精神，切合覺醒了的知識分子思想解放的需要，反映的是五四啟蒙主義的立場。「革命文學」論爭中，一些左翼批評家批判乃至攻擊魯迅，是因為這些人自認為前進到了無產階級的立場，而魯迅在他們看來仍然停留在五四人道主義的思想水平上。實際卻是這些可愛的左傾幼稚病者從當時的蘇聯和日本學會了一些馬列主義的詞句，自以為真的掌握了無產階級的世界觀，有資格來教訓與他們意見不一致的魯迅了。他們沒有意識到自己粗暴地割斷了與五四的歷史聯繫，不僅沒有真正掌握馬列主義，而且走到脫離實際的教條主義道路上去了，反而是從現實出發進行探索的魯迅通過自己的認真思考完成了思想的蛻變，成了左翼文學運動的中堅。

瞿秋白的《魯迅雜感選集‧序言》，無疑體現了一個共產黨領導人的思想水平和歷史使命感。他以魯迅的「思想進步」給中國知

識分子樹立了一個榜樣，要引導他們像魯迅那樣背叛自己出身的剝削階級，投向人民一邊，投身於無產階級革命的事業。不過，受共產黨人思想建設戰略的內在邏輯規定，瞿秋白對魯迅的肯定實際上是以否定或貶低魯迅五四時期的思想和創作為前提的。他要通過貶低或否定魯迅五四時期的思想觀點，強調他從進化論到階級論、從個性主義到集體主義的思想飛躍是中國知識分子應走的道路，但魯迅本人未必會甘願認同他的思想發展必定要以否定進化論和個性主義、否定他五四時期的創作成就為前提。進化論的思路魯迅自稱後來被徹底轟毀，但進化的觀點到三〇年代他並沒有完全拋棄。個性主義思想被集體主義思想所取代，但個性主義思想到三〇年代也同樣沒有被丟掉；相反，它以人格獨立、思想自由的精神融入到了他新的思想信仰中去了。五四時期他的創作，魯迅也從來沒有認為已經過時，他還曾為此專門與「革命文學」的倡導者進行了論爭，試圖澄清革命文學的觀念和創作方法等一系列重要問題。在今天看來，魯迅關於革命文學的見解遠比那些用革命文學的簡單觀念批評魯迅的左翼批評家深刻和正確。因此可以認為，瞿秋白式關於魯迅思想發展的評斷雖然提高了魯迅在左翼文學運動中的地位，但同時也被一些左翼批評家發揮，為魯迅後來與左翼主流派的思想分歧和新的論爭埋下了伏筆。

至於毛澤東對魯迅的評價和八〇年代前期王富仁的魯迅研究，筆者已在別的文章裡進行過分析。毛澤東用新民主主義的理論來闡釋魯迅，把五四文學和魯迅前期小說同時納入新民主主義範疇，從而比左翼批評家一定要在五四和左翼之間分個我高你低高明多了，不僅解決了五四文學與左翼文學的歷史連續性的問題，而且從理論上證明了魯迅的方向就是中華民族新文化的方向，從而形成了一種後來影響很大的魯迅研究模式，即從魯迅與中國革命的關係方面來闡釋魯迅的意義，來肯定他巨大的歷史貢獻和深邃的洞察

力。這種研究模式極大地提高了魯迅的歷史地位，但當這種政治本身朝著庸俗化方向發展時，魯迅研究就淪為實用主義的工具，走進了死胡同。王富仁在八〇年代出版《中國反封建思想革命的一面鏡子——〈吶喊〉〈徬徨〉綜論》，提出魯迅前期小說的價值不在政治革命方面，而在思想革命方面，則是直接沖著從政治革命角度研究魯迅後來所產生的庸俗化傾向的，其背景即是八〇年代前期的思想解放運動，甚至他的研究成果直接構成了當時思想解放運動的重要一環[11]。

從不同立場出發研究魯迅，反映的是魯迅在二十世紀中國思想革命和政治革命歷史進程中被建構的過程。研究二十世紀中國思想革命和政治革命的歷史進程對魯迅思想形成、創作活動的影響，即革命背景中魯迅的形象被建構的過程，不僅可以還原魯迅，準確評價魯迅在不同時期的歷史地位及其影響，釐清他對於二十世紀中國文學史、中國思想史的貢獻，而且可以聯繫魯迅生活、鬥爭和創作的道路，研究二十世紀中國文學的一些重大問題，如文學與政治的關係，文學的社會功能和審美特點的統一，文學經典意義形成、嬗變和文學傳播與接受的規律，文學的管理體制以及文學創作和學術批評的自由等問題。研究思路的這種調整，可以開闢魯迅研究的新領域，在一些重要問題上取得新的突破。

其三，可以看出「魯迅」影響力及魯迅研究的某種變化。周令飛從家人的感受出發強調魯迅是快樂的，質疑研究者的過度闡釋，反映出他希望人們回歸魯迅的日常生活面，這主要就是由於魯迅現在與一般大眾的距離正在擴大。他或許認為一個讓人親近的魯迅形象有助於拉近人們與魯迅的距離，但我認為這種策略是難以成功

---

[11] 參見筆者的〈魯迅的經典意義與中國形象問題〉，《學術月刊》2010 年第 11 期。

的。一方面，把魯迅日常生活化，成為大眾中的普通一員，儘管他還是與眾不同，但其獨特的意義還是會受到嚴重的損耗，不再具有昔日的眩目光輝了；另一方面，如果維持「偉大的文學家」、「偉大的思想家」、「偉大的革命家」的形象，魯迅確實在遠離一般的大眾。這主要是因為後革命時代，革命理想主義的原則已被講究等價交換的市場原則所取代，魯迅成為一個卡里斯瑪典型的條件已不復存在。在政治掛帥的年代，魯迅研究實際上承擔著意識形態的使命。人們研究的是魯迅，指向的是政治。無論是建構主流意識形態，還是解構已經僵化的思想體系，往往都要拿魯迅說事。這樣的魯迅研究，包含著權威話語的爭奪，關係到千千萬萬人的前途，影響肯定大。但在後革命時代，絕大多數的人去追求世俗的享受，甚至有人願意娛樂到死，不會再去考慮政治正確的問題，因而通過探討與魯迅有關的中國現代文學史、現代思想史乃至現代革命史的問題來統一人們的思想，這種意識形態的監管策略不再有效了。比如《吶喊》與《徬徨》的意義是在它提出了中國新民主主義革命的重大問題，還是中國反封建思想革命的重大問題，這一曾經牽動上個世紀八〇年代初中國思想界無數知識分子心的問題已經不再受到一般人們的關注，它只是少數魯迅研究專家所關心的學術問題。一旦成為純粹學術問題，不再介入當下中國的政治生活，它就不再具有八〇年代前期的那種巨大影響了。更為重要的是，即使在知識分子群體中，「魯迅」現在也是寂寞的。魯迅的多疑，他的深刻，他對人和事的不留情面，可以讓人感到敬畏，但不會覺得親切，甚至還會讓那些內心有私的人聯想到自己，感到十分的難堪。當然這並非說魯迅現在沒有了崇拜者，魯迅的崇拜者現在依然不少，但那僅僅是那些從自己的人生經歷中真正體會到魯迅偉大的人，魯迅的意義主要與這些人的私生活聯繫在一起，成了這些人的內心信仰。但很顯然，這樣的信仰已經不再像政治掛帥年代那樣可以影響到一般大眾

了。一般大眾現在已經具備必要能力來自由地閱讀魯迅，不必再接受批評家的指導。他們願意把魯迅讀成什麼樣子，批評家無權干涉，即使干涉也不再有效。因此，魯迅研究也不再享受意識形態特權。批評家的意見讀者接受與否，主要還是看他們自己的意願。

三、當前魯迅研究新動向

「魯迅」及魯迅研究影響力的下降，並非壞事。文學應該回歸文學，研究只能發揮研究本來所能發揮的作用。把魯迅研究從政治思想工程中分離出來，專注於研究魯迅的創作，他與中國文學史、思想史和革命史關係中的一些重大問題，研究他在極為困難的環境中堅持自己的信仰進行戰鬥，包括享受戰鬥間隙的豐富生活，不僅不會損害魯迅的形象，反而可以回歸更真實、更豐富、也更有意義的魯迅，把魯迅研究推向新的階段。研究者在脫離政治的喧囂後可以沉潛下來，不跟風，不炒作，專心於學術，發掘和發揚魯迅的精神，來提升民族的整體文化素質。這是學術研究的本職，並且是大有可為的。

今年九月二十五至二十六日在浙江紹興召開了「紀念魯迅誕辰一百三十周年暨『魯迅：經典與現實』國際學術研討會」，我被安排擔任第三專題「魯迅的世界影響及其他」的評點並向大會報告小組研討情況。我覺得這個小組的九位學者的發言從一個側面反映出當前世界魯迅研究的新動向，它具有三個重要的特點，值得一提：

一是魯迅研究關注重點的轉移，從過去的喜歡追問魯迅是誰，轉向現在對這種本體論追問的包容性思考，實際上是學術史的研究，顯示了研究者思維的拓展。如中國社科院文學所的董炳月在題為〈「日本魯迅」的另一面相：霜川遠志的《戲劇‧魯迅傳》及其

周邊〉的報告中，提出「學院魯迅」與「民間魯迅」的區別。他以日本霜川遠志的《戲劇・魯迅傳》為考察對象，強調霜川在其戲劇魯迅傳中從民間立場把魯迅形象往「多情」的方向加工，除了魯迅住在「伍舍」時候對羽太信子有好感外，還著重寫到了「樹人」與秋謹的愛情故事，「樹人」與白蛇娘子化身的劉小姐的愛情故事。這種寫法換成現在的中國，肯定會受到嚴厲批判，認為是對魯迅形象的醜化，但在霜川的戲中卻是作為魯迅形象的亮點來寫的，表達的是作者對魯迅的崇敬。因為在日本社會，「多情魯迅」式的行為並不是負面的，日本著名作家永井荷風、谷崎潤一郎、佐藤春夫等在生活中都有頹廢多情的一面，這並不影響他們的社會評價。不拘泥於「多情魯迅」的真實與否，只關注這種虛構所反映出來的日本文化和民間觀念，無疑拓展了魯迅研究的領域，提示了魯迅研究的新思路。我認為，用這種思路可以把魯迅研究調整到魯迅研究學術史的研究上去，研究上個世紀「革命文學」論爭中的魯迅，左聯批評家筆下的魯迅，乃至周揚魯迅、新民主主義魯迅和八〇年代新啟蒙視野中的魯迅等，不是簡單地指出這些研究的對錯，而是研究其立場和觀點，研究其價值標準和思維模式，研究其背後的動機和政治目的等。這可以帶來新的重要成果，打開魯迅研究的新局面。

　　二是研究方法的新探索，主要是靈活運用比較文學、文化研究、原型分析、傳播研究等方法，對魯迅進行多側面、多角度的綜合性研究。汕頭大學文學院彭小燕的〈「竹內魯迅」的原型意義及其限度〉，以「竹內魯迅」的概念為邏輯起點，提出竹內好所發現的「文學魯迅」與「啟蒙魯迅」的「一直互不和諧，卻又彼此無傷」。她分析了竹內好心目中的「文學魯迅」與「啟蒙魯迅」的內涵，尤其是對「文學魯迅」做了深入的探討。這顯然是綜合運用了原型分析和文化研究的方法，使人耳目一新。德國漢學家馮鐵的〈魯迅在德文世界的翻譯和研究演變〉，則用傳播學的方法考察了魯迅上個

世紀六〇年代在德文世界中的傳播，包括翻譯和宣傳，指出魯迅的傳播與接受是與政治密切相關的，它有時本身就是一個政治問題。這樣的研究，有助於我們以更為開闊的眼光關注域外的魯迅傳播與接受的問題。

　　三是展示了不同國家的學術傳統和思維模式，充分體現了國際性的特色。日本學者長於實證研究，這在小川利康的〈周氏兄弟的時差：白樺派和廚川白村的影響〉和楊曉文的〈魯迅、豐子愷和廚川白村的《苦悶的象徵》〉中表現得比較典型。小川利康用大量史料證明了魯迅與周作人在上個世紀二〇年代前期介紹白樺派和翻譯廚川白村有一個時差，他認為正是這個時差影響魯迅和周作人的思想後來朝不同的方向發展，走上完全不同的人生道路。當然，實證研究有一個指導思想的問題——實證材料不可能窮盡，找什麼樣的材料有時就取決於研究的目的。如果研究者指導思想存在問題，實證研究的方向可能出現差錯。華裔的日本學者楊曉文也運用豐富的史料，把魯迅、豐子愷與廚白村的《苦悶的象徵》聯繫起來，通過比較發現魯迅最終超越了廚川白村，而豐子愷卻一輩子與廚川白村結緣，揭示了作家個性與氣質差異的意義。吉林大學文學院的靳叢林、李明暉的〈「竹內魯迅」作品解讀的批評維度〉，則表現了中國學者的批評特色，即宏觀地考察竹內好的魯迅研究，指出其特點是重視作品的閱讀感受，關注主體、語境和對象，充滿了詩意魅力等。俄羅斯科學院西伯利亞分院、新西伯利亞國立大學的梅德韋傑娃·澳利亞的報告題為〈魯迅在蘇中關係破裂中的角色〉，這使我們想起前蘇聯學者的治學風格，這種風格也曾深刻地影響過中國的研究者，其特點是善於從政治和文化的宏觀立場上提出重大問題，進行深入剖析，揭示內含的意義。〈魯迅在蘇中關係破裂中的角色〉，探討的是魯迅在中蘇政治衝突中所起的作用，當然不是魯迅本人發揮的作用，而是魯迅研究被中蘇兩黨和兩國高層納入了各自

的世界戰略和意識形態發展戰略。中共中央為了反對「蘇聯修正主義」，在致蘇共中央的公開信中引用了魯迅的話作為論據，強調的是魯迅的無產階級革命立場，這引起了蘇聯主流漢學家的注意。蘇共當時正在實施和平共處戰略，它反擊中共的方法是把魯迅與毛澤東區分開來，不再把魯迅視為毛澤東的思想盟友。蘇聯學者這時不是從無產階級立場上去肯定魯迅，而是肯定魯迅早期的個人主義思想和人道主義精神，強調魯迅與民族主義的格格不入。很明顯，已經去世了的魯迅這時成為中蘇兩黨意識形態鬥爭的工具，這對於思考文學與政治的關係問題具有重要的啟示意義。

　　當然，不同國家學者研究風格和思維特點的差異是相對的，不能說日本學者只注重史料實證，中國學者只進行宏觀的研究；相反，在「魯迅的世界影響及其他」這一專題的討論中，中國學者也有注重史料的，如浙江師範大學文學院付建舟、田素雲的〈《域外小說集》的超前性與翻譯研究的失語症：兼與王曉元先生商榷〉，不同意王曉元認為魯迅、周作人的《域外小說集》是失敗的觀點，他們用材料說明《域外小說集》屬於五四，魯迅和周作人因為過於超前而不免寂寞。

　　上述考察只是針對一個國際學術研討會的一場小組討論，但它從一個側面反映出來的動向卻是值得關注的。它至少透露出了魯迅研究在很難實現整體性突破的條件下研究者的創新努力，人們或許可以從中揣測魯迅研究將來的前景。

本文發表於《理論月刊》2011 年第 11 期

收入本書時略有刪節

「魯迅」經典意義的嬗變

　　文學的經典問題經常被人們提出來討論，這本身其實就表明文學經典不是一個凝固的概念，它的意義是在流動和變化的。在文學史上已有基本定評的經典作品，在一個時期受到人們的推崇是基於某種意義，而到了另一個時期，人們推崇它的理由發生了變化，它的另一種意義突顯出來，其影響的範圍也有所不同了。透過文學經典的這種意義遊移或偏轉過程，我們可以思考文學經典本身的一些問題，也可以探討它與社會歷史語境的互文關係。

　　在中國現代文學史上，恐怕沒有一個作家像魯迅這樣其意義是與中國現代史緊緊地聯繫在一起的。五四時期的中國處於從古代向現代轉型的關鍵時刻，社會改革的重點落在了思想啟蒙上。魯迅以他的大愛和出眾才華，用小說刻畫沉默的國民靈魂，意在揭出病根，以引起療救的注意。他的雜文，則直接揭開五千年中國文明的真相，稱那不過是「想做奴隸而不得的時代」和「暫時做穩了奴隸的時代」之間的輪換[12]，中國五千年的文明史不過是一部「吃人」的歷史，「中國人尚是食人的民族」[13]。這在今天的人看來，似乎對傳統文化有失公平，但在當時引起了同代人的強烈共鳴。那是一個思想的閃電讓中國人驚醒的時代。魯迅的文學作品，以其激進的姿

---

[12] 魯迅：〈燈下漫筆〉，《魯迅全集》第 1 卷，人民文學出版社 1981 年版，第 212-213 頁。
[13] 魯迅：〈書信・180820 致許壽棠〉，《魯迅全集》第 11 卷，人民文學出版社 1981 年版，第 535 頁。

態代表了一種時代精神，魯迅也就在這樣的意義上被廣泛地閱讀，從而奠定了他在中國現代文學史乃至中國現代思想史上的突出地位。這同時也就說明了「王綱解紐」的時代，中國固有文明面對世界強勢文化的衝擊已無力解決現實的問題，因而迫切地需要引進西方的先進文化來開啟民智。現在有一些學者批評魯迅當時反傳統的激進，批評五四新文化運動的對傳統文化的批判，這看似平和理性，但不是歷史主義的，因為它沒有從歷史的觀點來看問題。不是說魯迅不能批評、不能反思，關鍵是批評和反思不能脫離歷史的語境，不能無視中國傳統文化必須通過這樣的批判才能實現創造性的轉化，才能在新的歷史條件下發揮其重建社會道德的功能。魯迅一代人對傳統文化的激烈批判，是以他們對傳統文化無力解決當時中國現實問題的痛切感受為前提的，是與他們對傳統文化的根本缺陷和致命弱點的深刻認識聯繫在一起的。我們不能一方面充分地享受著這種批判的積極成果，另一方面又輕易地說他們的這種批判過分了。今天，我們能獨立地來審視魯迅，而不是把他偶像化，歸根到底正是得益於五四新文化運動在對傳統文化的激進批判中確立起來的不迷信古人、不迷信權威的新文化傳統。

　　歷史在發展。隨著無產階級力量的壯大，中國出現了社會革命高漲的形勢。中國知識分子不得不做出何去何從的新選擇。與周作人有所不同，魯迅從他早年為民眾的立場出發，選擇了一條與新興大眾同命運的道路。不過同樣重要的是，魯迅雖然積極參與了左翼文藝運動，甚至成了左翼文藝運動的一面旗幟，而他事實上並沒有喪失獨立的人格，更沒有放棄自由的思考。他把崇尚獨立思考的五四傳統與新形勢下革命力量對知識分子的要求自覺地結合起來了，在左翼文藝運動中保持了清醒的意識，同時堅持了文藝的民族的大眾的方向。這是魯迅的過人之處，但也正是因為如此，他與左翼內部的其他成員存在著重要的思想分歧，甚至發生過激烈的論爭。

對於左翼政治力量而言，魯迅當然具有無可置疑的重要性。他的底層立場和革命精神，與左翼有不少共同點，他在五四文學革命中所取得的成就又使他成了五四知識分子的一個重要代表。有了魯迅的加盟，左翼革命力量不僅意味著獲得了五四一代知識分子的支持，而且以魯迅的思想轉變還可以向所有現代知識分子表明改造共世界觀、轉變思想的合理性和必要性。這一點在革命勝利後的歷史敘述中變得更為重要了。

但怎樣彌合魯迅的思想與左翼思想的間隙，尤其是怎樣解釋五四時代的魯迅與「左聯」時期魯迅的差異，從而向人們說明魯迅的道路就是中國現代進步知識分子所應該走的道路？無論是在革命勝利之前還是革命勝利之後，這都是一個擺在中國共產黨人面前的重要理論問題和實踐問題。

二三〇年代之交的左翼文藝理論家，強調的是魯迅思想的進步，即認為是魯迅從五四時期的個性主義和進化論前進到了此時的集體主義和階級論[14]，從而與左翼文藝有了共同的思想基礎，他因此成了左翼文藝運動中的重要一員。但通過強調魯迅思想的進步來解釋魯迅與左翼文藝運動方向的一致，雖然實現了雙方的聯合，但這是以降低魯迅五四時期創作的成就和思想探索的意義為前提的。它突出了左翼文藝運動的無產階級性質和時代先鋒性，卻包含了一個潛臺詞，就是魯迅五四時期的思想和創作存在問題，魯迅的進步就是以克服這些問題為前提的。這種從左翼的立場出發來「收編」魯迅的做法，自然會招來魯迅的不滿和批評，從而給雙方的合作埋下了許多不確定因素，後來產生了不少分歧。

---

[14] 何疑（瞿秋白）：《魯迅雜感選集・序言》，《魯迅雜感選集》，上海青光書局 1933 年版。

　　與左翼理論家片面地從左翼立場來尋找與魯迅合作的思想基礎的做法不同，毛澤東則高屋建瓴地提出了新民主主義文化的概念，以「新民主主義文化」來統一五四以來的文化創新和發展。因而在新民主主義文化的概念中，五四文學和左翼文學獲得了同一性，彼此皆成為新民主主義文學的一個重要組成部分。兩者之間有差異，那差異也僅僅是新民主主義文學不同發展階段的差異，而在從屬於新民主主義文學這一基本點上則是一致的；而魯迅就是新民主主義文學的偉大開拓者，「魯迅的方向，就是中華民族新文化的方向。」[15]毛澤東創造性地從理論上彌合了魯迅與左翼的思想裂隙，有效地解釋了左翼文學對於五四文學的繼承和發展的關係。不過，這雖然解決了魯迅與左翼文學的同質性的問題，但新民主義理論高度強調無產階級的領導，因而它事實上重新定義了五四傳統，使新民主主義意義上的五四傳統保留了革命民主主義的力量，而把五四時期十分重要甚至處於主導地位的自由主義力量的重要性降低了。於是，這樣的解釋反而不能回過頭來很好地解釋五四傳統自身，不能客觀地對五四時期自由主義作家的成就，如對周作人和胡適做出恰如其分的評價了。我們常見的是把這些自由主義作家當作消極力量的代表加以貶低，即使要肯定他們的歷史貢獻，也會更多地強調他們的歷史局限性。不僅如此，按這樣的解釋，魯迅的形象事實上也被改造了。魯迅與無產階級革命相一致的方面被放大，他與無產階級革命在某一歷史階段不相一致的方面被淡化，或者加以重新解釋，使之儘量一致起來。經過這樣的改造，魯迅終於成了沒有加入中國共產黨的共產主義戰士，而魯迅作品的意義也主要體現在它們提出了一系列關於中國革命的重大問題。比如《阿Q正傳》，

---

[15]　毛澤東：〈新民主主義論〉，《毛澤東選集》第3卷，人民出版社1957年版，第691頁。

阿 Q 不被允許革命，成了辛亥革命領導者嚴重脫離群眾的一個證明；阿 Q 本來可以成為擁護辛亥革命的基本群眾，卻在辛亥革命後被殺了頭，這說明了辛亥革命的不徹底甚至失敗。〈傷逝〉、〈酒樓上〉、〈孤獨者〉，批判了小資產階級知識分子的性格弱點和思想動搖性。總之，在中國革命本身還沒有解決好革命與群眾的關係問題、革命的領導權問題、知識分子的思想改造問題之前，魯迅在他早期作品中已經提出了這些重大問題[16]，因而魯迅想不偉大也難。

　　對魯迅形象的這種改造，當然有魯迅的創作成果作為事實的基礎，並非沒有一點道理。但很明顯，這主要地不是從魯迅出發的研究，而是一種革命時代邏輯的反映，是自覺運用新民主主義理論所得出的結論。它是按照新民主主義的理論來塑造魯迅形象，解釋魯迅作品的意義，因而其關注的重點是新民主主義理論的相關觀點，是魯迅作品中可以朝新民主主義思想方向解釋的方面，而對其他方面或者可以朝其他方向解釋的方面則忽略了，或者輕描淡寫地帶過。革命的力量需要魯迅成為中國進步知識分子的榜樣，引導他們改造世界觀，把立足點轉移到人民大眾這方面來，參加對敵人的鬥爭[17]，因而按革命的邏輯來闡釋魯迅，強化其革命的一面，突出其作為共產主義戰士與人民大眾相聯繫的一面，渲染其與敵人進行百折不撓戰鬥的一面，就是十分必要的。這樣的改造，儘管與真實的魯迅不完全吻合，但從革命邏輯這方面看，也是成立的，因為魯迅本來就有從革命的方面進行闡釋的可能性。不過按照這樣的革命邏輯來研究魯迅，到了革命本身轉向極左的方向時，就會使學術研究成為政治實用主義的犧牲品，即任何人可以隨意地按照「左」的政

---

[16] 參見《陳湧文學論集》的相關文章，上海文藝出版社 1984 年版。
[17] 毛澤東：〈在延安文藝座談會上的講話〉，《毛澤東選集》第 3 卷，人民出版社 1957 年版，第 858-859 頁。

治邏輯，把魯迅研究納入政治鬥爭的領域，甚至成為整人的手段和工具。這種極端的情形，在「文革」時期已經司空見慣了。

　　上個世紀八〇年代初，隨著政治上的撥亂反正，魯迅研究開始出現新的局面。代表這個時期魯迅研究最新成果的首先是王富仁。王富仁一九八三年在《中國現代文學研究叢刊》上發表了〈中國反封建思想革命的鏡子──論《吶喊》《徬徨》的思想意義〉一文，引起了重大的反響。隨後他又以《中國反封建思想革命的一面鏡子──〈吶喊〉〈徬徨〉綜論》為題撰寫博士學位論文，並於一九八五年在《文學評論》第三、四期上以提要形式發表了博士學位論文的主要觀點。王富仁認為，《吶喊》與《徬徨》的不朽意義不是它們提出了中國政治革命的重大問題，而是提出了中國反封建思想革命的一系列重大問題；反封建思想革命的核心問題就是清除封建主義觀念對民眾的思想毒害，是啟發民眾思想覺悟的問題[18]。王富仁的觀點和他的研究模式，打破了原來從政治革命的角度來研究魯迅的模式，給人耳目一新的感覺。他基於文本細讀的精彩論證，向讀者證明了魯迅研究完全可以擺脫政治教條的束縛，開掘出嶄新的意義。這種思維方式和他得出的《吶喊》和《徬徨》是中國反封建思想革命的鏡子的結論，直接構成了那個時期思想解放運動的重要部分。可以想像，對於魯迅這麼一個維繫著原有意識形態權威至高無上地位的文化符號進行某種可以顛覆其權威性的新闡釋，塑造起一個新的魯迅形象，這個新的魯迅形象不能再用原有的一套政治革命的理論來有效地解釋，而必須用一套新的與原有理論有不相一致的地方卻符合新時代人們對思想領域變動的期待的理論來解釋，其影

─────────────────

[18]　參見王富仁的《中國反封建思想革命的一面鏡子：〈吶喊〉〈徬徨〉綜論》，北京師範大學出版社 1986 年版。

響所及就不僅僅是魯迅研究中提出了什麼新的觀點的問題，而是一項打破僵化的意識形態神話的重大成果。

王富仁的論文一發表，就在魯迅研究界引發了一場大的風波。支持者認為這是重大的突破，反對者指責這是離經叛道。產生這樣大的分歧，主要是因為他提出的問題擊中了當時中國思想界的一個癥結，即是繼續固守僵化的觀念和思維邏輯，還是開動腦筋，面向未來，對歷史問題和現實問題進行新的思考。王富仁關於魯迅的觀點被越來越多的知識分子所接受，則意味著中國的思想界已經發生重大的變化，越來越多的人不再固守原來的僵化觀念，而是開始獨立地思考問題。換言之，魯迅的經典意義這時發生了一次重大的轉折，從原來認為的是中國革命教科書轉變成了中國思想革命的一面鏡子。這告訴人們，思想解放、人格獨立是五四時期的時代強音，同時也是八〇年代前期思想解放運動的宏大主題。

由魯迅的研究推進中國思想界的發展和進步，這是魯迅的光榮，也是魯迅研究界的光榮。可是許多人恐怕都沒有想到，中國社會進入了一九九〇年代以後，魯迅開始被邊緣化，魯迅研究在思想領域裡的影響力也直線下降了。這當然不是魯迅的問題，也不是魯迅研究界的責任，而是中國社會自身的問題。當魯迅研究與中國思想界的重大問題密切相關，甚至成了中國政治生活中的重大事件時，魯迅研究的影響才會充分地發揮出來。這是說，以前魯迅研究的影響之所以大，主要地不是因為它是學術問題，而是因為它是一個政治問題。王富仁提出《吶喊》和《徬徨》是中國反封建思想革命的一面鏡子引起強烈反響，主要也是因為它在事實上起到了推進思想解放運動的重大政治作用。可是進入九〇年代以後，中國社會趨於多元化，不同思想觀點之間的爭論和交鋒成了十分正常的現象，只要不違反憲法，人們完全可以直接地表達自己的觀念，再也用不著假借魯迅研究的名義。於是，魯迅研究與社會政治問題的關係開始疏遠。研究魯迅，人們更多地是

去探討魯迅作為一個人的內心生活，他在絕望中的精神堅守，他的人格力量等，魯迅研究開始真正回歸魯迅自身。當魯迅研究真的回歸自身，魯迅的意義就只與研究者有關，或者與內心敬仰和熱愛魯迅的人的私生活聯繫在一起。這樣的人可能會因為個人的特殊經歷而與魯迅的精神產生共鳴，被魯迅的人格所感動，但他們的研究目的肯定不會與一般大眾發生深刻的關係。一般的大眾今天更為關心的是世俗的生活，而不是思想領域的深奧問題。在這樣的條件下，魯迅及魯迅研究影響力的下降就成了一個必然。而更為重要的是，當思想解放發展到真正的個性獨立和思想自由的階段，人們不僅要以魯迅精神為參照從僵化的思想觀念中解放出來，而且要進一步從魯迅的崇拜中超脫出來；不是拜服於魯迅的腳下，而是懷著出自內心的敬意而又以獨立的人格與魯迅進行真正平等的對話。因而發揚魯迅精神的結果，會是超越魯迅，走向更為開闊的思想領域，達到更為健康的思想境界，魯迅崇拜的現象反而會逐漸淡化，威權時代的那種影響力的下降也就難以避免。

　　當然，魯迅的意義是豐富的。他在政治生活領域中的經典意義會隨著這段政治生活成為歷史而慢慢地淡化，而他人格的力量，他在生存困境中的不屈精神，他在經歷內心的矛盾和鬥爭後依然堅守自己信仰的那種人生樣式，會成為一種精神榜樣，超越時代，受到那些不甘於平凡、有信仰有堅守的人的崇敬。我還想強調的是，歷史在發展，社會在進步，而歷史進步和社會發展不會是直線的、一帆風順的，更常見的形式是曲折和迂迴。從這種長時段的歷史觀來思考問題，更會意識到魯迅是不朽的，原因就在於當人類面臨重大的挫折和災難時，魯迅和魯迅那樣的文化偉人會以他們非凡的人生實踐所鑄就的精神豐碑給人以強大的激勵，鼓舞他們去迎接挑戰，克服困難，創造光明的未來！

本文發表於《孝感學院學報》2011 年第 6 期

經典闡釋與當前中學魯迅作品教學

一、「魯迅」經典性的嬗變

　　經典性，是一部作品在文學史上佔據重要地位的基本保證。但文學作品的經典性，是一個建立在闡釋學基礎上的概念，它帶有許多不確定的因素。它可能因人的政治立場、審美趣味方面的差異而呈現不同的意義，如一部《紅樓夢》，魯迅就說過經學家看見易，道學家看見淫，才子看見佳人，革命家看見排滿，流言家看見宮闈秘聞，說明一部文學作品，哪怕經典如《紅樓夢》者，其意義也會因人而異；同時，經典性的不確定也源於對一部作品的理解可能會因為時間的流逝而發生變化。魯迅的作品，尤其是他的小說，就是一個很好的例子。

　　魯迅作品的經典性無庸置疑，但魯迅作品的經典意義在近一個世紀中卻經歷了幾次重大的變化。五四時期，大多數讀者是從反封建的意義上來理解魯迅作品的。此後相當一段時期，對魯迅作品的理解基本上沿著這一方向展開。到二三〇年代之交，左翼批評家為了突出「革命文學」的時代意義，強調文學的無產階級戰鬥性，對五四文學發起了批判，認為五四文學屬於人道主義的性質，已經落後於時代了，這自然包括對魯迅的批判。左翼開展批判的目的，是與五四文學劃清界線，好為無產階級革命文學開闢道路。但是歷史

證明，這樣的批判犯了教條主義和宗派主義的錯誤。而當這些左翼批評家後來受命與魯迅建立聯合陣線，他們面臨的首要任務就是為與魯迅攜手找出一個適當的理由。他們的理由是魯迅的思想發生了飛躍──因為魯迅接受了馬克思主義的影響，思想進步了，左翼才有了與魯迅合作的基礎。這表面看來是對魯迅的肯定，實際上意味著對魯迅早期的小說仍然採取了保留的態度。而這種保留，為雙方此後的合作埋下了衝突的伏筆。

真正從理論上彌合了左翼文學與魯迅雙方思想裂隙的，是毛澤東。毛澤東不是片面地站在左翼批評家的立場上，而是以更為闊大的視野，把魯迅與左翼文學一起納入新民主主義的範疇，使兩者獲得了同一性。於是，五四時期的魯迅與左翼文學之間的差異，就成了新文學在發展過程中的階段性差異，從而消解了五四時期的魯迅與左翼文學之間的結構性矛盾。魯迅按照這一方向繼續前進，成了左翼文學的一面精神旗幟，他的方向也就成了中華民族新文化的方向。從此以後，魯迅作品的意義就開始從它與無產階級革命的關係方面得到解釋，比如強調它提出了關於中國革命的重大理論問題，包括革命的領導權問題，革命與群眾關係的問題，革命的動力問題，辛亥革命失敗教訓問題等。這些問題在中國革命的實踐中還須經過相當長時期的探索才逐步得到解決，而魯迅在他的前期小說中就提了出來，並給出了精彩的回答，他能不偉大嗎？

從中國革命的角度研究魯迅，顯然放大了魯迅作品的革命意義，而其啟蒙的意義，比如對國民性的批判，五四式的人道主義情懷，不可避免地受到了忽視。以阿 Q 形象的研究為例，左翼批評家對阿 Q 形象的革命性一面加以強調，認為中國只要革命，阿 Q 就會成為革命黨。至於阿 Q 所理解的革命實際上僅僅體現了落後農民對於財產再分配的要求，根本沒有進步的意義，這一點卻忽略不計了。祥林嫂被視為舊社會勞動婦女受政權、神權、族權、夫權

所謂「四大繩索」迫害的一個典型，可是事實上魯四老爺只是一個
理學先生，他不足以代表反動的政權；祥林嫂在丈夫死後被婆家賣
給了賀老六，固然體現了夫權和族權的力量，但她實際上卻因此獲
得了一段短暫然而幸福的婚姻——這些在文本中所包含的意義與
政治化的闡釋是有矛盾的，但因為先入為主的觀念而被輕輕地放過
了。這樣的研究，立足點不在魯迅，而在於中國革命的政治。要通
過魯迅研究把中國革命的「道理」講出來，教育和影響讀者。這樣
的魯迅研究，從屬於意識形態的目標，是革命宣傳工作的一個重要
環節，未嘗沒有道理。魯迅與中國革命的關係，也為這種研究方式
提供了依據。不過它的問題在於，當它所服務的政治本身走入歧途
時，整個研究工作就會陷入實用主義的泥潭，甚至成為政治鬥爭的
附庸，其學術意義也就蕩然無存了。

　　上個世紀八〇年代初，適應思想解放運動的需要，魯迅研究進
入了一個新的階段。最具代表性的學者，就是王富仁。王富仁的《吶
喊》和《徬徨》研究，打破了政治革命的思維邏輯，從思想革命的
角度審視魯迅，認為魯迅前期小說是中國反封建思想革命的一面鏡
子。這一成果破除了迷信，啟動了人們的思想，構成了當時思想解
放運動的一個部分，其意義遠遠超出了魯迅研究的領域。錢理群、
王曉明等學者，這時也開始從新的角度，比如魯迅的內心視角來透
視魯迅，向人們展現一個偉大然而內心豐富乃至陷於自我掙扎的魯
迅。魯迅的形象因為其立體的呈現而變得親切起來，同時又不失其
崇高和偉大的一面。

　　魯迅的意義是多方面的，他的形象隨著時代的發展在變化著。
這些形象彼此有異，但都能從真實的魯迅那裡獲得證明，體現了不
同的時代內容和魯迅的不同側面，因而又都是「魯迅」的。

二、世俗時尚中的「魯迅」

　　凡經得起從不同角度發掘的作家，肯定有其非凡的一面。然而即使是偉大的作家，也不能指望受到任何時代讀者的普遍喜愛。魯迅在世時就遭到一些人的反對，這主要是出於意識形態方面的分歧和對立。魯迅去世後，左翼方面對他的研究逐漸消除了內部的分歧，最終把魯迅研究納入到了共產黨人意識形態的大戰略。從此，推崇魯迅的意見佔據了上風。當然也不時會出現一些貶低的聲音，而這往往是與意識形態領域的重大變動聯繫在一起，代表了一些人希望突破既有思想秩序的一種衝動，其表達的形式則又往往是偏激的。由於魯迅研究與中國現代重大的政治問題和思想問題糾纏在一起，我們不妨說，一部魯迅研究史就是一部中國現代思想鬥爭史。

　　但是從上個世紀九〇年代開始，情形起了變化。一個明顯的現象，是魯迅研究不再是不同意見相互交鋒的平臺了。這並不是因為人們對魯迅達成了廣泛共識，而是因為關於魯迅的意見分歧已不再是一個嚴重的政治問題，不再直接影響到當下的社會生活，因而也不再引起人們的嚴重關注了。

　　九〇年代市場經濟改革的深入，推動中國從此前的注重革命原則的理想主義時代向強調市場原則的世俗社會轉型。市場原則不同於革命理想主義的地方，在於遇到問題時人們不再像革命時代那樣首先要考慮政治正確，而是首先考慮經濟的效益。確定經濟效益的原則顯然不再是統一的意識形態標準，而是實實在在的錢。這導致了今天社會的價值分化和個人選擇空間的擴大。在這樣的條件下，再通過魯迅研究來探討與魯迅有關的中國現代史上的政治問題和思想問題，由此統一人們的思想，這種意識形態的管理策略就不再

有效了。人們雖然仍在討論這些問題，可那是與現實政治沒有多大關係的學術討論，目的是釐清歷史紛爭，爭取還原事件的真相，卻不再影響到現實政治。這是專家們所從事的工作，與世俗大眾無關。比如《吶喊》與《彷徨》的意義何在——是其提出了關於中國革命的一些重大問題，還是因為它們是中國現代反封建思想革命的鏡子，這一爭論折射出了上個世紀八〇年代初中國思想界的發展動向，是影響到中國現實政治走向的問題，然而一旦中國思想界的發展越過了這個充滿爭議的階段，其發展的方向已經明確，不能再改變了的時候，與這些學術問題的爭論聯繫在一起的政治道路選擇已經明確，不可能再走以前的思想禁錮的老路的時候，關於《吶喊》與《彷徨》的這些爭論就不再具有它們在八〇年代初所具有的受萬人矚目的意義了。它們只是一個學術史的問題，是魯迅研究專家所關心的問題，而與一般的知識分子沒有多大關係，離普通大眾距離更遠了。

當魯迅研究不再是一個政治問題，不再影響到中國現實社會的發展，不再影響一般民眾的日常生活時，「魯迅」遭遇了寂寞。這反映在魯迅研究的領域，就是它不再佔據顯學的地位，不再能從介入當下社會歷史進程的角度尋求研究的重大突破，即使有一些創新的成果，也只有學術的意義，而不可能引起像以前意識形態主宰一切的時代那樣重大的社會反響。與此同時，魯迅在一般大眾的心中也變得不那麼真切了，更無論親切。雖然從前的宣傳仍在發揮影響——從前的宣傳，總是把魯迅與重大的思想和政治鬥爭聯繫在一起，魯迅成了民族的脊樑，代表著中華民族新文化的方向，因而不崇高也難。但正是由於他長期居於崇高的地位，一旦政治條件發生變化，把魯迅與普通民眾的日常生活強力結合起來的力量不再存在的時候，他與普通民眾的關係就難以避免地發生了鬆動，更確切地說，是他與普通民眾逐漸疏遠了。現在的民眾所關心的只是日常生

活，對他們來說，魯迅所操心的問題、魯迅所參與的鬥爭，已經成為歷史，與他們的日常生活無關。因而他們可以把魯迅當作一個偶像，但不會從心靈深處把魯迅當成一個思想的導師和行動的楷模。在世俗社會中，人們的生活本來就應該是千姿百態的，不可能人人都像魯迅一樣把全部的生命力量投入到重大的鬥爭中去。他們可以有輕鬆的生活，甚至是享樂的生活。在這樣的生活中，不必拿魯迅來衡量自己行為的價值和意義。哪怕要活得平凡，也是個人的權利。總之，在世俗的多樣化社會中，人們有不同的選擇，雖然他們要承擔因自己的選擇而產生的後果，但人生的意義不再拘泥於統一的標準，人盡可以有不同的活法。在這樣的環境中，「魯迅」的寂寞是難以避免的。

其實，即使在知識分子群體中，「魯迅」現在也是寂寞的。這是因為魯迅那種「論時事不留情面，貶錮弊常取類型」的文風和這種文風背後的峻急人格，在今天世俗社會中不會討多少人的喜歡。特別是魯迅對自我的解剖不留情面，或許還會把不少人置於十分尷尬的境地。當然這並非說魯迅現在沒有知音，但他的知音是那些從自己的生命經歷中感受到了人生的艱難而又不願意向困難低頭，決意用自己的生命熱力尋找突圍的方向，創造生命的奇蹟的人。那是一些有信仰、有堅守的人，其人數肯定不多，所以還是難以改變魯迅遭遇寂寞的命運。

魯迅被邊緣化，還有更為內在的原因。當「告別革命」已成為一種時尚，革命時代的一些原則開始受到了質疑。其中一個突出的現象，就是保守主義文化勢力開始了對五四新文化運動、五四文學革命的批評和指責。對五四的質疑，本是海外新儒學所堅持的一個立場，只是它在崇尚革命的中國大陸沒有影響。但中國大陸進入新時期後，「革命」被「改革」所取代，以前一些激進主義的觀點受到了清理。受此影響，五四新文化運動和文學革命由於它對傳統的

激烈批判，被一部分學者視為中國現代激進主義思潮的源頭。保守主義的文化思潮體現了一種特殊形式的理想主義，因為它認為中國傳統文化可以經由自身的緩慢演變直接進入現代的發展階段，而沒有充分考慮到傳統文化的頑固性——傳統文化傾向於用社會的統一道德來束縛人的個性，限制個人的自由和創造精神，非用個性主義的文化加以改造而不能發展為現代的民族新文化。既然文化保守主義的思潮開始流行，那麼在這一思潮影響的範圍內，與五四新文化運動和文學革命緊緊聯繫在一起的魯迅，自然難逃「厄運」，不可避免要被當作文化激進主義的一個代表而受到批判，就像余英時說的：「（魯迅）沒有一個積極的信仰，他要代表什麼，他要中國怎麼樣，他從來沒有說過，盡是罵這個罵那個的。」[19]五四時代吳虞心目中的文化英雄，到了新儒家的筆下反成了破壞民族文化的罪人。這樣的輪迴，雖在意料之外，但從另一面看，也在情理之中。

三、當前中學的魯迅作品教學

「魯迅」當前的這種處境，自然會反映到中學語文教學中。由於魯迅的作品與現代政治鬥爭和思想交鋒聯繫得十分緊密，而且這些政治鬥爭和思想交鋒離現在已經遠了，所以現在的中學生理解起來較為困難。於是，新版的高中語文教材依據新課標的要求對魯迅作品的選目做了調整。新課標要求中學語文教學須加強與社會發展、科技進步的聯繫，現在的高中語文課本便在增加了一些當代作家甚至是當前青年作家寫的作品的同時，減少了魯迅等現代作家的

---

[19] 張偉國：〈余英時訪談之三〉，《聯合報》（香港）1994 年 9 月 8 日。

篇目。比如，人民教育出版社《全日制普通高級中學教科書（必修）語文》（二〇〇四年版）選魯迅作品 7 篇，各冊分佈的情況如下：

〈《吶喊》自序〉	第一冊
〈祝福〉	第二冊
〈拿來主義〉	
〈紀念劉和珍君〉	第三冊
〈燈下漫筆〉（節選）	
〈藥〉	第四冊
〈阿 Q 正傳〉	第五冊

在執行新課標後，高中語文課本中魯迅作品的篇目變動，大致有三種情況。

第一種是刪，以江蘇教育出版社、廣東教育出版社和人民教育出版社新課標版為代表：

版本	篇目	所在冊
江蘇教育出版社	〈祝福〉	必修二
	〈拿來主義〉	必修三
	〈阿 Q 正傳〉	必修五
	〈紀念劉和珍君〉	必修五
廣東教育出版社	〈藥〉	第三冊
	〈拿來主義〉	第四冊
	〈阿 Q 正傳〉	第四冊
人民教育出版社新課標	〈紀念劉和珍君〉	第一冊
	〈祝福〉	第三冊
	〈拿來主義〉	第四冊
	〈藥〉	第五冊

第二種是刪中有增，有山東人民出版社、華東師範大學出版社的版本：

版本	篇目	所在冊
山東人民出版社	〈為了忘卻的紀念〉*	第一冊
	〈紀念劉和珍君〉	第二冊
	〈祝福〉	第三冊
華東師範大學出版社	〈為了忘卻的紀念〉*	第一冊
	〈白莽作〈孩兒塔〉序〉*	第二冊
	〈非攻〉*	第三冊
	〈〈吶喊〉自序〉	第四冊
	〈阿 Q 正傳〉	第六冊

第三種是棄舊用新，如語文出版社的版本：

版本	篇目	所在冊
語文出版社	〈鑄劍〉	第一冊
	〈春末閒談〉	第五冊

　　總的看，新課標教材所選魯迅作品的數量都減少了。這在表明編寫者對魯迅的理解發生了變化的同時，也反映出「魯迅」在當前的某種尷尬處境。比如，所有新課標高中語文課本都刪去了〈燈下漫筆〉，這就與近來在新保守主義文化氛圍中重新評價傳統文化有關──在認識到中國傳統文化中包含了大量可以繼承的積極內容後，如何講好〈燈下漫筆〉對「中國固有文明」的尖銳批判就不那麼容易了，因而刪去也罷。但這種變化，更重要的是提醒我們，應該深入思考我們該如何聯繫新的時代精神來充分發掘魯迅作品的經典意義，並以一種有效的方式把它傳授給學生，讓現在的中學

生也能夠充分理解魯迅作品的深邃意義，從而受到思想教育和文化薰陶。

如何在當前世俗社會的條件下把握魯迅作品的經典意義？這是一個大題目。筆者不揣冒昧，僅就其與中學語文教學相關的方面談幾點粗淺想法。

首先，中學語文教學對魯迅作品的講解要淡化其與時事政治的關係，而專注於發掘其更為內在的、具有更為久遠價值的文化意義。魯迅作品與時代聯繫十分緊密，但作為經典，其意義絕不局限於時事政治，最為重要的是它們包含了涉及人性和文化的更為內在的內容。比如《阿Q正傳》固然與魯迅思考辛亥革命失敗的教訓、探索中國社會改造的道路相關，但它並沒有提出一個現成的社會改造的方案，它的意義主要還在於對國民劣根性的深刻批判，對沉默的國民靈魂的犀利解剖。以前出於政治教育的需要，側重於從政治革命的角度來理解它，從中發掘阿Q的革命要求，闡發中國革命必須走密切聯繫群眾的道路這樣的大道理，這是時代使然；然而當這些道理已經成為常識、中國革命的規律性及一些基本原則已經廣為人知的今天，就大可不必通過魯迅的作品，如通過《阿Q正傳》的講解來把它們灌輸給讀者。因而《阿Q正傳》的意義可以往更為內在的方面挖掘，讓今天的讀者，尤其是讓今天的中學生知道，思想的愚昧是何等的可怕，我們民族在歷史上曾經經歷了那麼一個黑暗的愚民時代，因而應該在吸收中國傳統文化優秀內容的同時，對傳統文化的負面影響保持高度警惕，從而更為自覺地追求理性精神，捍衛現代人的獨立思考權利，以實際行動推進中國社會民主建設的進程。

第二，可以把魯迅作品的講解與提高民族素質、抵制粗俗文化的目標結合起來。這種結合不是權謀之計，而是由深入闡發魯迅作品的內涵自然而然產生的一種結果。魯迅是一個豐富的存在，僅就

他在看不到希望的時候不向命運低頭，為民族的命運而堅持戰鬥，要從沒有路的地方走出一條路來的頑強精神而言，他就具有人格上的非凡之處，值得今天的人們敬仰和學習。如果一個人在遭遇困境時，能從魯迅身上吸取力量，頑強地抗擊這困境，從絕望中走出一條路來，他就是一個有志向和勇氣的人，借用毛澤東的話說，即是「一個高尚的人，一個有道德的人，一個脫離了低級趣味的人，一個有益於人民的人」。毛澤東沒有說錯──魯迅的方向，就是中華民族新文化的方向。魯迅作品中的政治意義在「後革命」的時代可以適當淡化──它可以作為學術的問題由專家去討論，作為後人正確地認識歷史的一條途徑，而對於一般的讀者，或者如中學生來說，魯迅作品中的道德意義和文化意義則更有價值。魯迅可以成為一個道德的榜樣，啟發人們去正確地面對歷史、面對現實、面對他人和面對自我。通過魯迅的作品認識魯迅的人格，向魯迅的境界看齊，把魯迅作品中那種內在精神，他的歷史責任感和現實使命感弘揚起來，我們民族的文化素質何愁不能提高，當前的粗俗文化氾濫何愁不能遏止？

第三，要把魯迅當作一個人，而不是一個神，讓中學生透過魯迅的內心世界去感受他的優秀品質，去理解他的高遠思想。魯迅在探索真理的道路上經歷了曲折的道路，他對歷史的洞見，對現實的深刻批判，是伴隨著他的困惑、痛苦和憂思的，有時甚至要陷於絕望的心境。他的高出常人的地方，主要就在於他堅信「絕望之為虛妄，正與希望相同」，不主張因為絕望而停止探索。所以魯迅式的高瞻遠矚不是神性啟示錄，而是一個人經由艱難的探索所獲得的發現，是人生智慧的象徵。向中學生講解魯迅的作品，就是要把魯迅作為一個人在認識中國的歷史和現實的過程中所經歷的曲折心路展示出來，把作品的意蘊中所包含的魯迅內心掙扎和思想矛盾的過程解釋清楚，讓年輕的中學生可以結合自己經歷過的小挫折、小艱

難去體味魯迅所經歷的大挫折、大艱難，或從歷史的複雜背景切入，理解魯迅的複雜性，從而拉近與魯迅的距離。這樣做，顯然能夠比一般的說教更能幫助年輕學生真切地認識到魯迅的非凡之處。

第四，要對魯迅及其作品採取一種歷史的辯證的觀點，適當向學生展示不同闡釋的可能性及其意義。魯迅是一個人，也就意味著他的見解會有片面性，他的作品會有歷史局限性。然而更為重要的是，那是一個偉人在歷史規定性中所難以避免的片面性，它是與其歷史的深刻性不可分割地結合在一起的。要努力從開闊的歷史背景和複雜的現實條件中向學生講清楚魯迅和他的作品，防止把魯迅神化，而在目前環境中更要防止把魯迅娛樂化——通過誇大或虛構魯迅的自我悖論而消解魯迅的意義。

除此之外，目前中學裡的魯迅作品教學還應該遵循一般文學作品教學的普遍規律，如審美教學法、情感誘導教學法等。總而言之，「魯迅」的經典性迄今仍在建構的「路」上。每個時代有每個時代的「魯迅」。在社會文化潮流轉向消費和娛樂的今天，代表了國家未來的青年一代所應該理解和掌握的「魯迅」，我認為主要就是文化的「魯迅」，作為道德榜樣意義的「魯迅」。通過這樣的「魯迅」，鼓舞他們去書寫自己有理想、有追求的豐富人生！

本文發表於《徐州師範大學學報》2011 年第 3 期

消費時代的魯迅和魯迅研究

　　魯迅是一個戰士，他拒絕平凡。五四文學革命發動，魯迅秉承思想啟蒙的宗旨，以文學形式批判國民劣根性，激起同時代知識分子的強烈共鳴。三〇年代，魯迅參加了左翼文學運動，成了戰鬥的左翼文學的一面旗幟。四〇年代以後，魯迅的成就逐漸被從他與中國新民主主義革命的重大關係方面來闡釋，這提高了魯迅在中國現代文學史和中國現代思想史上的地位，同時也加強了中國共產黨執政後意識形態的歷史正當性。而在新時期思想解放潮流中，一些魯迅研究者提出回歸五四，開始強調魯迅與中國現代思想革命的關係，其成果顛覆了此前佔據主導地位的從魯迅與政治革命的關係來思考問題的研究模式，打破了教條主義對人們思想的束縛，有力地推動了思想解放運動的展開。上述歷程說明，「魯迅」與二十世紀中國的重大問題密切相連，魯迅研究成為一門顯學，深刻地影響了中國現代思想史、乃至中國現代社會歷史的進程。

一、世俗時尚中「魯迅」遭遇了寂寞

　　進入二十世紀九〇年代，中國社會告別了激進革命的傳統，轉向了一個以市場改革為導向的追求經濟利益、同時又尊重人的合理慾望的消費型社會發展階段。這個新的社會階段，原來決定魯迅成

為一個卡里斯瑪典型的文學環境已基本不再存在,「魯迅」遭遇了寂寞。

經歷了改革開放以來經濟的高速發展,中國社會積累起了相當的財富,形成了日益龐大的富裕階層。這個階層的成員按市場的規則來經營實業,同時在日常生活中享受他們所獲得的財富,這使他們遠離了理想主義,辦事和考慮問題都特別講究實際。這些人中的大多數現在所關心的就是怎樣掙錢,怎樣消費,怎樣用財富提高自己的社會地位,顯耀自己取得的成就。即使有煩惱,那也是非常世俗化的煩惱。而國家的管理方式隨著經濟改革的深入所做的變革,則提供了較為寬鬆的環境,允許他們在法律許可的範圍內實現其個人的慾望,而不再像從前那樣以革命的名義來進行政治監管或道德規訓。這一階層中的成員大多數具有高學歷的背景,換成以前思想啟蒙的時代,他們很可能成為魯迅精神的追隨者,但現在他們卻很少會與魯迅的精神世界接近了。魯迅作品揭露封建禮教「吃人」,涉及的是民族的痛苦經驗,拷問的是人的靈魂。他要求讀者不僅要反思歷史,而且要反思自身對「吃人」歷史所要承擔的一分責任。這些非常沉重的話題,在革命時期曾引起許多進步知識分子對中國命運的憂思,在今天卻不容易引起這些富裕階層的興趣了。因為這與他們的事業無關,更重要的是一旦進入這樣的思考,享受生活的樂趣會大打折扣,甚至因為要拷問到靈魂,會讓自己處於十分尷尬的境地的。

一般民眾現在也已解決了溫飽問題,正在為改善生活而忙碌。當人們為致富而忙碌時,「魯迅」是幫不上忙的。這些人大多接受過良好的教學,在操勞之餘也要尋找一點消遣。如果在以前,他們也許會去讀一點文學作品,可是現在不同了——現在有了更富誘惑力的消費選擇。走進電影院,聲光電技術製造了身臨其境的震撼,讓你暫時忘卻生活中的煩惱。電視裡有許多時尚節目,像幸運、玫瑰

之約、非常男女、超女快男、為愛向前衝……，讓你沉浸在狂歡中。瀟灑一點的，可以用 mp3、mp4 聽聽流行歌曲，得半日清閒。前衛一點的，就上網打遊戲，在虛擬世界中打鬥拼殺，直呼過癮。即使是網路聊天，也充滿巨大的誘惑：你可以說一些現實中不能說、不敢說的大話、粗放、假話，有了全新的體驗。總之，由現代高科技支援的新媒體，在極大地拓展了人們精神生活領域的同時，也助長了低俗之風，嚴重威脅到了傳統意義上的文學作品的市場佔有份額。文學越來越處於邊緣的位置，作為文學家的魯迅能夠倖免嗎？

　　或許有人會說，今天通俗文學不是正大行其道嗎？其實這絲毫不會改善「魯迅」的境遇。通俗文學與傳統文化保持較為密切的聯繫，它貼近普通民眾的消遣需要，不承擔思想教化和社會批判的角色，因而雖在五四時期受到新文學的打壓，但它深得市民的青睞，一直在民間流行。到上個世紀八〇年代，香港的通俗小說開始在大陸走俏，帶動了大陸的通俗文學創作。影響所及，大陸的學術界也調整了文學的審美標準，把通俗文學接納進了大學的殿堂。通俗文學重新佔據文壇重要地位，這說明中國社會變得更加寬容了，可以接受娛樂性的東西，但同時文學的社會功能也發生了重要變化，即從以前的強調文學的認識作用、教化作用，到現在更多地強調文學的娛樂作用。一般民眾今天閱讀通俗作品，顯然不是為了從作品中尋找人生的意義和思想的啟迪，也不是為了尋找解決中國社會現實問題的方法和途徑，而是為了比較單純的娛樂目的。在這樣一個為了娛樂可以放逐意義、甚至解構崇高的時尚中，「魯迅」顯然被邊緣化了，他作為一個精英知識分子的代表與一般讀者的距離明顯地拉大。

　　當然，在消費時代，魯迅也是會有知音的。因為魯迅不僅屬於他的時代，也是超越時代的。魯迅對底層民眾的大愛，他的有擔當的偉大愛國主義，他在絕望中進行不屈抗爭的堅韌精神，在知識界

已經昇華為一種文化符碼，為那些有志於超越平凡、不滿足於物質享受而去追求更高的人生目標的人提供精神動力，鼓舞他們去為祖國和民族的前途奮鬥，在為人類的正義事業中實現自我的價值。不過，這樣的人在今天肯定是少數。而一般研究魯迅的學者，則主要是出於一種學術的使命和求知的熱情。他們是專家，長期致力於研究魯迅，探討魯迅與社會歷史的關係，探視魯迅的內心世界，釐清魯迅研究中的各種問題，他們把學術上的發現視為自己的至關重要的成就。上述兩種情況無論哪一種，都是個人化的，與大多數沒有多大關係。理想主義者熱愛魯迅，是出於自身的精神需要。專家的研究魯迅，雖有崇敬的因素在內，但從更為普通的意義上說，只是一種職業行為。他們的意見，只能代表個人，不可能再像從前那樣代表主流意識形態影響到整個社會了。

　　魯迅研究，一個時期影響之所以大，主要不是因為魯迅，而是政治的因素。在思想高度統一、不允許獨立思考的年代，知識分子談社會問題，就常拿魯迅說事，圍繞魯迅與時代的關係做文章。無論是用魯迅來證明新民主主義學說的正確，還是證明魯迅是現代反封建思想革命的旗手，最終都是為了證明「魯迅」以外的中國社會政治和思想命題。魯迅一生從事文化批判和思想鬥爭，與中國現代史上的一些重大事件交織在一起，人們的確很容易透過他來對歷史進行新的闡釋，從而表達一種政治和思想的觀點，參與現實的政治鬥爭和思想鬥爭。在這樣的時代，誰掌握了魯迅研究的話語權，誰就抓住了主流意識形態，誰就在社會政治和思想領域佔據了重要的地位。連身居領袖高位的毛澤東也要涉足這一領域，他通過重新評價魯迅，肯定魯迅代表了中華民族新文化的方向，把人民政權與五四傳統聯繫起來，為新的意識形態提供了合法性的論證，從而加強了人民政權的思想基礎。這樣來研究魯迅，當然會產生重大的社會影響。

可是在社會趨向多元化的今天，輿論環境變得比較寬鬆，個人盡可以就各種社會問題發表獨立的意見，不再需要繞彎子借道文學的領域，拿魯迅說事，因而魯迅研究不再承擔「魯迅」以外的政治規訓和道德教化的功能。魯迅研究，只與那些熱愛魯迅的人的個人內心生活聯繫在一起，或者只是那些有志於學術的研究者的一項個人事業。這後一類人，要通過研究解開一些歷史的謎團，要確立起一些他們認為正當的價值原則。但很顯然，這些原則只對那些認為這些原則重要的個人起作用，有的甚至只是作者一個人的意見。既然魯迅研究與現實政治問題脫離了關係，成為學術的問題，甚至成為作者自言自語的問題，那麼它影響社會的範圍縮小和力度下降，就是一種必然的趨勢。

況且現在社會思想活躍，各人所堅持的理念有所不同，甚至是相互衝突的。研究者完全可以按自己的標準來理解魯迅，或只關注自己感興趣的方面，從而塑造出自己的魯迅形象。不同的魯迅想像，是真實魯迅不同側面的反映，但也可能是基於相互衝突的理念進行評價的一個結果。當魯迅研究不再從屬於政治，不再從屬於統一的意識形態，不再被用於解決重大的社會思想問題的手段時，研究過程中出現的不同意見就沒有必要、也不可能達成一致。不同觀點可以按學術民主的原則同時並存，並且把它們看作是以不同理念看魯迅的一種表現。但如此一來，魯迅研究由特殊權力所賦予的神聖性就消失了，魯迅研究的意識形態整合功能也不復存在，它對大眾生活的指導意義便隨之降低了。

更為重要的還在於，隨著高等教學規模的擴大，社會整體文化水平已大為提高，批評家逐漸失去了從前所擁有的作為大眾精神嚮導的神聖光環和話語權力。如果說以前的讀者因為文化水平不高，社會又需要依靠思想的高度統一來保證秩序與穩定，因而文學批評家實際上承擔著意識形態引導的責任，他們要告訴讀者應該如何理

解一部作品的意義，如何看待一個時期裡文學的動向。這其中，當然包括要告訴讀者怎樣閱讀魯迅，怎樣從魯迅的作品裡讀出正確的意義，從而把讀者納入到統一的國家意志中去。可是到了社會文化水平已經普遍提高的今天，絕大多數讀者完全有能力按自己的理解來閱讀魯迅，或把魯迅讀成他們所願意的樣子。即使讀者理解得不如批評家的那麼深刻，那也是他們的權利。他們完全沒有必要扭曲自己的感受和判斷來聽從批評家的意見，他們甚至可以認為批評家的深刻也僅代表批評家自己，批評家也會受他們自身立場的限制，未必說的就是真理。文學是個人想像的產物，讀者要怎樣來讀魯迅是個人的事。即使他們讀得不好，也是一種讀法，只要不違背基本的常識和人類的良知與正義，批評家現在沒有權利加以指責。於是，文學批評，包括魯迅研究，就不再具有以前意識形態高度統一時代所曾經享有過的權威。魯迅的偉大到底是表現在他以文學的方式配合政治革命實踐的方面，還是通過文學實踐而在思想領域舉起了啟蒙主義大旗；或者魯迅的思想轉變到底發生在何時，是由什麼因素引起的，這些都只是批評家的事，讀者在意不在意，願不願意接受，最終還要由讀者自己來選擇或判斷。

　　總之，在消費主導型的社會環境中，魯迅遭遇了寂寞，魯迅研究對社會的影響力明顯下降。但指出這一點，絕非貶低魯迅的歷史地位和魯迅研究的意義；恰恰相反，這裡的目的是要強調我們必須正視現實，在積極抵制低俗文化流行的同時，從今天的社會條件出發，把魯迅放在一個符合其自身特點的歷史位置上，深入發掘魯迅的精神內涵，更好地推進魯迅研究。

二、在守望中尋找魯迅研究的新途徑

文學應該回歸文學，研究只能發揮研究本來所能發揮的作用。哪怕像魯迅這樣偉大的作家，也只能在他力所能及的範圍內影響讀者。不可能人人都喜歡或崇拜他，更不可能人人都來談論魯迅。因而，在一個世俗化的社會裡，魯迅遭遇寂寞，魯迅研究相比從前革命激情洋溢的年代目前正處於一個比較冷清的狀態，這是十分正常的現象。只有在非常態的革命時代，魯迅才會成為影響整個社會思想領域的卡里斯瑪典型。認清這一點，研究者才能克服焦慮心態，不跟風，不炒作，潛心於學術——既研究魯迅在中國人民爭取民族獨立和人民自由的鬥爭中所建立的功勳，也研究魯迅越超時代的堅毅而崇高的人格，研究他反抗絕望、不向命運屈服的偉大精神。把魯迅的精神遺產發掘出來，讓後來者按各自的理解來繼承和發揚，逐漸提升國民的整體文化素質，這才是學術研究應有的使命。認識到這一點，才會看到魯迅研究的天地原來仍是廣闊的。

那麼如何以一種正常的心態，在堅守中找到魯迅研究的新方向呢？這是個大題目，有待於學術界來共同探討。筆者在此僅談幾點粗淺的想法，目的是拋磚引玉。

第一，是回歸魯迅，實現學術研究的求真的價值。回歸魯迅，就是回到魯迅那裡去，澄清魯迅研究中由於各種外在因素干擾而造成的含混，理清魯迅與一系列歷史事件的關係，以歷史主義的觀點展示一個真實的魯迅。比如，魯迅與「左聯」的關係，魯迅與黨派政治的關係等問題，曾受到政黨政治和路線鬥爭的影響，以前許多學者在當時條件下做了帶有明顯政治傾向性的闡釋，遮蔽了一些真相。這需要做深入細緻的研究，在新的歷史條件下給出更為客觀公

正的結論。當然，任何研究都不可能採取純客觀的態度，都會受到研究者既定立場和觀念的影響。回歸魯迅，照樣會受到研究者既定立場的限制，難以做到絕對的客觀。基於不同理念和立場對真實魯迅的追尋，可能得出不同、甚至是截然相反的結論。有些問題不是簡單的事實認定，而是價值判斷的問題，因而更難取得共識。但它們與求真的宗旨並不矛盾：即使達不成共識，也可以讓分歧公之於眾，由時間來做最後的評判。學術研究的宗旨，是揭示歷史的真相。只要有求真的態度和追求，總會在不斷的追尋中接近真相。對於魯迅研究而言，求真最重要的是尊重魯迅的主體性，從魯迅出發提出問題，探討問題，不把魯迅研究納入某種既有的政治或觀念體系中去，用魯迅來闡釋現成的命題。

回到魯迅，當然包括回到魯迅的內心世界。魯迅一生經歷過嚴重的內心衝突，像他經常說的，他的內心有黑暗的一面，但他願意肩起黑暗的閘門，放孩子們到光明的世界裡去。我們推崇魯迅的人格，不必把他神化，而應該認識到真實的魯迅是難以避免心靈的掙扎的。揭示他內心衝突和掙扎的過程，或許更能顯示他作為一個戰士的非凡之處。對於當今的普通讀者而言，這可能具有更為重要的啟示意義。

回到魯迅的口號，早在上個世紀八〇年代初已被一些學者提出，並取得了一系列重要的研究成果。但今天重提這個口號，有了新的意義。八〇年代的回歸魯迅，是恢復魯迅作為一個啟蒙主義思想家和文學家的形象，可是其更為內在的動機還是出於強烈的政治訴求，即要打破極左政治和教條主義對思想的束縛，實現人的思想解放。而現在再提回歸魯迅，則是為了更真切地關注魯迅接近普通人的一面，去發掘他在普通的人生樣式中所包含的不平凡的精神，為今天的讀者提供一種精神的樣式。

　　第二，是回歸學術，實現學術研究的向善的價值。回歸學術，就是把「魯迅」作為一個學術問題來探討。涉及魯迅與政治問題的關係，也要採取學術的態度，進行實事求是的具有前瞻性的研究——既要堅持歷史主義的原則，又要具備當代的眼光；既要回到歷史的規定情景中去，又要跳出歷史的迷霧，從新時代的高度對歷史做出判斷，使研究成果具有歷史的深度而又能體現二十一世紀的時代特點。這樣的研究，顯然不可能再引起過去時代研究這些問題時所曾引起過的那種強烈反響，因為這些政治問題或與政治相關的問題已經成為歷史，不再影響現實的社會進程，它從前激起廣大讀者強烈興趣的基礎現在已不再存在。學術研究，雖要講政治，本來的目的卻並不是為了參與政治鬥爭，而是探求真理。在魯迅研究中，涉及與政治相關的問題，主要是為了對歷史負責，對魯迅負責，還原歷史的真相。這是學術研究對社會和歷史所能做的貢獻，也是學術研究所能體現的善的價值。

　　回歸學術，更為重要的是把魯迅作為一個人——當然是偉人來研究。在魯迅與社會歷史的廣泛聯繫中，他與政治的關係只是其中的一個方面，而內容更為豐富的是他作為一個人在日常生活中所經歷的喜怒哀樂。這後一個方面，更為接近魯迅真實的內心世界。即使是研究魯迅與他所從事的文化批判和他所參與的政治鬥爭的關係，也可以從一個人的角度來理解他的內心經歷，探討他的矛盾和痛苦。從個人化的角度切入一個偉人與時代、與重大政治問題的關係，從某種意義上說，可以更深入地把握到他的一顆不平凡的心靈，展示他與眾不同的人格。把這方面的意義發掘出來，樹立起一座人格的豐碑，實際上是在確立一些做人的原則，讓後來者受到教育，從而選擇一條有理想、有抱負的人生道路。這同樣是學術研究的善的價值之體現。

　　不過既然是學術研究，就意味著你所得出的結論是受到具體條件限制的，不可能達到絕對的真理。因而存在不同意見，甚至發生激烈的爭論，是正常的現象。比如魯迅的改造國民性思想，集中體現了五四的時代精神。但它在二三〇年代之交就受到了「革命文學」倡導者的猛烈批評，而到二十一世紀的今天又受到了以新儒家為代表的文化保守主義者的攻擊。這是學術研究中因為各人所持立場不同、價值準則有異所造成的。不同的意見體現了不同的立場和不同的價值觀，反映了不同時代的思想特點，它只能通過學術研究來解決，並期待時間來做裁定。這意味著，從事學術研究要有一種謙虛的態度，提倡自由討論，謹防獨斷，要以寬容的態度來處理彼此之間的分歧，表現出知識分子應有的民主精神。

　　第三，是回歸研究者自我，實現學術研究的致美的價值。學術研究要訴諸理性，追求的是客觀公正。但理性的運用事實上不可能由理性自身給予絕對的保證，客觀公正也會受個人主觀因素的左右，難以完全落到實處。人類要認識世界，而客觀世界的意義又須依賴先驗的範疇才能表現為一定的意義，並且這種意義要通過認識主體的「偏見」和「前理解」才能表達出來。主客體之間的這對矛盾，是人類在認識世界的實踐中永遠要面對的。正是在這裡，認識主體的能動性才得以充分地顯現。也正因為如此，學術研究不可能像一面鏡子那樣去映照事物，而是要以個人所掌握的科學觀念和方法去進行艱苦的探索，努力解開現象的迷惑。尤其是面對文學作品這一想像的產物，研究者應該、而且可以從自我的生命體驗出發，去感知作品裡的藝術世界，體驗其中每一個鮮活的生命，並以感性的方式表達出藝術的美感。這種感性的研究方式，雖然也是致力於發現對象的真相，但那是帶上了研究者強烈主觀色彩的真相，是研究者個人所願意看到的那種真相。這樣的真相，雖然要取決於審美對象的規定性，但更多地是研究者通過闡釋對象來表達個人的思想

傾向，個人的審美趣味，個人的生命體驗。審美對象的意義是在研究者的意圖和體驗基礎上生成的。在這樣的審美過程中，研究者的內心處於自由的創造狀態，不受任何外在清規戒律的規範，不受客觀時空的限制。他可以獨斷，可以穿行於不同的時空中，與過去和未來對話，他可以聽憑內心的呼喚，進行審美的判斷和再創造。這是一種精神的自在和逍遙，是一種審美的狀態。

魯迅的世界，是一個廣闊而深邃的審美世界。研究者的想像馳騁在這一廣闊而豐富的領域，只要用心去觀照，就隨時會有新的發現和新的感受。比如，魯迅的揭露精神奴役，他的反抗絕望，他在批判和懷疑中實現人生價值的那種方式，都是凝聚著他深刻的生命體驗的，展現了他不平凡的人生姿態。有人對此不以為然，但有更多的人從中體驗到了偉大，懂得了人在絕望中該如何堅守，如何突圍，從而去創造生命的奇蹟。在這樣的審美觀照中，心中升騰起了崇高的美感，你超越了平凡。這樣的研究，是有擔當、有追求，因而有大痛苦的踐行者的自我激勵和拯救，是他們在人生痛苦中的一種精神生活方式。顯然，這是理性的，但又帶著強烈的感性體驗。這樣的研究，超越了文學的客觀標準，發現的是美，也是有價值的，尤其是對那些經歷了魯迅式的痛苦而又試圖像魯迅那樣尋求精神突圍的人們具有更為重要的意義。在這樣的研究中，魯迅的意義只與那些崇敬魯迅、充分意識到魯迅重要性的人的私生活聯繫在一起。由於各人的背景和生命體驗不同，由此形成的魯迅形象會是豐富多彩的，不會類同，但又都是「魯迅」的。只要是用心的體驗所得來的成果，就會因研究者的真誠而具有獨特的價值。這樣的研究，顯然又是向未來開放的，它趨向無限的豐富，因而有待於研究者憑自己的信仰和聰明才智去發現、去創造，去完成時代賦予他的使命。對這樣的審美創造，我們應該持一種寬容的態度，鼓勵研究

者充分展現自己的個性，按各自的理解和內心的需要去發現魯迅，去探索魯迅的意義。

　　不過回歸研究者自我，並不是賦予研究者以任意支配的特權，不是可以為所欲為，絕對地以自我為中心。相反，這是向研究者提出了更高的要求，要求他在高揚主體性的同時，時刻保持自我的清醒，保持個人立場與普世價值的內在聯繫，有一種現實的分寸感。因而研究者需要加強修養，提高思想藝術境界，憑博學才智和高尚的心靈進入研究的領域，去與魯迅進行精神對話。即使是以浪漫的激情表達個人的想像，也要求你首先是一個有道德的人，有責任感的人，你的浪漫張揚從根本上說不能僅僅為了自我，而是為社會，為大眾的，要給歷史一個莊重的承諾。

　　最後還要強調一點：常態社會與非常態社會，在歷史的過程中是會相互轉化的，即從常態的社會向非常態的社會轉化，或者相反，從非常態的社會轉向常態的社會過渡。中華民族是一個偉大的民族，如果中國社會再次進入了一個非常態的階段，面臨嚴峻的挑戰，可以肯定，中國人民將會再次義無反顧地起來戰鬥，而凝聚著中華民族不屈精魂的魯迅形象那時又將成為一面戰鬥的旗幟，魯迅研究毫無疑問也將會再次發出戰鬥的吶喊，去鼓舞人民的鬥志。

　　總之，魯迅會遭遇寂寞，但魯迅是不朽的！魯迅研究會被邊緣化，成為一種純粹的學術，但它又是萬古長青的，具有永久的生命力！

　　　　　　　　　本文發表於《武漢大學學報》2011 年第 5 期

「魯迅」的意義及當下價值

　　「魯迅」的意義是一個歷史建構的過程。五四時期，人們大多看重魯迅作品的反封建性質，肯定其對傳統文化的深刻批判。到二三〇年代之交，站在左翼的立場上，魯迅對國民靈魂的解剖、對民眾愚昧揭露的態度，就不再適合新時代的需要了。中國革命喚呼農民英雄登上歷史舞臺，作家被要求反映農民在共產黨領導下走上反抗和鬥爭的道路，再以寫阿 Q 的方式來寫農民，顯然有了問題。著名的左翼批評家就曾發表過〈死去了的阿 Q 時代〉等文章，對魯迅的小說提出了尖銳批評。雖然左翼文化陣營稍後被要求與魯迅建立聯合戰線，但他們需要聯合的理由。他們找到的理由，是魯迅思想發生了飛躍，從進化論到階級論，從個性主義到集體主義。在這樣的思想基礎上建立聯盟，實際是以貶低魯迅前期創作的意義為前提的，這就為左翼內部後來的分歧和爭論埋下了伏筆。毛澤東並不計較魯迅與左翼分歧的細節，而是以更為開闊的歷史視野把魯迅與左翼文學一起納入新民主義文學的範疇。這樣一來，魯迅與左翼的分歧，僅僅是新民主義文學內部不同發展階段的差異，不再存在根本性的衝突了。從此以後，魯迅的作品就被左翼從其與中國革命的歷史聯繫中來闡釋——魯迅之所以偉大，是因為他的作品反映了中國革命的一些重大問題，如革命領導權問題，革命與群眾的關係問題，辛亥革命失敗的經驗教訓問題。這些問題，在中國革命實踐中還有待於艱苦的探索，而魯迅卻在他二〇年代前期的小說中已經以藝術的形式提了出來，並給出了深刻的回答，他能不偉大嗎？

　　不用諱言，魯迅作品包含著深刻的人生體驗，反映了豐富的歷史內容，的確可以從其與政治的關係中來進行讀解。但這樣的讀解一旦過了適當的度，就會割裂其內在的意義關係，成為一種實用主義的東西。比如，說〈藥〉批評辛亥革命的領導者脫離群眾，這是不符合作品實際的。〈藥〉明明寫了夏瑜向紅眼睛阿義宣傳「大清國是我們的」。革命者向群眾宣傳革命的道理，而民眾——紅眼睛阿義並不明白，動手打了夏瑜。這不是辛亥革命領導者脫離群眾而使革命失敗的悲劇，而是革命者為民眾犧牲而民眾並不領情的悲劇，貫徹的依然是啟蒙主義的思路。對〈藥〉進行實用化的政治解讀，服從於編織革命意識形態的歷史敘事，顯然偏離了它的啟蒙主義題旨。

　　「魯迅」的意義到了上個世紀八〇年代，發生了新的變化。變化就是重新回歸五四，強調其啟蒙的意義。這是由魯迅前期小說的啟蒙主義性質決定的，但更是出於反思和克服極左路線所造成的人格扭曲、思想異化的嚴重後果的歷史需要。通過對魯迅作品的重新評價，突出其批判封建蒙昧主義文化的本來意義，提倡獨立思考的精神，為思想解放開闢道路。這實際上意味著魯迅研究已經成了打破現代迷信、推動思想解放運動的重要一環，深刻地影響了新時期的歷史進程。

　　人們對魯迅的理解，在不同的時代有所不同，甚至是尖銳對立的，但「魯學」始終佔據著顯學的位置。這種情形到二十一世紀初，發生了微妙而重要的變化。當前的魯迅研究，已是魯迅研究專家的一項工作，或是魯迅愛好者的一份私人志業。關於魯迅的研究或爭論變成了純學術的問題，不再承擔明確的意識形態使命了，這必然會使魯迅研究的影響力下降。不過，我倒是覺得這反而是一個更為深刻地認識魯迅的大好機會。魯迅從政治的符碼、文化的符碼，到一個活生生的人，人們可以更真切地深入他內心，去體味他在歷史

最黑暗的時刻，在面對無路可走的絕望時，心裡如何掙扎，如何反抗這絕望，要在沒有路的地方走出一條路來。喜愛和崇敬魯迅的讀者，可以從記錄他心路歷程的作品中吸取精神力量去追求光明和真理，哪怕要經歷魯迅式的艱難也罷。這樣的「魯迅」，就成了一座人格的豐碑。

真正偉大的作家，是豐富的，也是永恆的！

本文發表於《文藝報》2011 年 9 月 16 日第 6 版

世俗時尚中的審美逍遙和自我拯救

　　今天，許多人都受時尚的裹挾，沉浸在娛樂和狂歡中——魯迅遭遇了寂寞。不過，魯迅並非沒有知音。魯迅的形象，已經昇華為一種文化符碼，只為那些不滿足於物質享受而去追求更高的人生理想的人提供精神動力，鼓舞他們去為祖國和民族的前途奮鬥，在為人類的正義事業中實現自我的價值。

　　魯迅的世界，是一個廣闊而深邃的世界，只要你用心去觀照，隨時會有新感受和新的發現。他揭露精神奴役，反抗絕望，在批判和懷疑中實現人生價值的那種方式，凝聚著深刻的生命體驗。有人對此不以為然，但也有人從中發現了高尚，懂得了人在絕望中該如何堅守，如何突圍，去創造生命的奇蹟。在這樣的過程中，你心中升騰起了崇高的美感，超越了平凡。

　　魯迅的意義，只與那些崇敬魯迅、意識到他重要性的人的私生活聯繫在一起。魯迅與世俗男女無關。因而，閱讀和研究魯迅，完全可以、而且應該堅持個人的立場，執著於最直接的感受和印象，充分表現出自己的個性。這樣的研究，是具有特殊意味的審美逍遙，你從中感受到了魯迅式的痛苦，但你在與魯迅的精神對話中，卻經歷了最深刻的人生；你可以在內心獨斷，讓自己處於創造的狀態，不受客觀時空的束縛，擺脫了外在規範的限制，在不自由的生活中發現並體驗了自由。這同時也是一個自我拯救的過程——擺脫了慾望的羈絆後，你獲得了精神昇華，成為一個有信仰、有擔當、有追求的人。這樣的閱讀和研究，帶著強烈的感性色彩，超越了文

學的客觀標準，但它是致力於發現美的，因而是有價值的，尤其對那些經歷了魯迅式的痛苦而又試圖像魯迅那樣尋求精神突圍的人們具有更為重要的意義。如此形成的魯迅形象，也許會因為打上了閱讀和研究者的個人印記而各不相同，但它們又都是「魯迅」的。只要是用心的體驗所得來的成果，就會因你的真誠而具有獨特的價值。這樣的研究，顯然又是開放的，因而包含著面向未來的無限豐富性，正有待於研究者憑自己的信仰和才智去發現，去創造，去完成時代賦予他的使命。

不過，賦予研究者以創造的特權，並不意味著可以隨心所欲了；相反，這是向研究者提出了更高的要求，要求他在高揚主體性的同時，時刻保持自我的清醒，保持個人立場與社會一般價值的內在聯繫，有一種現實的分寸感。這需要研究者加強修養，從而在更高的層次上與魯迅進行精神對話。即使以浪漫的激情表達個人的想像，那也要求你首先是一個有道德的人，有責任感的人，你的浪漫張揚從根本上說不能僅僅為了自我，而是也要為社會、為未來，給歷史一個莊重的承諾。

本文發表於《文藝報》2010 年 9 月 22 日第 8 版

論魯迅小說的時間意識

　　人的存在本質上是一種時間性的存在，對時間的思索與追問也是對存在的探詢。較之於「過去」、「現在」和「將來」三種時間，魯迅更關注「現在」，他的小說有一種「執著現在」[20]的時間觀念。魯迅小說的以「現在」時間為內核，以「過去」和「將來」時間為參照的時間意識克服了由於空間對物理時間的影響而造成的「現在」的缺席，突顯了觀念中「現在」時間的在場。這種時間意識與文本所生成的意義聯繫在一起，共同參與和介入魯迅個人時間的覺醒，也顯示了其小說的獨特價值。

一、日常空間：「現在」時間的缺席

　　魯迅小說的時間意識是建立在現實文化空間基礎之上的。時間和空間是文本形象構成、顯現與運動的基本閾限，是哲學中一對基本範疇，時間和空間交織成人的此在。巴赫金曾在《小說的時間形式和時空體形式》中提出了「時空體」這一概念，他說：「在文學中的藝術時空體裡，空間和時間標誌融合在一個被認識了的具體的整體中。時間在這裡濃縮、凝聚，變成藝術上可見的東西；空間則趨於緊張，被捲入時間、情節、歷史的運動之中。時間的標誌要展

---

[20]　魯迅：〈雜感〉，《魯迅全集》第 3 卷，人民文學出版社 1981 年版，第 49 頁。

現在空間裡，而空間則要通過時間來理解和衡量。這種不同系列的交叉和不同標誌的融合，正是藝術時空體的特徵所在。」時空體，「表示著空間和時間的不可分割（時間是空間的第四維）。是一個內容兼形式的範疇」[21]。按照理性邏輯的看法，任何物事的延伸（時間）都必須依據特定空間閾限的參照系來確定，而每一個空間參照物的轉換都必然影響敘述事件的時間航程。在魯迅的小說集《吶喊》和《徬徨》中，對空間的體驗最深刻。他的小說的「現在」時間意識的擴充本源於空間對時間的作用關係。具體而言，這種作用主要體現在以下兩個方面：

第一，空間扭曲了日常的物理時間，使「現在」缺席。魯迅曾將傳統社會的空間形態做了一個比喻：「假如一間鐵屋子，是絕無窗戶而萬難破毀的，⋯⋯」[22]「中國各處是壁，然而無形，像『鬼打牆』一般，使你隨時能『碰』」[23]於是，「碰壁」、「推」、「踢」、「爬」、「撞」、「橫站」等狀態也就成為人的空間體驗。《狂人日記》中的狂人在「門外」和「家中」（包括「房間」、「園裡」）兩個並置的物理空間裡，感到了壓抑：「屋裡面全是黑沉沉的。橫樑和椽子都在頭上發抖；抖了一會，就大起來，堆在我身上。」這裡的物理時間沒有變化：「黑漆漆的，不知是日是夜。」由於日常的物理時間失序，狂人只能走進自己紛繁複雜的心理時間。因此，他的心理時間與日常物理時間存在差異和矛盾。在第三節中，狼子村佃戶是「前幾天」來告訴我大哥，村裡有大惡人被人打死了，心被挖出來，用油煎炒了吃。但在同一節（第三節）、第五節和第十節中，狂人把

---

[21] 巴赫金：〈小說的時間形式和時空體形式〉，《巴赫金全集》第 3 卷，白春仁、曉河譯，河北教育出版社 1998 年版，第 275 頁。

[22] 魯迅：〈吶喊·自序〉，《魯迅全集》第 1 卷，人民文學出版社 1981 年版，第 417 頁。

[23] 魯迅：〈「碰壁」之後〉，《魯迅全集》第 3 卷，人民文學出版社 1981 年版，第 62 頁。

佃戶的話描述成「前天」說的。「前幾天」和「前天」不是相同的時間概念，可在狂人的心理時間裡，彼此的界限模糊了。同樣「個人時間」的能指範圍也可以大於日常物理時間：在第三節的開頭有這樣一句話：「晚上總是睡不著。凡事須得研究，才會明白。」這裡的「晚上」由於「總是」的限制和經過主體研究到明白的過程，指涉的範圍包括了「今天晚上」在內的一切「晚上」，而這種「晚上」能夠指示時間刻度的也只有「月光」的有無和明暗。與之對應的「早上」也具有歧義性，並非特定的實指。〈明天〉中的單四嫂子在失去自己的寶兒時，她的空間感受是：「太大的屋子四周包圍著她，太空的東西四面壓著她，叫她喘氣不得。」她唯一的慰藉是希望借助夢來和自己的寶兒相見，「現在」時間的苦痛為將來的夢幻期待所替代。《阿Q正傳》中的阿Q在日常空間的壓迫下，主體的「現在」時間意識缺席——他將自己的時間意識聚焦於「過去」和「將來」；他第一次出場的話是「我們先前——比你闊多啦！」他也會用「我的兒子會闊的多啦」來滿足自己的自尊心，他離場的最後一句話是「過了二十年又是一個……」通過逃避到「過去」和「將來」的時間中，「現在」時間的焦慮和主體的即時意識就自然隱退了。〈祝福〉中的祥林嫂在一個無愛和冷漠的空間裡，她的存在是沒有明確的時間刻度的，在祥林嫂生存的「三個斷片」中，「我」對此歷史之倒敘所標示的時間分別是：「有一年的冬初」、「第二年的新正」和「但有一年的秋季」。由此，時間具有了「寓言性」：具體時間的背景就有了抽象性和模糊性，具體的歷史背景被剝離，命題上升為普遍的抽象層次。祥林嫂詢問「我」的三個問題發人深省：「一個人死了之後究竟有沒有靈魂？」「到底有沒有地獄？」「死掉的一家人，能不能見面？」這是逃離「現在」時間，欲將自己的將來許以鬼神但依然存有疑惑的時間分裂者的表現。

由於日常空間的作用，魯迅小說的「現在」時間被扭曲，呈現出退化的傾向，「現在」時間的意義被擱置。〈風波〉中九斤老太那句經常重複的話「一代不如一代」似乎一直籠罩在這種日常空間裡，趙七爺經常援引歷史掌故來恐嚇當今。因而，作為現代性歷史事件（革命）的時間缺席，也就是說，現在時間沒有參與到事件中來，沒能成為推動社會發展的動力。〈孤獨者〉主人公最後在信中道出了自己對「現在」時間的否定：「躬行先前所憎惡，所反對的一切，拒斥先前所崇仰，所主張的一切」。「現在」時間與「先前」相比，不是進步、發展了，而是退化、落伍了。這種時間體驗在〈在酒樓上〉也有呈現，呂緯甫認為自己的人生像一隻蜂子或蠅子似的，飛了一小圈又回來停在原地。他的「現在」時間已經被扭曲，時間回到了原點和過去，在頹唐消沉中無辜消磨著生命，也消耗了他的「現在」時間。

第二，空間沉滯日常物理時間，「現在」被吞噬。魯迅小說結構上有一個特點：首尾構成一個密閉的照應系統，時間的方向感和流動感不明顯。〈風波〉所描寫的「臨河土場」是一個沉滯封閉的空間，小說一落筆，便從日常空間入手，將鄉村土場晚飯時分的情景書寫成一幅靜謐的風俗畫，被文豪讚譽為無思無慮的「田家樂」。這其中人物活動的地點和活動的範圍是狹窄和固定的，人物在日常空間外的活動（包括外界時間訊息）是通過敘述者的旁白來交代的。如，在敘述幫人撐航船的七斤時，作者也未給他在外面的活動提供時空體，只有客觀的敘述交代：

> 他也照例的幫人撐著航船，每日一回，早晨從魯鎮進城，傍晚又回到魯鎮，……

　　這是一種從早晨到傍晚的流水賬式的敘述，七斤在日常空間的活動被簡化。而他從外面帶來的資訊也無非就是「什麼地方，雷公劈死了蜈蚣精；什麼地方，閨女生了一個夜叉之類」，通過將日常空間神秘化堵塞了外來的入侵，臨河土場也保持了原初平靜的鏡像。時間沒有參與到事件的進程中來，小小的「風波」在人們的心中沒有時間的「知覺存留」，人們生活在無時間意識的精神狀態裡。在小說的結尾，「風波」平息後，一切又回到了時間的「常態」：七斤「依舊」受人尊敬，他們「仍舊」在土場上吃飯，九斤老太「仍然」不平而且健康，六斤「依然」保持著婦女裹腳的舊俗、保留著農民捧著「十八個銅釘的飯碗」的貧困。借助這種首尾呼應，敘述者追述既往之一切，旨在表明：一切本質上依舊不變，時間從社會進程中抽離出來，被懸置和吞噬了，成為循環回復的生存隱喻。同樣，〈長明燈〉中的「瘋子」在強大的四個日常空間（「茶館」、「社廟前」、「四爺的客廳」、「社廟」）的集體圍剿下，被規訓和無害化了。自梁武帝點燃至今籠罩著現實的長明燈依然在社廟裡亮著，一切又回到了過去，「現在」被人遺忘。〈故鄉〉中「我」和閏土的故事，則在後輩的宏兒和水生中繼續循環和延續。以上說明，空間遮蔽了時間，造成了歷史的循環。

　　空間不僅是一種方位參照體系，還是一種價值反映體系；不僅是人物活動的場所，而且還作為一種文化情境參與了敘事。由於空間的作用，「現在」時間被迫改變它原有的狀態：要麼停滯或倒退，要麼跨越和前瞻。這是一種「非成長性」的時間態勢，時間並未進入人物的內部，人物的精神品質和價值取向也在這種時間的扭曲和變形中生成，他們紛紛逃離「現在」的時間境域，主動遁入「過去」和「將來」。魯迅洞悉到了這一切，通過揭露「現在」時間的缺席，為他建構起以「現在」時間為核心的時間體系創造了條件。

二、心理空間：「過去」、「將來」時間的當前化

　　魯迅是通過將「過去」、「將來」的時間當前化，來建構以「現在」為核心的新的時間觀的。「過去」、「將來」在魯迅的心理空間中統一於「現在」，並為「現在」所燭照，從而構成了一種新的時空關係。新的時間觀念，既是對日常空間造成的「現在」時間缺席的一種對抗，又是對懸置「現在」的創作理念的一種反撥，這有許多例證，〈《吶喊》自序〉便是一個證明：

> 我在年輕時候也曾經做過許多夢，後來大半忘卻了，但自己也許並不以為可惜。所謂回憶者，雖說可以使人歡欣，有時也不免使人寂寞，使精神的絲縷還牽著已逝的寂寞的時光，又有什麼意味呢，而我偏苦於不能全忘卻，這不能全忘的一部分，到現在便成了《吶喊》的來由。

　　這裡，「年輕時候」、「寂寞時光」是一種過去的時間，「許多夢」是過去對將來的一種希望和憧憬，「不能全忘卻」是現在的內心感受，「不能忘卻」的內容既包括對過去寂寞的「回憶」，也包括了過去和現在對將來的「夢」，過去對將來的期許現在大半都不記得了，而對過去的寂寞時光卻一直無法釋懷。「現在」是對「過去」和「將來」開放的，歷史和現實重疊，現實和未來應證，使得我們既可以用「現在」、「將來」反觀「過去」，也可以用「過去」來映照「現在」和「將來」。「過去」不再是與「現在」只有線性關聯的歷史演進，而是活生生的「曾在」，將來也不是遙不可測的概念化的期許，而是籌畫於現在的「將在」。這種新的時間觀念，影響到魯迅的敘

事，並在小說的敘事策略上表現出來。具體地說來，魯迅小說中有三種有關「過去」、「將來」和「現在」關係的敘事策略：

第一，將「過去」當下化。魯迅敏銳地認識到「過去」在「現在」複現的事實，他說：「試將記五代，南宋，明末的事情的，和現今的狀況一比較，就當驚心動魄於何其相似之甚，彷彿時間的流駛，獨與我們中國無關。現在的中華民國也還是五代，是宋末，是明季。」[24]他的小說集《故事新編》用「古今雜糅」的時間形式雜陳古今、跨越時空，讓古人說今話，讓古人做今事，歷史景象與現實世界相映成趣。如〈理水〉中的「文化山」上的學者眾聲喧嘩，用英語會話，大談莎士比亞、維他命 W、文學概論等，中間伴有民間俚語、文縐古語、現代摩登語。〈非攻〉中，日本侵華時期的國民政府的「募捐救國隊」竟開進了春秋時期的宋國．〈起死〉中的莊子居然吹響了警笛。伴隨這種時間的共時性呈現的是語言的混雜：權威話語、俗話俚語、文言體、外來語、摩登語等都熔鑄於一爐，形成了具有自身辯證法與社會性對話的「語言形象」。用巴赫金的話說，在語言形象的周圍發生了「巴比倫式」的混亂，滲進了種種意向和語調，成為一個「雜語的小宇宙」。

需要注意的是，魯迅這種「發思古之幽情」不是一味地在「新編」古代故事，鑽入歷史的故紙堆裡，而是以強烈的現代精神實現「現在」與「過去」的滲透和參與，並且指向其思考的當下現實語境。正如茅盾所評論的那樣：「將古代和現代錯綜交融成為一而二，二而一」，「借古事的軀殼來激發現代人之所應憎與應愛」[25]。伽達默爾曾將歷史傳統比作成一尊古代神像，指出它不只是被供奉在神

---

[24] 魯迅：〈突然想起〉，《魯迅全集》第 3 卷，人民文學出版社 1981 年版，第 17 頁。
[25] 茅盾：〈玄武門之變‧序〉，見吳福輝主編《二十世紀中國小說理論資料》第 3 卷，北京大學出版社 1997 年版，第 472 頁。

廟內、陳列在博物館中的屬於過去世界的東西，它同樣也屬於我們的世界。在它身上匯集了兩個視域：一是對象原有的歷史視域，二是解釋者擁有的當下視域。這兩者並不孤立排他，而是彼此融合、相互激發、相互彰明，這就是他非常有名的「視域融合」。魯迅作為當下視域的存在者，他對過去歷史的解釋和書寫肯定會不自覺地將古今進行融通。通過古今的連續性、意向的對話性的「張力」發掘，魯迅一貫的「現在」思維命題在古人的身上形成了隱喻式的對接和啟動。

第二，將「將來」當前化。按照時間線性推衍的邏輯，「將來」是晚於「現在」的，是將要發生而未發生的時間序列。而從「將來」為「現在」去蔽的意義上，「將來」又是「現在」的當下闡釋。因此，一方面我們要背負現在、面向將來朝前走，把現在引向將來，這保持了歷史時間的連續性；另一方面我們又是面對現在、背靠將來逆行反思現在，這體現了歷史時間的反觀性，這正如魯迅所指出的：「將來是現在的將來，於現在有意義，才於將來會有意義。」[26]他的〈故鄉〉結尾就表達了這樣的時間觀念：

> 我想：希望是本無所謂有，無所謂無的。這正如地上的路；
> 其實地上本沒有路，走的人多了，也便成了路。

將來的希望和「路」隱含在現在的行為意向和價值判斷中。《狂人日記》對「將來」時間的期許深扎於「現在」的土壤裡，狂人振聲發聵的「救救孩子」是建立在「沒有吃過人的孩子，或者還有」的現在沉思之上的，而「真的人」和理想的未來憧憬則是建立在對

---

[26] 魯迅：〈論「第三種人」〉，《魯迅全集》第 4 卷，人民文學出版社 1981 年版，第 440 頁。

現實的批判中的。從敵對的眼神和周圍人的言行中狂人洞悉到了吃人的「現在」本質，因此，他多次對人說：「你們要改了，從真心改起！你們要曉得將來是容不得吃人的人，……」「將來」與「現在」的比照在狂人心中早有思考，「將來」時間也超前地在「現在」時間中孕育並與之進行對話。在〈藥〉中，華老栓全家的將來的希望是一個可憐而愚昧的希望，結局只有「墳」（兒子的死去）。在最後，魯迅對「將來」作了希望的預示：在革命者夏瑜的墳上「分明有一圈紅白的花，圍著那尖圓的墳頂。」它們和劃破長空的烏鴉一起是堅忍、孤獨的將來希望的暗喻。這種暗喻是對現在庸眾不理解革命，合力為「無主名無意識殺人團」集體揮霍了革命者現實努力的一種反撥和掙扎。

　　「現在」為「將來」提供現實檢驗的土壤，也是「將來」當前化的一種體現。《孤獨者》中的魏連殳曾把希望寄託在孩子身上，房主的孩子們總是互相爭吵，打翻碗碟，使得人頭昏。但魏連殳見他們；「卻不像平時那樣冷冷的了，看得比自己的性命還寶貴。」在他的觀念裡，「孩子總是好的，他們全是天真……」可當他親眼看到街上的一個還不會走路的孩子竟拿著一片蘆葉指著他喊「殺」，又見他的堂兄帶著年幼的兒子來謀劃他那寒石山祖傳的一間破屋子時，他的希望破滅了，他深感「兒子正如老子一般」。將來的希望通過現實的檢驗，給了魏連殳致命的一擊，他在孤獨的煎熬中選擇了「死」，而敘述者「我」在孤獨的掙扎中卻依然不放棄人生道路的尋找：「我的心地就輕鬆起來，坦然地在潮濕的石路上走，月光底下。」敘述者「我」的「尋找－再尋找」與魏連殳「異樣－同化」的命運是糾葛在一起的互文性此在人生，滲透了魯迅的對社會處境與生存希望的理性思考。魯迅很少寫非「現在進行時」的活動，即使有預敘、跨敘等間接性的對「將來」的敘述，也立足於現在，或者將其轉換成「現在完成時」的將來，或者將其作為現

在時間流程中的一個必然性的走向、一個組成部分，二者的既統一
又矛盾所構成的是一種更突出現在的「張力」關係。

第三，將「過去」、「將來」此在化。在魯迅的一些小說中，時
間消融了它的單向性，「過去」、「現在」與「將來」同處於人物的
思維內，突顯出放射狀的共時時間場態。用尚鉞的話說，就是：「他
拿著往事，來說明今事，來預言未來的事」。這一看法得到了茅盾
的肯定[27]。《狂人日記》有三種時間系統：過去時間、現在時間和
將來時間。過去的時間借助主人公的感受、聯想插進現在的時間進
程中，因為二十年以前踹了古久先生的陳年流水簿子一腳，所以路
上的人同「我」作對；從大哥所講的「易子而食」和「食肉寢皮」
中，感覺出「他講道理的時候，不但唇邊抹著人油，而且心裡裝滿
著吃人的意思」，這些都有力地說明了歷史的吃人本質。這種歷史
本質在狂人看來依然在現在時間和將來時間裡延續。因此，魯迅對
歷來慣了的時間本質提出了尖銳的質詢：「從來如此，便對麼？」。
〈傷逝〉的故事，是敘述者「我」通過回憶往事來敘述的。因此，
它的敘述聲音和敘述視角，就包含了兩個時空的「我」：一個是過
去正在經歷事件的「我」，另一個是眼下回憶往事的「我」。第一人
稱經驗敘述中這種自我的雙重性質，由於存在敘述者時間、經驗和
狀態的差異，其敘述所表達的豐富含義，是任何單一視角都難以達
到的。這種雙重視角始終圍繞著「將來」和「希望」展開論述，子
君毅然離開舊家庭，敘述者「我」感到「在不遠的將來，便要看見
輝煌的曙色的。」當涓生失去局裡的工作時，子君依然有所希冀：
「說做，就做罷！來開一條新的路！」當生活墮入庸常，「我覺得
新的希望就只在我們的分離」，「新的路的開闢，新的生活的再造為
的是免得一同滅亡。」然而，這些期望既沒能救子君又沒能救涓生

---

[27] 茅盾：〈魯迅論〉，《小說月報》1927年，第18卷，第11號。

自己。回憶中的「我」和正在敘述故事的「我」和一個總在尋找和
體驗希望的潛在的「我」三位一體，構成了文本多聲部的複調時態。
〈故鄉〉中同樣有「過去」、「現在」、「將來」三種時態的並置，開
篇以「我」對故鄉的全景式俯瞰起筆，體現的是現實世界的蕭瑟、
荒涼，調子是灰色的。這個故鄉於「我」來說，是非常陌生的，就
是異鄉的感覺。「我」全景式俯瞰的視角也是一種尋找的姿態，在
尋找「我」記憶中故鄉的美好之處。但是，破敗的現在故鄉場景打
碎了「我」的美好記憶，「我的心禁不住悲涼起來了」。然後筆鋒一
轉，寫少年閏土時代的美好神異的圖畫，而當現實的閏土出現在我
面前，他的一聲「老爺」在兩人之間樹起一層可悲的厚障壁了，過
去的情景和現在的情景有太大的差別，最殘忍的是「我們的後輩還
是一氣，宏兒不是正在想水生麼」。這是對將來的一種似乎看得見
的預設。這種過去的美好的記憶和現在、將來的分裂性都指涉現在
時間的敘述者「我」，指向現在境域中的個體存在。

　　綜上所述，「過去」和「將來」都指向「現在」，以「現在」為
核心，「過去」和「未來」共時混雜，形成了互文參照和交融的時
間場態，時間點讓位於時間場。「時間點」和「時間場」是胡塞爾
關於時間知覺的重要概念，他認為有兩種時間知覺，一種是原初印
象，直指時間點，另一種是包括了原初印象和持留、預存在內的對
時間場的知覺，它是一個域。它們共同構成一個「活的現在」[28]。
在時間知覺的「持留」和「預存」中，變化的時間經驗被共時的現
在場域所遺忘，現實的存在為過去、將來時間所混雜和疊加。這種
時間場態是魯迅主體精神的體驗和心理思維，既不是在時間上逃到
過去的懷舊心理，也不是在空間上超越現實虛設一個未來世界以逃
避現實的壓迫，而是一種具有現代品質的歷史時間沉思。

---

[28] 吳國盛：《時間的觀念》，中國社會科學出版社 1996 年版，第 241 頁。

三、現代性:「現在」時間的綻出

　　「五四」是一個發現「人」的時代,也是一個發現「時間」的時代。新的時間意識是建構在對舊的時間意識的揚棄和重構基礎之上的。就魯迅的小說而論,他批判了舊的時間意識。在中國傳統的思想意識中,「過去」是屬於帝王將相、達官貴人的,是應襲的思想基石,也是「復古」和「篤故」者們津津樂道的精神依據;而「將來」時間是「神」許諾的未來前路,為了消弭痛苦和不幸,可以進行超脫現實的廉價想像。強調過去時間的「聖賢之治」和將來時間的「黃金世界」都是對「現在」時間的人生困境的逃逸,因為「過去」時間和「將來」時間的不在場性,很容易為怯懦者提供時間歸所。魯迅的〈人與時〉中就有兩類人對「過去」時間或「將來」時間非常仰慕:「一人說,將來勝過現在。/一人說,現在遠不及從前。」魯迅站在現在時間的立場對此進行了駁斥:「你們都侮辱我的現在。」[29]他把自己的時間意識定格在「現在」,他大聲疾呼:「仰慕往古的,回往古去罷!想出世的,快出世罷!想上天的,快上天去罷!靈魂要離開肉體的,趕快離開罷!」[30]因此,魯迅的新的時間意識的獲致來源於對「過去」時間和「將來」時間的重估和理性沉思。

　　首先,對「過去」時間進行重估,揭掉了受蔽的「過去」的光環。魯迅認為「心神所注,遼遠在於唐虞」[31]的「復古」文化心理

---

[29]　魯迅:〈人與時〉,《魯迅全集》第7卷,人民文學出版社1981年版,第33頁。
[30]　魯迅:〈雜感〉,《魯迅全集》第3卷,人民文學出版社1981年版,第49頁。
[31]　魯迅:〈摩羅詩力說〉,《魯迅全集》第1卷,人民文學出版社1981年版,第67頁。

無疑會給「過去」塗上一層難以超越的「光環」，也與「進化」的史實相違背。因次，在《故事新編》中，他有意將過去的聖人、英雄、神仙置身於世俗的現在社會中，他們無一例外地陷入日常煩瑣的困窘中，其中維持生計的「食物」遍及所有的文本，諸如「烏鴉炸醬麵」、「雞湯」、「炊餅」、「窩窩頭」、「大蔥」、「辣椒醬」、「辣子雞」、「饅頭」、「麵包」、「臘鵝」、「鹽漬藜菜乾」、「白糖」、「南棗」等。歷史上的聖人、英雄和神仙被降格為普通的凡人，這就拉近了與現在的距離，在他們身上我們容易發現魯迅所批判的「國民性」。他的啟蒙主題在這些古代人物身上也有表徵：〈鑄劍〉中，萬人空巷瞻仰「大出喪」場面的看客、乾癟臉少年扭住眉間尺（文化反抗者）的衣領，糾纏不清；〈奔月〉中，嫦娥耽溺於物質世界的世俗根性、作為啟蒙和災難解救者的後羿遭到黑母雞主人的糾纏以及弟子逢蒙暗殺；〈非攻〉中的墨子在成功遊說楚國不再攻打宋國之後的回鄉路上，先是被宋國募捐救國隊募去了破包袱，又在避雨時被宋國巡兵趕開了，為此鼻塞了很久；〈起死〉中的莊子使骷髏還原為壯漢，然而他的拯救卻給他帶來了被壯漢糾纏不休的大麻煩。這些情景何嘗不是魯迅筆下常見的文化啟蒙者和庸眾之間的對立。以上揭示了一個道理：我們不能盲目地迷信歷史，應看到歷史的本真形態，歷史意識的領悟不但要理解過去的過去性，更為重要的是要理解過去的現存性。過往的歷史沿著時間之維和「現在」構成潛在的連鎖關係，或者說，「過去」是「現在」的規約、借鑒和暗喻。

其次，對「將來」時間進行理性沉思，否定了廉價的「將來」期許。在魯迅看來，「將來」不是所謂的「黃金世界」，在〈頭髮的故事〉中，N先生借阿爾志跋綏夫的話發問：「你們將黃金世界的出現豫約給這些人們的子孫了，但有什麼給這些人們自己呢？」在〈影的告別〉中，魯迅的態度很明確：「有我所不樂意的在你們將來的黃金世界裡，我不願去。」同時，「將來」也有可能會重複和

再現現在:「民國元年已經過去,無可追蹤了,但此後倘再有改革,我相信還會有阿 Q 似的革命黨出現。我也很願意如人們所說,我只寫出了現在以前的或一時期,但我還恐怕我所看見的並非現代的前身,而是其後,或者竟是二三十年之後。」[32]「將來」絕不是「現在」的遁居之所,對「將來」時間的期許和建構必須深紮於現在和歷史的土壤裡,正如他說的:「以過去和現在的鐵鑄一般的事實來測將來,洞若觀火!」[33]。而超越現實語境的幼稚性和簡單化的設想是不符合歷史辯證法的,《狂人日記》中「我」患病時發出的「救救孩子」、「真的人」理想的未來期許與病癒後赴某地候補(退回到過去)形成了相互嘲弄與顛覆、消解的時間反諷結構,這種處理體現了魯迅對待「將來」時間的嚴肅性和深沉性,而這種考慮是建立在對「過去」、「現在」時間的歷史沉思之上的。在這裡,我們不是說魯迅是一個時間的絕望主義者,相反,他對「將來」的絕望體驗也是他與黑暗空間戰爭到底的心理動因。

「時間」與現代性是有關聯的,法國學者伊夫·瓦岱曾經說過:「從定義上而言,現代性的價值表現在它與時間的關係上。它首先是一種新的時間意識,一種新的感受和思考時間價值的方式。」[34]個人時間意識的覺醒是這個新時代的現代品質的突出表現。魯迅執著於「現在」,克服「過去」和「將來」的先入之見,將「過去」和「將來」作為對「現在」闡釋的一種背景,既不把「過去」凝固化和神聖化,也不等同於對「將來」任意地必然化與美化。「過去」與「將來」作為一種心理體驗而被收歸於「現在」這一時域之中,

[32] 魯迅:〈《阿 Q 正傳》的成因〉,《魯迅全集》第 3 卷,人民文學出版社 1981 年版,第 379 頁。

[33] 魯迅:《〈守常全集〉題記》,《魯迅全集》第 4 卷,人民文學出版社 1981 年版,第 525 頁。

[34] 伊夫·瓦岱:《文學與現代性》,田慶生譯,北京大學出版社 2001 年版,第 42-43 頁。

作為自然時間意義上的「過去」與「將來」都被抽出了內容，也就是說不再是一個實體性存在，僅僅代表著一種藉以窺視和預測事物和現象規律的參照性時域。這種「現在」時間意識對空間的交互作用同樣是重要的：

第一，通過有意壓縮和模糊「現在」時間的刻度來追求時間的寬度和廣度，以展現超越時間的空間容量。在「現在時間」的周圍可以聚集「過去」時間和「將來」時間，不再是單一的日常時間主宰情節衍變。因此，價值體系、社會本質、文化心理等問題從這種多維的時間場態的裂隙中生發出來了，而這種處理恰恰能將外在空間在相同時間內所呈現的千姿百態的交際網路、生活內容、價值取向等闊大內容彌散出去。

第二，時序的共在和並存導致時間跨度的增大，因而時間在歷史永恆中呈現的空間屬性就更闊大，歷史本身的規律性的思索就能很好地展現。在歷史的永恆空間裡，「過去」、「現在」、「將來」共時在場，空間按自己的多維狀態，按自己的規律書寫著事物的時序航程，這種空間化了的時間觀念背後，潛伏著的歷史奧秘容易表露出來。

按海德格爾「時間性的綻出」的觀點，時間性是源始的、自在自為的「出離自身」本身。闡述的就是將來、曾在與當前的「向自身」、「回到」、「讓照面」的現象性質[35]。無疑，這種時間意識既具有個人性的本體特點又具有現代性的品格。美國學者馬泰・卡林內斯庫認為，現代性「是一個時間／歷史概念，我們用它來指在獨一無二的歷史現時性中對於現時的理解，也就是說，在把現時同過去及其各種殘餘或倖存物區別開來的那些特性中去理解它，在現時

---

[35] 海德格爾：《存在與時間》，陳嘉映、王慶節譯，北京三聯書店 2006 年版，第 375 頁。

對未來的種種允諾中去理解它——在現時允許我們或對或錯地去猜測未來及其趨勢、求索與發現的可能性中去理解它。」[36]面對外界空間的疏離和圍剿，魯迅用時間來突圍和自救。通過對「過去」的回到之行和「將來」的先行決斷，「現在」統一「過去」與「將來」，「現在」是「過去」和「將來」的過渡，這有利於我們理解他的「歷史中間物」觀念的真實內蘊。魯迅的小說從瞬間中提取永恆，從非固定、開放的時間結構和充滿問題性、未完結性的歷史意蘊中生成一種深刻的現代精神，成為中國現代社會的隱喻和寓言。這種「現在」的時間哲學是一種全新的時間意識，是「個人時間」發現和覺醒的現代性標誌，是符合自身邏輯系統的對「主觀時間」的綻出和確信，突出體現了魯迅所把握到的二十世紀中國獨特的現代美學品質。

本文發表於《魯迅研究月刊》2010 年第 10 期

---

[36] 馬泰・卡林內斯庫：《現代性的五副面孔》，顧愛彬、李瑞華譯，商務印書館 2002 年版，第 336-337 頁。

靈魂沒有國界

──〈過客〉比較研究述評

　　〈過客〉是魯迅《野草》中的核心篇章，在呈現魯迅心靈世界的豐富性和深刻性方面舉足輕重。而我們也由此可做著走近或走進魯迅內心世界裡的努力，在心靈與靈魂的層面、在藝術的層面與魯迅進行一次跨越時間的對望和凝視。魯迅自己也曾說過他的哲學都包括在《野草》裡。所以歷來的研究者把對〈過客〉的解讀看作是闡釋《野草》的關鍵，也是真正讀懂魯迅的關鍵。而新時期以來，隨著文化語境的擴大和文化視野的延伸，許多學者也將魯迅研究更多的納入到世界文學的整體框架下，在比較文學的視角下進行作品的平行研究、影響研究和魯迅接受學的研究，從而為魯迅研究打開了一扇充滿新意的窗戶。

　　本文以〈過客〉作為個案，在對其比較研究的學術史進行綜述的同時，試圖更多地揭示出魯迅作為中國最早的極具現代意識的作家與不同文化語境下的其他作家在精神、靈魂層面的同構和異質的關係。與此同時，也從這個個案中回顧魯迅《野草》研究中的幾種不同趨向。需要說明的是，本文側重於對外證進行綜述，而不是內證，因為後者只是解讀〈過客〉的一種方法和手段，而前者卻在世界文學的大背景下為魯迅研究開闢了新路，擴大了視野。

一、詩劇形式的比較

　　荊有麟曾在〈魯迅回憶斷片〉一文中說:「《野草》中的〈過客〉一篇,在他腦筋中醞釀了將近十年。但因想不出合適的表現形式,所以總是遷延著,結果雖然寫出來了,但先生對於那樣的表現手法,還沒有感到十分滿意。」[37]聯繫〈過客〉的寫作時間,我們可以知道那十年正是魯迅「沉默的十年」,是魯迅後來成其為魯迅關鍵的十年,由此也是可以理解魯迅將自己的整個人生的哲學借〈過客〉來表達的原因:必須找到合適的藝術形式將自己長期思考的人生、生命問題熔鑄 0 進去。而〈過客〉便是同時具備了詩和劇的形式,正如許多學者指出的是一部現代主義的戲劇,而事實上從〈過客〉的誕生起便已經陸續被搬上舞臺進行過多次演出。賈冀川在將〈過客〉與高行健的《車站》進行比較後,發現兩者都具有現代主義戲劇精神,具體表現在「戲劇情節與戲劇衝突的淡化」、「象徵性」和「哲理性。」他認為現代主義戲劇的重要特徵就是戲劇情節與戲劇衝突的淡化,在〈過客〉和《車站》裡,「爭論僅僅是爭論」,因為「爭論不能促使人物行動,因而也就構不成戲劇衝突」[38]。在這一點上別的論者與他有著不同的意見,如王雨海在〈我願為孤獨而生──魯迅《過客》與歌德《流浪人》比較研究〉一文中就認為「它們都有戲劇衝突」[39];薛偉在《〈過客〉和〈門檻〉之比較》中認

---

[37] 張夢陽:《中國魯迅學通史》(下卷),廣東:廣東教育出版社 2002 版,第 40 頁。

[38] 賈冀川:〈《過客》與《車站》的比較研究〉,《魯迅研究月刊》2000 年第 11 期。

[39] 王雨海:〈我願為孤獨而生──魯迅《過客》與歌德《流浪人》比較研究〉,《江漢論壇》2004 年第 3 期。

為〈過客〉「採取的是傳統戲劇形式之一的獨幕劇，有完整的戲劇結構」，「作者精心設計了兩次戲劇衝突」，而屠格涅夫的《門檻》「不是傳統戲劇的形式」，「戲劇結構沒有〈過客〉那樣完整」[40]；王豔玲也認為〈過客〉採取的是獨幕劇形式，有相對完整的情節和戲劇結構，而《等待果陀》則「全然沒有故事，沒有情節，更談不到戲劇結構和戲劇衝突」[41]。從這些比較中我們會發現，對〈過客〉進行比較研究的前提多是從戲劇性這一點著手，並且出現了兩種角度，一種是將〈過客〉看作是現代主義戲劇，從而運用現代主義戲劇的理論來做比較研究，代表是賈冀川等；而另一種是將〈過客〉視為象徵性戲劇，側重劇中人物象徵性的比較，如陳玲玲的〈魯迅的「過客」與易卜生的「凱蒂琳」〉[42]一文便是代表。同時，我們還會發現，有的論者更多地側重詩劇中「詩」的層面，從而選擇的比較篇目也就是詩歌體裁，如王雨海選取的是歌德的《流浪人》，卜紹先選擇的是美國詩人弗羅斯特的《雪夜林邊停馬》[43]，吳小美、錢林森、周怡等則都是看到了波特賴爾與魯迅之間的聯繫，選擇了他的《巴黎的憂鬱》、《異邦人》進行比較研究。由此我們可以看到，〈過客〉的詩劇形式研究越來越受到重視，而在世界文學的體系內來研究則更會突顯魯迅成熟的現代藝術家氣質，從而也為中國現代戲劇尋找到一個被遺忘的作品。

---

[40] 薛偉：〈《過客》和《門檻》之比較〉，《廣東教育學院學報》1994 第 2 期。

[41] 王豔玲：〈追尋與等待──《過客》與《等待果陀》之比較〉，《天津師範大學學報》1987 年第 4 期。

[42] 陳玲玲：〈魯迅的《過客》與易卜生的《凱蒂琳》〉，《棗莊師範專科學校學報》2004 年第 6 期。

[43] 卜紹先：〈弗羅斯特的《雪夜林邊停馬》與魯迅《過客》的比較研究〉，《攀枝花大學學報》2001 年第 6 期。

二、藝術形象的比較

　　藝術形象包括作品中的人物、自然場景和社會場景等，而在〈過客〉中，人物是最重要的藝術形象，我們可以從作品中的人物入手來分別進行敘述。多數論者持這樣一種觀點：過客就是魯迅自己的寫照，作者通過過客寄託了與絕望抗爭的精神。而吳小美「不贊同將『過客』解釋為『就是魯迅本人的寫照』」，她認為是「魯迅自我形象的投影」，而「『過客』正是作為《野草》這一被創造的世界中魯迅為自己所選擇的身份」[44]。錢林森也非常同意她這一觀點。而正是在這一基點上，他們將波特賴爾為自己選擇的「陌生人」（周怡稱之為「異邦人」）身份與魯迅選擇的「過客」身份進行了多方位的比較，從而得出「『過客』、『陌生人』，既是藝術客體形象，也是滲透著創作主體自身精神的生動形象，它們又在一定程度上體現著中法兩位藝術家在創造自己的藝術時所表現的一種主體精神」[45]的結論，就像吳小美所說的，其比較「並不拘泥於兩者的淵源關係，同時要關注的是，魯迅和波特賴爾兩位大師在同樣獨立地位上各自偉大的創造」[46]。而王雨海也是在相似的立場上，將〈過客〉和歌德的《流浪人》進行比較，「梳理他們的偉大之處和相異之點，尋找世界文學的共同的規律和人類思想的永恆光芒」[47]。他認為「〈過

---

[44] 吳小美：〈「北京的苦悶」與「巴黎的憂鬱」——魯迅與波特賴爾散文詩的比較〉，《文學評論》1985 年第 5 期。

[45] 錢林森：〈孤獨靈魂的拷問與生存體驗的求證——魯迅與波特賴爾〉，《中國比較文學》1998 年第 3 期。

[46] 吳小美：〈「北京的苦悶」與「巴黎的憂鬱」——魯迅與波特賴爾散文詩的比較〉，《文學評論》1985 年第 5 期。

[47] 王雨海：〈我願為孤獨而生——魯迅《過客》與歌德《流浪人》比較研究〉，

客〉中的三個人是老、中、少三代人」,「他們的選擇呈現出三種不同的人生境界」,「是三種思想、三種人生、三種追求、三種生活方式的代表和象徵」。同時認為《流浪人》中的兩個人物流浪人和女主人是「歌德詩歌中兩種思想、兩種人生、兩種追求、兩種生活方式的代表和象徵」[48]。作者將兩部詩劇的人物指向的象徵物歸為理念性的非物質存在實體,從而避免了一旦將人物象徵實體化後帶來的意義單一性,取消了作品的豐富性。在這一點上,陳玲玲也提出了自己的比較獨特的觀點,她認為「老翁只是一個理性思考的化身」,「他可算一個『智者』,『識者』,卻不是『仁者』,『勇者』。他看透了世界的罪的本質,看到了人生的深淵」。於是她得出結論:「魯迅通過老翁這個形象將自己的理性思考認真解剖了一通,要抗爭理性思考導致的冷靜瞻望的態度,以及純粹從學理上探究中國的出路的做法」。或許正是因為作品的象徵性才導致瞭解讀的多義,從一個側面也反映了〈過客〉首先作為一個文學作品其內在的豐富涵義。同時,陳玲玲也將《凱蒂琳》中的兩個女性進行了分析,揭示出其象徵意義,即兩個女性「代表了易卜生的兩種價值取向:一個是充滿挑戰,充滿誘惑,但同時也充滿孤獨艱辛的精神探索。一個是充滿感性快樂,但難免平庸的世俗生活選擇」[49]。又將〈過客〉中的老翁與《凱蒂琳》中的老戰士進行比較,發現他們在各自扮演的角色上也有幾分相似之處。

　　在小女孩的象徵性上,這裡有必要澄清一個誤讀。錢理群在《心靈的探尋》一書中認為小女孩是「魯迅的母親、朱安、許廣平、周

《江漢論壇》2004 年第 3 期。

[48]　王雨海:〈我願為孤獨而生——魯迅《過客》與歌德《流浪人》比較研究〉,《江漢論壇》2004 年第 3 期。

[49]　陳玲玲:〈魯迅的《過客》與易卜生的《凱蒂琳》〉,《棗莊師範專科學校學報》2004 年第 6 期。

作人以及朋友的集體代表者、愛人者」[50]，他是從情感世界入手來解讀的。但是一個顯在的事實是，魯迅與許廣平開始通信的時間是一九二五年三月十一日，而〈過客〉的寫作時間則是一九二五年三月二日，顯然將小女孩作如此解讀是有問題的。而後來有論者竟將整個《野草》解讀為一部魯迅的愛情之書，有點令人匪夷所思。

新時期西方各種文學藝術理論紛紛湧入，為魯迅研究開闢了新的道路。如卜紹先運用佛洛德精神分析學說將〈過客〉與弗羅斯特的《雪夜林邊停馬》進行了比較後認為，過客是「超我」，對應著《雪夜》裡的 I（superego）。老翁是過客「本我」的人格化，對應《雪夜》裡的 I（id）。而「『超我』戰勝了『本我』」，「這種『超我』與『本我』的對立，正是過客與老翁藝術形象的對立」。同時認為小女孩是作為一種參照物出現的，是用來襯托過客和老翁的。兩部作品「正是兩位詩人在不同的國度各自卻處於相同的文化變革時期在思想和行動上的寫照」[51]。

薛偉則站在社會—政治資訊和革命話語的立場，認為「過客象徵著一位奮勇前進的戰士，老翁是老朽的象徵，女孩是美好未來的象徵」。「過客在和封建勢力進行英勇鬥爭過程中，雖憔悴、潦倒，但仍不後退，繼續堅持前進的韌性精神」。而「老翁『白鬚髮，黑長袍』象徵他已落伍，衰老並日漸退化。女孩『紫髮，烏眼珠，白地黑方格長衫』象徵她的天真、活潑，她雖然生活在如枯井般黑暗的舊社會，但卻有著美好的理想，渴望著光明和幸福」。正是在這一立場上，他將「門檻」解讀為「橫在革命者面前的巨大障礙，它說明革命者必須有堅定的信心和勇氣才能逾越」。而「一個緩慢、

[50] 錢理群：《心靈的探尋》，北京大學出版社 1993 年版。

[51] 卜紹先：〈弗羅斯特的《雪夜林邊停馬》與魯迅《過客》的比較研究〉，《攀枝花大學學報》2001 年第 6 期。

暗啞的聲音」則象徵「革命事業對革命者提出的嚴峻考驗」[52]。作者的這一立場必然限制他對一個文學作品的清醒認識,也遮蔽了文學自身的美學價值,而只是做意識形態的解讀,這在過去的時期也是解讀魯迅的一個維度。事實上,如果我們回顧魯迅研究的學術史就會發現,早在上個世紀八〇年代初,孫玉石的《〈野草〉研究》便首次採用了「革命的象徵主義」[53]來對整部《野草》作專門的解讀。我們聯繫當時的社會背景和文化語境歷史地看來,確是魯迅研究史上的一次收穫。然而隨著「文學回歸」呼聲的加強和文化、文學語境的改變,魯迅研究也漸漸走出了這樣的單一模式,呈現出多元化的趨向。從〈過客〉這個個案的比較研究的綜述中我們也可以覺察到這種跡象。

三、思想主題比較

　　一部文學作品的首要意義和價值正在於它所傳達的思想內涵以及在此基礎上所能給予讀者的理性思考或是審美愉悅,尤其是對於一個偉大作家的作品來說更是如此。所以研究者多是從作品的藝術形式和藝術形象入手進而探索作者的精神內核。如汪暉在《反抗絕望──魯迅及其文學世界》一書中,開篇寫的「題辭」就舉出卡繆的《西西弗的神話》,直指其思想的深處:「這種無休止的走向無盡苦難的歷程震撼著我的心靈:那沉重的旅程不是由希望支撐,主人公完全洞悉自己無可逃遁的痛苦和劫難,但恰恰是這種對『絕望』的洞悉和反抗使他們成為自己命運的主人。」在此基礎上,作者意

---

[52]　薛偉:〈《過客》和《門檻》之比較〉,《廣東教育學院學報》1994 第 2 期。
[53]　孫玉石:《〈野草〉研究》,中國社科出版社 1982 年版。

識到「西西弗與過客永遠行進，在絕望的反抗中創造了生命的意義」，就像過客一直重複著的那句話：「我只得走。我還是走好罷。」此後在具體解讀〈過客〉時作者的立論所引用的觀點也多是從卡繆的作品中來，可見這是一種極其理性化的帶有強烈哲學意味的比較，主要是從精神氣質和作品的思想內涵來進行研究的。作者還認為過客的選擇不僅是悲劇，更有「荒誕的性質」，而「荒誕比悲劇更殘酷」[54]，因為前者使任何選擇和不選擇都成為一種「無法扭轉整個局勢」的行動。這種將基調定在荒誕上的解讀也在其他研究者的論述中出現過。如李歐梵發現「詩篇開始時寫了一個舞臺說明」，「很容易誤認為是荒誕劇的舞臺」。「如伯克特（貝克特）一樣，魯迅想引出一種人的存在的荒誕感」。不過他也肯定了魯迅所賦予過客的「不尋常的重大的意義」，正是這一點使魯迅不會「成為伯克特一流了」[55]。而王豔玲著重比較了《等待果陀》和〈過客〉本質的精神氣質的相異點。她認為「〈過客〉的基本精神是積極的追尋，是看似絕望中的希望」，而《等待果陀》則是「消極的等待，是無可奈何的絕望」。更進一步，前者「體現了一種民主主義的人道主義的精神，更兼有中國知識分子的思想傳統——屈原式的『上下而求索』及由此而來的悲劇的、理性的精神氣質，因而它對人的理性、道德和力量持一種肯定的、頌揚的態度」。而後者則「是建築在存在主義哲學基礎之上的，因而它對人的理性、道德和力量持一種否定的態度」[56]。這樣的理解是有些牽強的。中國歷來就缺少真正意義上的知識分子，只有士大夫，而士大夫的傳統就是在與社會搏鬥不了幾個回合後就隱居起來，就退居到自己的最後的田園去，「人

---

[54] 汪暉：《反抗絕望——魯迅及其文學世界》，河北教育出版社 2000 年版。

[55] 李歐梵：《鐵屋中的吶喊》，尹慧珉譯，嶽麓書社 1999 年版。

[56] 王豔玲：〈追尋與等待——《過客》與《等待果陀》之比較〉，《天津師範大學學報》1987 年第 4 期。

生在世不稱意，明朝散髮弄扁舟」，而心裡卻是「翩然一隻雲中鶴，飛來飛去宰相家」等等。實際上屈原式的「上下而求索」的傳統也是如此，問天、問地、問自己，最後還是選擇了同種性質的「退居」（死亡），而且採取的是決絕的方式，這可能是屈原所沒有想到的：他所開創的傳統為後來的中國歷代讀書人所效仿。而魯迅可以說全然不是這種傳統意義上的讀書人，士大夫。他敢於「肉搏」社會，敢於在與社會現實、歷史、傳統的較量中所感受到的絕望裡繼續反抗絕望，同時具備強烈的現代意識，完全迥異於他們，即使與他同時代的所謂知識階級也是不同的。這一點恰就在〈過客〉裡體現得最為明顯。知識分子，如果首先不具備獨立的人格，不具備理性地自由地發出真的聲音（「真的惡聲」才於社會是有益的）的意識和勇氣，而只是順從，並在順從裡說著言不由衷的鬼話和廢話，那就只能是偽士，打著假立公而實私己的旗幟招搖於市。再者，客觀地講，《等待果陀》也不能簡單地說是對人的理性、道德和力量持否定態度，這需要聯繫其背後的社會和文藝思潮來看，它是發現了人的本質困境，發現了人的存在疑難，而不是來傳達所謂「積極意義」的。從這個維度來思考也許更顯得客觀。

閻真也在他的著作《百年文學與後現代主義》一書中著重比較了〈過客〉和《等待果陀》。他認為「〈過客〉是《野草》中最重要的一篇，也就是最富於現代派氣息和荒誕意味的一篇」，而「若以《等待果陀》為模本來反觀〈過客〉，〈過客〉簡直就是典範的荒誕文學的文本」。在精神層面，他認為「過客這種一意孤行的執著與《等待果陀》中的流浪漢等待的執著是同構的」，並堅持「對〈過客〉以至對整部《野草》的意義透視，都應該提升到普遍性的層面來認識」，從而可以「超越具體的歷史背景和個人經驗背景」，「對

155

《野草》的價值給予充分的估計」[57]。這種視角在近年來才得到研究者普遍的重視。

此外，許多研究者也看到魯迅與尼采精神上的聯繫，進而將〈過客〉與尼采的名著《查拉圖斯特拉如是說》進行比較。張文武在將兩者比較之後發現「過客身上的強力意志是很明顯的。這種強力意志，尤其在其不知道路的情況下，更顯其強。在這點上，魯迅與尼采有著驚人的相似」。作者的行文具有很強的論證性，邏輯思維嚴密，從而在比較中也會發現很多驚喜。如他認為「魯迅是文學家，而尼采是哲學家」。而過客「只是一個普通的人。他不是超人，所以無法肯定能實現最終的解救」，「他的『奮然』和『倔強』只使他像一個反抗者，或一名戰士」。但「在那無邊的黑夜之中，僅這一點亮色就已經十分珍貴了」。而「查拉圖斯特拉可以作為一名預言家和解救者出現，他具有充分的自信，他已經看見了更高級的人，也已經看到了吉兆」[58]。這是很中肯的發現，見出作者的理性而客觀的視角。另外，王麗則截取《查拉圖斯特拉如是說》中《精神的三種變形》與〈過客〉進行比較，作者的基點在李贄的「童心說」。她認為「在對舊世界的否定中，魯迅和尼采都從孩童的生命存在中找到了前進的支點」，「以孩子心靈世界的純淨或者以他們的天真與遺忘洗刷傳統價值觀的弊端和人性的弱點；以孩子原始頑強的生命力實現對舊世界的徹底顛覆，以童心的赤誠實現對新的生存理念的締造」。作者之所以這樣來理解，一方面是因為她有意識地將〈過客〉中的小女孩的地位提升了，「鮮活的生命在小女孩身上表現最為充分這是來自生命本能的衝動」。另一方面，在《精神的三種變形》中，精神變成駱駝，駱駝變成獅子，而最後獅子變成小孩，作

---

[57]　閆真：《百年文學與後現代主義》，湖南教育出版社 2003 年版。

[58]　張文武：〈輪迴與意志——魯迅的《過客》與尼采的《查拉圖斯特拉如是說》〉，http://www.wenyixue.com/AritivleList.asp?id=194。

者認為尼采將孩童設定為精神變形的最高層次正是看到了「兒童的天真和遺忘在重估一切價值上的重要意義，看到了兒童生機勃勃的創造力對創造新世界的希望所在」。所以作者才會在如此基礎上做這樣的比較研究。實際上，這削弱了過客的主體地位，而將小女孩（兒童）的意義擴大，從而過客的行動只是為了來證明作者所提出的論點，這是一種預設性的論證。雖然它很有新意。而這必然帶來解讀的困難和失真。如作者最後得出結論說魯迅「是為了實現『天人合一』這樣一個自我心靈與宇宙萬物完美契合的生存境界，這是一種執著於現世的戰鬥精神」[59]。這不能不說是對魯迅作為一個思想家和現代作家最根本的精神氣質的一種把握的失真。

結 語

從上面的述評中我們可以看到，在方法論上，即使有各種理論作為解讀的武器，如果先驗地對魯迅精神內核把握不準確，乃至存在明顯的誤讀，那麼即使是在世界文學的整體框架裡進行比較研究，也會造成同樣的結果，而它往往又是對兩方面的共同的誤讀。而許多學者在承認〈過客〉現代主義的藝術特點時，又不自覺的夾雜著現實主義的論述在裡面，依然受意識形態和社會環境的影響。如許多論者將〈過客〉的場景視為當時社會的總體印象，是舊中國的寫照。「前面的聲音」是革命的進步思想的象徵，而小女孩所說的「野百合，野薔薇」則象徵未來的社會如花似錦，前途一片光明，等等。

---

[59] 王麗：〈守望童心──《過客》與《精神的三種變形》的比較〉，《樂山師範學院學報》2005 年第 3 期。

　　而後來的比較解讀中又呈現出哲學化的趨向，也許這是更適合解讀作品的方式。但將其體系化就又有走向另一極端的傾向。即使尼采的哲學也是沒有自覺建構自己的體系性的，這是有違他本意的。意志論上強烈地破壞偶像是包括他自己在內的，它本身就是一種強大的破壞力量。所以將《野草》上升到哲學體系的解讀有些疏離了審美的本體。《野草》是魯迅在遭遇到現實的種種壓抑，個人的，社會的，歷史的，相互糾纏，並由這些糾葛在一起的壓抑作為導向自己生命內面的契機和誘因，使作者在進行自我的形而上的深刻反思（人，生命，歷史，現實等等）中同時地融入自己人生的悲苦和荒涼感，一種獨自在荒漠和曠野中呼喊和行走的孤獨感，這樣才導致了如今的《野草》，也是成就了魯迅的深刻和偉大。偉大的文學作品從來不是單一性的，也從來拒絕體系和系統化。它總在這一點上與批評家搗亂的，所以必須意識到這一點。

　　正是因為〈過客〉，乃至整個《野草》觸及了人類的永恆問題，人的本質問題，文學藝術範疇裡的永恆母題，所以才會在歷來的解讀中呈現出如此眾多繁複的思考維度，也為其突破民族文學的局限、在世界文學的整體框架下進行新的闡釋提供了必要的前提。這也是偉大作品、具有永恆藝術價值的藝術作品的獨特意義。它總是超越國界的，因為在靈魂的故鄉裡，沒有國界的石碑。

　　　　本文發表於《現代中國文化與文學》第 4 輯（2007 年）

第三輯

批評及方法

《狼圖騰》與「中國」形象問題

　　《狼圖騰》二〇〇四年四月出版，很快引起轟動。讚賞者推崇有加，反對者嚴加批判。美國《時代週刊》、《紐約時報》，英國《泰晤士報》、法國《世界報》、《義大利郵報》、《德意志報》等西方主流媒體相繼做了報導，並發表評論。隨後，它又被譯成多種文字在海外出版，德國蘭登公司買斷了該書的德文版權，美國企鵝出版公司高價買去了英文版權。到底是什麼原因使這部充滿激情但又偏於理性思辨的長篇小說迅速走紅，吸引了世界上許多人的眼球，並引發了一場帶有濃重情緒色彩的爭論呢？我認為主要是它提出了今天我們應該如何看待中國歷史和文化的問題，在一個關鍵時刻提出了中國人該如何規劃未來的問題。質言之，它涉及到了「中國」的形象。圖騰，本是原始思維的產物，是一個民族關於其自身存在歷史的共同認知，與民族的血緣認同、宗教信仰等民族的基本特性密切相關。在圖騰中，沉澱了大量的集體無意識。因此，當人們談論圖騰時，一般就是在談論一個民族的民族性，談論人與自然的基本關係。《狼圖騰》探討中國國民性的改造以及人與自然的相處之道，涉及了「中國」的當下形象。這可以讓我們倒過來思考，比如思考《狼圖騰》到底反映了一個什麼樣的「中國」形象，而圍繞《狼圖騰》的爭論究竟又說明了中國的什麼問題？

一、倡導生態觀念：站在世界文明的前沿

　　當西方文明借助科學技術大力向自然界挺進，無休止地索取，最終導致自然環境惡化、嚴重影響到人類的可持續發展時，人們才意識到保持人與自然的平衡關係是多麼重要。為了克服西方文明的這種負面後果，在世界範圍內，人們開始從重視人與人、人與自然和諧關係的東方文明中吸取思想資源。內蒙的草原文明，是東方文明的重要組成部分。由於草原生態脆弱，牧人所發展的文明，特別重視人與自然的和諧相處，因而它包含著為當今世界所急需的生態意識。《狼圖騰》的作者姜戎，顯然是站在生態的立場上，來描寫和思考草原民族對狼的圖騰崇拜的。

　　在農耕文明中，狼因為襲擾人類的平靜生活，被視為邪惡的敵人。人們一提到狼，就說「狼子野心」、「狼心狗肺」、「狼狽為奸」，把狼妖魔化。可是在草原，牧人對狼的態度卻不一樣。他們一面與狼搏殺，一面又要保證狼群的繁延。這是因為狼處於食物鏈的高端，對於保持草原的生態平衡起到十分重要的作用。作品寫道：「要是沒有狼群，馬群的質量就會下降。沒有狼，馬就會變懶變胖，跑不動了。在世界上，蒙古馬本來就矮小，要是再沒了速度和耐力，蒙古馬就賣不出好價錢，軍隊騎兵部隊不敢用來當戰馬了。還有，要是沒有狼，馬群發展就太快。……如果全場的馬群不加控制地敞開發展，那麼用不了多少年，牛羊就該沒草吃了，額侖草原就會逐漸沙化。」[1]不僅如此，只有狼才能大量消滅黃羊、老鼠、旱獺和野兔，抑制了這些食草動物的群體擴張，草原植皮才可得到保護。

---

[1]　凡未註明出處的，均引自長篇小說《狼圖騰》，長江文藝出版社 2004 年版。

因此，草原上的牧民每年打狼，但他們不會把狼趕盡殺絕，尤其是不掏狼窩殺狼崽，就像作品中的畢利格老人說的：「我也打狼，可不能多打。要是把狼打絕了，草原就活不成。草原死了，人畜還能活嗎？」

草原牧民豈但保護狼，更是崇拜狼，把狼當成圖騰，敬畏有加：

> 畢利格瞪了包順貴一眼道：土匪死了升不了天，狼死能升天。這條狼讓馬踢破肚子，死，一下子死不了，活又活不成，這麼活著不比死還難受？活狼看著也更難受，給它這一口，讓它死個痛快，身子不疼了，魂也歸騰格里了。頭狼這麼幹不是狼毒，是在發善心，是怕傷狼落到人的手裡，受人的侮辱！狼是寧死也不願受辱的硬漢，頭狼也不願看自己的兄弟兒女受辱。你是務農出身，你們的人裡面有幾個寧死不降的？狼的這個秉性讓每個草原老人想想就要落淚。

草原民族就這樣以騰格里信仰的原始宗教形式保障了草原生態的平衡，讓草原的生活方式和草原文化世代綿延。

比利格老人的話，只是基於草原牧民的生存經驗表達了他們對人的生死和尊嚴問題的一種看法罷了。草原的自然環境惡劣，族群的興旺和繁延是第一位的，因此當個體生命即將走到盡頭時，為了不至於給族群造成致命的負擔，旁人幫他早點結束痛苦，這被認為是合乎道德的。草原上的人在嚴酷的自然環境中，養成了英雄無畏的品性。他們需要這種品性，才能在大自然的考驗中生存下來。因而草原上的人形成了哪怕死也不願受辱的尊嚴觀。這其實也是作者姜戎的看法——姜戎在內蒙古草原支過邊，他顯然超越了農耕文明的思維方式，肯定了草原文明的價值。

　　可是草原文明正面臨著越來越嚴重的挑戰。由於人口膨脹和政治運動，農耕區的人口大量遷入草原，嚴重干擾了草原的生態。作品裡，代表農耕文明的是軍代表包順貴。他雖是蒙古族人，但他的家鄉已由牧改農。包順貴取代烏力吉擔任領導後，就按農耕文明的觀念，在草原大力推行牧民的定居規劃——改造草原，建立定居點，改放牧為圈養。農耕文明追求生活的穩定，把襲擾人類正常生活的狼視為天敵。當包順貴發現狼威脅牧業生產時，他就下決心要滅狼。尤其是他不聽巴圖的勸告而造成軍馬嚴重損失後，更下定了滅狼的決心。於是，來自農耕區的牧民被充分發動起來，打大狼，掏狼崽，用毒藥和鐵夾殺狼，將狼趕盡殺絕。他們還違背蒙古族人的傳統，用煙熏點炮的方法，把千年不衰的獺山上大大小小的獺子一網打盡，煉成獺油。這種掠奪式的開發，最終釀成了惡果：草原沒了狼和獺子，草原鼠失去天敵，大量繁殖，使草原的植皮遭到嚴重破壞，再加上人為的大規模開墾，昔日水草豐盛的草原嚴重沙化，生產力遭到了大破壞。

　　《狼圖騰》通過描寫草原文明與農耕文明的衝突以及農耕文明侵入草原後所造成的嚴重後果，告訴人們對不同文明要採取一種包容的態度，絕不能狂妄地掠奪自然，破壞人與自然的和諧關係。在當今全球生態惡化、世界範圍內的文化衝突日趨激烈的時代，《狼圖騰》倡導生態平衡和多元文化共存，是能引起世界範圍內的廣泛共鳴的。因而，國內外雖有一些人由於這樣那樣的原因對小說提出了嚴厲批評，但有更多的人肯定了它的成就。肯定它，主要就是因為它以內蒙的草原經驗，強調了人與自然、不同文化之間和平共處的重要性。換言之，《狼圖騰》在生態問題上的思考達到了世界先進水平，向人們展示了一個站在人類文明發展前沿的現代「中國」形象。

二、宣揚反抗精神：陷於歷史創傷的記憶

　　《狼圖騰》的主角是狼。狼是兇殘的動物，但在作者的筆下，狼卻富有智慧，擁有機敏、警覺、強悍的品性。它們向獵物發起攻擊時講究戰略戰術，比如狼群利用風雪交加的黑夜發起攻擊，圍獵軍馬，硬是在牧人的眼皮底下用分割包圍、各個擊破的方法，全殲馬群。這不由得讓作者聯想到人類的軍事知識乃至戰略戰術思想，是從狼那兒學來的。他甚至認為與其說是孫子兵法，還不如說是狼子兵法。

　　小說寫狼群圍獵黃羊的一幕，就驚心動魄的程度而言，是堪與圍殲軍馬的場面相提並論的。狼跑不過黃羊，但狼群在統一指揮下，互相配合，把成群的黃羊逼進了山谷，讓它們陷在深深的積雪中無助地死去。畢利格老人感慨地說：「狼群殺那麼多的黃羊，不是為了好玩，也不是為了抖威風，它們是為了給狼群裡的老弱病殘留食。……狼打食想著自個兒也想著狼群，還想著跟不上狼群的老狼、瘸狼、半瞎狼、小狼、病狼和產崽餵奶的母狼。」狼可比人顧家，比人團結。連敵視狼的包順貴也不得不佩服：

> 說實話，這人吶，還真不如狼。我帶過兵，打起仗來，誰也不敢保證部隊裡不出一個逃兵和叛徒，可這狼咋就這麼寧死不屈？說句良心話，額侖的狼個個都是好兵，連傷兵老兵女兵都讓人膽顫心驚。

　　作品寫得非常精彩的，當是反映狼的心理活動的部分。小說開篇，陳陣孤身一人在回家路上遭遇了狼群。人狼突然遭遇，雙方都

很緊張。在雪原夕陽的映照下，幾十條狼正圍在一起，緊張地盯著騎馬緩緩走來的陳陣，它們身上的毛髮出金黃耀眼的反光。陳陣倒吸一口冷氣，但他突然想到這群狼一定是在研究作戰計畫。他意外闖進了它們的會場，必須朝原來的方向、用原來的步態照直走去，不能露出一點驚慌的痕跡。任何一點怯意都會激發狼群致命的攻擊。人與馬配合默契，狼群被陳陣那種不惜一顧的勇氣震住了。它們懷疑陳陣是打頭的，後面還有大隊的伏兵，於是頭狼派出了一隻年輕的狼快速地朝陳陣的來路奔去。陳陣知道這是狼去偵察，一旦頭狼得知陳陣真的是孤身一個，他的下場就沒有懸念了。在這千鈞一髮之際，陳陣提起一對馬鐙奮力向空中一擊。北國的雪野上，狼群被這金屬的脆響嚇暈了，一陣旋風似的逃奔而去，陳陣這才策馬逃離了險境。作者寫出了人與狼的意志較量和智慧交鋒。人與狼對峙的氣氛營造，人與狼的心理描述，其精彩程度決不讓於傑克‧倫頓的名著《雪虎》。

《狼圖騰》中像這樣寫到狼的心理和表現的段落，是大量的。其中寫得最為出色的是小狼。小狼在還未睜眼時即被陳陣從狼窩裡掏來，它在陳陣的精心餵養下慢慢長大，與陳陣建立起了特殊的親情。只有陳陣才能靠近它，抱它。使陳陣感到非常驚奇的是小狼的生存本領，比如它為躲避盛夏的炎熱，無師自通地在沙地上掘了一個洞。這個洞拐個彎，裡面的大小剛好使它能很舒服地躺下乘涼，而洞的位置又能最充分地利用拴它的鐵練的長度。狼原來是最怕煙與火的，當夏天的蚊子可怕地叮咬一切動物時，陳陣為小狼點起了一盆艾煙，小狼在短時期的恐懼後很快發現了逃到煙霧中時它身上的蚊子是最少的。於是，它很快學會了在煙霧中享受這片刻的安寧了。

最使陳陣訝異的是，小狼保持著一種天性。它在進食時不允許任何人靠近，哪怕陳陣也不行。它第一次得到一隻草原鼠時，忍著

饑餓，一圈一圈地跑，好像在履行一種神聖的宗教儀式，不由得讓陳陣發出一陣感慨：「難道在狼的世界裡也有原始宗教？並以強大的精神力量支配著草原狼群的行為？甚至能左右一條尚未開眼就脫離狼群生活的小狼？」狼性依舊——但在作者的眼中，這是一種高貴的品質。這種為了自由而活著的狼性在小狼最後的結局中被寫得淋漓盡致。由於要搬場，必須把小狼帶走，陳陣把它與小母狗一起拴在車梆上試圖牽著它們走。但小狼拒絕被牽，它寧可死。結果是喉嚨被嚴重勒傷，奄奄一息。為了給小狼一點做狼的最後尊嚴，陳陣含淚打死了它，與楊克一起騎馬上山給它舉行了天葬。作者充滿激情地寫道：「猛烈的西北風，將小狼的長長皮筒吹得橫在天空，把它的戰袍梳理得乾淨流暢，如同上天赴宴的盛裝。蒙古包煙筒冒出的白煙，在小狼身下飄動，小狼猶如騰雲駕霧，在雲煙中自由快樂地翻滾飛舞。此時它的脖子上再沒有鐵鏈枷鎖，它的腳下再沒有狹小的牢地。」

或許這就是作者養過的一條小狼，但可以更肯定地說這是作者藝術想像中的一條狼。在小狼身上，人性與狼性已融為一體，小狼成了為自由而生、又為自由而死的崇高信仰的象徵。

藝術作品中對動物的描寫，許多時候都是人對自己的描寫。確切地說，人是按照自己對自身存在意義的想像來描寫動物，賦予動物以意義的。因而，人只能反映動物本質的某些方面，特別是反映人從自己的立場出發所願意看到和強調的那些方面。因此，寫動物的小說，特別是在想像中把動物界的規則挪用到人類領域的小說，比如以狼性來隱喻人性，其意義就可能產生歧見。不少批評者指責《狼圖騰》，主要就是因為作者把狼性精神挪用到了人類精神生活的領域。狼性中有殘忍、血性一面，如果不加說明地用來隱喻人性，人類就難以接受。但是應該看到，狼性中也不乏聰明、堅強、團結的品性。如果作者在想像中把狼性人格化，用來隱喻人，而又

將人性理解為與狼性中的聰明、堅強、團結相對立的負面品性，如愚蠢、散漫、短視、貪婪和萎靡時，他其實只是在表達其特定立場下的一種觀念，更確切地說，他可能僅僅是為了基於某種社會使命而來批判人性中的這些不好的方面，他並不是在對狼性和人性做全面的分析。

　　問題在於姜戎的立場究竟有沒有依據，他的觀點有沒有道理？我認為答案是肯定的。姜戎在小說中寫道：「儒家思想體系中，比如『三綱五常』那些綱領部分早已過時腐朽，而狼圖騰的核心精神卻依然青春勃發，並在當代各個最先進發達的民族身上延續至今。蒙古草原民族的狼圖騰，應該是全人類的寶貴精神遺產。如果中國人能在中國民族精神中剜去儒家的腐朽成分，再在這個精神空虛的樹洞裡，移植進去一棵狼圖騰的精神樹苗，讓它與儒家的和平主義、重視教育和讀書功夫等傳統相結合，重塑國民性格，那中國就有希望了。」他又借陳陣的口說：「不能把自殺戰都說成是小日本的武士道精神，董存瑞、黃繼光、楊根思敢跟敵人同歸於盡，這能叫做武士道精神嗎？一個人一個民族要是沒有寧死不屈，敢與敵人同歸於盡的精神，只能被人家統治和奴役。狼的自殺精神看誰去學了，學好了是英雄主義，可歌可泣；學歪了就是武士道法西斯主義。但是如果沒有寧死不屈的精神，就肯定打不過武士道法西斯主義。」這已經講的非常清楚了：姜戎的道理就是「人不犯我，我不犯人；人若犯我，我必犯人」。他借狼性所表達的不是強權哲學，而是反抗精神。

　　人類歷史上把狼與人聯繫起來思考人性的問題，由來已久。古希臘關於雅典城的傳說，古人對狼圖騰的崇拜，就是很好的例子。當然，任何符號化的工作都是一種主體的建構活動，不可能與對象完全一致。因此，把狼符號化，使之成為一種文化象徵，就得限定其前提條件，明確是從什麼意義上來談論狼與人的關係，通過狼與

人的關係要說明什麼問題。從狼性來透視人性，合不合適，有沒有意義，主要取決於你怎樣來談論，要達到什麼目的。目的的正當性，是保證談論有意義的前提。姜戎站在中國近代飽受西方列強侵略的歷史背景上來反思民族性的缺陷，以中華民族慘痛失敗的經驗教訓來宣揚反抗精神，這使他佔據了談論狼性精神的道德高地，也使他對民族性的反思和批判有了歷史的正當性和合理性。有了這個前提，他關於狼的許多描寫就有了反思人性的意義。比如他寫的那條小狼，與陳陣建立了很深的感情。小狼對任何人保持警惕，可是對養育了它的陳陣卻肯暴露它身體中最薄弱的部分。這可以理解為感恩，也可以理解成狼性在人性的感召下昇華。作者選擇性地突出狼性中富有人性美的部分，目的是要向人們強調，狼性並非完全是血性和殘忍的；有時候，狼性比那些醜惡的人性或者萎靡的人性更美麗。

可是不得不說，以狼性精神來激勵和鼓動反抗和鬥爭的精神，這意味著中華民族在心理上至今依然敏感和脆弱。人們一直銘記著由於民族品性的軟弱和渙散而受盡列強欺凌的悲慘歷史。任何民族情感方面的傷害，在今天都可能喚起人們對屈辱和痛苦歷史的回憶，激起強烈的社會反響。可以說，這是向世界呈現了「中國」形象的另一面，中國人至今難以抹去歷史創傷記憶的精神側面。

三、在歷史和現實的夾縫中：一個凝重的身影

問題的複雜性還在於，姜戎雖然從歷史反思的角度獲得了用狼性精神對照和批判國民性弱點的道德依據，卻也無法完全抵擋住批評者立足於中國當前在世界上所處的位置而對作品提出的批

評。歷史經驗與現實處境的要求不相一致，反映了中國目前所遭遇的問題。

中國經濟經過三十年的高速發展，經濟總量在二○一○年超過了日本，位居世界第二。中國對國際事務的影響力正在不斷上升，但這同時也引起了西方發達國家的警惕，它們擔心中國的發展會對迄今一直由西方主導的世界秩序造成重大衝擊，乃至損害它們的利益。於是，中國與西方發達國家開始了一個合作中有競爭、競爭中有合作的新的歷史階段。以美國為首的西方發達國家最希望把中國納入由它們主導的國際體系。如果中國堅持走獨立自主的發展道路，一旦衝擊了這一體系，它們就會指責中國，鼓吹中國威脅論，甚至調動地緣政治力量來圍阻中國。

面對這種新的形勢，中國國內實際上存在兩種不同的聲音。一種是執著於歷史經驗，對西方的意圖保持警惕，主張要反抗強權，堅定地捍衛國家利益。這如上文所言有其歷史的依據，也不乏現實的正當性。在二十世紀初的中國，當啟蒙主義先驅發現了文化和人的落後是國家落後的重要根源，他們便著眼於人的現代化，提出了改造國民性的口號，產生了重大而深遠的影響。不過國民性的改造是項長期的任務。一些根深蒂固的國民劣根性要隨著社會經濟發展、政治民主化和社會教學文化水平的普遍提高，經過長期的努力才可能有所改變。一個健康而有自信心的民族，對於民族性中的負面因素，是不會採取自欺欺人的態度的，也不會輕易地相信民族性有完美無缺的那一天，因而不會拒絕對民族劣根性提出的批評。《狼圖騰》關於民族性的思考，表達的只是二十世紀初啟蒙先驅者所倡導的國民性改造的思想。它要告訴國人，不能忘記因為文化和人的落後而導致的國家遭到侵略的慘痛教訓。這其中顯然包含了一種憂患意識。「以史為鑒，可以知興替。」有一點憂患意識並非壞事，尤其是在目前中國發展正面臨重大關頭的時刻，提醒一下國人，使

之敢於正視現實，保持清醒的頭腦，是必要和及時的。這樣來看《狼圖騰》，《狼圖騰》的國民性批判的主題仍然具有積極的意義。

但是不可否認，如此執著於民族慘痛記憶的觀點，會與現在由西方主導的世界秩序發生衝突。西方在建立這一秩序的過程中像狼一樣地野蠻侵略和掠奪弱小國家和民族，拓展自己的勢力。在確立了自己的優勢後，它們又反過來以文明「狼」自居，把任何對這一秩序提出挑戰的力量妖魔化。被打壓者對此大概只有兩種應對方式：一種是針鋒相對，進行鬥爭；另一種是見機行事，謀求發展。針鋒相對，雖然痛快淋漓，但在力量對比懸殊的情況下，結局可能並不樂觀，甚至會很悲慘。見機行事，則是立足於現有的世界格局，清醒地估計了力量對比，再來確定自己的行動。這後一種策略，其核心是不否定現存的世界秩序，儘量隱藏自己的意圖，避免與發達國家發生決戰性的衝突。如果站在這種立場看問題，自然就會覺得《狼圖騰》所宣揚的反抗和鬥爭精神過於張揚，可能會導致中國與西方發達國家在一個不合適的時機，用一種不合適的方式，發生一場不合適的對抗，因而對它提出了尖銳的批評。

與這種出於策略考慮而提出批評的意見有所不同，另外一些人則是從中國目前作為世界大國所應承擔的責任上來批評《狼圖騰》的。這些學者實際上認為中國從現存世界體系中獲得發展，說明這一體系並非一無是處；相反，它是包含了不少合理的方面的，比如市場經濟，比如民主政治，比如法治精神，比如自由和平等的觀念等。中國應該繼續在這一世界體系內，而不是在這一世界體系外來思考問題，應該用這一體系所肯定的一些觀念和準則來規範自己的行動，他們並把這樣的方式理解為文明的表現。從這樣觀點看《狼圖騰》，當然會覺得它的主題與世界大勢和人類文明背道而馳，因

而對它提出了嚴厲批評,甚至說它「是反文化、反文明和反人類的」。[2]

但問題是西方希望中國成為其「利益攸關方」,主要地不是要與中國建立同盟(其實同盟內部也有競爭)。「利益攸關方」不是利益一致者,而是要你尊重現在仍由西方主導的國際體系。這實際上是一個包含了不平等的強權意識、或稱西方中心主義在內的限制性概念,反映了西方一些政治家從自己的利益出發,在中國發展起來後試圖通過與中國的合作把中國納入到由西方主導的國際體系中去,防止中國的發展威脅到西方的重大利益。有此潛在的不平等,意味著中國在爭取和平發展過程中事實上仍然會與西方發生衝突。當前的國際政治現狀,正在不斷地證明這一點。因而可以說,認為西方的價值觀代表了普世的原則,只要遵守由西方主導的秩序,按西方的觀念和準則行動,就可以減少乃至避免衝突,實現與西方的和平共處、共同發展,這樣的見解有點太善良了。對這種過於善良的觀點,《狼圖騰》的反抗主題倒是有一點提醒的意義。

總而言之,在國民性改造問題上,《狼圖騰》張揚反抗意義上的狼性精神和一些人對這種狼性精神的批判,似乎都有其合理一面,但同時又存在依據各自的邏輯而難以避免的片面性。前者依據歷史經驗而強調反抗和鬥爭,但脫離具體歷史背景的反抗和鬥爭並不一定能幫助中國在當下建立起與世界的有利於中國發展的關係;後者基本認可當前的世界秩序,強調與西方的合作,這有利於營造適合中國發展的和平環境,但側重於以西方的觀點看問題,不經意中又有可能使人們淡忘了歷史的創痛和教訓,放鬆了對西方應有的警惕,削弱了民族競爭的意識。

---

[2] 至於德國漢學家顧彬,我認為他是因為有德國法西斯主義給世界帶來巨大災難的記憶,才將狼性精神往種族主義思想方向上聯想,才尖銳地批評《狼圖騰》是在宣揚法西斯主義。

　　這種兩難的情形，折射出的是中國目前的身份和處境。中國已經獲得了大國的地位，但目前它還不是一個能夠主導世界的強國。大國地位要求國人在觀念上面向未來，承擔起大國所應承擔的責任。可是中國又沒有強大到可以輕易地抵禦西方發達國家對中國實施遏制的程度，而且中國在近代史上的屈辱還沒有從現實的發展中得到充分的補償而可以使民眾完全釋懷，所以一遇挫折，中國人就會回想起近代史上的慘痛失敗。歷史之痛揮之不去，是會影響中國人看待自己與世界關係的態度的。在這種錯綜複雜的關係中，任何一個人都有可能站在自己的立場上，各執一端，顧此失彼；各方又太容易從歷史或現實中找到有利於自己觀點和立場的依據，大家爭得面紅耳赤。因而，圍繞《狼圖騰》的爭論是會延續下去的。

　　那麼，有沒有一個處理歷史和現實關係恰當方法，可以有效地化解上述的矛盾呢？有。這個方法應該就是從歷史和現實的結合上來考慮問題，讓歷史的記憶面向未來，使之成為民族振興和發展的內在動力，而不是一味地沉浸在悲情記憶中，滋生出一種自我封閉、自我束縛的消極因素，走不出歷史的陰影；現實的謀劃，則要貫徹歷史的觀點，要牢記中華民族近代史上的屈辱，但同時又能以一種自信自強的開放活潑的姿態走向世界。不過說得容易，做起來難。這就註定了中國在今後的發展道路上還會遭遇許多困難，有時困難甚至會很嚴重，因而行進在發展道路上的中國也就註定了要留下一個長長的凝重的身影！

　　《狼圖騰》能夠引起人們做這樣的深入思考，思考中國的過去、現在和未來，與一些重大的問題糾纏在一起，要人們不關注它也難。

本文發表於《天津社會科學》2012 年第 2 期

通向朝聖之路

──葉永剛詩集《故鄉的小河》

　　早就聽說葉永剛教授喜歡文學，尤其是喜歡寫詩，但當他真的送我兩本厚厚的詩集《故鄉的小河》和《珞珈山淺草》時，我還是感到十分驚訝，驚訝的是他在短短的幾年時間裡居然在繁重的學術研究之餘寫出了這麼多的詩歌，使我這個搞文學的大大地自愧弗如。可是過後一想，也便豁然開朗了：詩是不受專業限制的吧，因而哪裡有青春，哪裡就有詩歌，哪裡有激情，青春不會老去，哪裡也就會有藝術女神的歌聲。葉永剛以他的厚重論著證明了自己的學術貢獻，同時又以他的華章佳作證明是一個赤誠的詩人。

　　《故鄉的小河》，是作者獻給故鄉的戀歌。葉永剛在故鄉度過了童年和青少年時代，在那一片熱土放過牛，當過民辦教師，後來經過一些曲折考入了一所著名的大學，今天已經成為金融工程領域成就卓著的學者。我經常在想，一個人的成長如果太順利，就不會有銘心刻骨的記憶，而缺少銘心刻骨記憶的生活就顯得太輕巧太平淡了，幸福也就少了點份量。從這一意義上說，童年和青少年時代的遭遇的苦難，未必不是一筆寶貴的精神財富。這種財富不是隨便可以得來的，它需要付出代價，但過後你卻可以享受它的好處，它會化作優美的詩篇，也可以成為一個人不斷攀登高峰的精神動力。比如，當你面對巨大的困難，甚至周圍的朋友和親人也為你感到擔憂時，你卻用一種堅毅而自信的口吻對自己說：別介意，這一點困

難比起我以前所經歷的簡直算不了什麼，當你這樣在內心對自己期許時，你其實已從苦難的記憶中獲得了精神的力量。葉永剛教授對故鄉的戀歌，就有這樣一個充滿沉重記憶的背景。他寫道：「我的鄉村／是一頭上了年紀的老牛／拖著一架沉重的木犁／父親揮著一根牛鞭／牛蹄濺起了四射的水珠／／我的鄉村／是小山坡上的一個院落／院落中有一口深深的水井／屋前有一棵老樹母親／彎腰正在樹下養雞餵豬」（〈我的鄉村〉）這樣的鄉村記憶，既是生活在農村和城市二元對立的體制中的一個農村孩子的難忘感受，又包含著詩人自己的特殊經歷。前者意味著農村孩子成長要比城裡孩子付出更高的代價——試想每天放牛、挑草、下田的繁重勞作之餘，挑燈夜讀，僅僅為了追逐一個夢想，這是一種什麼樣的心境？後者則包括了詩人在災難歲月的饑餓記憶（〈二爺〉、〈一隻老母雞〉）以及饑餓中爺爺對孫兒的濃濃親情（〈那一天我簡直不敢相信〉）。鄉村曾經是赤貧的，但赤貧中也有人情的溫暖。時代的悲劇和個人的遭遇，使作者懂得了生活，並且成就了他的一種信念，那就是苦難既然來臨，就不必、其實也無法迴避，重要的是要有一種勇氣對抗苦難，朝向光明前進，就像雪萊說的，冬天到了，春天還會遠嗎？懷著這樣的信念，在黑夜期盼黎明，在嚴冬等待春天。當黎明的陽光灑向大地，當春天的腳步來到人間，等待著希望的孩子該是多麼的興奮和激動啊！

於是，我們看到，在葉永剛教授的詩中存在著兩組關於故鄉的意象。一組是「老樹」、「病鳥」、「老牛」、「秋風」「冬天的月亮」，都是產生於憂患，包含著歷史創傷的意象，涉及的是作者童年和青少年時代的記憶，包括生理上的饑餓、寒冷和作為農家孩子在心理上低人一等的屈辱。作者寫道：「一棵老樹挺立／風雪迷茫之處／就像樹下的／一頭老牛／慢慢地咀嚼／滄桑／歲月／寒冷／孤獨」（〈老樹〉）；「只有我自己知曉／我病了／我是小河邊／一隻有病的

小鳥」（〈病鳥〉）；「踏枯了／坡上的野草／掃落了／樹上的野果／幾片殘葉／在枝頭喘息／秋風／也不肯放過／山野唱起了／悲壯的挽歌／秋風慌了／秋風再也／找不到了／自己的窩巢」（〈秋風〉）；「為什麼要在冬天／來看夜空的月亮／月亮在冬夜／愈看愈冷／冷／冷得人發慌」（〈冬天的月亮〉）。即使是等到了春天的消息，「我」仍然註定要再曆磨難：由於單純，在參加了高考後又陰差陽錯地拿著別人的准考證去參加中考，結果被人告發，取消了上大學的資格，他因此受到了強烈的傷害：「也許／她永遠也／不會記起／那一年／在黃陂縣／第四中學／一間辦公室裡／她托人送給了我／一包糖果／因為她已經收到了／入學錄取的消息／一樣的民辦教師／一樣的考試複習／不一樣的結果／閃電般地劃開了／人和人的等級」（〈一包糖果〉）。這是一組浸透了創傷記憶的意象，它的調子陰冷而帶點憂傷。

　　另一組意象則是「春天」、「黎明」、「太陽」、「雄雞」、「奔馬」、「大海」、「金黃色的土地」、「天邊的星星」。這組意象的特點，是宏闊博大，充滿朝氣和力量，能鼓舞人不斷地向上攀登，向上飛升，而作者抒寫這類意象的方式，又給詩平添了幾份壯闊的豪情。比如，他寫春雷：「窗外的第一聲炸雷／驚醒了沉睡的大地／雷聲播下的春雨／淅淅瀝瀝／灑綠了／關於故鄉的記憶」——只有焦急地期待著春天早點降臨的孩子，才會對第一聲春雷特別的敏感；讀者能感覺到在隆隆地滾過頭頂的雷聲中那個看到了希望的孩子在心潮起伏（〈春雷〉）。他寫春風，不是寫春風吹到了大地——這樣寫也許有點平淡，他寫的是〈春風是我追來的〉：「你知道嗎？／我不騙你／田野上的春風／是我撒開雙腳／窮追不捨／從深山溝裡／追出來／追出來的」。這樣的氣概，源於不甘屈服於環境重壓的信念，源於不斷地攀登新的高峰的頑強心勁。他寫黎明、太陽、奔馬、大海……，同樣如此。黎明的美麗，是因為它突破了黑暗，給人們

帶來了熹微的晨色，那是一抹希望之光，經歷了黑夜的孩子才會真正懂得晨光的意義，所以葉永剛似乎特別鍾情於黎明：「你是黎明前／靜伏在林中的一隻小鳥／我是你夢中的太陽／我來了／／我將你／從黎明中喚醒／你睜開你的睡眼／發現眼前的景色／哎呀呀／居然這般美好……」這首詩的核心意象是太陽在黎明時分把林中的小鳥從夢中喚醒，讓小鳥看到了世界的美麗。世界有瑕疵，但作者心中的世界是美的，因為作者心中只分黑暗和光明，當太陽的光芒穿透了黑暗，世界就光明一片。他寫〈太陽從大海升起〉：「黎明／悄悄地告訴我／太陽／太陽呀／就要升起來了……我情不自禁地／在海邊猛跑／然後，讓自己／在沙灘上／一頭栽倒／我抬頭走起來／朝著大海／朝著遠方的地平線／大聲地呼叫／太陽啊／太陽啊／我終於把你／盼起來了」。太陽當然是與黎明連在一起的，然而一個江漢平原上長大的孩子寫到太陽時卻要把太陽放到大海上，讓它在一望無際的大海上升起，他要傳達的感情顯然非同尋常。這是強烈的激情，開闊的胸懷，詩人需要恢巨集而闊大的意象，來表達在強大壓力下不甘心向命運屈服的豪情。「金黃色的土地」，「天邊的星星」……，其實都體現了這種博大無限的特點，它們能把人的思緒引向遠方，在思緒飄向無限的遠方的過程中，人感受到了心靈的舒展，一股不可征服的力量就會油然而生。葉永剛追求的正是這樣的一種崇高的境界。

葉永剛詩中的意象，當然也有一些是用「小」字修飾的，比如「小草」、「小路」、「小樹林」，可我們得注意，那是「神奇的小草」（〈小草神奇的〉），是在「田野上延伸的小路」（〈小路在田野上延伸〉），是「歡樂」的小樹林（〈歡樂的小樹林〉）。比起「太陽」、「大海」、「奔馬」，它們顯得小巧可愛，但它們的小巧是動態的。它們在延伸中展現了頑強的品格，在生存中呈現了神奇，表達的是樂觀

的精神，所以它們在精神氣質上仍是詩人所鍾情的頑強不屈的那一
類意象。

　　鄉村記憶中既記錄著歷史的滄桑，又有一股激情在奔湧，高傲
的精神在燃燒。兩組意象構成了互文關係，相尅相生，標示著作者
所鍾情的一種心境，那就是在苦難的境遇中展望未來，好像在隆冬
的深夜期盼著黎明的晨光，而又要在成功的喜悅中回味銘心刻骨的
往事，要在苦難的回憶中汲取精神的養分，就好像在黑夜過去的黎
明中帶著對寒冷的回味昂首朝太陽走去。

　　這樣的心智結構，其實就是一種人生態度，更確切地說，是一
種人的精神生活方式。這樣的人，可以面對苦難，決不會被苦難打
倒；相反，他可以從苦難中獲得精神力量，就像張承志的作品裡經
常寫到的那個踽踽獨行的騎手：在遼闊的草原上，細細地回首往
事，思念親人，咀嚼人生的艱辛，淡漠地忍受著缺憾和內心的創痛，
他一言不發地緩緩向前。這樣的人孤獨而頑強，在很多時候只能自
己證明自己。這个是說苦難不夠深重，而是說人的心力、人的理想、
人的信仰，比苦難更強大。於是，我們看到葉永剛寫下了這樣的詩
句：「留著傷疤的藤蔓／依然頑強地抬起頭來／搖曳一片又一片的
新葉」（〈牛蹄下的野薔薇花〉）。「黑夜追趕著我／我追趕著太陽」
（〈晚霞〉之二）。前者寫出了野薔薇花的不屈精神：在牛蹄的踐踏
下，它依然頑強地抬起頭來，搖曳著一片片新葉；後者則是作者直
抒胸臆地寫出了追趕太陽的人生理想和人生姿態。

　　鄉村的記憶能夠喚起苦難的回想和對苦難的超越，這使它超越
了平凡，具有了某種神性。於是，記憶中的故鄉成了一個精神家園，
一處能給人以無窮力量的聖地。葉永剛對故鄉的抒寫，就具有這樣
的特點。他的不少詩篇，其實就是在回憶中不斷地返回故鄉，從對
故鄉的回想中接受精神的洗禮。比如〈回鄉〉：「那一天／我把兒子
帶上／讓他學騎自行車／躍滾在村後的穀場／我像一個游泳者／

在穀場旁邊仰躺⋯⋯／我提著一壺茶水／又回到穀場／教冒汗的兒子／如何／像當年的老爸／放下／肩上的草頭／大碗大碗地／喝得咕咕直響」。如果說故鄉的穀場給作者留下了難以言表的親切感，那麼故鄉的那顆月亮則常常徘徊在他的記憶裡：「一聲一聲的蛙鼓聲中／故鄉的那顆月亮／從樹梢／升起來了／有人站在樹下／呆呆地望⋯⋯」（〈故鄉的那顆月亮〉）。故鄉的一草一木是那麼的令人神往，「我」有時恨不得趴在故鄉的田野上：「我趴在故鄉的田野上／眼前染遍了花黃／／我側起耳朵聆聽／聆聽著蜜蜂的歌唱／我將頭臉埋進花束／吮吸著醉人的芳香／我緊閉著我的雙眼／想像著小河在跟前流淌／／我仰臥於草地之上／讓淺草貼著我生長／／我從故鄉的田野上／爬了起來，我抖啊抖啊／抖落著故鄉的綠草／故鄉的綠草已長在了我的心上」（〈我趴在故鄉的田野上〉）。他有時甚至能穿越時空，在異地聽到了故鄉的蛙聲：「有一個夜晚／我在燕山腳下／靜靜地聆聽／我聽見了／春草池塘／一片蛙聲／／一下子／故鄉的小河田野童年／和我貼得／這樣地緊／那樣地近⋯⋯」（〈故鄉的蛙聲〉）。這些詩的語言是樸素的，不事雕琢，可樸素自有樸素的美麗──赤子之心本用不著華麗的詩句，就像他的另一首詩〈我想起了鄉下〉所寫的：「那個曾經／光著腳丫／抓過青蛙的／鄉下娃娃／回鄉下去／好嗎／也許鄉下的蝌蚪／已經長了出尾巴／也許搖擺著的小尾／正在漸漸地蛻化⋯⋯」，樸素的詩句，表達出了一顆晶瑩的童心。故鄉的田野裡印下了詩人孩童時代牧牛的足跡，澆灌了他長大後辛勤勞作的汗水，蘊藏著他青春的記憶⋯⋯有太多的東西與故鄉緊緊相連，因而故鄉成了一塊精神的聖地。難怪作者說：「心情壞透了的時候／我有一個辦法／我會背著行囊／回到我的老家／會站在村前／一聲大叫／我是農民／我怕啥／然後／笑容滿面／去見我的叔嬸／還有我的爹媽」（〈心情壞透了的時候〉）。

　　一次次精神回鄉，成就了一次次朝聖之旅。人生在世，難免遭受挫折，甚至陷於困境。但面對挫折和困境，各人的應對方式可以有很大的不同。有人認命，有人怨天尤人，有人破罐子破摔，但也有人把精神的獨立看得高於一切，寧可承受常人難以想像的打擊，也要不屈地追求心中的夢想。這樣的人，是高貴的，也很頑強，但註定具備某種宗教化的精神氣質。他不懼艱難，就像古希臘神話中的西緒弗斯那樣，把人生的意義理解為在於過程，而不計較最後是不是成功。這樣的人或許不太安分：他需要悲壯激勵自己，需要克服困難證明自己，需要不斷地超越自己，以達到崇高的境界。我這樣說，當然不是在暗示葉永剛教授已經達到了宗教般崇高的境界。他要培養國家急需的金融人才，肩負著科研管理和學科建設的責任，因而必須關注世務，不可能成為只追求內心生活和精神價值的高人。但生活是豐富的，即使是世俗中的人，也不見得不需要精神生活，不需要精神的關懷，尤其是追求崇高境界的人，承受著生活的重負，更需要有一種奇異的力量來支撐自己，讓他不斷地飛揚，不斷地超越自我。如果他不能，或者不想從上帝和神那裡得到精神的關照，他就只能為自己心造一個上帝或神，給自己不斷的激勵。於是，日常化的宗教神祇誕生了。這樣的宗教接近於羅素所說的現代宗教：「現在，人們常把那種探究人類命運問題，渴望減輕人類苦難，並且懇切希望將來會實現人類最美好前景的人，說成具有宗教觀點，儘管他也許不接受傳統的基督教」，這樣的宗教主要地跟「那些感受到它的重要性的人們的私生活聯繫在一起」[3]。這與其說是宗教的信仰，不如說是一種堅忍的人生態度，因為它與科學無關，而只在倫理領域為那些不甘於平庸的人確立一個理想，鼓舞他們九死不悔地去追求人類的美好前景。葉永剛教授應該是一個無神

---

[3]　羅素：《宗教與科學》，商務印書館 1982 年版，第 6 頁。

論的學者,他顯然不會信仰上帝或神,但他的詩告訴我們,他也有他的神,他的上帝,他的神或上帝就在故鄉,或者不妨直言,他的神就是故鄉。故鄉對他而言,分明扮演了精神關照者甚至救助者的角色,而這本來正是宗教所承擔的角色。

由於赤誠,葉永剛教授的詩在樸素的文字中也時常可見亮麗的神來之筆。比如,〈秋葉〉(之一):「在秋風中思索/短暫的季節/一任秋寒/將自己的情緒染紅/讓鳥兒飛過的時候/唱一首/漸飛漸遠的/歌謠」。秋葉在秋風中飄落,飄向遠方,與鳥兒飛過時留下的漸飛漸遠的歌聲形成對照。在我看來,這鳥兒飛過時留下的漸飛漸遠的歌聲,又何嘗不是秋葉在秋風中飄舞的另一種身姿,它們是可以合二為一的。秋葉在秋風中飄舞,消失在遠方,就像鳥兒在秋風中唱響的漸飛漸遠的歌謠。聲與形的合二為一,增加了詩的想像空間,也增加了詩的美感。那麼,秋葉在秋風中思索的又是什麼呢?我想作者大概是想告訴讀者,秋是燦爛的季節。秋葉的飄落雖然意味著生命的終止,但它已讓秋寒染得通紅,呈現了它一生中最為輝煌的顏色,它又有何可以遺憾的呢!生老病死,命之常數,要緊的是讓生命呈現它的輝煌。即使是寫生命的終止,也寫得這樣激情洋溢,這是符合葉永剛教授的人生哲學的。這裡面包含著一種執著,一種堅毅,一種笑對人生的樂觀主義精神。這種精神,借助通感手法的恰到好處的運用,增加了詩意的凝聚力和詩美的感染力。

又如〈田野與池塘〉:「我走進田野/我就是田野/我走近池塘/我就是池塘//可我又不是田野/可我又不是池塘/我是走動著的田野/我是思索著的池塘」。詩的上半首所寫,並非一般意義上的「我」走進對象,成了對象的一個組成部分,那樣充其量也只是一個遊客在欣賞風景,而欣賞風景的人又把他當成了風景。葉永剛所寫的,是「我」就是對象本身,「我」與對象合二為一,難以分割,他充分寫出了一個農家孩子對故鄉的深厚感情。更有意思的

是下半首：「我」又不是田野，「我」又不是池塘，「我是走動著的田野，我是思索著的池塘」，在是與不是的否定之否定之後，點出了「我」與對象的差異，這種差異表明他有了一種新的身份。「走動著的田野」和「思索著的池塘」，意象十分鮮活；「走動」意味著見多識廣，「思索」意味著思想的力量，這是葉永剛教授所追求的新境界。這一境界賦予「我」的開闊的眼界和超拔的高度，使他最終超越了故鄉，而反過來又進一步增加了他對故鄉的懷念的份量。

　　葉永剛教授的〈故鄉的小河〉是以真摯的情感和質樸的美取勝的。我這樣說，其實也是想做一點補充，意思是他的有些詩寫得有點滿，有點實。如果這些詩篇能寫得更跳脫一些，增加一些暗示性，留更多的空白讓人去回味，去想像，那無疑就更有感染力，也就更美了。

本文發表於《江漢大學學報》2009 年第 4 期

關於新詩主體性的問題

　　提出新詩主體性問題，有一個重要的背景，那就是目前有一種影響不小的意見認為新詩迄今所取得的成就，難與中國古典詩詞相比美；更直率地說，就是新詩的實踐是令人不能滿意的。

　　新詩的詩藝尚在探索和發展過程中，自然存在一些問題，但我不贊同用中國古代詩詞的標準來貶低新詩成就的做法。中國古典詩詞的輝煌無法在現代社會中延續，這主要倒不是因為楚辭、唐詩、宋詞創造了後人難以逾越的高度，而是因為它們的形式依存於以單音節詞為基礎的古代漢語，到了現代漢語成了人們日常用語並在日常語言基礎上創造詩的語言的二十世紀，古代詩詞中那些依存於單音節詞的形式規範、藝術技巧和創作經驗就不能簡單地被移植到新詩中來。更重要的是，古今社會對詩歌的社會功能和審美功能的期待存在很大的差異。在古代社會，寫詩作詞不僅是詩人和詞人的自我表現，更是文人之間的一種交際方式，在某些情況下，甚至是文人進入官場的一個重要手段。在這種時候，詩詞的可吟唱就顯得十分重要。因為只有朗朗上口，可吟可唱，它才能比較容易地被接受，從而起到一種溝通感情、交流思想的作用。可是到了現代社會，尤其是當下，人們感情和思想的交流已經擁有遠較古代社會有效的手段，讀者對詩歌的要求也就不再那麼一致地重視它的朗誦和傳唱特性。今天一些具有較高文化修養的讀者去欣賞新詩，主要不是因為它可以吟唱，而是因為它表達了一種新鮮而深刻的情感。這種感情體驗的獨特性，使人常常想起這些詩，在心境合適時會產生重讀的

衝動。而現代傳媒高度發達，新詩的傳播不再像古典詩詞那樣更多地依賴於吟誦，新詩的發展也便越來越表現出了脫離音樂性的流向。這種流向更多地是去追求詩美本身，而相對地忽略了音樂性對於詩歌的重要性。因而若再以古典詩詞在人們日常生活中起作用的方式來批評新詩在讀者中流傳不廣、不能被人隨口吟誦，認為這就是新詩的成就難以與古典詩詞相比美的一個重要理由，其實沒有多少意義。

　　文學藝術形式的消長變遷，有它的規律性。其中關鍵的因素，是社會發展水平和與社會發展水平相一致的人的生活方式。現代的娛樂方式趨於多樣化，許多更為感性和直觀的文藝樣式借助電視、網路流行起來，文學的教化功能在弱化，高雅文學影響人們精神生活的範圍在縮小。讀者閱讀文學作品，不再是想從中找到解決具體問題的方法和途徑，而只是想尋找感情的寄託和慰藉。我們現在談論新詩的成就或者出路，不能離開這樣的背景，不能用新詩在人們的日常生活中的普及程度作為評價其成就高下的標準，更不能因為新詩不能像古典詩詞那樣可以傳誦而說它成就不高。

　　這就是說，當我們思考新詩的發展或者出路問題時，首先必須有一種變的觀念──新詩對於古典詩詞來說，是一種革新和創造。它發展出了一種新的形式，創造了一種新的美，它有自己的主體性，應該擁有不同於古典詩詞的審美標準和評價準則。這一點在目前新保守主義思潮來勢迅猛、對五四文學革命提出了較為激烈的指責的時候，顯得尤其重要。

　　這並非在鼓吹新詩要排斥中國古典詩詞的藝術經驗。相反，我認為新詩的建設離不開中國古典詩詞的悠久傳統，當然也離不開外國優秀詩歌的藝術經驗。說中國新詩的發展要吸收中外詩歌的藝術營養，這肯定不會有錯。但如果僅這樣提出問題，也未免過於寬泛了，無助於新詩的提高。

　　提高新詩的藝術水平，真正的關鍵在於捕捉詩美。詩美，是融合了詩情之美和詩的形式之美的一個綜合性的詩學範疇。捕捉詩美，離不開形式的修養。否則即使有激情，也只是普通人的日常感情，無法上升到美的詩情高度。美的詩情，不僅需要獲得美的表現形式，而且它的美化和提煉過程，也要依賴於形式對它的限制、規範和激發。詩情是在與形式的搏鬥中，獲得昇華的。詩人在形式方面的修養越好，他的形式感越強，他就越能捕捉住美的詩情，並且越能按形式美的要求來提煉詩情，使之獲得美的表現。而形式，則不能離開詩情美的表現之內在衝動，否則就成了抽象的形式，成了外加於詩的一個束縛。形式之美，要在詩情美之表現中體現出來，它的作用要在與詩情的表達相生相剋的過程中發揮出來，然後才可能獲得形式美的獨立意義——這是說，形式美可以有獨立的意義，但它有一個重要的前提，即要與詩情之美相統一，成為詩情美的形式。

　　詩美在古代更多地要依賴於形式的節奏之美和韻律之美。到了現代，文言已經退出人們日常的交際領域，即使在書面語言中也已經不再通行，所以詩美已經不可能像古典詩詞那樣依賴建立在平仄、對仗等形式要素基礎上的節奏和韻律，詩美更多地要依靠內在的情感美之美的表現了。情感美之美的表現，當然離不開形式之美，但這時的形式美有了更豐富的涵義，不再是平仄相協、押韻和講究對仗。新詩使用白話的語言，要講平仄、對仗無從做起，而一旦放棄建立在平仄、對仗基礎上的那種節奏和韻律感，詩的節奏和韻律就不可避免地要轉向散文化方向，去探索一種建立在現代漢語基礎上的散文化的詩之節奏美。這種新的節奏美，可以像戴望舒的〈雨巷〉通過詩句中間的停頓、重複從而改變詩的節奏、造成旋律的美來實現，也可以像戴望舒在〈雨巷〉後那樣，放棄了音樂的美，去追求詩的散文美。卞之琳的詩，比如〈斷章〉，是不講究音樂美

的，但它所暗示的世界萬物之間存在著一種看似神秘、實則深刻的對應關係的哲理，借助於直觀而清新的形象，讓讀者難以忘懷。艾青的一句「我為什麼眼裡常含著淚水，因為我對這片土地愛得太深沉」，沒有過多地關注節奏和旋律，但詩的感情真摯、形象鮮明，使這首詩獲得了不朽的意義。還有海子的麥地詩，我們主要地不是陶醉於它形式上的音樂和旋律——它有一點形式上的音樂和旋律感，但不那麼講究，甚至有點不著痕跡，因而無從陶醉。使我們陶醉的主要是這些麥地詩中的淳厚詩情，是詩人從生命的飛翔中所把握到的痛切和堅毅的、達到了人類某種普遍人性高度的一種情感。金色的、蒼涼的麥地，在海子的詩中成了掙扎於貧窮中人們沉默的精神狂歡的一種樸素形式，成了人類痛苦而偉大情感的一個象徵。

其實，古代真正能被人們日常傳誦的作品，也大多是那些既表達了經典情感而語言又十分通俗的佳作或佳句，如屈原的「路漫漫其修遠兮，吾將上下而求索」，李白的「舉頭望明月，低頭思故鄉」，李煜的「問君能有幾多愁，恰似一江春水向東流」，范仲淹的「明月樓高休獨倚，酒入愁腸，化作相思淚」，晏殊的「無可奈何花落去，似曾相識燕歸來」，歐陽修的「淚眼問花花不語，亂紅飛過秋千去」，蘇東坡的「十年生死兩茫茫，不思量，自難忘」，李清照的「尋尋覓覓，冷冷清清，淒淒慘慘戚戚」，陸游的「紅酥手，黃騰酒，滿園春色宮牆柳」，辛棄疾的「休去倚危樓欄，斜陽正在，煙柳斷腸處」——經典的情感，通俗的語言，容易理解，歷久難忘。相反，一些用典多的詩詞，像李賀的作品，就不太流行了。

我認為，談新詩繼承古典詩詞的傳統，主要地不是在形式上，而是要學習古代詩人捕捉詩情、提煉詩美的藝術經驗，也即是如何在激揚的生命飛翔中捕捉住感動了自己、因而也能感動讀者的詩情，在與詩的形式的相生相剋中把這詩情熔煉成詩的精魂，達到形式與詩情的高度統一。在詩歌創作中，捕捉住動人的詩情是一首詩

成功的起點，而把這種詩情提煉到經典性高度，使之成為一個時代具有相當普遍意義的一種情感姿態，則更為關鍵。要達到這樣的高度，與詩人的古典詩詞修養不可分，也與詩人的外國文學修養密切相關。從繼承中國古典詩詞傳統這方面講，則是要求詩人從增強捕捉和提煉詩美的能力方面著手。換言之，古典詩詞藝術經驗的重要性，主要是通過提高新詩人捕捉和提煉詩情使之獲得美之表現的能力上得到體現的。

至此，我們可以得出一個結論：新詩能不能寫好，能不能超越古典詩詞的水平，關鍵還在於寫詩的這個「人」，與這個人的人品，他的內心生活方式，想像力和創造力，當然也包括新詩的形式感，是不是達到了真正的詩人的水平和高度相聯繫。談論新詩繼承古典詩詞的優秀傳統，我想首先要著眼於詩人這個「人」，要求詩人在盡可能多地繼承人類所創造的一切優秀文化遺產的過程中，使自己成為一個高尚的人，一個純粹的人，一個有愛心的人，一個有尊嚴、懂得珍惜榮譽的人，他以博大的胸懷去擁抱人類，用愛心去感受生活，去體驗生命的意義，在激揚的生命飛翔中捕捉詩美，然後才有可能寫出動人的詩，寫出好詩。如果只計較古典詩詞的藝術技巧，那肯定是捨本逐末之舉，無助於提升新詩的境界與水平。

本文發表於《西南大學學報》2012 年第 1 期

詩歌的前途與詩人的使命

　　詩人生不逢時，成名難，即使成名了也不容易混下去。其實不僅詩人活得艱難，就是整個文學，現在也似乎舉步維艱。

　　問題在人們對文學的期望：是想從文學中尋找精神享受，如思想啟迪和審美感悟，還是像現在流行的為了比較單純的有趣和好玩？如果僅僅是為了好玩，作家是玩不過新興娛樂形式的——你再絞盡腦汁編排故事，異想天開，也玩不過網路遊戲。靠涉性的作料，也不可能持久地吸引讀者，因為性的刺激，文學不可能與那些非法的毛片比，況且性的刺激也不會維持長久，更不能把人引導到美的境界上去。當然，還有比較高雅的娛樂，比如去影院看大片，聲光刺激，加上一些離奇荒唐的故事情節，讓你雲裡霧裡暈頭轉向樂得合不上嘴；或到卡拉 OK 廳吼幾嗓子，找一點明星的感覺，都是夠意思的。顯然，這些娛樂方式都比文學來得刺激。所以文學要想獲得讀者，不能光在好玩甚至官能刺激上尋找出路，不能以自己的弱點與新興娛樂形式的強項競爭。文學要獲得立足之地，要發展，還得回歸精神和審美的層面。

　　問題是現在又有多少人希望從文學中尋找精神寄託和審美陶冶？今天是世俗化的時代，許多人關心的是實惠和享受，努力在車子、房子、票子、孩子等項上比拼，甚至比拼到逝者身上去了。近日網上就有消息稱，現在墓地的價格比房價還漲得厲害，十大天價豪華墓出爐，其奢華程度超乎一般人的想像。而科學技術的突飛猛進，也已經在很大程度上改變了社會生活方式，人們的精神生活方

式也隨之改變。今天人們可以非常方便地憑藉新技術獲得更新奇、更省力的娛樂，有更多的發揮激情的場所。人心變得浮躁起來，哪還有心思到文學裡去尋找精神寄託。欣賞文學需要修養和心情，甚至須在寧靜的環境中慢慢地思考和體味，而今天的人大多忙碌得沒有時間和激情來享受這奢侈的精神會餐。因此，提供一時娛樂的速食文化流行開來，嚴肅的文學逐漸被邊緣化了。不少純文學刊物紛紛停刊，一些還在發行的也是舉步維艱，就可以看出文學在今天的命運。文學如此，文學中更為貴族化的詩歌還能有更好的前途？從這個意義上說，詩人的寂寞是難以避免的。

問題還在於，現在又有多少詩人會把寫詩當作神聖的事業來對待？詩是生命的感悟，心靈的振顫，是詩人心血的結晶。用徐志摩的話說，寫詩非要用柔軟的心窩緊抵著薔薇的花刺，口裡不住的唱著星月的光輝與人類的希望非到他的心血滴出來把白花染成大紅他不住口。試問現在有多少詩人能像徐志摩這樣癡到心中只有詩而不顧性命？詩人也是人，在世俗慾望湧動的年代，你要他不考慮物質的因素是強人所難了。可是詩人一旦像普通人那樣考慮起物質利益的得失，他就失去詩人的純粹了。真正的詩人，是需要超越世俗的。他沉浸在內心的感動中，專注於人性的善和自然的美，用詩的語言把他對人事的理解表達出來。他甚至會被自己所體味到的崇高感動，被所經驗到的醜惡激怒，嘔出一顆心來，凝聚為美麗的詩篇。當詩人低俗到看見人家發財就心裡不平衡，發現明星有人追捧，心裡酸酸的，以這樣的心情來創作，至多是頂著一塊詩人的招牌而已，寫出來的詩就不會那麼純粹了。即使因為技術的純熟而語言依然優美，但詩的氣質、詩的精神已經消散，失去能打動人心的內在力量了。真正的詩人要像徐志摩那樣癡，哪怕因為癡而遭世人的白眼也罷；或者像沈從文說的，要徹底地沉溺，沉溺到人性的深處，看到神的光。但這樣的詩人，往往是不見容於世俗的。這有史為證：

文學史上的詩人，尤其是那些偉大的詩人，在世時多是命運不濟的，過著並不風光的生活，有的甚至歷盡磨難。他們的偉大，就在於沒有被生活的打擊和磨難壓垮；相反，他們用崇高的精神對抗著邪惡，懷著一顆純潔的心期待著奇蹟來臨，等到了太陽的光輝照亮東方的黎明。在這樣的期待中，是一種與天地相通的偉大而純潔的精神在起作用，是人類所賴以生存和發展的最樸素的規律支撐著你──堅信歷史是人民寫的，因而他找到了精神不垮的力量源泉。讀讀屈原、李白、杜甫的那些名篇，他們寫這些名揚四海的詩篇時有哪些經歷是今天一些抱怨世道對他不公的詩人可以拿來炫耀的──他們是失寵，流浪，衣不蔽體，家破人亡。以此反觀，今天一些詩人抱怨世道不公，說明他們一開始就擺錯了詩人的位置。他們把寫詩當成了謀利的手段，以為詩人就得財大氣粗，就得榮華富貴，就得開寶馬擁美女，享盡天下人的福，這樣想的詩人是把詩人降低到了一般的市民了。當然，我們並非要求詩人為了寫出優秀的詩篇而去過清貧的生活，去遭受艱難，但也不能不承認，文學史上偉人的詩人，生活往往是很落魄的，甚至很淒涼。不是他們願意如此，而是生活逼得他們陷於困境，他們的詩就是在困境中不被絕望壓垮，從心底裡自然流淌出來的詩情。即使那些飄逸的詩人，他們似乎生活富足而瀟灑，但他們大多富有浪漫的才情，視功名利祿如糞土，寫詩是一種精神生活的方式，壓根就不是為了標榜詩人的身份，更不可能有詩人高人一等的奢侈念頭。寫詩對於他們是自自然然的事情，是把心裡的衝動用詩的語言寫出來而已，如骾在喉，不吐不快。只有當詩人聽從內心的律令，而不為外界的物質利益所誘惑，才能寫出純粹的詩，寫出感人的詩。把詩當作謀利或求名的手段，是寫不出好詩來的。那些世俗的欲念會玷污純潔的感情，會破壞詩美。

說社會容不下詩，詩人寫不出好詩，詩的前途難道就這樣黯淡下去了？不是。詩作為美的一種精緻形式，在任何時代總有其存在的理由和需要，問題是好的詩如何找到知音。首先要有好的詩，而要寫出好的詩，除了必要的語言修養，最要緊的還是要做一個好的詩人。所謂好的詩人，可能就是與世俗的潮流有點隔絕的人，或者是懷著一顆博大愛心的人。無論屬於哪一種，他們都不太會去計較實利的得失，而是對詩懷著一種神聖感情，用心去發現美，用美的語言來表達純潔的詩情。這樣的詩人多了，優秀的詩篇自然也會多起來。

但有了優秀的詩篇，也不能指望所有的人都會來欣賞，來唱讚歌。與詩有緣，能欣賞詩美的，也僅是人群中的一部分。他們也有一分純真，甚至一點天真，在忙碌的生活之餘希望靜下心來，讀點好的文學作品，包括讀點好的詩篇，從心的交往和溝通中體味人性是美的，自然是美的，世上的人和事，雖有種種不盡如人意之處，但生活著就是美麗的，從而得半日的悠閒，或者崇高的感動，使自己的心像是在山澗中洗過一樣的清澈。

這樣的人多不多，要看這個社會的發展會不會從過分計較物質利益的得失過渡到更多地來關注精神的和諧與人格的昇華，達到一個較為高尚的境界中去。朝這樣的方向努力前進，是整個社會的責任，也是一個真正的詩人不可推卸的使命！

　　　　　　本文發表於《新聞天地》2011 年第 4 期（下半月刊）

加強文學批評主體性建設

　　在資訊技術高度發達、全球化趨勢日益加強的今天，文學批評的影響力卻在不斷下降。如何採取適當策略，探索有效工具，以提升文學批評的影響力，是一項複雜的工作。其中一個重要的方面，是加強文學批評主體性的建設。

一、全球化趨勢中堅持民族主體立場

　　由資訊技術推動的全球化趨勢並沒有提供一個平等對話的場所。強勢話語憑藉其知識的權力，在全球化語境中起著主導的作用，以類似殖民主義的文化霸權遮蔽了弱勢話語的聲音。為了反抗這種話語霸權，一些東方學者提出了後殖民主義理論，以差異性代替普遍性，試圖解構西方中心論。但用差異性取代普遍性是一柄雙刃劍，有可能從相對主義發展為虛無主義，由民族主義走向民粹主義。這兩種傾向都是不利於文學批評健康發展的。

　　解決問題的方法，應是在全球化語境中加強民族主體的立場，提高民族的自覺意識，主動參與全球化進程，在建構人類共同價值和遊戲法則的工程中做出中國的貢獻。具備了自覺的民族自覺，才會主動地參與全球化進程，也只有主動地參與全球化進程，才能保證民族意識是開放的、積極的、健康的。

提高文學批評中的民族自覺意識有許多工作要做：一是按現代
性的標準重新整理民族傳統文化，使其富有生命力的部分融入人類
普遍的價值體系。二要重視二十世紀中國文學批評所取得的成果，
因為二十世紀是中國從被動到自覺加入全球化進程的一個關鍵性
階段，在這一階段所取得的文藝理論和文學批評成果更具有現代
性，更容易與全球化語境相適應。三要及時向世界展示中國文學創
作與文學批評的成果，宣傳中國的經驗，讓世界瞭解中國。四要以
平常的態度對待西方的知識權力，反對民粹主義和盲目排外的情
緒。如果僅僅為了對抗西方話語霸權而簡單地回到古典文學傳統，
其動機雖好，卻脫離了實際，缺乏成功的可能性。西方的話語霸權
中也包含著人類普遍適用的一些價值和文化成果，可以為我們現代
性的工程所用。對於其話語霸權中有損於我們文學的民族精神的方
面則應加以抵制，以期達到平等對話的目標，形成東西方文學和批
評多元互補的格局。這種格局既遵循人類共同的價值準則，又使各
民族保持著自己的文化傳統和特色。在這樣的格局中，中國文學批
評才能發出自己的聲音，才會有自己的建樹。

二、多元格局中強化現實問題意識

隨著經濟全球化和市場原則的推行，今天中國人的選擇權利在
不斷擴大，各種觀念獲得了表現的機會，文學創作及批評也隨之趨
向多元化。

多元化不應是無序化。當前文學批評中恰恰存在著某種無序化
的傾向，換成時尚的說法，就是在一些領域處於「眾聲喧嘩」的雜
語時代。「眾聲喧嘩」有打破思想專制的積極一面，但如果為了喧
嘩而喧嘩，忘記了批評的最終目標是追求真理，就有嘩眾取寵之

嫌。「眾聲喧嘩」是以不同的價值觀作為思想基礎而又以中西不同的傳統作為學理背景的，它們各自的合法性和有效性必須得到核對總和確認，否則就有使主體性失落的危險。

要調整這種傾向，就須在多元的格局中強化對現實問題的關懷意識。一般來說，無論是引進西方的文藝觀念，還是按現代性的要求重新闡釋中國的傳統，都必須堅持一個基本的標準，即看它能否能有效地解釋中國的文學實踐，能否有效地提升中國的審美經驗和張揚中華民族的精神力量。後現代主義固然有助於反對西方的話語霸權，但它的無中心、無等級、無差異，又會助長解構的傾向。如何把後現代主義加以改造，使之成為有利於我們文學批評健康發展的理論資源，這須緊密聯繫實際進行大膽創新。外來的文明在解決中國現實問題的過程中得到改造，轉變為民族文化的有機成份，民族傳統文化經過現實的改造環節實現了現代化的轉型，這是一種理想化的局面。它在多大程度上得以實現，取決於批評家在多大程度上關注當前的文學狀況，觀察文學受眾的精神需求，發現真問題，進行大膽探索。

只有具備問題意識，著眼於現實，在解決中國實際問題的過程中提出新範疇，探索新方法，建構新體系，才能保證理論的活力，才不會在眾聲喧嘩的時代失去批評的主體性或導致主體性的虛化。同時，現實問題的豐富性和複雜性又決定了主體發現和詮釋必有其差異性。這種差異性使主體的實現呈現為主客觀矛盾互動的充滿活力的過程。主觀的創造和客觀的制約相統一，既避免了思想的僵化，又預防了主觀的無限膨脹。

三、世俗化潮流中突出主體批判精神

由於受眾的分化，文學開始分層──體現國家意識形態的主旋律文學、體現知識分子反思與批判立場的精英文學和代表大眾娛樂消遣需求的通俗文學鼎足而立，它們各有自己的審美原則和傳播途徑，展現了文學的不同的功能。因此，現在很難有一個統一的關於文學的定位，推行一套標準的創作模式，提倡一種單一的文學風格。以開闊的胸襟、寬容的心態看待這種多元化的文學格局，開展批評，是當今理應採取的態度。

事實上，主旋律文學憑藉其優勢的資源居於主導地位，但它已不再像過去那樣包攬精神生活的方方面面，成為人們思想和行為所遵循的意識形態規範。精英文學的先鋒性質使其與大眾的審美要求隔了一層，尤其是在後現代主義思潮的衝擊下，其貴族化的姿態受到了普遍的質疑與抵制，市場逐漸縮小。只有通俗文學所代表的世俗化潮流方興未艾，一些先鋒作家禁不住市場的誘惑也紛紛改弦更張前來加盟。

由於受市場原則的支配，通俗化文學更看重讀者的需求，想通過製造新奇的賣點來擴大市場份額，所以它存在著迎合讀者趣味的內驅力。當新奇難以為繼的時候，就會求助於慾望化敘事，通過肢體語言、感官刺激的描寫來吸引讀者，或乾脆擺脫歷史真實的束縛，用想像代替歷史的邏輯，戲說歷史，以達到對歷史的消費。

對於這樣一種文學現象，批評本應承擔起自己的使命，在發掘其中蘊含的合理因素的同時，對它的消解意義、放棄責任、解構崇高等虛無主義傾向提出批評。這種批評不是僵化的意識形態的審查，不是獨斷論的判決，而是在對話中達成人文底線的基本共識。

因為誰也不能否認，文學是代表著意義的，它最起碼要有益於人和人的精神生活，能使人在美的享受中實現精神昇華。如果文學變成沒有意義的慾望展現，變成純形式的文字遊戲，讓人讀後感到人生的醜惡，沒有感動，沒有思考，只有人的原始慾望、醜陋的動物本能，這文學還有什麼價值？人類需要精神家園，人不能在沒有意義的平面上長久地生存。有益於人和人的精神生活，這是文學得以存在的價值底線。如果文學批評一味地追逐時尚，在反叛傳統、解構意義的同時也解構了文學本體，從而為慾望化敘事推波助瀾，那是批評的悲哀。

　　本文發表於《中國社會科學報》2011 年 11 月 15 日第 11 版

新文學論爭中的語言暴力問題

　　中國現代文學研究中，作家「棄醫從文」現象被學界普遍重視，「棄文尚武」的美學追求亦受到一定程度的關注。中國現代文學發端於文學革命，其根源卻在於民族「救亡圖存」的思想啟蒙需要。文學革命中，新、舊文學勢力鬥爭激烈，無論致力於思想啟蒙的新文學陣營，還是維護傳統的文學保守勢力，都採取了言辭激烈的「暴力」言說方式。這種言說方式對後來之現代文學創作產生了重要影響。

一

　　文學革命與當時的新文化運動在思想追求上是一致的。茅盾在《中國新文學大系・小說一集》導言中說：「那時的《新青年》雜誌自然是鼓吹『新文學』的大本營，然而從全體上看來，《新青年》到底是一個文化批判的刊物，而新青年社的主要人物也大多數是文化批判者，或以文化批判者的立場發表他們對於文學的議論。他們的文學理論的出發點是『新舊思想的衝突』，他們是站在反封建的自覺上去攻擊封建制度的形象的作物──舊文藝。」[4]胡適也持相

---

[4]　茅盾：《現代小說導論（一）文學研究會諸作家》，見蔡元培等編《中國新文學大系導論集》，上海書店 1982 年影印版，第 84 頁。

同觀點:「那個時候,有許多的名詞,有人叫做『文學革命』,也叫做『新文化思想運動』,也叫做『新思潮運動』。」[5]文學革命,抑或新文化思想運動,都致力於徹底的思想變革,這就必然導致新舊兩大文學陣營發生對立與衝突。

文學革命關乎思想觀念上的話語權,也關乎新舊勢力雙方在未來文學乃至社會格局中的身份和地位,生死之役,務求必勝。文學革命先驅率先採用尖銳的言辭來打擊對手。開文學革命風氣之先的胡適直接稱舊文學為「死文學」,他說:「我曾仔細研究:中國這二千年何以沒有真有價值真有生命的『文言的文學?』我自己回答道:『這都因為這二千年的文人所做的文學都是死的,都是用已經死了的語言文字做的。死文字決不能產出活文學。所以中國這二千年只有些死文學,只有些沒有價值的死文學。」[6]短短百來字,出現五個「死」字,外加「沒有價值」、「沒有生命」,直接宣判了舊文學的「死刑」。陳獨秀的〈文學革命論〉,用以修飾舊文學的是「塗脂抹粉」、「極膚淺極空泛」、「妖魔」、「醜陋」、「阿諛」、「陳腐」、「迂晦」等貶義詞,於不辯自明的論說中將舊文學樹立為批判的靶子,為後來者對舊文學的攻擊樹立了榜樣。錢玄同、劉半農的「雙簧戲」真正刺痛了舊文學陣營,二人一唱一和,將「恬不知恥」、「紀綱掃地」、「率獸食人」、「禽獸」、「狂吠」、「大放厥詞」、「桐城謬種」、「選學妖孽」、「爛污筆墨」、「遺老」、「流毒無窮」等詞語潑向對方,語言的尖刻已經超越了一般讀書人所能容忍的限度。林紓則作出回擊,借荊生、蠡叟之口反咒他們為背天反常之「禽獸」。

5　胡適:〈中國文藝復興運動〉,姜義華主編《胡適學術文集・新文學運動》,中華書局 1993 年版,第 285 頁。

6　徐中玉主編:《中國近代文學大系:1840-1919 文學理論卷》,上海書店 1994年版,第 342 頁。

　　為達到克敵制勝之目的，論爭雙方還充分運用了修辭、機巧等手段來增強效果。形象化的語言有利於給讀者留下深刻印象，機巧的運用則往往能夠出奇制勝。諸多語言形象化方法中，比喻是用得最多的一種，論爭雙方基本都採用了比喻來醜化甚至妖魔化對方。「莠草」、「病菌」、「瘋狗」、「魔鬼」等是用來形容舊文學和舊文學擁護者最多的詞語。魯迅的比喻有點特別，傳統文化的精華「國粹」在他筆下成了人臉上的一個瘤，額上的一顆瘡：「什麼叫『國粹？』照字面看來，必是一國獨有，他國所無的事物了。換一句話，便是特別的東西。但特別未必定是好，何以應該保存？譬如一個人，臉上長了一個瘤，額上腫出一顆瘡，的確是與眾不同，……然而據我看來，還不如將這『粹』割去了，同別人一樣的好。」[7]林紓則將文學革命者比作「禽獸」、「畜狗」，如「爾乃敢以禽獸之言，亂吾清聽！」「畜狗二十餘，終夜有聲，余堅臥若不之聞」等，侮辱對手人格毫不遜色於文學革命者。也許意識到文學革命的極大危險性，林紓還在論爭中進行政治上的影射。〈荊生〉假託偉丈夫以武力痛擊田其美、金心異、狄莫（影射陳獨秀、錢玄同、胡適）三人，暗示要北洋政府出來當荊生。〈妖夢〉則通過描繪羅睺羅阿修羅王吞食白話學堂校長元緒和教務長田恒、秦二世，希望有人間的「羅睺羅阿修羅王」來掃除倡導革命文學的這些「五倫之禽獸」，以實現國家的承平，語言之狠毒堪稱老辣。

　　採取非常策略來打擊對手，以取得非常效果是這次文學論爭的又一重要語言特徵，這在新文學一方尤其突出。具體說來，他們主要採用了「直接下判斷」，「情感判斷取代價值判斷」及「倫理道德審判」三種策略。直接下判斷，是最有效和用得最多的一種策略。為了達到一擊致命之目的，新文學一方不過多在學理上進行糾纏，

---

[7]　《文學運動史料選》第 1 卷，上海教育出版社 1979 年版，第 99 頁。

而是選擇直接對對方作出價值判斷，指斥其為陳腐的「死文學」，「腐臭不堪」，必須予以清除。在凌厲的進攻面前，舊文學往往來不及爭辯，非常被動，轉圜的空間有限。以情感判斷代替價值判斷是文學革命者採取的又一重要策略。作為新事物，新文學必須贏得大眾的支持，而情感的籠絡就是一種行之有效的手段。論爭中，充滿感情色彩的語彙在新文學一方大量出現，如守廷的〈對於「一條瘋狗的」答辯〉認為對手的文章「脆弱，矛盾，而且謾罵無理」，沒有討論餘地。胡愈之則將禮拜六作家稱作「無恥的文學者」，葉聖陶也將禮拜六派文學視為一種「侮辱」，化魯乾脆將禮拜六派等舊文學統稱為「黑暗的勢力」。這些附帶鮮明感情色彩的詞語極富煽動性，對於引發讀者對舊文學的疏遠和厭惡，乃至最終拋棄，起了十分重要的作用。

　　從倫理角度給舊文學以道德審判是新文學對舊文學進攻的第三個重要策略。這一策略將舊文學推向了道德的審判臺，使舊文學幾乎沒有還手之力。倫理綱常是中國傳統文化的核心內容，文學革命者抓住這一點，對舊文學進行猛烈攻擊。鄭振鐸抨擊舊派文人被「酒色財氣淘空了精神」，劉半農在答王敬軒的信中則罵舊派文人為「遁跡黃冠的遺老」。在視作生命的道德外衣被撕下後，保守派對新文學的回擊顯得那麼的蒼白，雖然也措辭尖銳，梅光迪之「妄造名詞，橫加罪戾」怎及得錢玄同之「桐城謬種」、「選學妖孽」道德高度，吳宓文縐縐之「摭拾一般歐美所謂新詩人之唾餘，剽竊白香山陸劍南辛稼軒劉改之之外貌」，又如何敵得住陳獨秀的「作偽干祿，實為吾華民德墮落之源泉」[8]之千斤力道！一個在情感、道德等諸多方面都處下風的聲音能有多大影響呢？新、舊文學論爭是一場不見硝煙的戰爭，雙方都選用了極富刺激性的語言，企圖通過

────────
[8]　陳獨秀：〈通信〉，《新青年》第 3 卷第 1 號（1917 年 3 月 1 日）。

語言暴力來壓倒對方。這場充滿暴力性的論爭對於講究禮儀、不以武力爭勝的中國文人來說似乎有點不顧臉面，然而事實擺在面前，值得我們去認真思考和深入探究。

二

中國民間自古存在武俠文化，它已積澱在現代作家的人格結構與文化心理之中。「年歲，知識，理想，都不許他們還沉醉在〈武松打虎〉或〈單刀赴會〉那些故事中；有那麼一個時期，他們的確被那種故事迷住過；現在一想起來，便使他們特別的冷淡，幾乎要否認這是自己的經驗，就好似想起幼年曾經偷過媽媽一毛錢那樣。」[9] 這是老舍描寫的部分現代文人對武俠小說與武俠文化的矛盾心態。可以確認的是，這些文人受武俠文化影響是一個不爭的事實。問題是，武俠文化與文學革命關聯何在？

是國家的內憂外患觸發了現代知識分子們的尚武情結，對武俠文化的重新關注始自以梁啟超等為代表的大批近代文人。面對國破家亡的雙重危機，儒家文化的中庸之道已經無法支撐搖搖欲墜的封建統治，整個民族急需一種強健精神來加以振奮。於是，清末民初的思想家們興起了近代史上最大規模的「尚武」思潮。梁啟超從晚清的現實國情出發，剖析中國積貧積弱的原因之一在於「歐曰尚武，中國右文是也」，以至於國民最終養成「奴隸之性」[10]。他大聲詰問：「不速拔文弱之惡根，一雪不武之積恥，二十世紀競爭之

9　老舍：〈人同此心〉，《老舍文集‧卷九》，人民文學出版社 1984 年版，第 144 頁。

10　梁啟超：〈中國積弱溯源論〉，《梁啟超文選》（上），中國廣播電視出版社 1992 年版，第 78-79 頁。

場，寧復有支那人種立足之地哉？」[11]梁啟超對傳統的武俠文化重新進行審視，發掘其精髓，其中的「尚武」精神成了梁氏理想國民的重要精神特徵。這是梁氏面對艱危時局做出的一個重要開拓。除梁啟超外，晚清學人中，推崇「尚武」精神、主張暴力革命者甚多，如張之洞、嚴復、章太炎、陳天華、鄒容等人皆是，加上孫中山領導的同盟會諸會員，革命陣容甚為龐大。

　　近代文人對俠義精神的欣賞與張揚形成了一股社會風氣。當時，許多人以俠為名為號，如秋瑾自稱「鑒湖女俠」、「漢俠女兒」，柳亞子之妹字「儂俠」等。這種風氣也延至現代文學作家身上，如魯迅就曾自號「戛劍生」，郭沫若號「尚武」，李大釗有筆名「劍影」等。更多的人則通過著書立說，張揚暴力與革命，如梁啟超著有〈記東俠〉、〈中國魂安在乎〉、〈答客難〉等，章太炎著有〈駁康有為論革命書〉，陳天華有〈獅子吼〉，冷血有〈俠客談‧刀餘生傳〉，魯迅有〈斯巴達之魂〉，還有眾多革命者的詩文。總體來看，這一時期對傳統武俠文化的張揚有著較強的現實功利目的背景，並形成兩條基本思路：一是借此展開對傳統文化的反思與改造，希望將「尚武」的強健精神注入以儒家思想為核心的民族之魂中，改變其中庸、怯懦、不思進取、甚至奴性的一面；二是將武俠文化中的尚武精神與啟蒙救亡的現實需要緊密結合，突出、強調俠義精神中能夠轉化為現實政治改良乃至革命力量的反抗精神。兩條思路共同指向中華民族的新民強國之夢，並為陳獨秀、李大釗等「新青年」群體知識分子所繼承，尤其後來為毛澤東所領導的中國新民主主義革命所繼承。

---

[11]　梁啟超：〈中國積弱溯源論〉，《梁啟超文選》（上），中國廣播電視出版社1992年版，第160頁。

　　五四文學革命的語言暴力還與來自日本的東洋文化有關。看看向舊文學發難的兩篇文章，我們會發現胡適與陳獨秀對待舊文學的態度起初是有一定差異的。胡適用的是探討性的「芻議」，「以與當世之留意文學改良者———研究之」，革命意味不是十分強烈。陳獨秀則說：「有不顧迂儒之毀譽，明目張膽以與十八妖魔宣戰者乎？予願拖四十二生的大炮，為之前驅。」殺氣騰騰，一副精神高漲的革命者形象。胡、陳二君最初對待舊文學的態度差異，透露出二者所受不同外來文化的影響。更有趣的是，「五四」新文學的主力陣容，幾乎都具有東洋文化的深刻背景：《新青年》七位編委中五人曾留學日本；創造社作家幾乎都從日本留學歸來，以致郭沫若說：「中國的新文藝是深受了日本的洗禮的。」[12]

　　中國人學習日本源於日本的刺激，其中日本憑藉武力崛起又是主要原因。嚴酷的自然生存環境造就了日本「尚武」的傳統，通過兼收並蓄外來文化，日本的「尚武」精神具有豐富的內涵，「尚武」遂成為日本文化精神的重要特徵之一。日本憑藉武力迅速崛對中國人產生了極大震撼，在重創了中國人民族自尊的同時，也刺激了他們向其學習的強烈願望。據學者統計，「中國學生留日始於一九八六年，當年只有十三人；一九〇五和一九〇六年這兩年，人數均上升為八千人；到了一九三七年，總共約九萬人。再加上未統計出的一九〇〇年、一九一〇年、一九一一年、一九一五年、一九一七年、一九二四年和一九二六年的隱性人數，估計不會少於十一萬人。」[13]留學其中，要想不受其影響幾乎是不可能的。如此龐大的留學生隊伍，學有所成者不在少數，魯迅與郭沫若就是其中之佼佼者。五四時期，知識分子已經不是懷抱著簡單的強國夢，而是要從根本上改

---

[12]　肖霞：《浪漫主義：日本之橋與「五四」文學》，山東大學出版社 2003 年版，第 418 頁。

[13]　[日]實藤惠秀：《中國人留學日本史》，北京三聯書店 1983 年版，第 451 頁。

造中國，其中文化改造又是基礎和優先課題。強健人格的日本「尚武」精神，符合中國國民性改造的歷史需要，「尚武」在中國也就獲得了人文啟蒙的意義。有學者指出：「『五四』時期，日本『尚武』文化並不是單一闡釋的啟蒙元素，而是被融入到西方『人文』精神中去加以推廣介紹。如此一來，『暴力敘事』作為新文學的審美原則，也就順理成章地變成了『西化』程式的合理因數。」[14]

　　新文學論爭的語言暴力與社會主義學說的傳入和當時中國社會的革命化亦不無關係。早在十九世紀七〇年代，有關社會主義學說的片言隻語就已傳入中國，梁啟超和孫中山都因為變法圖強及社會革命的需要而接觸過社會主義學說。但真正作為一種社會思潮開始在中國傳播，則在一九一七年俄國十月革命之後。俄國十月革命取得勝利，在一個落後的農奴制封建國家裡建立了人民當家作主的政權。俄國與中國國情相仿，這讓還在艱難探尋中的中國進步知識分子看到了曙光，許多人對它表示歡迎，並加以大力宣傳，如李大釗先後撰有〈庶民的勝利〉、〈Bolshevism 的勝利〉和〈法俄革命之比較觀〉等，讚頌十月社會主義革命，將一七八九年法國大革命和俄國十月社會主義革命並稱為人類歷史上兩次最偉大的革命。五四運動由學生自覺發起，卻與自由主義和激進主義影響密不可分，它客觀上刺激了社會主義學說在中國的傳播。一九一九年《新青年》第六卷第五號刊出「馬克思主義研究」專號，馬克思主義和十月革命的宣傳日益加強。一九二〇年左右，李大釗、陳獨秀、瞿秋白、毛澤東及蔡和森等一大批革命家走上社會革命運動的舞臺，他們或創建共產主義小組或創辦刊物宣傳社會主義學說，社會主義學說開始大規模地進入中國。

---

[14]　宋劍華、黎保榮：〈試論中國現代文學的「暴力敘事」現象〉，《中國現代文學研究叢刊》2009 年第 5 期。

社會主義學說的核心，是階級鬥爭思想。馬克思主義認為「至今所有一切社會的歷史都是階級鬥爭的歷史」[15]，人類要通過階級鬥爭，特別是通過無產階級專政來消滅階級和階級鬥爭，創造新的社會形式。這種思想影響到參加新文學建設和論爭的中國早期的馬克思主義者，使他們喜歡用對立和鬥爭的眼光看待新舊事物的矛盾，以十分堅定和堅決的態度來護持新生的事物，打倒保守的舊事物。具體地說，就是要推倒舊文學，提倡新文學；打倒文言，提倡白話；打倒舊道德，提倡新道德，從而把新舊文學之間的矛盾充分地突顯出來了。

三

新、舊文學論爭中的語言暴力，對中國現代文學「暴力敘事」的形成產生了重要影響。中國現代文學發展史是一部不同文學社團、不同文學流派之間不斷鬥爭的歷史，語言暴力從來就不曾間斷過。從文學革命發端到三〇年代初，期間就出現了新、舊文學論爭，文學研究會與創造社之間的論爭，新文學與「禮拜六」之間的論爭，新文學對「甲寅」、「學衡」的論爭，後期創造社與太陽社之間的論爭及「左聯」與新月派之間的論爭等大小論爭近十次。每一次論爭，不管雙方立場如何，都有針尖與麥芒的刺痛感。這深深地影響了中國現代作家們的文學思維與審美情趣，相當部分的作家逐漸形成了推崇使用或表現「暴力手段」去進行思想啟蒙或政治鬥爭的文學創作傾向，也即「暴力敘事」現象。隨著啟蒙向革命的過渡，鬥爭陣

---

[15] 李善明、周成啟：《馬克思主義政治經濟學的產生》，上海人民出版社 1985 年版，第 303 頁。

營日益明晰化，殊死的階級鬥爭漸漸撩開相對溫和的人文啟蒙面紗，「暴力敘事」作為新的審美原則得到廣泛傳播。

「暴力敘事」美學在中國現代文學理論中佔據了重要地位，並在後來的左翼文學理論中得到了發揚。左翼文學理論順應了文學由啟蒙向革命轉換的需要，經過一系列的論爭或鬥爭，逐漸形成。它包括以下幾個主要內容：(1)在文學與人性、階級性的關係方面，強調文學的階級性；(2)在文學與政治的關係上，強調文藝要為政治服務，突出文藝的宣傳功能；(3)在文藝與大眾的關係上，突出了文藝的大眾化方向，主張文藝要為大眾服務。左翼文學理論就是無產階級革命文學理論，其整個理論架構都建基於無產階級革命的意識形態上。無產階級革命的指導思想是馬克思主義學說，而馬克思主義的階級鬥爭學說本來就是文學革命「暴力敘事」美學原則確立的文化淵源之一。無產階級革命文學理論將文學革命所確立的「暴力敘事」美學進行了完善，並使它在日後的無產階級革命文學中成為一條普遍遵循的創作規範。後來革命文學中言辭激烈的話語暴力，二元對立的敘事模式及「革命＋戀愛」的小說創作模式都反映出這條創作規範的影響。

文學革命所確立的「暴力敘事」美學原則對五四新文學作家的影響，主要表現在兩個方面：其一，作為新文化運動中啟蒙主義的思想武器來運用，又具體表現為魯迅等人冷峻「暴力敘事」背後的國民性審視及郭沫若「暴力敘事」崇拜的顛覆性啟蒙兩種類型。五四新文學作家中，描寫暴力的不在少數，以魯迅為代表的鄉土文學作家群，其小說中「吃人」，「殺人」、「砍頭」的故事頗多，但這些故事主要不是用來控訴統治階級的殘暴，也非用以展示人們的愚昧，而是企圖通過這些血腥的暴力故事的敘述，揭示產生這些悲劇故事的深層次原因，啟蒙的意義明顯。魯迅筆下，無論是狼子村村民的吃人，還是夏瑜的被砍頭，抑或阿Ｑ的被殺，都與他早期〈斯

巴達之魂〉對強健體魄追求之「科學救國」思想不同，他張揚「暴力」並非為了肯定「暴力」，而是審視「暴力」，著意的是健康的國民的靈魂。從「肯定」到「審視」，魯迅實現了其世界觀的第一步跨越，人文色彩超越了「尚武」精神，具有積極的啟蒙意義。其他鄉土文學作家如許傑、王魯彥等都寫出了優秀的作品，如《慘霧》、《柚子》等。《慘霧》主要鋪展了兩個鄉村人們的「械鬥」場面，《柚子》則描繪了在長沙處決犯人時人們傾城出動、爭相觀賞的「盛況」。作品中的「暴力」描寫不是表現的重心，只不過是作者用來折射國民性的一面鏡子。郭沫若是另一種「暴力敘事」啟蒙之代表。留日期間，郭沫若受歐洲泛神論及惠特曼自由主義思想影響，崇尚個人及天才的創造，其思想的核心是砸碎一切鎖鏈，摧毀一切權威，追求完全的自由，表現出對思想「暴力」的膜拜之心。他的詩集《女神》，從〈鳳凰涅槃〉到〈我是個偶像的破壞者〉，從〈巨炮之教訓〉到〈匪徒頌〉，在「火山噴發」式的詩情中，將詩人自己反抗一切的叛逆情緒暢快淋漓地宣洩出來。郭沫若發出的是五四知識青年對自由主義的呼喊，與魯迅構成了遙相對應的啟蒙主義雙峰。但啟蒙的腳步跟不上時代的變化，隨著啟蒙陣營的分裂和「失效」，大批新文學作家由「詩人」變為「戰士」，「暴力敘事」作為新文學作家啟蒙主義思想武器的角色也發生轉換，成為革命文學階級對立與文學模式建構的工具，這就是「暴力敘事」美學原則對五四新文學作家創作影響之第二方面。

革命文學有著鮮明的階級分野。革命文學作家們多在作品中構設一個階級鬥爭的故事，通過逼良為娼／奴／盜，進而官逼民反的故事鋪陳，為革命的「暴力」製造社會輿論，尋找合法性依據。如蔣光慈小說《少年飄泊者》中軍閥、業主、黑社會頭目與汪中之間形成尖銳的階級對立，汪中一生飄零，無處安身，最後戰死沙場；《最後的微笑》中王貴被迫起而反抗，最終與壓迫者同歸於盡。作

者將汪中們生活的這個社會咒為「獸的世界，吃人的世界」。茅盾的《子夜》、葉紫的《火》、柔石的《為奴隸的母親》、胡也頻的《墳》、洪靈菲的《氣力出賣者》等許多作家的作品，都集中揭露了舊社會黑暗殘忍的「吃人」本質。被馮雪峰譽為「新小說的誕生」的丁玲的《水》就是其中的佼佼者之一。小說描寫覺醒後的農民「天將濛濛亮的時候，這隊人，這隊饑餓的奴隸，男人走在前面，女人也跟著跑，吼著生命的奔放，比水還兇猛的，朝鎮上撲過去。」這是農民覺醒後自發走向反抗的一幕。之前，作者反覆寫到農民所遭受的災難與死亡情景：「悲慘的天還照著稀稀殘留下來的幾個可憐的人，無力的，顏色憔悴的皮膚，用著癡呆的眼光，向高處爬去。」「四處狼籍著沒有漂走的，或是漂來的糜爛了的屍體，腐蝕了的人的、畜的肢體上，叮滿了蒼蠅，成群的烏鴉在盤旋，熱的太陽照著。夏天的和風，吹來吹去，帶著從死人身上發出來的各種氣息，向四方飄送。瘟疫在水的後面，在饑餓的後面追趕著人們。」這些災難意象，死亡意象及農民反抗場景的描寫，不是為了製造觸目驚心、毛骨悚然的藝術效果，更不是為了啟蒙的需要而為之，而是突出天災人禍把窮苦人民逼得無處逃生，只能反抗求生的革命選擇。

　　此時革命文學中的「暴力」書寫，內涵有了巨大變化，已經由初期的「啟蒙」轉換成了如今的「革命」。在啟蒙視角中作為落後者被「審視」的農民，這時得到了「肯定」，肯定他們的革命性，從而完成肯定——審視——新的肯定之二次跨越。不僅如此，「暴力」革命取代「暴力」啟蒙的合法性獲得，還催生了一種新的政治書寫景觀，即革命文學「暴力敘事」中的「逆向啟蒙」——革命取得了對啟蒙的完勝。如丁玲在《韋護》中描寫革命者韋護與小資產階級女性麗嘉的戀愛和衝突，韋護因為不可動搖的革命意志而離開心愛的麗嘉來到革命中心廣州，經過痛苦的反思，麗嘉也決心要做出點事情來。胡也頻的《到莫斯科去》則通過讓革命者施洵白對接

受過良好教育的知識女性素裳進行征服與改造，最終使後者走上了
革命之路。其他眾多作品如張聞天的《旅途》，洪靈菲的《前線》
和《蛋殼》、蔣光慈的《咆哮了的土地》等，都有意無意強化了知
識分子成長過程中的「煉獄」經歷。

其實，新文學論爭中的語言暴力問題只不過是現代文學發展過
程中的一個表徵而已。歷史的機緣將其推向了時代的風口浪尖，與
社會浪潮一起釀成時代的壯劇，對中國現代社會、思想與文化產生
了深刻影響。

文學的審美泛化

　　在傳統意義上的純粹的、嚴肅的文學走向衰微的時候，我們驚奇地在各種非文學的領域發現了文學。它的身影已開始更多地出現在攝影、網路、手機短信之中。

　　網路文學、攝影文學、短信文學等的出現，再加上此前的電影文學、電視散文等，這些都明白無誤地告訴我們：文學借助現代科技媒介而走向了泛化。然而，對於文學的泛化，有人視之為洪水猛獸，大力進行圍追堵截；有人視之為畏途，猶豫徘徊而不敢越雷池半步。其實，這些都大可不必，縱觀文學發展的歷史我們便可看到，文學的泛化是文學發展中的常見現象。

　　文學是一門藝術，是表現人類審美屬性的語言藝術，包括詩歌、小說、散文、劇本等文類。在文學的發展過程中，文學的內容遵循著審美的要求，不斷地向人生領域的廣度和深度拓展，從發展變化的社會生活中，從多種多樣的社會關係和社會實踐中，尋找、發現和捕捉新的審美對象，從而形成了文學內容的開放性和變異性。文學的審美屬性使其始終都在尋找和表現新的對象和內容，這就需要與之相適應的新的文學形式為其新的載體。因為舊的文學樣式因其成熟而相對僵化，它會滯後文學對新的審美對象和內容的表達。所以任何一種新的文學形態向被傳統的審美觀念視為非審美領域的開拓，從發展的眼光看，都預示著一種新的文學樣式、類型的開始。

　　但是，文學的泛化一般是指文學借助其他媒介或形式來表現其審美屬性。審美屬性是文學的基本含義，凡是不具備審美屬性的都不能稱其為文學。因此，我們還得把文學的泛化與文學審美屬性的弱化，甚至是去審美屬性的非文學化區別開來。有人說，當前文學走向了泛化，其理由便是文學精神資源和思想穿透力貧乏，對人性的關注趨於漠視和淡化，很多閒適的、無關痛癢的文字充斥於各種文學期刊。然而，這些現象不能稱為文學的泛化，只能說是某個時期某些文學作品的審美屬性的弱化，也就是說這些作品不是這個時代的優秀作品。還有那些所謂的廣告文學，它們雖然有時也有曲折的情節，而且懸念豐富引人入勝，但它們是不能稱之為文學的。文學中的審美不帶有直接的功利目的，它具有無功利性，即審美並不尋求直接的實際利益的滿足。也就是說，在文學活動中，無論是作家還是讀者在創作或欣賞的狀況中，都沒有直接的實際目的，並不企求直接得到現實利益。但所謂的廣告文學不是這樣，它有直接的現實功利性，其所有的敘述和描寫都是為了宣傳和推銷其產品，文學在這兒只不過是一種工具。廣告利用文學的想像和描寫來達到更好的宣傳效果，它本質上是對文學的去審美屬性化，利用的不過是文學的外殼，因此，所謂的廣告文學的出現，是不能歸之為文學泛化之列的。相反，無論是攝影文學、網路文學還是短信文學，它們中的優秀作品，都會呈現出一個審美形象的世界，都會蘊含著特殊而無限的意味。

　　無論時代怎樣變，無論文學藉以棲身的媒介怎樣變，文學總有一點不會變，那就是它的審美內核不會變。擁抱了審美，那才是真正擁抱了文學。

本文發表於《光明日報》2006 年 4 月 4 日第 11 版

美文及美文的寫作

　　周作人在一九二一年六月八日的《晨報副鐫》上發表了一篇文章，叫〈美文〉。他說文章的外形與內容有點關係，許多意思不便用小說來表現，又不適於做詩，就可以用西方的一種「論文」來表現它。他把這類偏於藝術性的記事與抒情、兼有詩與散文的成分的所謂「論文」稱作美文，說它「實在是詩與散文中間的橋」。詩是講求含蓄的，散文則以自然為好。美文將此兩者打通，按我的理解，就是要求文章的意思要很豐富，耐人尋味，而文字則做到乾淨俐落，有一種簡潔樸素的情調，也就是周作人的所謂「真實簡明便好」。在文學革命的高潮，周作人於散文之外特別地提出一個「美文」的文類，以示其與一般散文的區別，一方面是為了提倡用白話來寫藝術性的散文，另一方面也是為了表明他對文章本身之美的看重吧。

　　文章的美不美，絕不僅僅是形式方面的因素決定的。關鍵是要內容新鮮，而且最好是從旁人習以為常的現象中捕捉到出人意料而又在情理之中的意思，讓人有驚喜之感。形式要別致，但別致不是做作，而是要在自然中見出新穎。周作人說文章的好壞關鍵是看其有沒有趣味，林語堂認為重要的是它有沒有情調。周與林都是寫散文的高手，散文寫到他們那種水平，大多夠得上美文的標準了。其實，文無定法，所謂趣味和情調，不過是包涵在文章裡的作者的精神氣質以及這種氣質的表現形態罷了。只要你用恰到好處的文字寫出真性情來，寫出獨特的感受來，寫出奇思妙想來，從文章可以看

出你的個性，感受到你內心的波動，而且讓人感覺是那麼的親切平和，不管你寫的是什麼，就一定會是好文章。比如以閒適的語調敘述人生的片斷、娓娓道出一個小故事，帶著一點惆悵，點綴些平常的景色，流露出淡淡的詩意，這樣的文章宜於心情閒遐的時候找一個寧靜的地方去細細品讀，從中體味人生的悲涼和人情的暖意，它肯定是美的。又比如以簡潔的文字、深邃的意境傳達出獨到的感悟，寫出一得之見，其放射出來的思想光芒，不僅啟人以智慧，而且給人以藝術的享受，它當然也是美的。我所理解的美文大致如此。

選在書裡的文章可以說是古今中外名篇中的名篇。這些文章的題材五花八門，不少是談草木蟲魚、風花雪月的，可是即使是談草木蟲魚、風花雪月，也具有豐富、生動的意義。原因何在？就在於這些草木蟲魚、風花雪月打上了作者的精神印記，成為這些名家非凡人格的藝術象徵了。從這樣的文章可以讀出作者獨特的生命理解、人生態度和思想信仰。且不說他們的生命觀、人生觀、思想信仰因其自身的非凡性而具有啟示意義，能使人受到感染，變得高尚起來、豐富起來、深邃起來，單從文章中能讀出言外之旨，見出一種不平常的人格來，就足以感動人心，讓人享受到美麗了。我忽然感覺到，古今中外的人心是相通的，而要寫出好文章，做一個高尚的人、有情趣的人、內心生活豐富的人，其實要比獲得某種文字的技巧更重要。

細心的朋友不難發現，我在選這些文章時堅守了比較嚴格的美文標準。凡過於寫實而缺少餘味的不收，單純寫景而看不出作者精神律動的不收，嚴肅地講道理而缺乏情趣的不收，篇幅長的則儘量少收。不是說列舉出來的這幾種文章不好，而是說它們夠得著別樣的標準，其價值在其某些方面甚至還在美文之上，然而很顯然的它們不宜於收錄於這本美文選中。

　　文章千古事，得失寸心知。我對美文的理解可能有偏面之處，但我是以自己的生命體驗和關於藝術的理想來思考它的，說的都是真話。如果裡面有不妥之處，還請大家包涵。至於所選的文究竟好在何處，我想高明的讀者會有自己獨立的判斷，用不著我在這裡多說了。

本文發表於《寫作》2006 年第 2 期；
發表時題為《〈世界美文精選〉・序》

學術文章的一種寫法

　　經常寫文章的人，一般都會有一種感覺，有些意思必得找到與它相諧和的那種語調，才能表達得愜意，如果換一種調子，效果就會大打折扣了。恰當的語調，其實並不神秘，它是與你對表現對象的內在意義的理解，你對人生乃至生命意義的理解，你對語言的節奏和韻律的理解，聯繫在一起的，是你生命的合乎美之規範的自我呈現。我之所以一開頭就發這麼一通感慨，是因為我讀到郭懷玉君的這本書稿，從他所研究對象的特殊性，從他研究這一對象的用心及其特點，突然聯想到了自己關於語言表達調子的那點感悟。

　　說郭懷玉研究的對象具有特殊性，不是指他研究了曹禺。曹禺是中國現代最為傑出的戲劇家，大家是非常熟悉的。我所指的是郭君在這本專著中研究曹禺的散文，而研究曹禺的話劇，他研究的又是音樂性。

　　曹禺的散文，為曹禺話劇成就的光芒所掩，不太受人關注。但郭懷玉強調，曹禺散文的成就不容低估。其實，學術界都知道，曹禺的許多創作談，序跋，談到其創作時，都是富有性靈的文字，他是用詩的語言來寫的，寫出了他對人性的理解，對宇宙間的殘忍的悲憫，對掙扎著的靈魂的同情。透過他的散文，我們可以看到一顆純真的心，一個單純而憂鬱的靈魂。郭懷玉用心來感悟曹禺的這些文章，他懷著對曹禺的崇敬和理解，在這些文章中發現了出於純潔心靈的那種詩性美，用一種與曹禺散文所蘊含的精神相諧和的樸素

語調，向讀者呈現了曹禺幾十年的心路歷程，包括他的苦惱和希望，他的內心矛盾。

曹禺話劇的音樂性問題，同樣不太為人所關注。這並非說沒人注意到這個問題的重要性，相反早就有學者提出來了，比如著名的曹禺研究專家田本相先生就在他的《曹禺傳》中說：「音樂對曹禺的影響是潛在的，對音樂的感受都滲透在他的藝術細胞之中。他自己說，這種音樂影響說不清楚，其實音樂對他的藝術的和諧感、節奏感、結構感都有著潛在的陶冶。……但曹禺的音樂感是更深邃地滲透在他的戲劇情境、戲劇結構、戲劇節奏和戲劇語言之中。這些，倒是只能意會而不好言傳的。」要把這「只能意會而不好言傳」的音樂性問題研究透徹，不是泛泛而談，顯然需要多方面的素養，尤其需要良好的音樂造詣。但僅僅懂得音樂，甚至具備了音樂家的素養，也不　定能談好曹禺話劇中的音樂性，因為它不是通常意義上可以聽到的演奏或歌唱。曹禺話劇中有音響的成分，但這裡所說的音樂性，顯然是在更高意義上的一種和諧，　種對美的領悟，對生命的感覺，是內心合乎樂感的一種波動，是藝術中對這種內心微妙情感的詩意表達，是現象世界裡只有心靈相通者才能聽懂的那種聲音，那種節奏，那種精妙的意義。歸根到底，那是必須依靠敏感、善良而又充滿愛的心才能發現的美，它是「深邃地滲透在他的戲劇情境、戲劇結構、戲劇節奏和戲劇語言之中」的，表現為心靈受到感動而發生的震顫，是感情的合乎美的節奏的波動。要發現這樣的音樂美，並對此做出精細的分析，固然需要相關的知識，但更重要的是要有一顆相應的心。我不瞭解郭懷玉是不是具備了很好的音樂造詣，但我感到他是用心在讀曹禺的話劇。他逆著曹禺的創作過程，從作品字詞句的音樂性特徵，如重字疊詞雙聲疊韻和偶韻隨韻排韻交韻與抱韻的運用，辭格運用的音樂美，如排比、反覆、頂真與迴環，還有複調音樂性，來闡釋曹禺話劇的音樂性及其成就。他

透過大家一般所關注的衝突、情節、結構等層面，發現了曹禺話劇中存在於另一些層面上的美的要素，並且找到了適合表達他這些發現的語言調子，讓人有耳目一新的感覺。

　　我讀這本書稿，是頗有所得的，甚至有點感動。這相當程度上是因為曹禺的魅力，但更重要的還是郭懷玉把曹禺的魅力從他所關注的方面發掘出來了，而且又融進了作為一個研究者他個人對人生和藝術的領悟，他自己對美和真理的一份執著追求。我相信讀者會認同我說的並非虛言。

　　　　　　　　　　本文發表於《寫作》2011 年第 7-8 合刊

微型小說的文體特點和構思方式

　　微型小說，也稱小小說。這樣稱呼的理由，主要是它雖為小說，卻篇幅特短，由於篇幅短而要在形式上遵循一般小說所不必兼顧的規則。

　　僅就篇幅短小而言，文學史上其實早就有了類似於微型小說這樣的作品。中國古代的志怪小說、筆記小說，篇幅大多不長，不過它們用的是文言，不在現代小說的範圍裡。西方近代一些名家，如歌德、雨果、左拉、托爾斯泰、屠格涅夫等在創作宏篇巨著的同時，也寫過一些篇幅超短的短篇小說，可視為微型小說的雛形。這些小說不是自覺地作為微型小說來創作的，而是作者在生活中偶有所得，或碰到印象深刻的小事，覺得頗有趣味，提筆一揮而就的作品，所以它們雖然篇幅短小，可仍像他們創作一般短篇小說那樣採用敘事、描寫、議論相結合的方法，看起來更像是縮短了的短篇小說，而不是現在意義上的微型小說。

　　真正作為一種獨立文體來創作的微型小說，大致是在上個世紀七〇年代以後。它的集中出現，正好遇到現代社會生活方式的一次重要轉型。在這個轉型時期，經濟高速發展，生活節奏大大加快，數位技術的進步使網路、電視、影像製品滲透到了生活的各個領域，文學的娛樂性功能被放大，它與生活的界限開始變得模糊，人們的文學觀念和閱讀習慣發生了重要變化，一般人已經沒有空閒的時間和精力去專心閱讀一本厚厚的長篇小說了，於是他們就從周邊藝術化的生活方式中去尋找別樣的文學性享受，於是電視娛樂節

目、文學消閒雜誌以及卡拉 OK、MTV 等藝術樣式就獲得了大發展的機會。這些藝術樣式的共同特點，是文學與休閒、娛樂緊密相聯，消費起來不必佔用太多的專門時間。在這種娛樂化的消費環境中，微型小說也得到了長足的發展，一方面是作者喜歡寫，另一方面是讀者喜歡讀。這首先是由於它的篇幅短。篇幅短，寫起來較為省力，讀起來也不很累，花幾分鐘讀完即可瞭解一段故事，經歷一次悲歡離合，精神受到感染，思想得到啟迪，讀者的喜歡讀這樣的作品也就在情理之中了。

可是要在幾百上千字的篇幅中寫到讓讀者喜歡的程度，也實在不是一件容易的事。如果僅以一般寫短篇小說的方法來寫，往往不容易寫好。比如採用橫斷面的結構方式來描敘，加些鋪排點綴，就不會討讀者的喜愛，因為讀者讀到一半還不明白你寫的是什麼，他就沒有了閱讀的興趣。在這兩難的情形中，包含的正是微型小說的敘事規則及其文體特點的秘密。

由於篇幅超短，所以微型小說要特別講究敘事容量的適當，不能講敘複雜的故事，不能糾纏於多重的人事關係，內容要單純，人物關係要簡潔明瞭。要做到這一點，就須提煉主題，使之集中明確，不牽扯太多的關係和問題。在具體的寫法上，往往是開門見山，不囉嗦，不繞圈子，直接點明主題或提出問題，讓讀者很快產生興趣，有所期待，到結尾出人意料卻又在情理之中，讓人有所回味、有所反思，產生一氣呵成的整體感。文字的運用，則講究簡潔清晰，不用複雜的長句，以敘述為主，少來描寫，間以適當的議論，務使風格輕盈明快，而不是臃腫沉重讓人理不清頭緒。

但說起來容易做起來難，單說要讓讀者一開始就產生興趣、有所期待就不容易。這要求作者能以最簡潔明瞭的方式提出新穎別致的話題。這決非把短篇小說截短了來寫就行，而是一個牽涉到上述它的獨特結構原則的問題。打個比喻，微型小說好像盆景，格局雖

小，可體制卻不能殘缺，務要從一石、一葉、一徑的精心搭配中展示出山勢的起伏，景致的呼應，頗費心思卻又自然天成，講究的是構思的巧妙與運筆的靈動，一切恰到好處，方才能成為一個精品。不過好的微型小說，又不僅僅止於形式上的別致，更需要內容上的豐富。它篇幅雖短卻關乎人情物理，要從細節上觸動讀者的敏感神經，喚起他們廣泛的聯想和深刻的記憶。這就要求在有限的篇幅中展現豐富的生命體驗，在簡單的故事裡蘊藏深刻的人生哲理，藝術表現上則不能說透，要留有足夠的空白讓讀者去展開廣闊的想像，以收言有盡而意無窮的效果。

　　由於微型小說篇幅短而主題單純，所以它的寫作大多是倒過來的，即先有一個主題或一個結局，這個主題是要富有意味的，這個結局是要出人意料卻又在情理之中的，然後再來構思故事的內容，只要把這個主題點明或把這個結局烘托出來即可。換句話說，寫微型小說，關鍵是要憑藉慧眼和細心從日常生活中找到這樣有意味有特點的主題和結局，有了它們，即可保證創作的成功，其他一切枝葉的東西皆是為它們服務的，關係不大的盡可省略。如歐·亨利的《麥琪的禮物》，整個構思就建立在一個出人意料卻又感人至深的結局上：一對貧困的年輕夫妻，為了給愛人買一份聖誕禮物，妻子賣掉她的一頭秀髮，給丈夫買了一根與他的金錶相配的貴重錶帶，丈夫則賣掉了他唯一值錢的這隻沒有錶帶的金錶為妻子買了一套她喜歡卻買不起的玳瑁梳子，當兩個人同時興高采烈地拿出自己的禮物想讓對方高興時，卻發現這兩份禮物都用不上了：梳子失去秀髮，錶帶失去了金錶。可是這樣的禮物見證了純潔的愛情，給讀者帶來了無比的感動，讓人懂得了在貧困之中，只要有純潔的愛情就會有幸福。很明顯，整個作品都是沖這最後的結局而去的，已經有了微型小說的特點了。如果說《麥琪的禮物》篇幅稍為長了一點，那麼馬克·吐溫的《我所發現的生活》則是不到千字的小小說，寫

了一個窮孩子在銀行門口撿到一枚別針，銀行家不但招他為女婿，還將自己的全部遺產留給了他。「我」在聽了叔叔講的這個故事後，也效仿那個男孩去銀行門口撿別針，正當我期待奇蹟發生時，別針卻落進了銀行家的口袋，銀行家說：「別針是屬於銀行的，我是這銀行的主人，而你這髒得要命的小東西應該滾遠點，下次再見面，也許狗會來招待一下你」。顯然，馬克·吐溫在這篇超短小說中表達了他對資本主義社會人與人關係的一種真切感受，他先有這樣的感受，然後再想到要用一個童話一樣的故事來對比，強化對現實的批判。他在這樣簡潔的結構裡容納了沒有充分言說卻很豐富的社會內容和人生體驗。

如果說歐·亨利和馬克·吐溫都還處於微型小說沒有成為作家自覺追求的一種文體的時代，他們寫這些超短小說可能僅僅是因為機緣湊巧或受到題材和主題本身的限制，「無意識」地寫得像微型小說，那麼後來一些作家寫的微型小說則更能說明其構思上的獨特之處了。如臺灣作家林清玄的《送一輪明月》，寫一個山中修行的禪師碰到小偷光顧其茅舍，不僅不責罵，反而送他一件衣服，說：「你走老遠的山路來探望我，總不能讓你空手而回呀！夜涼了，你帶著這件衣服走吧！」看著小偷的背景穿過明亮的月光，消失在山林之中，禪師不禁感慨地自語：「可憐的人呀！但願我能送一輪明月給他。」第二天，禪師在陽光照耀下醒來，看到他披在小偷身上的外衣被整齊地疊好，放在門口，他喃喃地說：「我終於送了他一輪明月！」明月的寓意是非常清晰而且豐富動人的，那就是禪師以善心超度了小偷的靈魂。小說寫得空靈跳脫，在算上標點還不足四百字的篇幅裡，觸及了貧窮、人性善惡和人性感化等重大的問題，包含了多少難以言說的人情溫暖和人生哲理讓讀者去細細品味。香港作家海辛的《掌聲》則寫一個過氣的女歌唱家在晚年要靠播放掌聲的錄音來支撐生命，沒有掌聲她就失眠生病，害得她的女兒只好

不斷地向不勝其煩的鄰居道謙。作品以喜劇的形式表達了一種人生的悲涼意味。更絕的還在後面：每個星期日早上，必有一個白髮高瘦的斯文老漢捧一束鮮花來到女歌唱家的門口按鈴，照例很久沒人來應聲。他按了一次又一次，總要按出一個人來，如女歌唱家的長女、次女或女傭。她們跟他很熟，也表示同情，接過他的鮮花，卻不許他進門，總說：「她還不肯原諒你，你走吧！」老漢只能歎口氣，轉身離去。原來這老漢就是這女歌唱家的丈夫，這個家的一家之主。只是因為吃不消妻子夜夜聽她最後一場演出時觀眾的掌聲喝彩聲的錄音，故意洗掉了錄音帶的大半，結果被妻子趕出家門，至今還沒有得到她的原諒。小說雖然為了追求簡潔鮮明的效果而寫得有點誇張，但含義卻是頗為耐人尋味的，表達的顯然是在商業化社會中人們不會陌生的一種人生經驗。與《掌聲》的辛酸和蒼涼有所不同，新加坡作家周粲的《梯子》表達了作者在商業化社會中對親情和善良的懷念。作品寫了一對父子在後花園放風箏，當風箏在牆頭上纏住時，爸爸要兒子去搬來一架梯子。兒子爬上去取風箏，爸爸卻要他先聽一個故事再下來。爸爸說的故事是從前有一個父親要站在高處的兒子跳下來，當兒子跳下來時，當爸爸的卻讓開了，讓兒子摔了個差點屁股開花。故事中的爸爸的意思是要讓兒子明白，當爸爸的話也不能全信。講故事的爸爸要讓兒子也演示一遍故事中的情景，命令兒子從梯子的高端跳下來，要讓他明白以後別人的話不能輕信。可是當兒子被逼閉著眼睛跳下來時，爸爸卻沒有讓開身子，而是挺身接住了兒子：

> 兒子雖然不曾受傷，但是他的神情，比剛才還要疑惑。張大了眼睛，他問：「爸爸，你為什麼要騙我？」

爹爹笑出聲來，爸爸說：「爸爸要讓你知道：即使是別人的話，有時也是可以信任的，何況是爸爸的話呢！」

作品讓人感動和覺得溫暖的是其中的親情和信義。在當今一切都可以商品化而且大多已經商品化的社會中，這種親情和信義代表著生活的另一面，代表著人類的本真理想，或許它正是作者有意突顯出來要讓讀者領會的抵禦商品化潮流侵蝕所不可或缺的精神信仰之所在。

在匆匆忙忙的生活中，忙裡偷閒地花十幾分鐘時間讀上幾篇這樣的作品，你會發現它們各具特色的美，你在受到情緒感染和思想啟迪的同時，也證明了自己的感覺依然敏銳，心靈還沒有老去。總之，讀一讀這些精巧的作品，你不會覺得浪費時光的。

本文發表於《寫作》2007 年第 12 期

文章之美與人格修養

　　當我圍繞「閒情雅趣」這一主題篩選百年中國美文時，一邊在想，在當下高科技支撐的新型傳媒面前，文學，尤其是散文，它的魅力在哪裡？換句話說，在人們需要快樂時可以有許多去處，比如上網衝浪打遊戲聊天，選電視娛樂節目，租碟看電視連續劇，去迪斯可舞廳跳舞……，人們憑什麼要來讀你這散文？我的答案是：文章有文章的美麗。

　　「美文」的概念，最早由周作人提出。周作人在一九二一年六月八日的《晨報副鐫》上發表了一篇短文，題為〈美文〉，說有一種文章兼有詩與散文的成分，可以稱作美文，它「實在是詩與散文中間的橋」。按我的理解，周作人是主張把詩的含蓄與散文的自然打通，要求文章的意思要很豐富，耐人尋味，而文字則乾淨俐落，有一種簡潔樸素的情調，也就是他的所謂「真實簡明便好」。

　　文章的美，最直接地表現在文字上。但我所說的文字，又不僅僅是字面的意思。我從大量候選的文稿中挑選合意的佳作，首先關注的是從文字中透露出來的作者的精神氣質，他的內心生活的豐富性，他的文字本身的彈性和感染力。作者的精神氣質能引起我的讚歎，能擴大我對世界的認識，加深我對人生的瞭解，增加我對人類的同情心和對未來的希望，乃至硍然動容，或略有會心，而其文字又不事雕飾，像一泓清泉，可以映見其個性，我覺得就是好文章。選在這裡的美文，圍繞「閒情雅趣」，談的多是琴棋書畫，草木蟲魚，乃至颳風下雨，買小雞養老鼠，這些人可以玩的那麼盡性，甚

至是一派天真。玩到這個份上，絕不是花幾個銅錢就可以做到的。這是一種精神，一種氣質，一種境界，是靠文化鋪墊起來的。閒，要閒得灑脫；雅，要雅得別致，非要經過長期的修身養性和文化薰陶不能達到。如果沒有文化的涵養，你要假裝斯文，也做不出這樣的文章。

　　不過，僅僅是幽閒和雅致嗎？不是。幽閒中有沉重，雅致裡有同情心，一派天真，顯示的是博大胸懷。這些文章的美，最根本的也就在它們的文字裡所蘊藏的作者對生命的尊重，對人類的理解，對萬物的愛心。你讀著這樣的文章，會覺得靈魂像是在清澈的流水中洗滌一樣，又像來到青藏高原，看見天是那樣的藍，伸手可及，雲是那樣的白，圍著你轉，空氣是那樣的清新，像是要醉了一樣，總之是一種完全不同於世俗生活的感覺，你享受到了一種平日裡或許久已忘懷，但在你靈魂深處未必不在期待著奇蹟降臨的那種精神洗禮，你可能因此對生活會有一種新的感覺，會離庸俗遠一點。當然，我的意思不是說俗就不好。人生在世，不能免俗；俗未必低級，雅也不見得高人一等。但老是俗，甚至俗不可耐，那就不好了。生活是豐富的，人是複雜的；在雅俗之間遊走，甚至大雅大俗，肯定能增加見識，擴大視野，體驗到人有不同的活法，然後才會變得寬容，不那麼獨斷。當這些「閒情雅趣」類的美文能為我們提供種種人生的態度和價值觀時，能為我們打開人生新的一扇扇窗戶時，你能無視它們的價值嗎？

　　當編完文稿掩卷遐思時，我不由得對這些作者肅然起敬。我想，他們的奇思妙想，從根本上說，不是一種技巧，而是一種人格；非要具備這樣的人格，才能寫出這樣的感受來。舉例來說，比如豐子愷，他的〈給我的孩子們〉一開頭：「我的孩子們！我憧憬於你們的生活，每天不止一次！我想委曲地說出來，使你們自己曉得。可惜到你們懂得我的話的意思的時候，你們將不復是可以使我憧憬

的人了。這是何等可悲哀的事啊！」他接下來寫的，都是簡單得不能再簡單的日常生活，像他的孩子瞻瞻的遇到花生米落地，自己咬了舌頭，小貓不肯吃糕，都要哭得嘴唇發白，因為小小的他太認真了。瞻瞻的身體不及椅子的一半，卻常常要搬動它，與它一同翻倒在地上；他要把一杯茶橫轉來藏在抽斗裡，要拉住火車的尾巴，要月亮出來，每逢辦不到，總以為是爸爸媽媽不肯幫忙，所以憤憤地哭了。豐子愷感慨地寫道：「你們的世界是何等廣大！」他以孩子世界的天真與真實來對比成人世界的無聊與複雜，甚至勾心鬥角，所以他要留住這純真的世界。但是他知道這是不可能的：孩子終久會長大，變成通常意義上的成人；當他們成人後對父母的養育之恩表示感謝時，他們就不再是豐子愷所期望的那種純真的人了，所以他寫道：「孩子們！你們真果抱怨我，我倒歡喜；到你們的抱怨變為感謝的時候，我的悲哀來了！」這樣的寫法，是文字的技巧取勝嗎？不是。是文章的含義別致，而別致的含義背後，顯然是作者的獨特人格。豐子愷受佛教的影響極深，他以一種悲憫與寬厚的眼光看世界，發現孩子的世界才是真的，可惜這樣的真極其短暫，而且難以保留。他當然不是要人們去勉力挽留本來挽留不了的孩子的純真世界，而是要我們從這不可挽留的孩子世界中領悟到一些什麼，來確定自己的人生態度，來爭取活得更真、更有意義些。我所佩服的，就是這樣的文章。這樣的文章，看似平常，幽雅得很，可是你看進去了，就會發現它的份量——它絕不是一味幽雅的！

豐子愷僅僅是一個例子。世界上的人是各種各樣的，文章也千差萬別，好處各不相同。即使是閒情雅趣，也不會一樣。選在這本集子裡的文章，風格多樣，但我都是按美文的標準選錄的。文章的水平不可能一律，包含的意義也有深有淺，但它們都有可取之處，細心的讀者不難從中找到自己喜歡的篇什，發現它們的美來。

在世俗化思潮方興未艾，高科技所推動的消費時尚大行其道的當今，我們把目光從影視網路上暫時移開一會，靜下心來，花幾分鐘時間，讀讀這類閒情雅趣類的美文，調節一下自己的情緒和心境，細細思量一下世界的奧義，人生的真諦，體驗一遍文章的美麗，我想是值得的。

本文發表於《寫作》2008 年第 12 期

第四輯

書評與序跋

陸耀東先生與他的
《中國新詩史（1916-1949）》

　　人是需要一點追求和信仰的，否則生活的樂處也會打折扣。陸耀東先生在退休後，開始撰寫三卷本《中國新詩史（1916-1949）》，於古稀之年著手完成他一生最後想完成的一項大工程，從某種意義上說，這一心願就是他晚年的追求和信仰。

　　陸耀東先生的學術道路是從魯迅研究開始的，而他最受學術界推崇的是新詩研究。他的新詩研究，開始於上個世紀五〇年代後期，到八〇年代初進入了豐收期，他先後在《文學評論》、《中國現代文學研究叢刊》等刊物上發表了〈評徐志摩的詩〉、〈論聞一多的詩〉、〈論蔣光慈的詩〉、〈論馮至的詩〉、〈論「湖畔」派的詩〉等一系列重要論文。一九八五年，他把這些論文匯集起來，由中國社會科學出版社出版了一本《二十年代各流派詩人論》。有學者認為這本詩人論是可以當中國現代詩歌的斷代史來讀的[1]，可見其當時的影響。但在陸耀東先生的心裡，他其實是把《二十年代各流派詩人論》當作撰寫中國新詩史的準備工作來看的。他的意思是要寫好中國新詩史，先得把中國現代詩人一個一個研究透了才好動手。如果對許多詩人的創作及其風格沒有深入研究，心中茫然，如何能夠寫好主旨在展示中國現代詩歌發展規律和創作面貌的中國新詩史？正是基於這樣的理念，他在出版《二十年代各流派詩人論》後，又

---

[1]　江建文：〈現代詩歌研究的新開拓──評《二十年代中國各流派詩人論》和《中國現代詩歌論》〉，《文學評論》1987 年第 4 期。

開始一個一個地研究三〇年代和四〇年代的詩人，相繼發表了關於艾青、戴望舒、何其芳、臧克家、孫毓棠等詩人的專論。在做了這些準備後，他才開始動筆寫《中國新詩史（1916-1949）》。因此，可以說《中國新詩史（1916-1949）》既是他的封筆之作，也是他整個新詩研究的集大成者。從這部專著，我們可以看到陸耀東先生對待學術的虔誠態度，可以印證他注重實證的治學理念，也可以看出他所取得的學術成就。

　　《中國新詩史（1916-1949）》第一卷，寫得比較順利。當時他身體尚好，每天看材料、寫作，一天少則幾百字，多則二千餘字。我們有時聽他說起進度，他總是帶著很興奮的語調說已經寫好多少字了，有一種成功的滿足在裡頭。每當這樣的時候，你就會覺得他是一個把學術當作自己生命價值來追求的人。我是在上大學的時候開始拜讀陸耀東先生那些文筆優美、體驗深刻的新詩研究文章的。後來考入武漢大學師從易竹賢先生攻讀博士學位，與陸先生的接觸多了起來，對他也就有了進一步的瞭解。在我的印象中，陸先生是一個純真的長者，這既反映在他對學生的要求之嚴上，更表現在他對詩歌的虔誠中。陸耀東先生這一輩學者對學生大多是嚴中帶慈的。陸先生在談到他如何帶學生時，常說的一句話是執一條韁繩，拿一根鞭子。韁繩是把握方向的，鞭子是用來鞭策的。當然，他沒有要鞭打學生的意思，只是時時要加以督促和激勵罷了。他的一些年輕一點的弟子，會帶著玄耀的口吻說怕導師，倒是師母常常替學生說話。每當師母說話，導師也就不再計較。陸先生的純真，於此可見一斑。至於一談起新詩來，陸先生會是另一副神情。他非常投入，有時甚至眉飛色舞。看他那種忘我的神態，我才懂得了詩是可以讓一個奔七十的老人年輕的，也理解了詩是要用心去體會的，詩需要遐想。欣賞詩美，少不了這樣一顆對詩的虔誠之心。

正是憑著對詩的這份虔誠，陸耀東先生才在古稀之年用筆一個字一個字地寫出了《中國新詩史（1916-1949）》第一卷。第一卷，於二〇〇五年由長江文藝出版社出版。出版後，在中國人民大學舉行了一個首發式，中國現當代文學界的一些著名學者與會，給予了很高的評價。比如，嚴家炎教授說：「這是一部很厚實的著作，學術視野開闊，經得起歷史的檢驗」。謝冕教授認為，「作者學風很平實。偉大出於平淡，豐富出於平實，只有大學問家才能做到這一點。」孫玉石教授指出新詩研究迄今缺少嚴謹的史著，這部《中國新詩史（1916-1949）》有助於滿足人們這方面的期待。溫儒敏教授也認為，作者「對詩歌藝術感覺很到位，分析判斷往往能說到點子上」。中央電視臺在六月二十六日的午間新聞中對這次座談會作了報導，在全國產生了重要的影響。

我認為，陸耀東先生晚年與他的這部《中國新詩史（1916-1949）》幾乎可以說是相互依存的。第一卷出版後，他即著手寫第二卷，還制訂了第三卷的計畫。他多次滿懷信心地與我們說起三卷本《中國新詩史（1916-1949）》完成時的遠景。他的生命因為有了這項工程而充實，而在一天天的伏案書寫中書稿也在慢慢地增厚。可是畢竟年齡不饒人，第二卷的寫作已經吃力起來。明眼人看得出，本來在校園裡騎一輛破舊自行車辦事、上課的他，行走已經變得困難，走幾十步就會氣喘；講話也不利索了，出現接不上話的現象（事後查明是腦梗塞的先兆）。作為晚輩，我著實在心裡為他捏著一把汗：還來得及把這部書寫完嗎？但讓我非常感動的是，陸先生自己毫不氣餒，依然信心滿懷地在天天寫作。「冬天的武漢天氣很冷啊，他有哮喘，有時候一咳嗽就停不下來，兩三分鐘咳嗽不斷。在這樣的情況下，他還是堅持寫他的新詩史。」他兒子前不久這樣說。不難想像，他是在與時間賽跑，想在有生之年完成這個宏大的心願。《中國新詩史（1916-1949）》第二卷，於二〇〇八年底完稿，用了整整四

年時間，可以想像他所付出的體能和精力。由於出版社想在書中插印一些陸老師自己珍藏的書影和圖片，須花時間拍照製版，第二卷延至二〇〇九年七月初才出版，還是很遺憾地錯過了我們為他舉辦的八十壽辰慶典。本來，已計畫好第二卷出版後，要在北師大為他舉辦一個首發式，但這時他的身體已經很差。八十壽辰慶典時，他是被人背著來的，講話已經十分困難。鑒於這樣的情況，為第二卷舉行首發式的計畫只好取消。

由於身體越來越差，他的學生中有人曾提議《中國新詩史（1916-1949）》尚未完成的部分由他們來分擔，但陸先生沒有輕易答應。他有一個信念，就是這部新詩史要由自己獨力完成。我想這是因為他把這部書看得非常重，更主要的是因為他對新詩史有自己的理解和風格追求，他要自己獨力完成來體現他所預期的這種風格。

陸耀東先生研究新詩的風格，是陶醉在詩的意境中，用心去領悟詩人的飛騰想像，理解他們的痛苦和希望，由此提煉出詩美來。他的新詩研究，最能打動人的就是對詩的那種沉入文本的審美分析，有不少詩作的美經過他的個人體驗而被照亮。做到這一步，需要對詩美的堅守，對人心的基於同情的一份理解，而這一切又是以擁有一顆寬厚而溫潤的心作為前提的。他以出色的審美直覺，向人們展示了新詩的美麗。他把詩美融化進了他所發現的意象世界中，滲透進了他所提出的審美判斷裡。因此，他的一些斷識，總能給人特別深的印象。對此，有學者曾做過概括：「他指出馮至的詩歌和郭沫若的詩歌兩者都是美，但郭詩體現為『狂放不羈的氣勢，奇特的想像，聲音和英雄的格調』，而馮至則是『以正直的觀念，健康的感情，純淨的心靈美影響讀者。』郭詩如《女神》的美，『首先是內律』，馮至詩歌則『幾乎全部用形象顯示或暗示』。」[2]對詩人

---

[2]　龍泉明：〈踏遍青山人未老——陸耀東先生的學術成就與品格評述〉，《徐州

的風格要做出如此精當的判斷，顯然是以對詩人審美創造的深刻領悟為前提的。

　　不過，撰寫新詩史畢竟不同於研究新詩流派，不同於研究一個詩人或一首詩。寫新詩史，首先要解決論著的基本結構問題，要確保史著有一個明晰的脈絡。那麼，到底以什麼作為史著的結構基礎好呢？陸先生的選擇是：「本書相對而言，淡化了新詩流派，但不是不談流派。」在他看來，「任何一個流派，都有其自身的缺失和優長；也有這一流派的特有局限……並非一有某流派的特色，就身價百倍。」因此，他沒有正面討論新詩流派的發展問題，而是把詩人置於新詩發展背景中來考察其創作的特色和成就，從詩人的相互聯繫中揭示新詩發展的軌跡。具體的辦法，就是章以社團分，節以詩人論為核心；同一社團的詩人安排在一章，小社團或未參加任何社團的詩人，則以「其他詩人群」單立一節來處理。這樣的安排，看似簡便，但是回到了詩本身，如果作者掌握了豐富的史料，對詩人有精當的把握，注意到詩人之間的代際關係和個性差異，照樣能夠寫出精采的史著來。而一旦把重點放在詩人身上，則就有可能直面詩本體，以詩美標準獲得許多新的發現。《中國新詩史（1916-1949）》憑著作者的深厚功底表現了史家的獨到眼光，也的確有不少精彩的發現。比如，對胡適的新詩創作，人們經常指責其「內容粗淺，藝術幼稚」，但《中國新詩史（1916-1949）》從文學史角度肯定了胡適嘗試之作的開風氣之功，對其創作成就給予了公允的肯定。對郭沫若的《女神》，陸耀東先生認為如果離開五四時代精神，忽視五四詩歌的總體狀態，就無法理解其特別可貴之處。而對李金髮，他認為其作品雖也有一些優秀之作，但總體上過於晦澀，說明詩人創作的準備不夠充分。特別值得一提的，是他反對新詩論

爭中的「翻燒餅」現象：「《學衡》派的反對新詩，白紙黑字俱在，誰也改變不了這基本事實，但我們也不應抹煞他們也做了一些有益於新文化的事，如譯介外國文學等。在論爭中，雙方都難免不意氣用事，本書則忽略意氣，重在學理。」[3]《中國新詩史（1916-1949）》呈現了鮮明的個人風格，取得了成功，就像中國社科院楊義先生說的：這部著作反映了「文學史寫作的一種爐火純青的狀態」：「淡化對流派的關注，回到新詩的歷史情境中去，通過社團來展示文學存在和發展的歷史過程，這種研究視角看來平淡，實則是在平淡中見功力。」[4]

功夫來自於平時的積累。陸耀東先生僅為搜集新詩的研究資料，就花去了大量的精力。數十個寒暑，他流連於上海的舊書店，跑遍了北京上海的各大圖書館，購買、複印、抄寫了八百多種新詩集。這個數，約佔中國現代新詩集的一半，其中有一些還是孤本。他常自豪地說，他所收藏的新詩集是國內公私收藏界中最多的，這一點也得到國內外學者，像李歐梵教授、孫玉石教授等首肯。他說花在搜集這些資料上的時間和精力遠多於撰寫《中國新詩史（1916-1949）》本身，這也非虛言。有此基礎，他撰寫《中國新詩史（1916-1949）》，方能夠做到成竹在胸，以精準的眼光做出判斷，並發掘了不少被忽略和埋沒的新詩人，如陳贊、丁丁、沙剎、采石等，從而為這部史著增添了許多亮色。

陸耀東先生未及實現他晚年的最大心願──完成三卷本《中國新詩史（1916-1949）》，就永遠離開我們了，留下了難以彌補的遺憾。不過，他的豐富著述和執著於學術的精神，是一筆寶貴的財富，會使我們繼續受益。本文並非對《中國新詩史（1916-1949）》做全

---

[3] 陸耀東：《中國新詩史·前言》，長江文藝出版社 2005 年出版。
[4] 楊義 2005 年 6 月 25 日在《中國新詩史》首發式上的發言。

面評價，只是想介紹一些撰寫過程中的點點滴滴，來回憶陸耀東先
生晚年的生活，並向這位著名的新詩研究專家表示由衷的敬意和深
切懷念。我真切的希望，《中國新詩史（1916-1949）》尚未完成的
第三卷，能由後來者按照陸先生的構想續上，使這部史著能以完整
的面貌流傳於世[5]。這既可以告慰於先生的在天之靈，無疑也可以
推動當下新詩研究的深入和發展！

　　本文發表於《中國現代文學研究叢刊》2010 年第 5 期

---

[5]　《中國新詩史》第三卷，陸耀東先生已經寫出了一些重要章節的主體部分，
　　　如關於孫毓棠，他已有專論發表在《文學評論》2007 年第 6 期上。他認為
　　　孫毓棠的詩是一流的，這一評價建立在許多新材料的基礎上，已經引起了
　　　詩歌研究界的濃厚興趣。又如他用大量的史料證明了 20 世紀 40 年代長篇
　　　敘事詩的豐富性和多樣性，突顯了《奴隸王國的來客》等優秀長篇敘事詩
　　　的藝術價值，從而糾正了人們認為中國現代缺少優秀的長篇敘事詩的歷史
　　　偏見。這一研究成果，也已整理成文先行發表在 1995 年第 6 期的《文學評
　　　論》上。

評范伯群先生的
《中國現代通俗文學史》

　　這幾天又一次拜讀范伯群先生的《中國現代通俗文學史》，恍然記起去年春他寄給我一大包書，即是他要我分贈武大各位同行的這本著作。范先生人長得帥，有長者風度，而且學問做得好。我們 77 級學生，基本都讀過他們那一代學者的著作。這些著作中讓人不易忘記的就有范先生在上個世紀八〇年代中期開始陸續編輯出版的關於「鴛鴦蝴蝶派小說」的資料和寫出的這方面文章。

　　「鴛鴦蝴蝶派」那時的名聲不好，給人的印象是軟綿綿的。它受五四文學革命先驅者的痛批，我們先入為主，覺得它理應受到掃蕩，即使望文生義，它也會讓人覺得缺乏男子漢的氣概，而那個時代是崇尚雄赳赳氣昂昂的革命精神的。然而世事難料，沒想到三十年後的今天，鴛鴦蝴蝶派的作品以通俗文學的名義開始流行，而且開始走進歷來由所謂「嚴肅」、「高雅」文學佔據的大學講堂，各種現當代文學史的著者也爭先恐後地要把它納入教材，讓它享受與新文學作家平起平坐的「專章」待遇。這種變化，當然是由於時代潮流的轉向：中國社會從崇尚革命的時代發展到對革命及其歷史進行重新闡釋的時代，有人說這是後現代，不管如何命名，有一點卻是不言而喻的，即革命的意義和合理性今天找到了一種更具普遍性的理由，如「體現了歷史進步趨勢」、「代表民族國家利益」等，悄悄放棄了從前的階級鬥爭的觀念，目的是為了使革命的遺產能為當下

最廣大的民眾所接受，不至於中斷或逆轉革命的傳統。不過這樣一來，「革命」本來所具有的意識形態強制的色彩顯然被淡化了，於是個人的慾望掙脫了革命原則的束縛而釋放出來，體現了世俗化觀念的鴛鴦蝴蝶派小說也時來運轉，得到了知識精英的認可，向大學殿堂挺進了。

不過真正要在大學殿堂站住腳，也不是一句不痛不癢的「時代趨勢」所能解釋得了的。鴛鴦蝴蝶派小說的價值，需要學理上一個有說服力的證明，讓人相信它順乎民情，而且在當下也有其存在的合理性。而承擔起這一學術研究使命，並取得了卓越成就的，有一個重要代表就是范伯群先生。可以這樣說，通俗文學目前受到重視，且被學院派所認可，范伯群先生長期來孜孜不倦的研究功不可沒。他關於鴛鴦蝴蝶派小說基本價值的判斷，關於通俗文學是中國現代文學中與雅文學相對應的重要一翼的明確定位，對於說服讀者，尤其是使學院派認可通俗文學，其中包括鴛鴦蝴蝶派小說，是起了重要作用的。從某種意義上說，范伯群先生關於通俗文學的研究成果，包括鴛鴦蝴蝶派小說的研究成果，可以視為這類小說時來運轉的一個象徵。

插圖本《中國現代通俗文學史》，是范伯群先生研究通俗文學的一項最新成果，代表了近期同類研究的一個新水平。它的優點，第一是體大思密，對現代通俗小說的發展脈絡做了清晰的梳理，從十九世紀末的萌芽期，經過二十世紀初的第一波創作，逐漸趨向高潮，范先生刪繁就簡，講得清清楚楚，使人一目了然。這樣的全面而清晰，非經長期深入研究，對紛繁的現象了然於心而不能做到。這是一種境界，一種高度，是學術研究達到爐火純青時的一個標誌。

第二，把通俗小說的發展與中國現代文學期刊的產生緊密地聯繫起來考察，在說明了現代通俗小說的興起須有一個外在技術條件支撐的同時，也提供了一份難得的報刊史資料，讓讀者可以從中瞭

解中國現代報刊興起過程中的一些重要情況。這些材料看似平常，可是搜集起來卻是要花大力氣的，而把這些資料與通俗文學的發生發展問題聯繫起來，無疑又開拓了一個新的研究領域。現代通俗小說的興起，除了得益於梁啟超倡導小說界革命提高了小說的地位，另一個非常重要的物質條件就是報紙期刊的出現和興盛。小說期刊專門發表小說，引導小說風格向市民的趣味靠攏，而報紙為了爭取讀者，相繼開闢了小說連載的專欄，這些報刊的編輯意圖對於二十世紀初的小說潮流實際上起了極為重要的導向作用。深入研究它們之間的關係，顯然是研究現代通俗小說乃至中國現代知識精英文學發展的一個重要課題

　　第三，根據文學史的內容選配三百餘幅圖片，範圍包括通俗文學家的小照，發表通俗文學作品的報刊書影，相關的廣告及小說中的插圖等，有許多是讀者難得一見的珍品。這些圖片，足以收圖文互動的效果。我閱讀時的感受，一般就是從文到圖，再從圖到文，或反過來，從圖到文，再從文到圖，圖文互證中可以生出許多新鮮的聯想來。比如這部小說的作家長得原來如此啊，他寫這部作品時的心情該怎樣呢？由此進入了一個闊大的想像空間，有時會是趣味無窮的。應該清楚，這些圖片得來並非易事。范先生為了尋覓它們，花費了二十五年時光，足跡遍及大江南北。他不可能利用近年發展起來的網上搜索的辦法，因為這些圖像資料，大多埋沒在歷史的塵封之中，很難在現在的網上找到。他只能用笨辦法，親自跑圖書館，拜託朋友和學生，或跟那些通俗作家的後代聯繫，總之做的是上窮碧落下黃泉、動手動腳找材料的基礎工作。這樣搜集起來的圖片，其史料價值是不言自明的。何況范先生給自己提了一個很高的標準，即相關期刊的書影是要創刊號的，如此為難自己，其所經歷的曲折和困難可以想像，范先生在書的代後記《覓照記》中有詳盡的說明，不過他得到的回報卻是增加了圖片的價值和著作的份量。

　　第四，這是一部范先生個人獨著的書。個人獨著與合作主編是很不相同的。范先生主編過不少通俗文學史，也貫徹了他個人的學術思想和編輯意圖，很有學術影響力，但由於是多人合作，不可能做到風格的一致，更重要的是缺乏個人的風格魅力。為了彌補這個缺憾，他在退休後立志獨力寫一部晚清民國的通俗文學史。他說：「在我退休之後的五年中，我擺脫了課務與雜務，真正能穩坐在圖書館裡潛心鉤沉索隱，我又繼續挖掘出許多新資料；在這五年中，我也進一步探索與思考現代通俗文學史的發展週期與發展軌跡……我想通過拙作說明的就是我所梳理出來的一條現代通俗文學發展起伏的歷史的貫串線。」（《中國現代通俗文學史·代後記》）依靠長期的積累，又利用退休後的五年時間，他廣泛搜集新的材料，進行更為深入系統的研究，這部近作達到了一個新的學術高度。這不僅表現在他對中國現代通俗文學的發生與發展問題有了更為清晰的把握，而且對中國現代通俗文學的地位和價值做出了更為精確清晰的判斷。他發現了中國現代通俗文學與知識精英話語所建構的文學之間的聯繫與區別。從區別一方面看，他看到了兩者之間的觀念和藝術差異乃至在特定時代的尖銳對立，但他又從更為長遠的歷史時段發現了兩者之間的聯繫，看到了兩者互補的一面，在許多時候，這種互補性是有利於中國現代文學成長和發展的，而且這種互補也擁有廣泛的群眾基礎。他把這種互補性表述為中國現代文學的「一體兩翼」，充分肯定了中國現代通俗小說對於中國現代文學發展所做出的貢獻，揭示了這些通俗小說在民間受到歡迎的內在原因。這個發現和基本判斷，對中國現代文學史的研究顯然具有重大而深遠的影響。他把這個發現和判斷貫徹始終，把二十世紀四〇年代的張愛玲等人也納入到了這部「史」中來，從而提供了雅俗文學互動的一個很好例子。由於是個人獨撰，范先生把他的基本判斷

發揮到一個新的高度，而用筆則更為細密，更為流暢，更充分地體現出了他個人的樸素文風，因而也就更具學術魅力。

樸素，是一種真相，同時也是一種境界。追求樸素，就是追求不事奢華的真理，把激情和想像融化在冷靜嚴謹的研究中。樸素不是平實，而是形式的不事誇張和內在的深厚詩意的綜合。我喜歡這種樸素的文風，我認為范伯群先生的這部著作就體現了他一貫的這種基於學術自信而不追求外表華麗的樸素的美麗。他用資料說話，娓娓道來，從容不迫，有長者之風，而智慧和洞見即在其中了。我跟學生常說，讀周作人，讀豐子愷，讀梁實秋，從他們的文字即能感受到一種氣度，一種格調；他們不做作，不端架子，那麼的平和，那麼的從容，那可以說是一種文章本身的美吧。當然，美是多種多樣的，讀魯迅，會是另一種思想啟迪和情感的衝擊，那是另一種境界。范先生那一輩學者，多有這種從容不伯的氣度，這是他們（包括他們的前輩）的文化修養的體現，是我所佩服的。也是我一年多以後，第二次系統翻閱這本著作，並要來寫這篇感想的一個重要原因。這樣的書是可以讀多次的，它裡面不是只有一點冷冰冰的理念，生硬的結論或貌似新鮮的所謂創見，它有溫情和感觸，是可以思考和感受的。

這從樣的標準來看，我也非常佩服賈值芳先生為這本書所寫的序，他的第一句即是：「伯群在二十世紀五〇年代初聽我的講義時，還是二十掛零的小青年。半個多世紀過得如此匆匆，他現在也是七十五歲的老人了。」我第一次讀到這裡時，不禁啞然失笑：在我眼裡已經白髮蒼蒼的范老先生，賈先生說他那時還是二十掛零的小青年，他們兩人的那種關係不是挺有趣嗎？這裡面有豐富的人生感慨，讓人想到宇宙的遼闊，時間的無限，人生的短暫。然而作為滄海一粟的人，你拿自己怎麼辦？賈先生說范伯群先生有「活到老，

學到老」的勁頭,我想這也是一種可敬的人生態度罷。當然人生態度可以是多種多樣的,因為人各有志。

寫到此處,還有最後一點我想強調,那就是范伯群先生這部書的嚴謹。他在「緒論」開宗明義地說:「我們首先有必要為中國現代通俗文學史建立獨立的研究體系,將它作為一個獨立自足的體系進行全面的研究,在此基礎上再將它整合到中國現代文學史的『大家庭』中去。」這表明,他的意圖是期望以後能撰寫出足以體現歷史全貌的「中國現代文學史」,而現在的「中國現代文學史」,在他看來基本都是由知識精英話語佔據主導地位的,往往把中國現代通俗文學或作為逆流加以批判,或當作配角充當陪客,他認為這是不合理的。要改變這種狀況,他提出只有先對中國現代通俗文學「作了全面的摸底、盤查,再進行科學的審視與研究後,它的地位與價值才能真正地浮出水面,然後再進行另一道新的工序——探討如何將它整合到中國現代文學史中去,它的『定位』也許會更精確些。」之所以要分兩步走,是因為「中國現代通俗文學在時序的發展上,在源流的承傳上,在服務對象的側重上,在作用與功能上,均與知識精英文學有所差異。如果不看到這一點,那麼中國現代通俗文學的特點也就會被抹殺,它就只能作為一個『附庸』存在於中國現代文學史中,這就不能科學地還中國現代文學以歷史的全貌。」

這裡面有一個重大的理論問題,即中國現代以精英話語建構起來的現代文學與現代的通俗文學之間既有聯繫又有區別的關係。若看不到兩者的聯繫,即在同一個時代語境中產生的體現了不同文化傾向的兩種文學思潮,它們之間與這個大時代,或換一種說法,與中國近代以來所追求的現代性目標的聯繫,就有可能把體現了民間趣味的通俗文學排除在學術史的視野之外了,忽視乃至完全抹殺它們對於知識精英文學的推動促進作用;但如果看不到兩者的區別,除了范先生所指出的那種令人擔憂的可能性外,我還擔心有另外一

種可能性，即可能倒過來以通俗文學的規則取代現代精英文學的規則，從而徹底顛覆和解構現在的中國現代文學史的敘史規則。我認為范先生嚴謹，一個重要的依據就是他把現代通俗文學的問題先放到現代通俗文學的範圍裡來談，把現代精英話語建構的文學作為現代精英文學的問題來對待，沒有把兩者混同或以一方取代另一方，這就既提出了如何處理通俗文學和精英文學的關係問題，同時又避免了簡單化，不走以前曾經走過的翻燒餅的老路。

舉例來說，在通俗文學的層面，《海上花列傳》是一部開風氣之作，但它是不是可以取代《狂人日記》的地位，成為中國現代文學史的開端呢？回答必須是非常謹慎的。因為這牽涉到了許多重大的問題，我的意思是它不僅是政治問題，更是學術問題，它涉及到了歷史研究的一些基本原則。五四主流作家對鴛鴦蝴蝶派小說的批判，依據的原是他們當時的啟蒙意識形態，其批判是否得當今天可以討論，但他們強烈地感覺到需要進行批判的那種歷史感覺，我們不能置之不理，或簡單地認為是其無知甚至錯誤，因為這說到底是一個歷史的真實感受問題，是歷史辯證法本身的問題。既然這種批判發生了，而且產生了深遠的影響，後來的新文學且是在他們批判的基礎上建構起來的，那麼我們在進行中國現代文學敘史時就不能無視它的存在，不能不思考其客觀的理由，當然也應反思它的局限性。如果僅僅為了創新，甚至為了創新而創新，指望通過把中國現代文學的上限向前推進到 19 世紀末，來擴大中國現代文學研究的版圖，以達到學科整體格局的「創新」，那麼我不得不說它帶來的問題可能會比所解決的問題多，造成的混亂也可能會十分嚴重。

首先，五四文學就得重新評價，與五四精神聯繫在一起的眾多問題連帶地都要進行重新檢討，中國現代文學所遵循的基本價值都要修改，甚至這個學科能否存在都會成為問題。這並非危言聳聽，因為如此簡單靠時空拓展的「創新」是沒有盡頭的。一個民族文化

發展的歷史，本是連續性與階段性相結合的產物，要從其連續性的
角度發現兩個階段前後的聯繫並非難事。找到晚清文學與五四文學
前後繼承關係的例子不難，找到晚清文學與更早的文學，如晚明文
學的聯繫，同樣容易。晚明文學中的慾望敘事，獨抒性靈的寫作，
已經相當普遍，我們能以此為理由說中國現代文學開始於晚明嗎？
當然，周作人認為中國新文學的源頭在晚明，不過這並未得到學術
界的普遍認同，而問題還在於若按此邏輯，新文學的源頭還可以從
晚明繼續上溯。中國文學的歷史是一以貫之的，要找出晚明文學與
更前的文學的聯繫也不是難事罷。所以僅僅依靠時間的向前推移，
看似創新，實則是解構，把中國現代文學以「現代性」為基礎的、
與中國古代文學有著性質差異的一種獨立形態的文學的存在基礎
徹底解構了。這說明，缺乏戰略觀念作指導的創新，雖然也會帶來
一些新鮮感，但從長遠看卻要造成嚴重的後果。我們要憑著對歷史
負責的態度，避免這樣的失誤。這些意見，我寫過幾篇文章（〈文
學革命：新文學歷史的原點〉，《社會科學輯刊》二〇〇七年第一期；
〈國學熱與中國現當代文學研究〉，《福建論壇》二〇〇八年第二
期），此處不贅。我所要強調的是，范伯群先生的嚴謹正是表現在
這種關鍵性的問題上：他把《海上花列傳》視為中國現代通俗小說
的開山之作，而沒有輕易地說它是中國現代知識精英建構的中國現
代文學的奠基之作。這兩者的關係如何處理，如上文所言，他是作
為整合中國現代通俗文學和現代精英文學的第二道「工序」向學術
界提出來的。這第二道「工序」，顯然需要根據時代發展進行理論
上的創新，對價值座標加以適當調整，而不能簡單地改變歷史的判
斷，造成歷史敘事的新的混亂甚至更為嚴重的斷裂。這其中，當然
包含了許多很有意味的問題，比如通俗文學所體現的世俗現代性與
五四文學所體現的啟蒙現代性是一種什麼樣的關係，它們分別對後
來產生了怎樣的影響，如何評價兩者的影響力？又如，二十世紀初

的通俗文學所體現的世俗現代性與二十世紀末的世俗化思潮中的
文學的現代性是一種什麼樣的關係，而後者與五四的啟蒙精神的關
係又應怎樣理解？五四新文學批判通俗文學的正當性在哪裡，五四
新文學又為什麼吸收了先於它的通俗文學的藝術因素，而這種從通
俗文學中借鑒藝術經驗而推動了新文學發展的現象後來又出現
過，甚至像張愛玲那樣真正把兩者融為一體而取得了成功，這又應
如何解釋？五四新文學受益於通俗文學流行的背景，是不是就應該
把中國現代文學的上限整體地向前推移，不向前推移就難以說明五
四新文學與二十世紀初的通俗文學的歷史關聯了嗎？中國現代通
俗文學與中國知識精英所建構的文學作為一體的兩翼，是如何雙翼
舞動飛翔起來的，也即是如何相互促進，在矛盾互動中共同推進了
中國現代文學的發展？這些問題都是值得深入細緻地研究的，而它
們又都是從范伯群先生等人的通俗文學研究中所提出來的新問
題。僅這一點，也足以顯示范伯群先生這部新書的重要意義。

　　在《中國現代通俗文學史》出版已經一年多的今天，我寫下這
些感想，是想表明一種態度：讀這本書，是會很有收穫的。

本文發表於《中國文學研究》2009 年第 3 期

評黃健的《「兩浙」作家與中國新文學》

　　我是浙江人，而且是長到四十多歲後才「背井離鄉」的，對家鄉的記憶可謂深矣。浙江人有很重的家鄉觀念，連小平同志也深知這一點，所以他在改革開放之初就為浙江人出了個好主意，提議把海外的寧波幫動員起來。這一建議取得了很好的效果，由此也顯示了浙江人的一種家鄉觀念，或者說是一種地域文化吧。

　　暑假期間我收到了黃健教授的新著《「兩浙」作家與中國新文學》，一看「兩浙」的書名，感到格外親切，心想一個外鄉人到浙江工作，來做「兩浙」文化與中國新文學這樣的題目，一定會很有意思，其比浙江人來做或許要多一份理性的審視罷。

　　我的預感沒有錯。黃健教授把「兩浙」作家的文化背景和他們為新文學所做的貢獻聯繫起來進行考察，發掘了許多文化方面的材料，提出了不少新鮮的見解，有助於讀者更為深入地理解浙江籍作家創作個性的形成和他們為新文學所做的獨特貢獻。

　　浙江籍作家在中國新文學發生和發展過程中，尤其是在其發生期，貢獻是非常巨大的。我在早些時候也曾統計過，發現在《新青年》、《新潮》、《晨報副刊》、《時事新報・學燈》、《星期評論》這些報刊上發表文章且有影響者約三十位，其中浙江籍的作家佔了三分之一多。比如，安徽有胡適、陳獨秀，福建是冰心、許地山、鄭振鐸，陝西有鄭伯奇，河北有李大釗，江蘇有劉半農、葉紹鈞、宗白華、郭紹虞、洪為法，湖南有歐陽予倩、田漢，四川有郭若沫、康白情，山東有楊振聲、傅斯年，而浙江有魯迅、周作人、劉大白、

郁達夫、沈玄廬、沈雁冰、孫伏園、應修人，加上長於外地但原籍
浙江的錢玄同、俞平伯、朱自清、沈伊默，人數之眾實在歎為觀止。
到一九二〇年代末，浙江籍作家亮相於文壇，其勢依然不減。被收
進《中國新文學大系》（1917-1927）的，就有徐志摩、王以仁、魯
彥、方光燾、豐子愷、許傑、王任叔、潘漠華、馮雪鋒、孫福熙、
川島、許欽文、徐雛、魏金枝、樓適夷。如果說沒有浙江籍作家，
中國新文學史就會去掉半部，這話是不為過為。

　　對於這麼一種突出的文學現象，黃健教授所做的一項重要工作
就是追尋它的文化源頭。他從河姆渡文化中辨析「兩浙」文化的基
因，從文化交彙中追蹤「兩浙」作家文化審美意識的衍變，從「浙
東學派」的思想影響與精神傳承中發現「兩浙」作家的精神源流，
然後把打上了這種鮮明的地域文化印記的文化基因、審美意識、個
性氣質與這些作家的精神生活方式聯繫起來，解釋「兩浙」作家的
文化性格和他們的創作成就。這給人一種深刻的印象：浙江籍作家
的成就雖說是他們各人努力的結果，但在一個集中的地域湧現這麼
多的一流文學家，這絕對不是偶然的。從地域文化的角度看，這是
一方水土養一方人，可以說是其深厚的文化積澱遇到了啟動的機會
所綻放出來的奇葩。

　　我說黃健教授的研究體現了一種清明的理性，主要是指他在追
尋浙江文化源頭的同時又能超越浙江文化的傳統，意識到了啟動這
一古老文化傳統的機遇之重要。這一機遇，是浙江地處沿海，近代
以來商業發達，經濟繁榮，交通便捷，擁有較為發達的跨區域的人
事聯繫，因此這裡的人較為容易離開家鄉，到北京、上海這些文化
發達的現代大城市謀生，甚至出國讀書，從而得以較早地接受現代
文明的薰陶。這對於這些作家走上創作道路並取得重大成就，是至
關重要的。《「兩浙」作家與中國新文學》專闢兩章，探討海外留學
背景、翻譯活動和進化論的影響對於這些作家成長的重要性。這方

面的研究，與中國傳統文化的影響結合起來，就較為完整地解釋了
「兩浙」作家所以能在現代佔據優勢的秘密。

　　《「兩浙」作家與中國新文學》的再一個特點，我認為是它可
以當作一本浙江文學史來讀的。黃健教授在梳理「兩浙」文化的源
流過程中，全面展現了現代浙江作家的創作狀況。從某種意義上
說，這本著作的主要內容就是關於浙江籍作家的創作成就及其原因
的研究，較有名望的作家幾乎全都涉及到了，並且進行了有深度的
專題探討。比如，魯迅、周作人、茅盾、郁達夫、徐志摩、豐子愷，
乃至稍後的一些新感覺派作家、現代派和九葉派（中國新詩派）的
一些詩人等，像穆時英、施蟄存、艾青、戴望舒、穆旦、唐湜、袁
可嘉、王佐良等，對他們的創作風格、藝術思維特點、總體成就，
都有系統論述，不時有精彩的見解。這些內容統起來，就能窺見浙
江新文學的發展軌跡和出色成就。

　　不過這樣寫，也存在一種挑戰，即如果不加注意，就有可能僅
僅寫成一部單純的區域文學史，而這顯然是不利於從地域文化的角
度闡發「兩浙」作家對於中國新文學的獨特貢獻的。換言之，「兩
浙」作家與中國新文學的關係，須從地域文化的角度加以說明，非
如此不足以顯示他們的獨特之處。比如，同樣是創造社成員，郭沫
若對中國新文學的貢獻也是重大的，他的貢獻與郁達夫的貢獻有何
區別，他們創作的個人風格能不能從地域文化的角度得到充分說
明，這對於揭示「兩浙」作家與中國新文學的關係，是至關重要的。
從這一要求上說，我特別欣賞《「兩浙」作家與中國新文學》的第
五章，這一章是專門探討「兩浙」作家的創作風格與地域文化關係
的，並且區別了浙東的「剛性」文化與浙東作家的堅韌風格，浙西
的「柔性」文化與浙西作家的柔婉風格的關係。這無疑可以讓人更
深一層的看到浙東的魯迅等人繼承了越人的「銳兵任死」的精神，
富春江畔的郁達夫等人則受益於浙西秀美山水的陶冶。當然，地域

文化與作家風格的關係，也只能是看其大勢，而不能過於計較的，因為由於複雜的原因，總會存在一些例外。

　　《「兩浙」作家與中國新文學》是一部有質量、有新意的書。如果提一點更高的要求，則可以說如果在揭示「兩浙」作家與中國新文學的關係時，能夠更進一步地緊扣「兩浙」作家之於別地作家的不同，即從地域文化的視角說明「兩浙」作家對於中國新文學的獨特貢獻，那就更好了。這顯然是一項更為艱巨的工作，有待於學界的共同努力，也是可以期待黃健教授奉獻新的研究成果的。

　　　　　　　　本文發表於《當代文學前沿》2009 年第 1 期

關於《海涵寧波》的隨想

　　韓光智先生是我的老朋友了。他武漢大學中文系碩士畢業，到了我的家鄉寧波就業，有了這一層關係，我們常保持聯繫。前不久，收到了他的近作《海涵寧波——寧波經濟文化隨想錄》，一看是談寧波的，備感親切，便隨手翻閱。讓我頗感意外的是，他考證寧波的歷史掌故，定義寧波港口的地位，細析寧波地方文化和各種市井傳聞，讓阿拉這個寧波人大開眼界，並且感到十分驚奇：他什麼時候花了這麼多功夫、從什麼地方搞來了這麼些資料，把阿拉寧波描繪得既深沉又時尚，顯示出厚實的文化底蘊和日新月異的發展勢頭？我自然十分佩服，因為曉得要寫到這個份上，是需要識見和才氣的。

　　先說識見。我知道光智先生是學中文出身，大概因為當了北侖區的公務員，他關心起了地方經濟問題。經濟問題過於專業，非我專長。我這個人對離我遠的東西比較感興趣，比如宇宙起源，蘇聯解體，文明衝突，中國周邊形勢，乃至臺灣海峽的軍力對比，西藏問題前景等，我都能說上一些，當然是長期看報紙和雜誌積累起來的業餘水平，憑這業餘水平或許可以就某些專題在校園裡做一場報告，可是對身邊的「小事」，尤其是對經濟問題，我常常提不起興趣。原因也許是所謂的「大事」，由於大，說得粗一些不會露出明顯的破綻，比較適合我這個人喜歡遐想的性格，而身邊的問題，像地方經濟的發展等，是每個地方上的人都十分瞭解，容不得你胡說，而且即使你想胡說，由於它的具體和瑣碎，也得花費你許多精力去搜集材料，十分的累人。光智先生顯然是一個稱職的公務員，

他身在其位，勤謀其政——身在北侖，關心的是北侖大港的地位和發展問題，所以《海涵寧波》有專門的一章：「『港』位職責」。

寧波北侖港的重要性，不言而喻。可是光智談北侖港卻與眾不同。他一問：「北侖港」屬於北侖區嗎？由此引出了體制和亞文化衝突的問題。由於北侖港和北侖區同在一地，行政級別不在同一個檔次上，互不隸屬，因而北侖港與北侖區的人說起來都有氣：一個說我級別比你高，你把我東方大港看作是一個「單位」，像話嗎？一個說你初建時還是我支援的，現在我來你單位，到了中午你連頓飯也不請，不厚道。由於建設北侖港，大量外地青年來到北侖，他們中有許多人找了當地姑娘結婚，可是因為文化背景不同，行事習慣有別，家庭鬧矛盾乃至離婚的不少，這便是亞文化衝突了。作者據此提出了兩點建議，一是幹部互動，二是社會平臺的搭建，促使兩方面加強聯繫。這兩點實施起來雖有新的問題，但這思路不失是一種解決矛盾的辦法，是值得在實踐中一試並加以完善的。

文章尚由此打住，還不足以出彩。讓我佩服的，是作者的二問、三問……。他二問：「寧波港屬於寧波嗎？」寧波港是東方大港，顯然不僅僅屬於寧波，可是由於級別高，婆婆多，發展中存在一些問題，如寧波網上的新聞稿中說的，「港口功能佈局散亂，未批先建現象嚴重，相關規劃存在矛盾，港口岸線利用效率亟待提高。」對此，作者建議成立港口研究所之類的常設科研機構，來進行系統研究、科學論證、統一規劃，如果本地力量不足，還可以「借腦」北京、上海、杭州的高校或研究單位。這的確是一個很有見識的好主意，有可操作性，值得地方政府考慮。他的三問「寧波－舟山港屬於浙江嗎？」和四問「東方大港屬於長三角嗎？」提問的視野越來越開闊，引申出來的問題是跨地區的強強聯合，要在管理機制上有新創舉，即所謂政府加強服務功能，企業要做企業的事情，而北侖港從地方內河港、國家級海港，再到洲際大港驚人的「三級跳」發展中，

集裝箱運輸是最有潛力的業務，作者認為在這一問題上寧波不及上海認識港口的眼光遠一些。寧波和周邊公路網不是太發達（寫文章時的情況如此，現在已經大有改觀了），腹地有限，影響了集裝箱運輸的發展，所以當務之急是進一步改善交通，發展區域經濟，開拓跨地區市場。市場做大了、交通發達了，港口的集裝箱運輸自然可以得到發展，而這反過來又可以強力推動地方經濟的發展。

作者的五問：「東方大港屬於中國嗎？」明知故問，當然屬於中國。但這一問的意思是要提醒人們從世界的範圍內來思考東方大港的發展：「考慮港口經濟戰略時，一定要對港口文化有大局上的考慮……沿海，浙江，寧波，現在要的是把口號倒過來，成『經濟搭臺，文化唱戲』，經濟要好好反饋回報文化。」他的最後一問是：「東方大港屬於未來嗎？」寧波港從與上海港的比較中，比如吞吐量、集裝箱量的發展速度，碼頭水深等方面，顯現出了它未來的優勢，前景是十分美好的。作者以此為基礎，遐想東方大港商務中心在北侖建立，舟山與寧波合併、寧波成為直轄市這樣的遠景，讓人讀來不得不佩服他的才思和想像力。他能從人們習以為常的現象中找到問題的關鍵，又能從開闊的背景中來思考問題可能的解決方案，議論出人意料而又往往在情理之中。這樣的文章是可以啟發人的，即使你僅僅把它當文章來讀，而不是施政的方案，你也能從作者觀察深刻、詞鋒犀利的議論中享受到一種快感。

再說才氣。識見需要理性的積累，多讀書，勤思考，可以逐步提高對問題的判斷力和分析能力；才氣雖然也要靠多讀書來培養，但更多地是與人的氣質連在一起的。光智在武大讀書時就表現得精力充沛，氣質不俗，但士別三日便當刮目相看，我還是沒想到他寫起文章來，是這般的出奇制勝，才氣橫溢。

我是寧波人，按說對家鄉的歷史沿革、人文掌故也知道一些，但讀到《海涵寧波》的第一分卷「『甬』上心頭」，還是大感意外：

還能這麼說「甬」啊？「甬推其始，周時立名」，讓我知道了「甬」是鐘的一種，是一種樂器，但又不是一般的樂器，是禮樂器。鐘先甬後，甬在鐘中，原來寧波稱「甬」，開始於周朝，可謂歷史悠久，文化意味深厚。不過歷史上指稱寧波的不僅有「甬」，還有四明、鄞縣等。作者猜想「甬」最後在新中國成立後勝出，與當時政府下發文件要用簡稱有關。「甬政某年某月幾號」字樣，簡明便捷，所以甬名才贏得了「臨門一腳」的成功，成了寧波的簡稱。這即使不是真相，我也願意信，因為它與生活經驗相關，有一點歷史意味在裡頭。

更精彩的還在後面。作者模仿民間拆字先生為寧波卜前程，道常人所不能道，故錄在下面，以饗讀者：

> 甬，其聲沉悶、宏亮，顯沉雄之力。牽強一卜，這和「悶聲發大財」的悶聲有神似之處，至少在精神氣質上是相通的。大吉。

> 甬，其形上小下大，上圓下闊。故人所說的坐如鐘，這說道的是行為方式。我想，從寧波人整體做事來看，可不就有如鐘的感覺嗎？將「甬」擬人化，「甬」就是忠厚之人。在我看來，可為「做人要厚道」的模範。「甬」位，正當，無不利。

> 甬，裡面有個人民幣的簡寫符號。錢幣當中挺立，昭示著甬城是商城。「甬」中還有「羊」，其解是，「甬」內心忠厚。這和寧波愛心城市的形象暗合。大吉。

> 甬，加「力」為「勇」，有陽剛之氣。「甬」，只是「偶爾露崢嶸」。但甬隨時可借「力」成勇。此暗示寧波發展要與寧波以外力量合作。平時無「力」逞勇，和我總結的寧波精神中的「低調石骨鐵硬」一致。無不利。

甬，舉足成「踊」，踊躍向前；甬，舉步成「通」。生意興隆通四海，財源茂盛達三江，前程通達。大吉。

甬，添言成「誦」。誦經之聲、誦書之聲洋溢四周。誦經之聲和寺廟眾多響應。而誦書之聲，算給天一閣做一個旁注吧！吉。

甬，有人為「俑」。始作俑者。看似貶義，其實內含著開拓創新勇為天下先的膽識和氣度。似凶實吉。

甬，即用。務實，實幹。吉。用，像兩個「月」靠近，而「月」是「肉」的另一個寫法啊。「甬」中有肉，說明老百姓的世俗生活已達小康。喜。

甬，裡面有四個「口」字，眾聲喧囂，說明此地生氣勃勃。不過，一旦下面有「心」躁動，搞得不好，容易陷於「慫恿」之言中了。故要多聽，然後決斷。寧波，在大上海和杭州的雙重壓力下，要保持「甬」的獨立性。一方面要兼聽則明，另一方面不可在人人云亦云之中受人慫恿不知所之。故，需小心謹慎。

甬，有病則「痛」。時代變化快，沒病也是亞健康狀態。不獨寧波一地如此，不獨你我如此。故，寧波在發展中，要更注重「健康」發展。慎重其事，則利。

甬，見水成湧。說明甬城的大勢在水。這和海洋、港口發展的大趨勢合。順勢而為，無不利。大吉。

從一「甬」字，做出這麼一大篇文章，我輩不能。他把寧波的地理特點、人文氣象、風俗民情、經濟優勢、發展前景以及「注意事項」，用算命先生的口吻說透了。拍寧波人的馬屁拍到了家——讓寧波人聽了舒服，而又覺得實在，沒有一點矯情在裡頭，我只能

從心底裡說聲「高」！不曉得他什麼時候學的此等拆字學問，真到了活學活用的境界，可見其讀書的活和對寧波地方感情的深。

《海涵寧波》的第三個優點，是富有文采。作者本意不在做寧波問題的專題研究，所以沒用正兒八經的學術語言；也不是要寫些插科打諢的小故事來取悅一般的市井讀者。他寫的是寧波的歷史沿革、文化傳統、市民心態和城市的未來發展等嚴肅的問題，引經據典，說來頭頭是道。但他的說法又是那麼的有味，無論考據、紀實、議論，都寫得言辭犀利，妙處橫生，知識性、思想性和趣味性很好地結合在一起，讀來讓人長見識、通人情，冶情養性，很有品位。你捧讀一時，便可得半日的享受。我想這是他活潑的個性使然，也是因為他在中文方面打下了扎實基礎的緣故吧。看他封面勒口的簡介：「文章追求別具一格，沿著真情、幽默、悲憫的大方向，在感覺的帶領下，不斷向自己的內心、人類的『心靈公園』進發。」可謂說到了點子上——他做到了，而且做得很好。

《海涵寧波》一書人氣、有味，開卷有益，期待著讀者自己來賞識！

本文發表於《寧波通訊》2011 年第 2 期

評李樂平的《聞一多論稿》

　　聞一多研究是一個熱點。據我所掌握的材料，近三十年研究聞一多的文章已達千餘篇，專著出版了二十多部，可謂成績斐然。並且這三十年間，越往後發表的論文和出版的專著越多，突破陳說、產生重大影響的成果越多。這主要是因為聞一多在中國現代史上、中國現代文學史上是個著名的人物——他的新詩在中國新詩史上具有重要地位，他的詩學思想在中國詩學從古到今的演變中是一個重要代表，他的中國古代文化和中國古代文學研究取得了傑出的成就，他的人格堪稱中國現代知識分子的一個典型，他的殉難又是中國現代史上的一個重大事件，影響了中國歷史進程的走向。而更為重要的因素，當然還是這三十年中國社會的進步，使人們能夠以一種更為開闊的眼光、更為求真的態度來研究聞一多，從而在一些問題上有了新的重要發現，推動了聞一多研究走向深入。

　　在當前研究聞一多的一批中年學者中，李樂平教授顯然是一位勤奮的耕耘者。他從上個世紀九〇年代開始便關注聞一多，在《文學評論》、《文藝爭鳴》、《文藝理論研究》等刊物相繼發表了二十余篇研究聞一多的文章。最近，他又出版了專著《從藝術的忠臣到人民的忠臣——聞一多論稿》，可以說是對他這二十年研究工作的一個總結。

　　《從藝術的忠臣到人民的忠臣——聞一多論稿》（以下簡稱《論稿》），採用專題研究的形式。第一章是對上個世紀八〇年代以來聞一多研究史的系統回顧，第二章是關於聞一多前期文藝思想的研

究，第三章是關於聞一多新詩創作的研究，第四章是關於聞一多的綜合性的研究，論題涉及聞一多文藝思想的轉變、聞一多對屈原和莊子認識的變化、聞一多思想發展的主軸等，最後一章是思考從聞一多得到的啟示。這些專題相對獨立，但合起來則涵括了聞一多研究的一些重要方面，成為一本比較完整的聞一多研究專論。

李樂平教授的這一部研究聞一多的專著是有特色的，我覺得其特點主要有以下幾個方面：

一是關注前人的研究成果，著力於學術史的清理。我所佩服的是李樂平教授掌握近三十年聞一多研究資料之豐富。《論稿》第一章，即是對這些研究成果的一個全面展示，不僅對這一時期的一些重要著作進行了述評，而且對這一時期的許多論文進行了評析。這些述和評是花了功夫的，而且有見地。或許正因為它們是有價值的，據我所知，這部分內容分兩次刊登於《河池學院學報》二〇〇八年第三期和第四期上。其實，不僅是在專題性的學術史回顧中匯集了大量的第一手材料，而且其他各章的專題研究，也非常關注學術史的背景，從而為他自己提出意見提供了一個扎實的邏輯起點。比如，關於聞一多早期文藝思想能不能算唯美主義，學術界是存在爭議的，而且有一個認識不斷深化的過程。李樂平教授專門花兩節的篇幅（第二章第二節的「聞一多前期極端唯美主義追求的辨析」和第三節的「聞一多『唯美主義』研究的分類和反思」）來討論這一問題。討論中，他首先花大力氣清理了圍繞聞一多早期文藝思想的屬性問題所發生的爭論，提供了大量材料。雖然他的一些具體意見，讀者可以做出自己的判斷，不過這至少表明他對這一問題的研究是十分認真的，是在跟學術史的對話中來提出問題，又在跟學術史的對話中對這些問題進行新的思考的。比如，他認為聞一多早年就是一位唯美主義的追求者，這一結論顯然得益於二十一世紀的文化氛圍，即一些歷史問題因為已經不對現實的政治進程產生影響，

僅僅只是一個歷史問題，或者說是一個學術問題，所以能允許學者堅持不同的觀點，不必考慮這會對尊者造成什麼影響，而我更感興趣的則是在作者提出這一結論之前對學術史上相關爭議進行了回顧，提供了不少材料，這顯然有助於人們去更深入地思考和探索相關的問題。

二是遵循辯證思維的方法，於老問題上提出新見。聞一多的研究，經幾代人的努力已達到了相當高的水平，再要創新顯然面臨著困難。李樂平教授的創新嘗試是值得關注的，他的做法大致是在掌握現有研究成果的前提下尋找新的交叉地帶或邊緣領域，提出新的問題。比如，《論稿》第二章探討了這樣一些問題：「聞一多的『唯美主義』研究的分類與反思」、「聞一多郭沫若詩學主張和創作表現的異同」、「聞一多發表〈詩的格律〉多種原因分析」、「聞一多前期文藝思想的複雜性及其原因」等。第四章則有「聞一多後期文藝思想的轉變及其原因」、「聞一多和魯迅藝術態度及人格之比較」等。這些專題與聞一多研究史構成了一種內在的對話關係，即它們都是基於聞一多研究現有成果提出來的，或者是對現有成果的回應，或者是對現有成果的另外方面內容的探討，或者引進比較方法，拓展了觀察問題的視野。以「聞一多郭沫若詩學主張和創作表現的異同」一節為例，作者比較了聞一多和郭沫若在個性、詩學主張以及對於詩歌創作態度等方面的異同，在肯定聞一多詩學主張和創作成就的同時，強調了無論是何種理論指導下的創作，也不論創作風格怎樣存在差異，只要是能把情感與意境融會一體的，就是上乘之作。這一觀點，是能夠成立的。作者通過聞一多與郭沫若的比較提出這一觀點，或顯得更有說服力。再者，在第四章題為「聞一多生命與詩文之合一的險中見奇追求」一節中，作者強調聞一多終生都在用生命寫詩，生命就是他的詩。這表現為聞一多寫詩作文都象徵著他生命的宣言，如〈詩的格律〉一文中，聞一多是從「險中見奇」的角

度來提出和討論問題的。但是聞一多詩文的險中求奇遠沒有他的人生實踐中的險中見奇來得驚心動魄。作者認為聞一多以其生命之死的絢麗為我們創造了一個斑斕輝煌的詩歌境界，又因為其生命與詩文的合一使其詩文更具魅力，也使其生命更見活力。聞一多的詩學思想和他的人格特點，學術界關注已久，但像這樣結合詩人的生命實踐來討論詩人的生命詩觀和詩歌創作，是很有啟發意義的。

　　三是打通學科分界，綜合性地提出研究的論題。聞一多是一個詩人，又是一個學者，其學術研究涉及神話、諸子散文、唐詩、現代新詩等眾多的領域，且在不少方面取得了突出的成就。由於大陸學術界從一九四九年以後學習蘇聯，建立了分割很細的學科體系，研究古代文化、古代文學的不太關注中國現代文化和現代文學，反之亦然，因而研究聞一多的隊伍實際上包括了兩部分互相不太聯繫的學者，一部分是研究古代文學的，另一部分是研究現代文學的。這樣的格局對聞一多研究來說很不利，原因就在於一些本來需要兼通古今之學的課題無法進入研究者的視野。但李樂平教授對之做了有價值的探索。他的《論稿》中有多個專題涉及了古今，如第四章的「聞一多對屈原死之認識的轉變及其原因」和「聞一多對莊子及道家認識的轉變和原因」。在「聞一多對屈原死之認識的轉變及其原因」一節中，李樂平提出了聞一多在前期執著地認為屈原死之動機並非「憂國」而是「泄忿」或「潔身」，然而到了後期即在抗戰的烽火中，他在肯定後者的同時，又肯定了前者。無論是肯定前者抑或後者，聞一多的視角都和前人如劉安和王逸不同，尤其是他的屈原「憂國」說跳出了傳統的「忠君」等同於「愛國」的窠臼，而賦予其為人民的豐富內涵。在「聞一多對莊子及道家認識的轉變和原因」一節中，李樂平提出聞一多對於莊子認識的轉變意味著他由紳士型知識分子，轉向了站在人民立場的精英型知識分子行列，而對於這種轉變，人們不能簡單地厚此薄彼。顯然，作者的研究落腳

點是在聞一多，但要說明聞一多思想的前後變化，並對之作出評價，離不開聞一多所關注的屈原、莊子以及古代研究屈原和莊子的學者的有關論述和思想。這樣打通古今學術的分界，其意義並非對古人如屈原、莊子及研究屈原和莊子的古代學者的認識有了什麼突破，而在於拓展了聞一多研究的領域，有助於人們從古今聯繫的更為開闊的文化背景上來考察聞一多的思想和創作，把以前限於學科分割而不便提出來的問題提出來，進行具有新意的探索。

　　總而言之，李樂平教授這本積十餘年之功而寫成的聞一多研究專著貫徹了創新精神，在思想觀念和研究方法上做了有價值的探索，在一些問題上把人們對聞一多的認識深化了。當然，這並不意味著他窮盡了這些問題；換一種說法，這可能意味著他向人們提出了新的問題，並且在討論問題的方法和表達的方式上可以做新的探索。

本文發表於《廣東海洋大學學報》2011 年第 4 期

近三十年聞一多研究的
成就和發展前景

　　上個世紀八○年代以來，關於聞一多研究的論文，據我搜集到的資料，大約有一千篇。其中一九八一到一九九○年為兩百餘篇，一九九一到二○○○年為兩百六十餘篇，二○○一到二○一○年為五百餘篇。之所以考察這一時期聞一多研究的論文，主要是因為這三十年中國社會經歷了巨大變化，人們的思想觀念從僵化保守到活躍開放，看問題的方法從機械教條到實事求是，價值標準從單一到多元，都發生了重大變化，聞一多研究反映了這一思想文化的發展趨勢，而反過來我們也可以從這一趨勢中來評估聞一多研究所取得的成就，思考聞一多研究未來的重點和方向。

一、近三十年聞一多研究論文的分類

　　先看這近千篇研究聞一多的論文的類別及數量分佈情況。一九八一到一九九○年的近兩百篇論文中，關於聞一多的未刊稿有十一篇，主要是聞一多的佚詩和他的經詩研究文章。聞一多生平事蹟考證二十二篇，主要是關於聞一多與李公樸、郭沫若的交往，聞一多與抗戰時期在雲南的情形，聞一多在雲南的授課問題等，如王遙發表在《雲南師範大學學報》一九八六年第四期的〈關於西南聯大和

聞一多、朱自清兩位先生的一些事〉，發表於《中國現代文學研究
叢刊》一九八七年第一期的〈念聞一多先生〉等。聞一多作品的考
證有五篇，如孫黨伯發表於《武漢大學》一九八五的第一期的〈關
於整理聞一多遺詩《真我集》的說明〉，劉樹元發表於《安徽大學
學報》一九八一年第一九八一年第三期的〈聞一多的《死水》作於
何時？〉，詹開龍發表於《雲南民族大學學報》一九八六年第四期
的〈記聞一多的《最後一次演講》發表〉等。聞一多的書信十一件，
基本都是在《新文學史料》上發表的。討論聞一多愛國主義問題的
十二篇，如李思樂的〈聞一多詩歌創作中的愛國主義思想〉、陸耀
東的〈論聞一多愛國詩〉。除了研究聞一多詩歌中的愛國主義主題，
已經開始涉及到聞一多與國家主義的問題，如何報琇的〈也談聞一
多的「國家主義」問題〉。聞一多的單篇作品研究十篇，如唐鴻棣
的〈「從詩境拉到塵境」──聞一多詩〈春光〉賞析〉，程光煒的〈聞
一多的〈發現〉的藝術特色〉等。聞一多與現代詩人作家的比較研
究，如聞一多與魯迅、聞一多與郭沫若、聞一多與徐志摩、聞一多
與艾青的比較，十六篇，較有代表性的如孫玉石的〈聞一多及新月
派的詩歌藝術追求〉，王景山的〈聞一多和魯迅〉，龍泉明的〈郭沫
若與聞一多：運行在不同軌道上的浪漫主義〉和〈詩歌雙重性格的
展示：「酒神精神」與「日神精神」的凸凹──郭沫若與聞一多詩
歌比較論〉，商金林的〈聞一多的風采──聞一多與胡適、梁實秋、
吳晗、朱自清、魯迅之比較〉，王培元的〈郭沫若、聞一多、艾青
詩歌創作的愛國主義及其文化內涵〉。聞一多與外國作家詩人的比
較研究有四篇，如範東興的〈聞一多與丁尼生〉、李鑫華的〈美與
悲──聞一多與濟慈詩歌探微〉。聞一多與傳統文化和古代文學的
關係兩篇，即傅璇琮的〈聞一多與唐詩研究〉、孫昌熙的〈聞一多
與《山海經》〉。聞一多新詩創作，詩學思想、詩歌風格等綜論五十
八篇，有劉烜的〈聞一多新詩觀的發展〉、俞兆平的〈聞一多的詩

歌創作論初探〉、林植漢的〈論聞一多詩歌的民族風格〉、江錫銓的
〈聞一多：照亮新詩壇和故紙堆的紅燭〉、潘頌德的〈聞一多的詩
論〉。論聞一多的神話研究、楚辭唐詩研究二十篇，如鄭臨川的〈聞
一多先生與唐詩研究〉、〈聞一多論古典文學〉，施樂的〈關於我國
古籍中的「龍」──讀聞一多〈伏羲考〉、〈龍鳳〉札記〉和李思樂
的〈一項別開生面的古籍整理研究工作──讀聞一多〈「九歌」古
歌舞劇懸解〉〉，袁謇正的〈聞一多《楚辭》研究的基本層面〉，尚
永亮的〈聞一多對莊子的禮贊、解剖和揚棄〉，費振剛的〈聞一多
先生的《楚辭》研究〉等。

　　一九九一到二○○○年，總計兩百六十餘篇。其中佚文及未刊
稿三篇，生平事蹟考和傳記四十八篇，如唐達暉的〈聞一多在武漢
大學事蹟的幾點考辨〉，楊立德的〈對「用聞一多先生的鮮血寫成
的條幅」的質疑〉，洪德銘的〈風雨同舟情兼師友──憶聞一多、
吳晗和昆明學生運動〉，鄧沛的〈殺害聞一多的兇手究竟是誰？〉，
聞彩兵的〈殺害李公樸、聞一多的最後一個兇手伏法記〉，聞黎明
的〈聞一多和余上沅在美國的編演劇活動〉、〈聞一多與華羅庚兩家
「隔簾而居」〉，聞立雕的〈先父聞一多二三事〉，李爾重的〈聞一
多頌〉，楊義的〈聞一多與清華〉，呂進的〈作為詩評人的聞一多〉，
內容涉及聞一多的遇害、兇手是誰，聞一多的人品和治印等。作品
考山風的〈聞一多〈也許〉發表的年代與思想〉一篇，書信兩封，
單篇詩歌的賞析三十六篇，有阿川的〈中國現代知識分子的愛情絕
唱──聞一多〈相遇已成過去〉評析〉，余光中的〈評聞一多的三
首詩〉，李怡的〈殉葬的意義：人與城──聞一多〈長城下之哀歌〉
解讀〉，聞立鵬的〈聞一多與〈七子之歌〉──紀念父親百年誕辰〉，
曾鎮南的〈聞一多和他的〈七子之歌〉〉，僅分析〈七子之歌〉的就
有十三篇，集中發表在一九九九到二○○○年，適值澳門回歸成為
熱鬧話題的時期。關於聞一多的愛國主義問題有二十八篇，代表性

的有聞黎明的〈聞一多與「大江會」——試析二〇年代留美學生的「國家主義觀」〉，孟繁華的〈什麼是現代知識分子——以聞一多先生為例〉。聞一多與中國現代詩人之間的比較研究十六篇，如王富仁的〈矛盾中蘊含的一種情緒——聞一多與二十年代新詩〉，除了上個時期比較集中的與魯迅、郭沫若、徐志摩比較，還出現了與何其芳、饒孟侃比較的文章，如王錦厚的〈聞一多與饒孟侃〉、高春豔的〈聞一多、何其芳的新詩格律理論之比較〉。聞一多與外國詩人的比較或關係研究的文章十二篇，有何佩剛的〈聞一多詩歌創作對現代派技巧的汲取〉、鈴木義昭的〈聞一多與胡適「八不主義」——以意象主義為仲介〉，梁元喆的〈聞一多的愛國詩與韓國文化〉，並開始有關於聞一多與基督教的文章出現——張潔宇的〈基督教對聞一多的影響〉。聞一多與中國傳統文化和古代詩人關係研究的十篇，如陸耀東的〈聞一多新詩與中國古代詩歌的聯繫〉，袁千正和趙慧的〈聞一多與中國傳統文〉，出現了聞一多與道教關係的研究論文——林植漢〈聞一多與道教文化〉。聞一多新詩創作、詩學思想、詩歌風格綜論八十三篇，如龍泉明的〈聞一多的詩歌美學觀及其發展演變——從積極浪漫主義到革命現實主義的美學歷程〉，唐鴻棣的〈聞一多前期的文學本體觀〉，藍棣之的〈時代思潮的一個深度標誌——聞一多思想論〉，李樂平的〈新詩的「自由化」與「格律化」及其他——論郭沫若聞一多詩美主張和創作表現的異同〉其中十五篇討論聞一多詩論中的意象和色彩美問題，有江川靜英的〈談聞一多詩中花的意象〉。孔慶東的〈美麗的毀滅——聞一多的死亡意識〉，陳衛的〈詩與音樂的聯姻——論聞一多的音樂化詩學思想〉，論聞一多的神話研究、楚辭唐詩研究等三十四篇，代表性的有鄧喬彬的〈巫術與宗教的觀照——論聞一多對先秦文學獨特的文化發現〉，文之的〈生殖崇拜的揭示——論聞一多〈詩經〉研究的獨特文化視角〉，戴建業的〈用「詩」的眼光讀詩——論聞

一多對古代詩歌的詮釋〉，曾祖蔭〈「宇宙意識」考——關於聞一多
與中國古典美學的札記〉，馬奔騰的〈聞一多的〈莊子〉研究〉，董
乃斌的〈唐詩研究的鑒賞學派與聞一多的貢獻〉，阮忠〈論聞一多
的莊子詮釋〉，趙曉嵐的〈孟郊與賈島：寒士詩人兩種迥然不同的
範式——試論聞一多的中唐詩壇研究及其學術意義〉。

　　二○○一至二○一○年，總計五百三十八篇。其中生平事蹟考
一百零八篇，作品考十五篇，書信三件，單篇詩歌的賞析的批評三
十三篇，愛國主義思想研究、詩歌當中愛國主義問題九篇，聞一多
與中國現代詩人之間的比較研究三十三篇，聞一多與外國詩人的比
較或關係研究十八篇，聞一多與中國傳統文化或古代詩人的關係研
究二十四篇，聞一多新詩創作，詩學思想、詩歌風格綜論一百四十
七篇，其中聞一多詩歌的繪畫美、色彩美等研究二十六篇，論聞一
多的神話研究、楚辭唐詩研究等四十九篇，論聞一多的戲劇、雜文、
教育觀的四十篇，其他約六十篇。

二、近三十年聞一多研究論文的資料分析

　　依據上述分類統計的資料，近三十年中國聞一多研究有以下幾
方面重要的趨勢：
　　（一）研究成果的數量呈現增加趨勢，尤其是進入新世紀以
後，十年的數量幾乎是前二十年的總和。這說明聞一多研究仍是一
個熱點，而且持續升溫，研究的隊伍在實現代際交替的同時正在不
斷壯大。
　　（二）聞一多書信發表的數量遞減，但生平考證的文章遞增。
這說明聞一多的書信存量有一個極限，而聞一多的生平史料發掘還
有較大的空間，一些檔案有待進一步開發，而且隨著歲月的流逝，

本來人們覺得價值不大的一些有關聞一多的記載，也日益顯示出它的史料意義，吸引一些學者去發掘，撰寫文章。

（三）聞一多的愛國主義思想及作品中的愛國主義主題問題，進入二十一世紀後研究的成果數量呈下降趨勢，說明這一問題到了新世紀已不具備大的爭議性。上個世紀八〇年代，聞一多的愛國主義問題之所以引起重視，主要是因為他青年時代信奉國家主義，國家主義在意識形態上與共產黨人的政治信仰存在衝突。在這樣的條件下，要肯定聞一多在文學史上的重要地位，首先要對他的國家主義信仰的內涵作出精確辨析，把它歸入愛國主義的思想範疇。但進入新世紀後，聞一多從愛國主義的意義上來理解國家主義這一點已經變得明確，他的信奉過國家主義已經不會對其愛國知識分子的形象造成損害，所以再來辨析逐漸失去了學術的意義。

（四）聞一多與西方文化、外國詩人關係方面的研究文章呈增多趨勢，這反映了中國大陸改革開放後人們視野的擴大，研究者開始更多地關注有留學背景的聞一多與西方文化和外國詩人的聯繫；這也反映了一些年輕學者的知識結構發生了變化，他們對西方的知識產生了濃厚的興趣，試圖更深入、更全面地瞭解西方，從西方尋找學術發展的動力。但與同一時期聞一多研究論文總數增加的速度相比，聞一多與西方文化、外國詩人關係方面論文的增加速度並沒有特別之處。說明這僅是一種時代性的現象，不具有另外的意義。相反，聞一多與中國傳統文化和古代文學的關係的論文，上個世紀九〇年代中期以後呈現了較快的增加速度，而且發表的刊物層次也較高。這反映了上個世紀九〇年代以後，中國現代文學研究界開始從八〇年代的重視中外文學關係轉向重視中國現代文學與中國古代文學關係的研究。從大的方面說，這也是與中國此一時期的文化風向的轉變相一致的。九〇年代，在經濟高速發展的背景中，海外新儒學在中國思想界擴大了影響，中國民眾中的民族自豪感受

到鼓動，文化保守主義的思潮開始在社會上彌漫，這影響到了人們看待中西文化時的價值取向，也影響到了一些學者看待聞一多的態度。聞一多早期堅守文化愛國主義的立場，後期則轉向對中國傳統文學的批判。九〇年代學術界與聞一多在對待中外文化時的態度變化是相反的，一些學者開始更多地關注聞一多的詩學思想、詩歌創作與傳統文化的關係，聞一多詩學思想和詩歌創作跟他的古代文化研究的關係。

（五）關於聞一多的神話研究、楚辭唐詩研究的論文，從上個世紀八〇年代二十篇、九〇年代三十四篇，到新世紀第一個十年四十九篇，始終保持相當的數量，與聞一多研究論文的總體增加速度大體同步，反映了在中國大陸有一支依託中國古代文學研究隊伍來研究聞一多的中國古代文化和古代文學研究方面成果的比較穩定的力量。

（六）聞一多新詩創作、新詩研究及詩學思想，在這二十年中始終是聞一多研究的重點，成果數量最多。這與聞一多的詩人身份，他在中國新詩史上的突出地位和他在詩學探索方面的重大貢獻是一致的，也跟聞一多研究的主力來自中國高校研究中國現當代文學的學者這一點密切相關。

三、聞一多研究的幾方面重要進展

中國大陸近三十年在聞一多研究方面，除了上述依據資料分析所得出的幾點結論外，還有一些重要的成就值得重視。

（一）《聞一多全集》十二卷，一九九三年由湖北人民出版社出版。整理出版這一套全集，花費了大量的人力、財力，但為聞一

多研究提供了迄今為止最為完備的資料，是聞一多研究進一步深入重要的物質保證。

（二）聞一多的遇難，與國共兩黨的政治鬥爭密切相關。以前受黨派意識形態的限制和影響，在聞一多遇難問題上，中國大陸的研究者一般都是站在新中國的立場上，比較籠統地揭露國民黨政府的暴行。但進入新世紀後，開始出現了站在比較客觀的歷史研究立場來研究聞一多遇難的真相及其對國共兩黨政治影響的文章，代表者有聞一多的嫡孫聞黎明發表在《聞一多研究集刊》第九輯的《聞一多被刺事件的歷史考察》。該文強調聞一多的遇刺是雲南地方特務所為，其結果不僅沒有改善國民黨政府的處境，反而激起了全世界的譴責，使國民黨政府在國內外聲譽盡失，加速了它的崩潰。這樣的結論與以前的籠統歸咎於蔣介石不同，比較符合實際。

（三）聞一多的詩學思想，得到了更為深入的闡釋，如孫玉石發表於《文學評論》二〇〇〇年第二期的《論聞一多的現代解詩學思想》，提出聞一多的現代詩歌批評與古典詩歌闡釋中包含了豐富的現代解詩學的思想。聞一多關注詩的神秘性，揭示幻象與無意識創作活動之間的聯繫，重視破解詩歌語言的模糊性與遊移性。聞一多以現代人的眼光，在對於古典文本的解讀中，提出了如何超越三重認知的思維困境。聞一多在隱喻、象徵、多義等方面追求詩歌本體的多重接受，試圖溝通「隱」即「興」、「象」與西方詩學中意象、象徵之間的聯繫，揭示複雜文本隱含的藝術「魔力的泉源」。程光煒發表於《文學評論》一九九八年第二期的〈聞一多新詩理論探索〉一文，認為聞一多是在中國新詩理論漫長的調整期中舉足輕重的理論家，正是他與中國傳統文化尤其是與西方文論廣泛而深刻的關係，促成了新詩理論不同尋常的現代轉換。陳國恩發表於《文學評論》二〇〇六年第六期的〈論聞一多的生命詩學觀〉一文，把聞一多的詩學思想置於其生命觀的基礎上加以闡釋，打通了他前後期詩

學思想的聯繫，強調其詩學思想一以貫之的是一種生命詩學，而不是以前所看重的形式詩學。

（四）對聞一多的新詩開始出現綜合性的研究成果，如陸耀東早在一九八八年就發表了〈聞一多的詩與其文化心態〉（《中國現代文學研究叢刊》一九八八年第四期），提出聞一多新詩創作的特點要聯繫其文化心態來把握，而他的文化心態是在「政治（愛國）與『純藝術』之間徘徊」，「在傳統文化與外來文化之間猶豫」，而他所期望的是「博得宇宙意識」。劉川鄂的〈現代知識分子情感世界的切片解剖──論聞一多的情詩〉（《湖北大學學報》一九九四年第五期），提出聞一多在情詩中表現出他對婚姻「不滿然而忠於」，他在愛情方面「相遇然而沒有奇蹟」，認為聞一多「有浪漫性但沒有浪漫力」。劉殿祥的〈聞一多──《死水》論〉（中國國際廣播出版社二〇一〇年出版），專門論述聞一多的詩歌集《死水》，依照《死水》詩集的內在邏輯結構，在詩歌細讀中闡釋聞一多的精神歷程和詩集意蘊。《死水》一共二十八首詩歌，聞一多在詩集的編排結構上匠心獨具，分為「序詩〈口供〉──抒情詩──哲理詩──（從內在情思向外在現實）過渡詩〈心跳〉──現實詩──詩集之結〈聞一多先生的書桌〉」，在藝術上呈現為一個嚴密的結構，展示了詩人自我的精神歷程和精神結構。作者在發現這一獨特的藝術精神結構的基礎上，詳細讀解每一首詩的意蘊，探詢出各部分及每首詩之間在情感、思想、藝術精神上的邏輯關聯，由此論定聞一多的整體精神結構；而聞一多在《死水》中所表現的這一結構，作者認為在中國現代文化和現代知識分子的精神歷程中具有相當的典範意義。

（五）開始把聞一多的人格作為一個典型來進行深度研究，陳國恩的〈書信中所呈現的聞一多人格〉（《江漢論壇》二〇〇六年第十一期），認為聞一多的人格有一個宗教信仰的基礎，他在拋棄了基督教的信仰後，宗教的精神獲得了新的表達形式：藝術、創造、

和為人類而奮鬥，這使聞一多的人格趨向崇高。聞一多立志為人類的價值獻身，落實到公共領域，則成了為「公理」而戰。聞一多是個比較理性的人，但當他的道德信仰和人格遭到褻瀆時，又是一個很容易衝動的人。他一旦認准了自己做出的決定具有正義的性質，便會義無反顧地奮然向前，而不計任何個人的得失。聞一多的人格構成中，還有一重「挑釁」的成分，用他的話來說，就是「打出招牌，非挑釁不可」。這表達了聞一多處事的一種風格，即要想領導一個潮流，造成一種大的影響，讓世人矚目，他認為有時非挑釁不可。他的最後演講，從方式上看就是一次強悍的挑釁，是他人格的輝煌呈現。陳國恩的〈論聞一多的信仰者心理〉（《西南大學學報》二〇一〇年第二期），認為聞一多早年接受基督教的洗禮，有一個中國傳統文化的思想基礎，又是他人格的特定表現，所以他後來雖拋棄了基督教的信仰，卻又先後信奉「藝術」、「創造」和「人民」，始終保持了信仰者的心理形式。聞一多需要有一種遠超出個人存在價值的精神尺度，使他能在遭遇挫折時通過確立新的人生目標來規避消極情緒的影響，而當他認準了新的方向後又能堅毅地前行，在危急關頭表現出大無畏的精神。信仰者的心理構成了聞一多性格的極為重要的部分，影響了他在關鍵時候的人生選擇，決定了他在重要問題上的政治態度，從而使他在中國現代知識分子中成為獨特的「這一個」。

（六）從一九九九年以來，由中國聞一多研究會牽頭，在武漢大學連續召開了四次國際性的學術會議。每一次國際研討會都有百餘位來自中國大陸高校、研究機構，港澳臺和和國外的學者參加，每一次研討會後都出版論文集。二〇〇九年的「聞一多誕辰一百一十周年紀念暨國際學術研討會」，還組織評選了第二屆聞一多研究優秀成果獎，評出了一等獎兩名，二等獎七名，三等獎時五，在研

討會開幕式上頒發了獎狀和獎金。日本二松學舍大學的竹下悅子教授獲得了二等獎。

需要特別提到的是，中國聞一多研究會牽頭召開的聞一多國際學術研討會，始終得到日本學者的大力支持，鈴木義昭教授、岩佐昌暲教授、小林基起教授、渡邊新一教授、竹下悅子教授、中島碧教授、栗山千香子女士、江川靜英女士、野村英登先生、橫打利奈女士都出席過這些研討會，並提交了重要的論文。像鈴木義昭教授、竹下悅子教授還來過多次。另有德國學者喬偉教授、韓國的尹浩鎮教授等也多次參加研討會。這些國際合作與交往，有力地推進了聞一多研究。

（七）上個世紀八〇年代，聞一多研究的骨幹力量是一些著名的學者，如北京大學中文系教授、中國聞一多研究會第一任會長季鎮淮先生，北京大學中文系孫玉石教授、劉烜教授，中國聞一多研究會第二任會長、武漢大學中文系陸耀東教授，武漢大學中文系孫黨伯教授、袁丁正教授，清華大學中文系藍棣之教授，華中師範大學中文系黃曼君教授，重慶師範大學新詩研究所呂進教授等。九〇年代，中青年學者開始成長，發揮重要的作用。進入二十一世紀，聞一多研究的主要力量是中國高考制度改革後進入大學的一代學者。新一代學者熱情投入到聞一多研究領域，表明聞一多研究後繼有人，前景光明。

（八）聞一多研究向多樣化方向發展，研究的領域不斷拓展，研究的形式不斷創新。劉烜一九八三年出版了《聞一多評傳》，在此前王康的《聞一多頌》基礎上對聞一多的人生創作道路做了更深入的研究。俞兆平一九八六年出版《聞一多美學思想論稿》，以專題形式對聞一多的美學思想做了細緻闡釋。商金林一九九〇年出版《聞一多研究述評》，對聞一多研究進行了歷史性回顧。聞黎明、侯菊坤一九九四年出版了《聞一多年譜長編》，以年譜形式彙編了

大量聞一多生平和研究資料。聞立樹、聞立欣二〇〇七年出版大型
圖集《拍案頌——聞一多紀念與研究圖文錄》，搜集了大量珍貴的
圖片和歷史文獻的書影。張巨才、劉殿祥二〇〇〇年出版了《聞一
多學術思想評傳》，為聞一多的學術思想作傳，揭示了聞一多在《詩
經》研究、楚辭研究、唐詩研究、神話研究、莊子研究、文學史研
究等方面的貢獻和體現在這些研究中的現代學術思想。鄧喬彬、趙
曉嵐的《學者聞一多》二〇〇一年出版，對作為學者的聞一多進行
了系統深入的研究。陳衛的《聞一多詩學論》二〇〇〇年出版，專
論聞一多的詩學思想。此外,有影響的學術著作還有：唐鴻棣的《詩
人聞一多的世界》（上海：學林出版社，一九九六年版），李子玲的
《聞一多詩學論稿》（臺灣：文史哲出版社，一九九六年版），吳宏
聰的《聞一多的文化觀及其他》（廣州：廣東高度教育出版社，一
九九八年版），劉志權的《聞一多傳》（北京：團結出版社，一九九
九年版），蘇志宏的《聞一多新論》（北京：中央編譯出版社，一九
九九年版），王錦厚的《聞一多與饒盟侃》（電子科學技術出版社，
一九九九年版），徐有富的《聞一多》（南京：江蘇文藝出版社，一
九九九年版），楊揚的《現代背景下的文化熔鑄：聞一多與中外文
學關係》（福州：福建教育出版社，二〇〇一年版），高國藩：《新
月的詩神：聞一多與徐志摩》（臺灣：商務印書館，二〇〇四年版），
謝泳的《血色聞一多》（北京：同心出版社，二〇〇五年版），劉介
民的《聞一多：尋覓時空最佳點》（北京：文津出版社，二〇〇五
年版），潘皓的《聞一多：跨文化求索中的詩化人生》（濟南：濟南
出版社，二〇〇五年版），楊洪勳的《聞一多：從詩人到學者》（青
島：青島海洋大學出版社，二〇〇六年版），聞立雕：《紅燭：我的
父親聞一多》（新華出版社，二〇〇九年版），羅先友的《從文學到
文化的跋涉：論聞一多詩學的現代性》（中國人民大學出版社二〇
一〇年版）等。

四、聞一多研究的前景和需要關注的重點

　　聞一多研究具有良好的前景。這是因為聞一多的新詩在中國新詩史上具有重要地位，聞一多的詩學思想在中國詩學從古到今的演變中是一個重要代表，聞一多的中國古代文化和中國古代文學研究取得了傑出的成就，聞一多的人格堪為中國現代知識分子的一個典型，聞一多的死亡又是中國現代史上的一個重大事件，深刻影響了中國歷史進程的走向。聞一多研究，是大有可為的。

　　除了繼續在傳統的領域開拓外，依筆者的愚見，聞一多研究今後需要重點關注以下一些方面：

　　（一）聞一多的學術研究，尤其是他的古代文化和古代文學研究。由於聞一多所涉及的這些領域本身存在研究的難度，也由於中國現代文學方面的專家缺乏研究聞一多古代文化和古代文學研究方面成果的準備，而中國古代文化和古代文學方面的學者又不太會專門來關注聞一多這樣一個現代學者的研究成果，因而迄今對於聞一多在古代文化和古代文學研究方面所取得的成果及其相應的經驗還沒有進行非常深入系統的研究，這方面還留有不小的開拓空間。比如聞一多的神話研究、楚辭研究，聞一多和中國學術史的聯繫、聞一多和中國現代學術語境的關係角度研究等，有待於研究者，尤其是從事中國古代文化和中國古代文學研究的學者做出更大努力。

　　（二）聞一多詩歌創作與學術研究的相互影響。聞一多是一個詩人，又是一個學者，雖然從詩人到學者有一個歷史過程，但作為詩人的品質對他後來的治學是有影響的，而作為一個學者的志向和潛質顯然也滲透在他前期的詩歌創作中了。他的詩人氣質如果影響

到他的學術研究，給他的學術研究帶來了什麼特色，他的學者的志向和潛質又如何影響了他早期的詩歌創作，使他的詩歌別具一格，這是值得進一步研究的，而且研究的重點似乎應該放在揭示兩者互動的內在機制上。在這方面如果有所突破，必有助於更好地解釋聞一多的詩歌創作和他的學術研究，更好地解釋他思想的發展。

（三）聞一多與中國現代作家、中國現代學者的關係。聞一多與魯迅、聞一多與郭沫若、聞一多與朱自清等作家和學者的比較，已經取得了一些重要的成果，但這方面仍有深入開掘的空間。這種比較，不是為了比較而比較，而應該找准聞一多詩歌創作、思想發展和精神變化的核心問題，通過比較來探討中國現代詩歌和現代學術發展的一些深層次的問題，拓展聞一多研究的領域。

（四）聞一多與外國作家和詩人，與外國文學思潮的聯繫。這方面的研究同樣不是為了比較而比較，而應該當作聞一多成長和發展的思想藝術背景，找准有關於他的一些重要問題來進行研究，從而既闡釋了聞一多，又思考了中外文化交流和文學發展的一般問題。

（五）聞一多的詩學思想、新詩創作。聞一多的新詩創作和詩學思想，迄今是學術界研究的重點，但並不是說已經沒有開掘的餘地了。相反，我們可以把它置於更為開闊的中外古今聯繫中進行考察，深入到更為內在的理論層面，有一些新的發現。

（六）聞一多的人格構成及其意義，可以做更多方面的深入探討。聞一多個性鮮明，但作為一個讀書人，他的人生理念和道德追求，又在中國知識分子中具有代表性。這麼一個本來與政治沒有直接關係的人，最後拍案而起，用生命的代價在中國現代史上書寫了驚心動魄的一個篇章。他的性格，他思想轉變中的人格因素等就值得研究，從而更深刻地理解聞一多，理解中國知識分子的品質。

　　（七）聞一多的資料，還應注意搜集和發掘。二〇一〇年十一月在武漢大學召開的「聞一多誕辰一百一十周年紀念暨國際學術研討會」上，有研究者展示了剛搜集到的一九四六年七月西南聯合大學中文系主任羅庸教授撰稿的《國立西南聯合大學教授聞一多先生事略》的手稿，說明關於聞一多的史料仍有一些存於民間，有待於繼續搜集和發掘。

本文發表於《長江學術》2011 年第 3 期

聞一多殉難六十周年紀念
暨國際學術研討會閉幕詞

各位前輩、各位專家、各位朋友：

　　聞一多殉難六十周年紀念暨國際學術研討會，經過兩天緊張熱烈的討論，將要結束了。七月武漢的炎熱和珞珈山莊內清涼感覺的對比，我覺得恰好代表了這次研討會的氣氛，那就是我們懷著崇高的敬意闡釋聞一多的意義，氣氛熱烈，但大家又都表現出了冷靜、理性的態度，通過對話和交流，推進了聞一多的研究。

　　參與這次研討會的有來自全國各高校、研究單位以及臺灣和海外的學者八十多位，共計收到論文三十九篇，還有十餘篇未及提交，但已經在大會上發言或正在撰寫之中，總計有五十餘篇，有近四十位學者在大會和分組討論中發言。湖北日報、長江日報、武漢電視臺、武漢晨報的記者到會採訪並做了報導。會後我們將出版論文集，並在《文學評論》、《江漢論壇》、《長江學術》上發表綜述、組織專題論文，宣傳這次研討會的成果。總的看，這次研討會在各位前輩和與會的學者大力支持和積極參與下，取得了豐碩成果，可以說是開得相當圓滿的。

　　我覺得這次研討會的成績集中在這樣幾個方面：

　　一、拓展了聞一多研究的視野。這一次研討會的發言中，聞一多與大學教學是一個比較集中的主題。聞一多作為一個詩人與學者的身份素來受到學界的重視，相比較而言，由於他的新詩創作和學

術研究的盛名，他作為一個大學名教授的教學思想雖然也被關注，但似乎沒有引起大家的足夠重視。其實，聞一多是一個有思想、有個性的教授，他的教學思想也是有特點的。有多位學者就此展開了頗有新意的討論。許祖華、孫紅震著重闡釋聞一多大學教育理念的現代意蘊，提出聞一多關於大學學科設置應該分為文學系與語言系，文學系應該包括中國文學、西方文學、東方文學，以克服「中西對立、語文不分」的弊端，這種學科設置的思想是具有前瞻性和現代意義的。聞一多教學實踐中非常強調學生要獨立思考，敢於發表異論，重視對學生的啟發式教學和實踐能力的培養，重視對學生的人文精神的培養，在實現中西教學理念及教學方法的融合方面做出了積極的探索。這給我們勾勒出了聞一多大學教學思想的清晰輪廓，豐富了我們對聞一多的認識。商金林先生從聞一多與清華大學的關係入手，以豐富的史料闡釋聞一多的大學教育理念的內容及表現形式，聞一多的治學方法及其特色，也論及聞　多關於大學學科調整的思想，討論這一學科調整的思想對後來大學教學的影響。李文平、柳青簡潔明瞭地闡釋了聞一多在教學中注重創新能力和個性的培養，吳豔、秦方奇、盧松芳、張文民，所討論的也是聞一多與大學教學的主題，各有側重和新意。

　　聞黎明先生的〈圍繞李公樸聞一多被刺事件的一場輿論交鋒〉是一篇有份量的論文，他用翔實的史料展現了李聞被刺事件後各派政治力量在宣傳報導中的策略、態度及從中反映出來的政治立場，實際上是引入傳媒研究的方法拓展了聞一多研究的領域。聞黎明先生在報告中著重強調了國民黨通訊社及報紙在報導被刺事件時的含混甚至故意混淆視聽的態度，共產黨方面旗幟鮮明的觀點，而且細緻地點明瞭國民黨中央日報與地方報紙、共產黨的新華日報與解放區的報紙在報導李聞被事件時的差異，分析了民盟態度從謹慎到明朗和堅定的轉變，顯示了新聞報導的深入和各派政治力量態度的

細微而重要的變化以及這種變化中所透露出來的不同政治力量在這一事件中的處境。都是很有見地的。其實，一九四六年七月中旬在昆明連續發生的李公樸、聞一多被暗殺事件，是政治協商會議結束後出現的一個影響最大的一個慘案。抗日戰爭勝利不久，中國面臨著何去何從的問題，即是通過政治協商達成國內團結，走民主建國的道路，還是通過武力來統一中國？李聞慘案之所以引起了中國社會的極大震動，是因為圍繞這一慘案各派政治力量進行了一場大搏弈，牽涉到了中國的前途問題。從這一角度看，研究李聞慘案發生後的輿論交鋒，其意義除了重現慘案發生時的真實情況，更重要的是揭示了戰後中國的政治走向。

從傳媒的角度進入聞一多研究的還有徐希平教授的論文。徐希平教授梳理了聞一多的新聞實踐與新聞理論，雖然是史料性的梳理，但為我們提供了有價值的線索，使學界注意到聞一多與新聞的關係。我認為徐希平教授的報告中，關於聞一多新聞理論的簡要論析是有價值的，雖然聞一多的這些新聞思想不是他的獨創，但聞一多強調言論自由、民主自治與新聞工作者的社會良知，可以看出聞一多的政治傾向和他的身份，有助於我們深入認識一個完整的聞一多。

蔣登科教授介紹了聞一多在國外的翻譯和研究情況，向我們提供了不少有價值的線索。其實，從一個作家的被翻譯可以看出他在國外的影響，這是屬於文學傳播與接受的研究範圍。以前我們限於條件和外語能力，對中國作家詩人在國外的傳播與影響關注不夠，聞一多的研究同樣存在著這一問題。比如聞一多的影響及於國外，但他的詩在國外的翻譯情況如何，國外漢學界對聞一多是如何看的，這都是很有意思的問題。蔣登科教授在這方面做了很有意義的工作。

　　二、深化了聞一多研究的內涵。大家談得比較多的還有兩個問題，一是聞一多的人格，二是聞一多的新詩創作和詩學思想。這些本是老問題，但這次研討會的不少論文都努力從新的角度進入，就老問題提出了不少新見解。周棉教授的發言，主要討論了西南聯大以留學生為主體的教授隊伍的民主自由氛圍對聞一多的政治理念及鬥爭精神的影響，周棉教授讓我們注意到正是以留學生為主體的教授隊伍構成了西南聯大的民主堡壘，事實上激勵並在一個時期中保護了聞一多。周文還提醒我們注意聞一多的遇害與雲南地方政權結構的變化之間的關係。這是近年來出現並為大家所接受的觀點，即認為地方實力派龍雲主政治昆明時期，鑒於他與國民黨高層的矛盾，對民主派的活動採取了保護和寬容的態度，這才造成了後方一度勢頭強勁的民主運動。可當中央勢力取代地方實力派以後，政治格局發生了巨大變化，那些在戰場上取勝的將軍對民主運動採取了高壓政策，並且要急於取得實效，由此造成了一系列的慘案。這是對以前無視地方派系與國民黨中央矛盾的研究模式的超越，豐富了我們對聞一多慘案發生根源的認識。

　　李樂平教授則從聞一多的詩作詩論及雜文入手分析聞一多人格之多維一體的方正和圓滿。聞一多的人格是崇高的，其內涵是豐富的，可以從不同的角度來剖析，其意義和現代性的轉換都是值得我們研究的。

　　聞一多的詩學思想一向是學術界關注的重點，要出新意本來已經很不容易。但這次研討會的報告中還是有新的進展。莫海斌先生的〈聞一多的幻想說：二〇年代詩歌想像力理論〉把聞一多的幻想說置於形式詩學更高的地位，並作了激情與理性相交融的論證，可以說是有啟發性的，而且其意義還包括由此可以進行更深入的探討。

　　江錫銓先生的〈詩畫歌吟〉著重談到了聞一多詩學觀念及實踐中的廓線與色彩的問題，角度小一些，但很有特點。郭小聰教授則從宏觀的角度分析聞一多精神遺產的現代意義，何佩鋼教授從聞一多的詩歌美學說到新詩的前途，皆有助於深化我們對聞一多詩學理論及其意義的理解。

　　劉殿祥先生考察聞一多在中國學術從古典到現代的轉換過程中的地位和所做出的貢獻，也很有特色。他強調聞一多在信古和疑古思潮的對峙中，遵行清華的釋古思潮的原則，在學術研究中做出了重要的貢獻。聞一多的樸學方法是從事學術研究的基礎，但又掌握了多種現代科學方法和各種現代美學理論，又具有一種創造性的現代思維，對研究對象做綜合的多角度的研究，取得了重要的成果。

　　還有一些學者，對聞一多的詩歌的智性美、聞一多詩歌的小說和戲劇化、《死水》、《紅燭》的色彩美、聞一多與梁實秋早期新詩的批評、聞一多新詩與傳統文化、聞一多與中國現代戲劇、聞一多的新詩節奏理論、聞一多詩歌的象徵藝術傾向、聞一多詩歌的翻譯問題、外國詩人和思潮對聞一多的影響等問題做了新的探索，提出了一些具有新意的見解。

　　三、充實了聞一多研究的隊伍，聞一多研究後繼有人。這次研討會，老一輩學者擔當了領路人的角色，像陸耀東先生對這次研討會的召開傾注了許多心血，在他的開幕詞中，對聞一多研究提出了指導性的意見。黃曼君教授和梁笑梅博士合作的論文，對聞一多殉難的文化意義進行了深入細緻的解讀，從政治文化、思想文化、審美文化三個方面加以論述，體現了黃曼君先生一貫的開闊大氣的眼光和激情與理性相交融的風格。尤為難得的是九十三歲高齡的李爾重先生提交了聞一多與《周易》研究的長篇論文，表現了令人欽佩的治學精神。

　　中年研究者擔當了主角，而剛走上大學教學崗位的年輕學者和在讀的博士生成了一支生力軍。他們思想活躍，見解銳利，提出了一些很有衝擊力的觀點。這裡我要特別提及易彬先生的論文〈政治理性與美學理念的矛盾交織──對於聞一多編選《現代詩鈔》的辨詰〉。這篇文章的觀點是新銳的，說出了聞一多四〇年代編選《現代詩鈔》時的一些實際情況，比如聞一多當時對新詩的創作情況不很熟悉，他的詩學思想的變化影響了他對一些作品的判斷和取捨，他對詩的取捨不盡合理，但聞一多此時的詩學立場還是既肯定浪漫派詩歌形態，也對現代派這一充滿探索意味的新興詩歌藝術形態多有認同。其實，人非完人，四〇年代的聞一多專注於古代文學的研究與教學，對近期的新詩情況有點生疏，編選詩鈔有些吃力，是不奇怪的，這並不損害聞一多在新詩史上和學術史上的地位，反而有助於說明人的能力畢竟有限，不可能成為樣樣精通的天才。所以提出《現代詩鈔》編選中存在中的問題，是有意義的，當然對其中一些問題的評價也是可以進一步探討的。

　　四、在價值觀和研究方法論上開展了有效的對話。我這裡要特別提出韋英先生的發言，他以翔實的史料和細緻的辨識，向謝泳先生的觀點提出了商榷，但又表現了理解的同情和說理的態度。我覺得他的意見具有內在邏輯性，是有說服力的，但又採取了非常委婉的方式，表現出了老一輩人的寬厚態度和學術上的認真精神。年輕的易彬博士的論文有銳氣但也富有理性的精神，在學術傾向上的差異可能是由兩代人的時代感、價值觀和治學態度上的差異帶來的。這是更深層次的問題，這些問題的提出，我想助於聞一多研究向時代性和價值觀方面的深度發展。

　　不過，這次研討也存在著一些不足。首先是由於一些主客觀原因，國外的專家少了些。客觀上說是召開研討會的日期問題，紀念會理應在聞一多殉難的七月舉行，但這個時候不少國家的大學沒

有放假，所以本來有意參加這次研討會的一些外國朋友後來不能
與會。

　　其次，研究的範圍還應該更為廣泛一些。這次研討會雖然在一
些論題上有所突破，但就聞一多古代文學和文化研究方面的成績
進行研究的論文數量偏少，份量不足。本來是紀念聞一多殉難六十
周年，聞一多殉難的史學方面的研究應佔相當的比重，但目前看
來，只有聞黎明先生的一篇文章涉及到這一主題，這不能不說是一
個遺憾。

　　當然，要在上次研討會召開僅僅兩年後再次召開這樣規模的會
議，取得現在這樣的成績，可以說已經很不容易，這是與會學者共
同努力的結果，也反映出聞一多人格的感召力，反映出聞一多新詩
創作和學術研究具有當代的意義，是個常說常新的課題，也反映出
與會各位專家對聞一多的敬意和傾心於學術研究的精神。今後的聞
一多研究的進一步拓展和深化，還有賴於各位前輩和朋友共同努
力。今後的這方面研究的深入還會遇到新的挑戰，也許是價值觀上
的問題，時代感的問題，治學方法上的問題，這些問題在這次研討
會中已經有所觸及，有所顯現，這有待於我們共同應對，一起把聞
一多研究推向深入。

　　本文收入《聞一多殉難六十周年紀念暨國際學術研討會論文集》

聞一多誕辰一百一十周年紀念
暨國際學術研討會閉幕詞

尊敬的各位前輩、各位學者：

　　非常感謝大家給我這麼大的信任，選我擔任中國聞一多研究會會長。我深知這個職位承擔著很重的責任，尤其是先後在季鎮淮先生和陸耀東先生主持下，中國聞一多研究會成立二十多年來，做了大量卓有成效的工作，在推進聞一多研究、宣傳聞一多精神方面取得了突出成績的情況下，要進一步在聞一多研究方面有所開拓、有所前進，面臨著不小的挑戰，我感到能力的不足，心有不安。不過，我在這裡向位前輩、各位學者表一個態：既然大家信任我，我一定會依靠新一屆中國聞一多研究會的副會長，依靠理事，依靠在座的各位專家，依靠所有熱愛聞一多、有志於聞一多研究的學者，與大家多溝通，多商量，把工作做好。同時，我也要在這裡代表新一屆中國聞一多研究會的理事會，向在座的各位前輩和各位學者表示一個態度，我們一定會把前輩們投入了許多精力、取得了重大成就的聞一多研究工作繼續推向前進，這主要倒不是因為我們有多大的能力，而是聞一多研究確實是一項大有可為的工作，聞一多研究還有很大的發展空間，其重要性正在隨著國內形勢的發展和海峽兩岸關係的變化呈現出來。在這一新的背景下，歷史期待著我們投入更多精力到聞一多研究的事業中來。我相信，聞一多研究的前景是很好的，聞一多研究一定會取得新的成績。

在這裡，我要特別對陸耀東先生表達敬意。他擔任中國聞一多研究會會長後，熱心於推進聞一多的研究，在一些關鍵時候提出了許多指導性意見，為研究和宣傳聞一多做出了突出的貢獻。一九九九年以來中國聞一多研究會與武漢大學文學院、聞一多基金會合作舉辦了包括這一次聞一多誕辰一百一十周年紀念暨國際學術研討會在內的四次國際學術研討會，已經出版了三個會議論文集，這次會議的論文集也將正式出版，這些工作都是在陸耀東先生的直接指導下開展的。

在這裡，我也要代表中國聞一多研究會感謝武漢大學、武漢大學文學院對開展聞一多研究所給予的大力支持；感謝多次協辦聞一多國際學術研討會的《文學評論》編輯部、華中師範大學文學院、華中科技大學文學院、湖北大學文學院、西南師範大學新詩研究所、江漢大學文學院、湖北師範學院文學院、湖北省教育學院、黃岡師範學院文學院、武漢大學中國現當代文學研究中心等單位的領導，《文學評論》、《文藝研究》、《武漢大學學報》、《江漢論壇》、《徐州師範大學學報》、《長江學術》等刊物多次發表聞一多國際學術研討會提交的論文和會議綜述，尤其是《文學評論》的副主編王保生先生多次親臨研討會，你們所給予的寶貴支援，對於成功舉辦聞一多國際學術研討會，擴大歷次聞一多研討會的影響，起了非常重要的作用。

在這裡，我也要感謝參加聞一多國際學術研討會的國外學者，特別是日本聞一多研究會負責人鈴木義昭教授和竹下悅子教授多次遠飛武漢來參加研討會。有了你們的參與，聞一多研究更呈現了它的國際影響，顯示出了它的普遍性價值。你們的厚重成果及研究中注重實證的方法，具有十分重要的意義。我代表在座的中國學者向你們表示敬意。

　　最後，我要特別感謝聞一多基金會。聞一多基金會的歷界領導熱情支持聞一多研究的工作。這一次聞一多誕辰一百一十周年紀念暨國際學術研討會，聞一多基金會理事長，武漢市原市長、國家建設部原副部長趙寶江同志出席並致辭，聞一多基金會常務副理事長、中共武漢市委原常委、統戰部原部長劉彩木，聞一多基金會副理事長、武漢市委宣傳部原副部長、武漢市社會科學聯合會主席方精華等同志出席了紀念會。聞多基金會在經費上對聞一多研究給予了重要的支持，而且支持的力度在加強。二〇〇〇年以來已經出版的三個聞一多國際學術會議論文集是由聞一多基金會資助的，這一次聞一多誕辰一百一十周年紀念暨國際學術研討會的論文集也將由聞一多基金會資助出版。第二屆聞一多研究優秀成果獎的獎金由聞一多基金會承擔。這一次研討會，基金會又承擔了部分會務經費，對於會議的成功召開無疑起到了重要的保證作用。中國聞一多研究會的工作開展得卓有成效，可以說在全國的學術社團中是比較少見，這顯然有與聞一多基金會的人力支持密切相關。我們希望今後與聞一多基金會加強合作，繼續得到聞一多基金會領導的大力支持，把聞一多的研究和宣傳工作做得更好。

　　聞一多的親屬韋英先生等始終如一地支援中國聞一多研究會的工作，我在此也一併表示感謝。

　　當然，真正做好聞一多研究的工作，把聞一多研究推向一個新的階段，還需要有志於這項事業的學者來共同努力。

　　聞一多研究已經達到了一個很高的水平，尤其是在聞一多新詩研究、聞一多的詩學研究方面取得了豐碩的成果。我們為此感到高興，但也不免有點擔憂，擔憂的是聞一多研究需要有新的突破，而新的突破不是那麼容易的，甚至可以說我們正面臨一個重大的挑戰。

　　不過，挑戰固然意味著面臨困難，但它也有誘人的魅力。我們已經知悉，這個月的二十四日在臺灣將由臺灣政治大學等學術單位召開紀念聞一多誕辰一百一十周年的座談會，這是一個強烈的信號，表明聞一多研究將會出現一種新的格局。這個格局不僅反映在政治層面——它表明臺海兩岸、中國共產黨和中國國民黨兩大政治力量已經在新的時代條件下有可能超越彼此的歷史恩怨，共同面對中華民族在和平崛起過程中所面臨的更為緊迫的現實問題，以面向未來的姿態理性地回顧歷史，總結經驗，探討中華民族新的發展方向；這個格局對於聞一多研究而言，更重要的是體現在學術層面，它要求我們要以一種前瞻的和回到歷史原點的雙重視角來研究聞一多，研究聞一多在中國現代史、中國現代政治史、中國現代思想史上的地位和角色。在一個更大的歷史視野裡研究聞一多的精神和人格，需要從事中國現當代文學研究的學者的參與，更需要從事中國現代史、中國現代思想史的學者的積極參與。這個方面是中國聞一多研究會迄今所做工作中比較薄弱的一個環節，但也正好可以成為我們今後工作的一個重點。中國聞一多研究會要擴大聞一多研究的範圍，吸收從事近現代史研究和近現代思想史研究的學者積極參與進來，把聞一多的研究工作推向一個比較全面而且深入的新階段。

　　即使在我們已經取得豐碩成果的聞一多研究領域，我覺得仍然有進一步拓展和深入的空間，比如聞一多的人格，作為中國現代知識分子的一個很有個性、很有影響的代表，他的人格及其內在的矛盾性，矛盾性的各種背景因素，矛盾性的轉化及其意義等，就值得我們進一步思考。聞一多的人格，有沒有更深層次的象徵意義，如果有，又如何理解這種象徵意義，我覺得都是我們值得研究的。聞一多的愛國主義思想的確切內涵及複雜構成，能不能進一步討論？我覺得是需要進一步討論的，而且這會與相關歷史問題的評價、甚

至與現實問題的考察發生重要的聯繫。聞一多後來轉向古典文學及
古代文化研究，他這方面的成果就需要研究中國古典文學和古代文
化的學者積極參與進來，也可以由研究中國現代文學的學者轉向這
個方向，這一領域仍有很大的拓展空間。聞一多的詩學思想與中國
傳統詩學的關係、聞一多的詩學思想與西方詩學和西方繪畫的關
係，陸耀東先生在二〇〇六年已經提出要引起我們的注意。我覺得
這一問題需要做深層次的探討，與聞一多的人格與修養結合起來，
去發現它們之間的內在關係，爭取有一些新的有意義的發現。

　　由武漢大學聞一多研究室編輯的《聞一多全集》十二卷本出
版，為聞一多研究奠定了一個很好的基礎，但關於聞一多的資料還
有進一步搜集的必要。這次會議汪德富先生展示的有關聞一多的新
的資料，日本鈴木昭先生提供的聞一多早年的英文書簡，都是很有
價值的。這些史料的發現，無疑會給聞一多研究帶來積極的影響。

　　聞一多研究還有許多有待拓展和深入的領域，我不能在此一一
列舉。總之，聞一多研究是一座經得起發掘的學術礦床，因為聞一
多的精神是不朽的，聞一多的新詩創作和學術研究在中國現代文學
史上和中現代學術上史是具有尺規意義的。聞一多是中國現代文學
史上、中國現代政治史和現代思想上繞不過去的一個話題。因此，
我們要共同努力，引入大視野，多角度地、比較全面地研究聞一多，
把聞一多研究推向新水平。

　　這種共同的努力，當然包括開展國際性的合作。今天到會的，
有來自日本、馬來西亞、菲律賓的學者，有來自香港和澳門的學者，
本來還有美國、新加坡的學者到來，以前還有德國、俄羅斯的學者
參加會議。我們已經開展了國際性的交流。但我們希望這種國際性
的交流進入一個更高的層次。日本有聞一多研究會，有一支人數不
少的研究隊伍，而且出版聞一多研究的專刊。這次到會的日本早稻
田大學鈴木義昭教授和二松學舍大學的竹下悅子教授，便是日本聞

一多研究會的負責人，而且是研究中國文學的著名專家，有很好的
漢語水平。我有一個提議，中國聞一多研究會與日本的聞一多研究
會可以開展學術合作，聯合舉辦聞一多的學術研討會，開展學者的
互訪，進行經常性的學術交流，共同促進聞一多研究的事業。在這
種學術聯繫中，建立起學校與學校之間、學科與學科之間內容更豐
富的學術聯繫。中國人有以文會友的傳統，我們可以通過這種學術
的交流，建立起更深的友誼。

　　謝謝大家！

本文收入《聞一多誕辰一百一十周年紀念暨
國際學術研討會論文集》

魏洪丘的《中國現當代文學經典論》

　　研究文學，是一件需要耐得住寂寞的工作，但對有志於此的人來說，又何嘗不是一種精神的享受呢？文學是與人的精神生活密切相關的，研究文學，某種程度上說也是在發現自我，擴充自我。當你心無旁騖地專注於文學，在美的旅行和心靈的探險中發現一種文學現象新的存在形式和意義，你實際上是豐富了對人、對自我的理解，你的寂寞和辛苦也就得到了回報。

　　魏洪丘教授是重慶長江師範學院教學名師，院重點學科中國現當代文學學術帶頭人、重慶市優秀教師，他領頭的長江師範學院中國現當代文學學科獲得了重慶市級重點課程和精品課程的榮譽。在我的印象中，他是一個好學而敏思的人。從上個世紀八〇年代中期開始，他就參與了一些文學熱點問題的討論，發表了多篇有影響的學術論文。那個時候，中國思想界十分活躍，我們聽了一些有見地的學術報告後免不了要開展熱烈的討論，長我幾歲的他見解總是比較成熟和富有說服力。今天我流覽這個論文集裡文章的篇目，又恍然回到了那個活躍著思考者的身影、充滿激情的年代，令人感到神往。那個年代的思考，富有歷史承擔意識和時代的使命感，包含著很強的探索和創新精神。在今天，這種精神一方面被昇華了，昇華到更為理性、更為成熟的層面，當然也許因為理性和成熟，少了一份那個時代所特有的激情，另一方面則又不能不說它正面臨著新世紀世俗化潮流的強烈挑戰，從而再一次向知識分子提出了學問之道的問題，並期待著合理的回答。

　　收在這個集子裡的文章，記錄下了一個認真的學者從年輕時候的探索到過了知天命之年的思考的足跡，留下了世紀之交的時代烙印。這些文章是分專題編輯的，可以看到，它們涉及到較為寬廣的學術領域，反映出作者的開闊視野和廣泛的學術興趣，是他不倦地探索和思考的成果。其中關於文學思潮的帶綜論性的研究，是對不同時期學術爭論的回應，識見不俗。關於魯迅、茅盾、郭沫若、巴金、老舍的研究，涉及到一些被人所忽視的方面，如魯迅與中國兒童文學傳統、魯迅關於動物題材的小說、茅盾小說中的經濟因素問題、巴金等人與重慶的關係，都是很有意義的論題，作者深入辨析，給人以不少啟示。關於「左聯」的文藝理論和批評模式、毛澤東與五四文學傳統的問題，無疑是中國現代文學研究中的熱點，作者的思考為一家之言，自有它的價值和意義。

　　讀者如要領略這些文章的意思，還是請自己細心地去閱讀，我想一定會是有所得的。即使你不同意這些文章的觀點，或者思考得更為深刻，我想也不妨事，因為任何思考，只要是出諸真誠，總有它存在的價值，你完全可以通過與這些文章的對話來豐富相關問題的思考，取得另一種意義上的收穫。

陳昭明的《中國鄉土小說論稿》

　　鄉土是人類心靈的故鄉。來自鄉村的人固然會對自己的故鄉有一份略帶憂愁的美好記憶，即使出生在城市中的人，享受了種種現代物質文明所帶來的便利後，也常常會油然生出對鄉土的懷戀：看看寧靜的自然風光，感受一番純樸的民情，你的心靈會變得舒展起來，不用說，這是因為人類的生命之根原是深紮在泥土中的。

　　當然，陳昭明教授的大作《中國鄉土小說論稿》中所說的鄉土，主要並不是指這一人類普遍經驗所得以產生的鄉土，而是指二十世紀中國的現實鄉土。二十世紀中國的鄉土與眾不同之處，在於它不僅承載著人們對自己心目中的故鄉的記憶，而且更主要的是見證了中國從一個封建社會走上現代化道路的艱難歷程。短短的一個世紀，中國鄉土的變遷凝聚了不同階級、不同階層的人的利益衝突，在血和火的較量中折射出社會的天翻地覆的變化。這裡成了新與舊、傳統與現代、前進與倒退的矛盾焦點，上演了一幕幕波瀾壯闊的戲劇。因而許多具有真切的人生體驗、關心中國命運的作家把目光投向鄉土，通過鄉土的人事變化來揭示中國社會的發展。可以毫不誇張地說，記錄這一歷史巨變並體現了現代中國人心理變遷及其特點的鄉土小說，是二十世紀中國小說中成就卓著的一部分。

　　由於鄉土小說與中國現代歷史發展的緊密聯繫，對它的研究很大程度上也可以看作是對中國現代歷史和人們心理史的研究。最早對鄉土小說進行命名和研究的魯迅、茅盾，就已經表現出把鄉土小說與中國的歷史變遷和人的情感傾向聯繫起來的特點。沿著魯迅、

茅盾所開闢的道路，鄉土小說研究一般關注兩個大的方面，一是探討鄉土小說與時代和社會的聯繫，著重闡釋它的思想內涵。無論是揭示五四鄉土小說的批判國民性主題，還是發掘四〇年代趙樹理小說的革命意義，都可列入這一範圍。二是看重鄉土小說的審美價值，闡發其所包含的道德和情感內涵，對沈從文、廢名小說的一些研究就可以歸入此類。如果說前者體現的是啟蒙現代性或革命現代性的價值標準，那麼後者體現的就是審美現代性的研究眼光了。兩者都包含了現代性的追求，構成了互補統一的基本研究思路。

不過，從魯迅對鄉土小說的命名到現在研究者對鄉土小說的把握，鄉土小說的概念明顯地發生了變化。陳昭明教授對此有他自己的理解，他把鄉村題材、風土人情和時代的內容綜合起來，作為對鄉土小說的基本界定，從而為自己的研究提供了一個可靠的理論基礎。他的研究表現出三個特點：一是打通了現代當的分界，把鄉土小說看作是二十世紀中國文學中的一個重要現象來進行研究，試圖發現其中的某種規律；二是把作家的創作特點及歷史地位放到鄉土小說的發展背景中來加以闡釋，以代表作家的創作論展現鄉土小說的總體發展脈絡；三是融合了啟蒙現代性、革命現代性和審美現代性的標準，依據作家的創作個性來評價他們對鄉土小說創作所做出的貢獻，著力發掘研究對象的思想意義，又十分重視研究對象的審美價值。研究的方法雖然是傳統的，不那麼時髦，但細心的讀者仍可以從作者平實流暢的文字中瞭解到中國二十世紀鄉土小說發展的歷史，得到思想的啟示。

鄉土文學研究是一個大題目，需要許多人的參與才能取得更大的成績。陳昭明教授的《中國鄉土小說論稿》有其自己的研究思路和立論角度，當然不可能窮盡這一課題的所有重要方面，甚至在他的論述範圍內也不能說已經沒有可以進一步思考的餘地，但他的成

績是明擺著的。作為讀者，我們期待著他由此出發，在不久的將來
會有新的研究成果奉獻給大家。

孫德高的《唯美的選擇與轉換》

　　中國新文學與日本文學有著很深的淵源關係。日本文學深受中國古代文學的影響，而到了近代，日本文學又反過來深深地影響了中國新文學的發生與發展。這種影響不僅限於仲介的角色，即是說不僅僅體現在通過日本的仲介把西方的文化和文學傳播到中國來，而且還體現在以日本自己的特色文化影響了中國新文學的內質。這一方面是因為日本按自己的理解對西方文化和西方文學做了選擇和闡釋，通過日本的中轉，西方文化和西方文學實際上被過濾了一遍，所以通過這一路徑傳入中國的西方文化和西方文學帶上了日本的色彩，另一方面則是因為日本文化與中國文化淵源很深，它的精神對中國知識分子具有內在的親和力。而在這種具有親和力的日本文化中，我認為尤以其唯美頹廢的文化對中國自由主義知識分子和中國新文學中的唯美頹廢的一路影響為大。

　　日本的唯美頹廢文化具有深厚的歷史土壤，只要看看日本人欣賞櫻花時的那種陶醉神情，體驗一下日本人茶道儀式的講究，讀一讀谷崎潤一郎的《陰翳禮贊》和川端康成的《伊豆的歌女》，就可強烈地感受到日本民族在平凡中追求唯美到極致因而總會帶點頹廢的精神特徵。周作人把這個歸結為日本人的人情美。他認為日本人的觀念和行事深受神道信仰的影響，而當其歸於平常時，則又顯露出單純質直的一面。在〈日本管窺〉一文中，他就這樣寫道：「我以為日本人古今不變的特性還是在別地方，這個據我想有兩點可說，一是現世思想，與中國是共通的，二是美之愛好，這似乎是中

國所缺乏。此二者大抵與古希臘有點相近，不過力量自然要薄弱些，有人曾稱日本為小希臘，我覺得這倒不是謬獎。」以周作人對日本民族瞭解之深和他的學識之博，如果不是因人廢言，以周之後來附逆來一筆抹殺他思想上的成績，那麼他所稱頌的日本人情之美是大致不差的。因為這個原因，我索性再引幾段他的相關評說：

藝妓與遊女是別一種奴隸的生活，現在本應該早成了歷史的陳跡了，但事實卻正相反，凡公私宴會及各種儀式，幾乎必有這種人做裝飾，新吉原遊廓的夜櫻，島原的太夫道中（太夫讀作 Tayu，本是藝人的總稱，後來轉指遊女，遊廓舊例，每年太夫盛裝行道一周，稱為道中），變成地方的一種韻事，詩人小說家畫家每每讚美詠歎，流連不已，實在不很可解。這些不幸的人的不得已的情況，與頹廢派的心情，我們可以瞭解，但決不以為是向人生的正路，至於多數假頹廢派，更是「無病呻吟」，白造成許多所謂遊蕩文學，供飽暖無事的人消閒罷了。我們論事都憑個「我」，但也不可全沒殺了我中的「他」，那些世俗的享樂，雖然滿足了我的意，但若在我的「他」的意識上有點不安，便不敢定為合理的事。（《遊日本雜感》）

中日間外交關係我們姑且不說，在別的方面他給我們不愉快的印象也已太多了。日本人來到中國的多是浪人與「支那通」，他們全不瞭解中國，只皮相的觀察一點舊社會的情形，學會吟詩步韻，打恭作揖，又麻雀打茶圍等技藝，便以為完全知道中國了，其實他不過傳染了些中國惡習，平空添了個壞中國人罷了。別一種人把中國看作日本的領土，他是到殖民地來做主人翁，來對土人發揮祖傳的武士道的，於是把在本國社會裡不能施展的野性儘量發露，在北京的日本商民

中盡多這樣亂暴的人物，別處可想而知。兩三年前木村莊八
君來遊中國時，曾對我說，日本殖民遼東及各地，結果是搬
運許多內地人來到中國，養成他們肆無忌憚的，無道德無信
義的東西，不復更適宜於本國社會，如不是自己被淘汰，便
是把社會毀壞；所以日本努力移植，實乃每年犧牲許多人
民，為日本計是極有害的事，至於放這許多壞人在中國，其
為害於中國更不待言了。一這番話我覺得很有意思。（《日本
與中國》）

　　周作人這幾段話的內容涉及日本文化和日本民族的特性，他所
持的批判與反思的立場，我覺得有其道理。當然如果要把內中的複
雜關係講述清楚就非得長篇大論的宏文不可，但倘若只求瞭解一點
真相，也已約略足夠了。我所關注的就只兩點，一是日本人並非只
有一種類型，二是日本的文化中有頹廢美的傳統。這種美到了近
代，匯集了西方的唯美主義和其本土的自然主義，兩者的結合造成
了谷崎潤一郎和和川端康成等人的審美趣味，包括田山花袋和佐藤
春夫等人也是屬於這一路的。這些人所代表的日本美學趣味顯然對
中國新文學產生了重要影響，在中國唯美主義文學思潮發展中打上
了深深的烙印。

　　由於中日兩國深厚的歷史淵源和近代以來文化交往的密切（日
本侵略戰爭的一段歷史另當別論），研究日本的唯美主義文學及其
觀念對中國新文學的影響，研究西方文學思潮經由日本之途對中國
新文學產生影響，顯然是很有學術價值也有現實意義的。這方面的
成果其實已經相當豐富，但是或許因為學科分割再加上外語條件的
限制，熟悉日本社會和文化的學者可能不是專門研究中國現代文學
的，而研究中國現代文學的專家一般又缺乏直接研究日本文學的條
件，這使有關中日文學交往的研究現在好像有點停滯不前。一般的

文章，只是探討日本私小說與創造社作家的關係，日本的「納普」與中國左翼文學的關係，日本的俳句與中國的小詩的關係等，難有重大的突破。

　　本書的作者孫德高是我的第一屆博士生，他的年齡其實比我小不了幾歲。我記得我們第一次長談說著說著就說到了飛機航母、臺海態勢等軍事問題上去了，恍然發現我們有同樣的業餘愛好，我夫人後來還會偶爾提及這一「不務正業」的掌故，從中可以想見我們的那種輕鬆隨意的關係。孫德高原是學日語的，研究日本文學很有心得，在校期間就發表過頗有份量的研究周作人與「江戶情趣」的文章。後來確定博士論文選題時，我主張他發揮他的長處，研究中國現代文學與日本文學的關係，他就選了現在的這個題目。他的選擇是對的，因為懂日語，瞭解日本的歷史和文學，所以論及中國現代唯美主義文學思潮與日本文學關係，就顯得能夠入乎其裡而出乎其外，利用第一手資料做出自己獨立的判斷，因而頗多新見。顯然，對於關心中日文學關係的讀者，這是一部值得一讀的著作。

　　孫德高博士畢業已近五年。在此期間，他一邊忙於教學、科研和行政工作，一邊搜集新的材料，根據論文評閱專家和答辯委員會老師提出的意見進行修改和完善，現在將要付梓了。我為他感到高興，在此特表祝賀。

權繪錦的《中國現代歷史小說研究》

　　權繪錦的博士論文將要付梓，要我寫篇序言，我很高興地接受了。

　　記得二〇〇三年初，支克堅先生寫了一封推薦信，介紹權繪錦來報考武大的博士生。信是用電腦列印的，底下有支先生的簽名，我當時就感覺新鮮：我們的老師一輩如支先生者已經很前衛了啊。再仔細看過權繪錦讀碩士階段的科研情況，發現他在魯迅研究方面已經取得了不錯的成果，發表了一些文章，我感到他具有良好的科研基礎。經過筆試和麵試，他果然成績優秀，與朱華陽、雍青一起成了我這一屆的博士生。此後三年，我與他們三位既是師生，也像朋友，經常共同切磋學術、探討問題，有時也出去小酌，偶爾也去聽歌。我到今天平生唯一一次去娛樂城聽歌是他們將要畢業時，由他們向幾位和我的博士後莊桂成拉我去的，讓我開了一次眼界。

　　在我的印象中，權繪錦他們三位都是相當聰明和勤奮的。聰明是做學問的基礎，須有良好的理論素養和敏銳的藝術感受能力，方能在文學研究中做出一點成績來。聰明不便多說，勤奮我可以講一點。就以權繪錦為例，他已結婚，家在嘉峪關，可是每個學期都是按時來校報到，中間很少回去，主要精力全用在學習和研究上了。臨將畢業時，他因病動了外科手術，幾乎難以行走，二十五萬字的學位論文就在此情形下完成並通過答辯，這種精神我十分欣賞。

　　權繪錦在讀博的中期階段，因參加我們學科點為博士生設計的當前學術前沿問題研討課的討論而花力氣研究過一陣子歷史小

說，寫出了比較詳細的研究成果，我就建議他把歷史小說研究作為博士學位論文的選題。眾所周知，中國現代歷史小說研究已經達到了相當高的水平，要在現有基礎上爭取新的學術提升是有難度的。權繪錦沒有對歷史小說創作做一般性的歷史描述，而是抓住歷史觀與歷史小說的內在關係進行深度闡發，從歷史觀念的嬗變把握中國現代歷史小說發展的動力和基本脈絡，考察歷史小說的審美形態的調整和變化，並總結其中的經驗教訓，這使論文具有較高的理論起點，取得了一些有價值的學術成果。論文的最後一章對歷史小說「史詩性」的多樣追求做了理論和實證相結合的分析。「史詩性」是關於歷史小說品質的一個非常重要的美學範疇，是評價歷史小說成就的一個重要依據，但它又是後來引起不小爭議的一個理論問題。權繪錦以史詩性的「正格」和「變體」來包容這一理論問題上的不同意見，應對歷史小說豐富多樣的美學形態，我以為也是一個值得肯定的學術立場，他的意見是有道理的。

我自己做過一些有限的研究，夢想追求一種理性與感性相結合、學理發現和審美感受相滲透的做學問的路子。竊以為，既然文學是人學，而人的理性和感性是不能絕然分開的，作家創作需要理性與感性相調和，雖然在形象思維過程中其感性的分量大得多，而研究者要深入理解作家的內心，回味他創作的甘苦，領會其所要表達的意思，也不能僅僅靠冷冰冰的理論分析。靠既有的花樣翻新的種種理論和方法，往往不能令人滿意地揭示作品豐富的內蘊和精彩的意義；相反，面對一些優秀的作品，深入作家內心，與其同甘共苦，細心地體會其情緒的波動、思想的起伏，敏銳捕捉審美形態的新意，讓自己感動起來，然後以理性之光照耀這些生動的感受，使其提升到學理的高度，再以美的形式訴諸筆端，寫成情理並茂的學術文章，這應該是努力的一個方向。我這麼說，並不是意指我自己

已在這方面取得了什麼成就，而僅僅是表示我的一個意向。而權繪錦的論著，我以為對此也是做出了努力的。

　　我上面所言，只是個人的一點感想。幾位專家對權繪錦的論文多有誇獎，我想這是對一個學術新進的鼓勵，而所提出的一些問題又是非常中肯的。權繪錦在畢業後的半年裡，依據專家的意見進行了修改，文稿的質量已比原來有所提高，現在行將付梓，是一件十分高興的事。我希望這本系統論述中國現代歷史小說的論著中的一些新的見解能為讀者所欣賞，權繪錦今後的學術道路也會藉此有一個新的良好起點。

朱華陽的《屈原與中國現代文學》

　　對中國這類後發外生型現代化的國家而言，如何處理外來文化與民族文化的關係，一直是個棘手而重要的問題。在五四文學革命以後激進主義佔據主導地位的時期，中國新文學的主流是追趕西方的腳步，所以輸入西方文化和文學經驗成為時代的潮流。在這一潮流中被強化的是一種以西方為現代性標準的進化論的歷史觀念。按照這種歷史觀念，西方和中國分別代表著先進與後進的兩端：凡是西方的就是現代的，好的，凡是中國的就是落後的，不好的；中國的現代化方向便是向西方看齊，努力趕上西方的發展水平。這種進化論的歷史觀在一九八○年代深刻地影響了關於中國新文學的歷史敘事，一個重要結果就是突出了中國新文學與西方文學的關係，而中國新文學與民族傳統文學的關係相應地受到了忽視。當然，中國新文學深受西方文學的影響，是一個歷史的事實，因而研究中西文學的關係是中國現代文學學科發展的重要組成部分，但是這本來不應該成為忽視民族文學傳統對新文學的內在影響的一個理由。

　　我注意到了一個十分有趣的現象：對一個人的生命最為重要的東西，由於它是生命存在須臾不能離開的前提，人們反而習以為常，會熟視無睹，在日常經驗中忽視它對生命的重要意義，這東西便是空氣。空氣對生命的重要性超過任何東西，可是由於它在地球的大氣層裡到處存在，一般情況下人們不會計較到它與生命的關係。我舉這個例子是想說明，一個民族的文化傳統對這個民族文學發展的影響就像是空氣之於生命，它的重要性是無與倫比的，只要

這個民族本身存在，它的文化傳統就會對文學的發展產生內在的不可替代的影響，可是由於這好像是不言而喻的，就像空氣的存在似乎是不證自明的，人們在某些時候，比如激進主義佔據主導地位的歷史時期，反而會感覺不到它（民族文化傳統）的重要性。

這種現象到了二十世紀末才有了變化，一個重要原因，是到了二十世紀末，人們鑒於現代性的歷史經驗而開始反思現代性的得失。反思現代性，不是不要現代性，而是發現現代性的缺陷，減少乃至避免現代性的負面影響。現代性創造了現代化的奇蹟，帶來了科學發展和經濟的繁榮，但是也造成了世界範圍內的戰爭、生態災難和核武器毀滅人類的恐怖前景。這說明現代性不是像前現代和初始現代時期的人們所想像的那樣有百利而無一弊，而是有它自身的局限性的。發現了這種局限性，人們便開始尋找解決問題的新思路和新方法，這促成了上個世紀七〇年代以後後現代的觀念在世界範圍內的發生與蔓延。按照後現代的觀念，世界是多樣性的，不能有一個統一的現代性的標準，歷史的發展不是一個不斷地走向進步的線性過程，而是一種「延異」和「蹤跡」，這就從根本上取消了單一性的本質主義的思維方式，解構了進化論的歷史觀念，使從前在本質主義思維方式和進化論的歷史觀念中被遮蔽的許多問題呈現出來，受到人們的廣泛關注。這種思潮也影響到了中國，雖然中國整個社會還沒有達到西方那樣的後現代發展階段。

對中國而言，反思現代性的思潮所引發的問題包含了中西文學的關係問題，這個問題的核心，是在中國新文學發展中，西方文學傳統和民族文學傳統所起的作用和兩者的地位問題。按照現代性的觀念和思維方式，主導中國新文學發展方向的是西方的經驗（在五四時期，是西方自由主義的文學經驗；在左翼文學時期，是西方的馬克思主義文學經驗；在工農兵文學時期，是中國化的馬克思主義文學經驗），從五四文學革命到共和國文學，新文學的發展是一個

不斷進步的歷史過程（這中間包含了啟蒙現代性、革命現代和審美現代性的複雜關係，可以進行專題的研究）。但在新的歷史觀念，即後現代的歷史觀念中，西方經驗的決定性作用受到了質疑，從五四文學革命到世紀末中國文學發展的不斷進步的敘史模式也被解構了。雖然後現代觀念指向了消費和狂歡，但它在中國引起的一個結果卻是使民族文化和古典文學對新文學生成和發展的意義突顯出來，回歸民族傳統也不再像以前很長一個時期裡那樣被認為是一種復古和倒退的現象，相反它成了建設民族文學新傳統的題中應有之義。這樣的轉向，大致發生在一九九〇年代前期，所以也是從那個時候開始，中國現代文學研究的重點發生了轉移，即從原來熱衷於研究中西文學關係轉向了有重點地研究新文學與民族傳統文化、民族傳統文學的關係。這樣的研究方向的變化，顯然具有創新的意義，事實上也取得了相當豐碩的成果。

中國古代文化和古代文學是一座豐富的寶藏，擁有許多具有元典意義的思想家和文學家，他們對中華文明的發展做出了偉大的貢獻。在這些元典性的人物中，屈原顯然是極為重要的一個。這不僅因為他是中國最早的一位著名詩人，他的文學遺產，如激情想像的浪漫主義藝術思維、香草美人的修辭方法等，對中國後來文學的發展產生了無法估量的影響，更因為他是一位偉大的愛國主義詩人，他的人格，他的情懷，他的精神，成為一種原型，影響了中華民族心理的發展。後世有許多志士仁人，大都會在屈原身上找到愛國主義的精神源泉，激勵自己奮勇前驅，而那些無法實現自己理想的優秀知識分子也多會在屈原身上獲得啟示，從而找到能夠支撐自己生存下去的精神支柱和生活方式。不僅如此，屈原的意義還能夠從別的方面感受到，比如在徹底反傳統的五四時期和二十世紀三四〇年代激進革命的時期，他的文學成就和精神遺產仍然受到人們的廣泛肯定和頂禮膜拜，從而深深地影響了新文學的發展，甚至在荒誕的

「文革」時代，屈原憑他的愛國主義也免受了被批判和否定的命運。這說明，屈原是一個非凡的存在，可以說他至今仍「活」在人們的心裡，「活」在中國新文學中，他是一個常說常新的話題，是一個「卡里斯瑪」典型。

對於這麼一個極具影響力的偉大詩人，他與中國現代文學的關係究竟應該如何看待，迄今雖有一些研究成果，但基本上還是停留在零散研究的水平上，沒有系統深入的研究著作問世，這不能不說是一個遺憾。從這一意義上說，這本書的選題就具有重要的開拓意義。作者系統地考察了屈原對於中國現代文學生成和發展的意義，他對中國現代文學產生影響的形式和途徑，提出了不少具有新意的見解。更為難得的是，作者從關於屈原的話語實踐中發現了「屈原」形象隱含著一種文化政治和話語的領導權，從而揭示了屈原現象的文化實質。這種研究方法和思路，順應了當下重視中國現代文學與民族文化傳統和民族文學傳統關係的研究趨勢，而又把這樣的研究落到實處，進行專題性的系統而較為全面的考察，顯示了難得的追求學術創新的意識。儘管書中具體的論述可能還存在可以商榷的地方，有些方面尚能進一步深入，關於屈原與中國現代文學的關係也可以做另一種方式的綜合考察，但這是迄今為止我所見到的第一本較為系統深入地研究屈原與中國現代文學關係的專著，我想這對於一個從事中國現代文學研究不久的學者來說，已經是一個相當可觀的收穫了。

朱陽華從碩士到博士都跟著我，相處 6 年，我見證了他學習的努力和學術的進步。他思考問題角度新穎，研究較為細緻嚴密。在碩士階段已經在《武漢大學學報》上發表了重要文章，博士階段發表的論文，有一篇被《新華文摘》全文轉載。他是拖著家小求學的，很不容易。在讀博士時他夫人也正脫產讀碩士學位，一家三口在校外租了一間小房，歷經數度武漢的酷暑與嚴寒，他的學位論文，也

即這本書，就是在這種情形下寫成的。現在這篇學位論文根據評閱專家和答辯委員會老師提出的意見經過修改後將要出版了，我覺得這是對他的努力的最好回報。作為導師，我為此感到高興，同時也希望他與幾位同學一起繼續努力，取得更出色的成果。

在這一套叢書中，有我幾位博士生的著作，朱華陽的書稿是最晚送給我的，我也最晚為他的書寫序。由於我們相處時的一些情形在另外兩本書的序裡已經說過，所以此處就免了。

雍青的《一九九〇年代文學批評話語轉型研究》

　　這是一本及時的書。說它及時，一是因為它梳理了上個世紀九〇年代文學批評話語的轉型，這一次轉型剛剛翻過去重要的一頁，而其影響現在還在延續；二是因為作者對這一次轉型的相關問題做了較有深度的研究，在對紛繁的批評現象和批評理論的介紹和評析中所提出的意見，是帶著深思者的特色並對當下文學批評話語的建構具有提醒和借鑒意義的。

　　一九九〇年代，對中國而言可以說是一個重要的承前啟後時期。它上承八〇年代的改革開放和思想啟蒙的傳統，下啟二十一世紀的價值多元化的前景。處在這一過渡時期中，人們的生活方式和思想觀念，都已經不像八〇年代那樣相對的單純了，似乎一切都在發生快速而帶有根本性的變化，因變化的迅捷而呈現不穩定的狀態，因不穩定而在不同觀念之間引發了撞擊和衝突。在這諸多的變化中，文學的地位、功能和作用的變化，對於熱愛文學的讀者和從事文學研究的學者來說，尤其重要。相對於八〇年代而言，九〇年代的文學出現了明顯的分層趨勢：正統的主流文學影響大眾的思想觀念的能力受到削弱，以精英知識分子為主體的嚴肅文學遭遇了邊緣化的歷史命運，而以娛樂性、消費性為追求目標的大眾文學借助高科技時代的新型傳媒呈現出方興未艾之勢。於是，本來不成問題的問題現在成了問題：文學到底是什麼？文學存在的合理性何在？

它在新的環境中應該扮演什麼樣的角色？它的前景又如何？這些問題擺到人們面前，要求給出回答，而答案顯然是多種多樣的，反映了這個時期思想觀念多元疊合的現實，而不同的答案也就勾畫出了這一時期文學批評話語的轉型軌跡。

作者是我的博士生，他的專業是中國現當代文學，但他的愛好和專長是思考一些比較抽象的理論問題。他在這本書裡所探討的，就是中國現代文論界和中國現當代文學界在一九九〇年代面對複雜和變化著的文學現象時所給出的豐富而繁雜的答案。這些答案體現在為數眾多的學術專著和論文中，雍青搜集了大量的這方面資料，進行艱苦整理和爬梳，理出了幾條主要的線索。這幾條線索以問題為核心，大致反映了一九九〇年代圍繞一些重大的文藝問題所展開的爭論。這幾個問題是：意識形態力量的消退與多元話語的形成、先鋒批評的得失、人文精神討論背後的思想衝突、歷史觀的破裂與重構等。圍繞這幾個重要問題的不同意見是千姿百態的，甚至是尖銳對立的，要把它們描述清楚已經不易，而要對之做出恰當的評價更是一項有難度的工作。但作者的研究給我的感覺是滿意的，我覺得他能抓住關鍵，而且一環扣一環的很有邏輯性，因而也自然而然地抓住了我的思路，我讀下來感到問題的確如他所言，有一種認同感，我想這就是一種學理的力量在起作用了。也就是說，雍青不是一般性地描述現象，而是對紛繁複雜的現象進行歸納和抽象，上升到學理的層面進行追根溯源式的探索，提出了不少帶有他自己個人獨立思考所得出的見解，可以說頗多啟發性。

轉型時期的文學批評和文學論爭往往帶有非此即彼、二元對立的思維痕跡，它在當時吸引人的地方也就在於這種富有個性的片面性，甚至現在回過頭去看，其生氣勃勃的魅力也是躍然紙上的。不過在感受過這種勃勃生氣之後，人們也不難發現它們偏執一端時的某些問題。要對這些爭論中不同意見的得失進行評議，如上文所

言，很不容易，搞不好會留人笑柄，說你沒有理解我的意思，盲下判斷，結果可能兩邊都不落好。當然，作為嚴肅的學者，研究本不是為了討得別人的廉價讚美，可是簡單化的評斷是務必要小心避免的。我絕不是說這本書的作者已經做到了評析得體甚至絲絲入扣，我只是覺得他的評析是言之成理、持之有故的。他的「理」是追求中國當下文學批評話語的健康發展，他的「故」是一種歷史的責任感，也即他是用一種歷史的責任感在對九〇年代的文學批評話語進行理性的批判。當然，作為一名年輕的學人，他的歷史責任感更多地體現為一種前瞻意識，是開放性，包容性的，而沒有犯過去那種獨斷論所容易犯的排它性的錯誤。這說明時代的確在進步——或許把這個「進步」換成「變化」更符合「後」學的精神，也更能表明新事物的特點。

作為導師，我與雍青他們這一屆的幾位元關係介於師友之間，可以一起聊天，也偶爾喝酒。我的酒量不大，現在稍為能喝一點，可能也與他們的「培養」有關。專門談學問的似乎多在他們拿來了論文以後，我用 word 的修改工具進行修改，需要時就打電話找他們來當面談。我所追求的師生關係就是這種亦師亦友的關係，既可討論問題，又能無拘束，平等相處，這可能也與我自己的受業導師易竹賢先生對我的影響有關。當然，憑這一層關係，我想應該說一句，作為一名年輕的學者，雍青的這本書並非沒有缺陷，相對而言，第二章似乎還有較多的展開或深入的餘地。不過話說回來，用有沒有薄弱之處來評定一本書的價值並不科學，因為世上本沒有無弱點的人，也沒有無缺陷的書。我想讀者是會用一種包容的態度來讀這本有新意的書的，它的精彩遠多於不足：你讀後是不會覺得白費時光的。

雍青早就寄來了書稿要我寫一個序，作為導師這似乎是應盡之責，所以欣然應允，但沒有想到學期之末有許多私事公事等著，一

拖再拖。今天參加完年終分配問題的學院辦公會議，才趁著夜色完成這個序。現在已是凌晨一時，窗外是武漢數十年來未遇的嚴寒，冰凌掛到了盥洗室，可我卻浮想聯翩，感受著春天般的景象。一個人能自由地思想和聯想，是一種美麗。身外的處境不一定總是自由的，人的思想卻是自由的，但要享受這一種自由的美麗也並非毫無條件。我始終堅信，只你要心中的熱情不息，生活總是充滿春意的，或者說：春光就在前面。

魏家文的《民族國家視野下的現代鄉土小說》

現代中國的變化，影響最為深遠的，莫過於農村土地所有權的變化以及在土地所有權變革基礎上的社會關係的變化。所以要考察中國現代的歷史，是繞不過農村和農民問題的。甚至中國社會往何處去，也不能忽視農村和農民的問題。中國現代文學中，反映農村和農民問題的作品不僅數量多，而且分量重，影響大，就與農村的變革與農民的變化在中國現代社會變革中所佔據的重要地位密切相關。因而研究這些作品，有時候也就有了特別重要的意義。

本書的作者，著眼於現代民族國家的建構，以鄉土小說的名義來研究中國現代農村題材的小說。「鄉土文學」，本是魯迅在他的《新文學大系‧小說二集‧導言》中提出的概念。他把出生在鄉村、後來到了北京等地謀生一些青年，在文學創作中回憶故鄉的童年生活的作品，稱為鄉土文學。從北京這方面看，他說就是一種僑寓文學。後來有人把「鄉土文學」的範圍擴大，凡是反映了中國農村的變動和農民生活的，全被稱作鄉土文學。不過這麼一來，原來是流派意義上鄉土文學，就變成了強調題材特點的農村小說了。

本書的作者，顯然採納了寬泛意義上的「鄉土文學」的概念。不過這並非問題的關鍵，關鍵是他找到了一個民族國家建構的角度，用來闡釋那些表現了中國農民變化、反映中國農村發展的一系列作品的意義。他選擇了魯迅、茅盾、沈從文、趙樹理和孫犁作為

不同時期鄉土小說的代表，除了研究鄉土小說作為一個具有共同特徵的文學現象所包含的思想和藝術意義外，重點是探討不同時期的鄉土小說與追求民族國家的夢想之間的關係，或者考察同一時期由於作家思考問題的角度不同、審美趣味的差異，他們的鄉土小說呈現了不同的風格。因而不妨換一種方式說，這部專著的價值主要就並非揭示鄉土小說的流派特色，而是通過現代鄉土小說主題和風格變遷，來透視中國農村在現代歷史時期的深刻變化，從這種變化的主軸上來評價不同階段鄉土小說創作的特點和它們的價值。

　　作者顯然受到了近年來文學研究領域中流行的文化熱的影響，但他的優點是文化研究的思路落實到了文學性的考察上，既顯示了文化研究的方法所保證的思想高度、內在的邏輯力量，又避免了一些用文化研究的方法來研究文學的成果有時失之空泛的缺點。

　　我感覺印象深刻的，還有著作中對一些經典作品的重新評價。像《阿Q正傳》，無論是從政治革命的角度強調它對中國革命的一些重大問題的藝術表現，還是從思想革命的角度推崇它對國民性的批判，都已經達成了基本的共識。但這本書的作者利用鄉土小說與民族國家建構的關係這一角度所給予的便利，辨析了魯迅在小說中進行國民性批判的內在矛盾。魯迅一方面受到當時思潮的影響，從民族國家建構的需要出發把阿Q當成國民劣根性的代表來批判，另一方面卻又無法隱藏他對阿Q作為一個弱者的深深同情，這兩者之間形成了衝突。從前者的角度看，魯迅剝奪了阿Q的申訴權，使阿Q這樣一個沉默者無法表達自己運用精神勝利法捍衛自己最起碼的做人尊嚴的權利；從後者的角度看，又使魯迅對阿Q身上的國民劣根性的批判不再具有非常充分的合理性。這裡的難題，是具有普遍意義的，因為它反映了中國思想啟蒙運動從一開始就註定的內在矛盾或者說悖論——西方意義上的思想啟蒙本是主體的自我反省和覺悟，到了中國，思想啟蒙變成了先覺者對不覺悟者的思

想批判和啟蒙教育。於是，啟蒙者有沒有置身於普遍的國民性之外來對國民性進行批判的權利，就成了問題。《阿 Q 正傳》是一個說不完的話題，固然有多方面的原因，也是魯迅藝術上成功的一個鮮明標誌，但它內含的上述矛盾，無疑是導致人言言殊的一個非常重要的原因。這樣的思考，顯然是有新意的，當然有一個超越了思想啟蒙和政治革命視角、而更為重視人的生存狀態的社會思想背景。類似這樣的見解，在著作中關於蕭紅的《生死場》、趙樹理和沈從文的個案分析中也不時能夠見到，這反映出作者力圖有所創新的研究志向。

魏家文博士畢業已有多年。他在博士論文基礎上進行修改充實，現在將要出版了。作為導師，我表示祝賀，因而寫下上面一些感想，作為序言。至於論著究竟有哪些可取之處，或者還存在哪些不足，最後還是要請讀者來評判。

楊永明的《士者何為——近三十年來知識分子題材小說研究》

　　中國知識分子在現代社會變革的歷史進程中擔當了什麼樣的角色，他們本來應該擔當什麼樣的角色？當提出「士者何為」時，其實是在新的歷史條件下又開始思考這樣的問題了。

　　這是一個很有意義問題。它不僅關係到知識分子自身的歷史地位如何評價，自身的角色意識應該怎樣確立，而且關係到對中國現代史上許多重要現象的評斷，關係到中國社會未來走向的問題。

　　從二十世紀初梁啟超的帶有改良主義特點的思想啟蒙運動算起，中國知識分子經歷了百年風雨歷程。梁啟超堅守「新民」理想，魯迅批判國民劣根性，中國現代最先覺醒的一批知識分子是走在啟蒙運動前列的，他們引領了中國思想界的潮流。但是，思想啟蒙只能解決知識分子自身思想觀念革新的問題，卻無法達成它原初的目標——對思想上處於蒙昧狀態的民眾、尤其是落後農民進行啟蒙，使其覺悟過來。不覺悟的中國農民在思想啟蒙中是不可能被動員起來的。

　　受到多種因素的影響，中國社會後來選擇了一條政治革命的道路。中國共產黨在這場政治革命中把底層的民眾組織起來，開始追求一個帶有特定含義的現代化夢想。由於這場革命依靠的是工農階級，從事的是武裝鬥爭，在思想領域裡的一項重要工作，就是用馬克思主義理論武裝人們的頭腦。許多參加革命的知識分子，承擔起

了宣傳馬克思主義的任務。他們在宣傳馬克思主義的同時，也改造自己的思想。於是，他們所扮演的角色，與五四時期的知識分子就有所不同了。他們要當先生，先當學生，拜工農為師。這種身份的轉變，從根本上改變了這些知識分子思考問題的方式——他們的思想接受了改造，懷疑與批判的精神自然就很難堅持了。

重新肯定知識分子的懷疑與批判精神，是在新時期。新時期知識分子懷疑與批判的矛頭，是指向極左路線的。知識分子在這場思想解放運動中意氣風發，再次扮演了時代先鋒的角色。

此後的情形是令人欣喜的。因為隨著改革的深入、經濟的發展和社會制度的逐步健全，人們擁有了選擇自己生活方式的更為充分的自由，知識分子也獲得了在社會實踐中從不同角度、不同立場思考問題的權利。他們多向度的思考，活躍了思想界，促成了介於國家權力與民間社群之間的「公共空間」的形成。在「公共空間」中，知識分子的特點得到充分彰顯，其作用也得到充分的發揮。但是也無庸諱言，隨著二十世紀九〇年代後期世俗化思潮的興起，一些知識分子似乎失去了明確的方向，在思想上開始隨俗俯仰，甚至陷於焦慮與迷蒙中了。

對中國知識分子在百年歷程中的角色變化如何評價，會有不同的意見。本書的作者，花力氣考察了二十世紀中國文學中的知識分子形象及其表現，提出了他自己對於中國現代知識分子的道路和使命的思考，我覺得他的思考是認真嚴肅的。他從中西方文化的碰撞中來把握中國現代知識分子的精神操守和人格氣質，既強調中國現代知識分子身上有傳統士大夫的血脈，又重視在西方文化影響下中國現代知識分子逐漸地建構起了公共知識分子的新傳統。這樣的思路，有較強的歷史感，本身也正體現了知識分子的質疑與批判精神。作者在書的末尾對當下一些文學作品崇尚慾望、沉溺於狂歡的

傾向表示了憂慮，可以看出他所堅持的是五四以來憂國憂民的知識分子所堅守的入世立場。

　　「士者何為？」這原是一個在歷史中展開的問題，在不同的時代會有不同的回答，甚至同一個時代的人理解也會各不相同。但是知識分子畢竟是一個特殊的群體，他們具有一些共同的特性。從知識分子與公共領域關係的角度來回顧中國知識分子所走過的道路，總結期間的歷史經驗，我認為體現了中國當下社會的一種新取向，並且是帶著歷史沉思的色彩的。這種看法，應該引起我們的重視。

　　楊永明是在機關工作多年之後再來攻讀博士學位的。他的工作經歷，對他思考問題的方式顯然有影響，與他選擇這個題目作為博士學位論文的選題也有關係。現在，這一研究成果即將出版，我作為導師自然感到高興。希望他的這本書能夠引起讀者的關注，也希望他能在探索的道路上繼續前行，把知識分子的問題思考得更深入一點。

附錄

啟蒙神話與命運悖論

——〈傷逝〉、《寒夜》筆談

主持人陳國恩：〈傷逝〉與《寒夜》堪稱中國現代文學史上反映知
識分子問題的雙璧。魯迅和巴金在作品中對中國現
代知識分子的遭遇、命運的描寫和思考，達到了各
自時代的高度。有意思的是，這兩個作品所涉及的
知識分子問題具有邏輯上的內在聯繫，而且揭示問
題的方式——組織矛盾衝突的形式也有很大的相
似性，從而構成了一種互文關係。這使我們能夠通
過對其中一部作品的研究來加深對另一部作品的
理解。通過這種互為參照的方法，可以從作品中讀
出啟蒙主義的局限，女性解放的悖論，社會變遷和
文化發展等。近期，我們組織博士生進行了一次〈傷
逝〉與《寒夜》的專題討論，討論後由主持人對主
要的觀點進行了綜合歸納，再分頭撰寫文章。現在
把成果發表出來，以表達我們對魯迅和巴金這兩位
文壇巨匠的敬意和紀念。

互文與知識分子兩性關係逆轉的文化進程

文：武漢大學文學院 2005 級博士生　　胡群慧

　　〈傷逝〉與《寒夜》中的兩性關係都是不平衡的。這種不平衡
涉及到了經濟勢能、文化勢能、價值勢能、情感勢能和兩性魅力等
諸多層面。兩個文本的兩性關係的不平衡狀態發生了逆轉，也就是
說，二○年代的涓生相對於子君而言的優勢到了四○年代的汪文宣
則成了相對於曾樹生的弱勢。這種變化有著深層次的文化原因。比
較兩個文本，可以發現：

　　第一，《寒夜》較〈傷逝〉在建構兩性的不平衡關係中增加了
「兩性魅力」這一因素。這為我們瞭解兩性關係的逆轉提供了某種
資訊。因為，〈傷逝〉並不存在第三者的問題。但在《寒夜》中，
汪文宣則有一個強有力的競爭對手——陳主任。陳主任不但比他年
輕英俊，社會地位也比他高，更重要的是，他在瞭解曾樹生的情況
下對她仍不乏真心。很顯然，只有在整個社會已日漸接受性愛自由
的觀念，男女並不因為婚姻的存在而減少接觸機會的情況下，這種
事情才有可能發生。曾樹生的工作性質、工作環境還有自己的個性
都讓她有機會在男性面前展示自己的女性魅力。從這個角度而言，
它與四○年代的都市文化背景是不無關係的。

　　第二，〈傷逝〉與《寒夜》都涉及到了「經濟勢能」、「文化勢
能」、「價值勢能」和「情感勢能」四個方面的因素。這些共有的因
素對我們瞭解文本互文中兩性關係的逆轉有直接幫助。

　　首先就經濟勢能而言，涓生對子君的強勢是因為他有一份工作
並能在失業時採用編譯稿子的方式謀生。子君則在婚後充當了全職

的家庭主婦。曾樹生對於汪文宣的強勢則是因為她不僅有一份薪水頗高的銀行工作而且還和人合夥做生意賺錢。涓生與汪文宣的經濟狀況的差距不大，但子君與曾樹生的經濟狀況的差距是比較大的。事實上，在二〇年代，由於當時社會政治經濟結構的限制，社會並沒有為女性提供更多的職業化場景。被「五四」運動喚醒了獨立意識的女性仍舊只能從父的家庭走進夫的家庭，繼續扮演母親與妻子的傳統角色。這種回歸不僅在經濟上影響了婚戀的生活質量而且在某種程度上削弱了女性與外在社會的文化資訊交流與交換的機會，並進一步影響到了婚戀關係內部兩性之間文化資訊交流與交換的情況。而到了三〇年代前後，中國都市經濟的發展已為女性提供了更多的職業化可能。與此同時，伴隨著日趨穩定化的都市生活所承載的資本主義社會特有的男性標準，女性不僅在兩性交往中而且在公共職場中存在著不斷被色情化、商品化的狀況。曾樹生「花瓶」性質的工作是具有特定時代的經濟文化背景的。它是女性在都市裡不斷色情化、商業化的一個表現。這使她們在某種程度上具有男性所不具有的競爭力。此外，女性接受高等教育的稀有狀況帶來的供求關係的不平衡也增添了具有性別意味的女性職業的商業化賦值程度。

其次就文化勢能無言，涓生對於子君的強勢是因為他接受過一整套的西方文化觀念。這對於二〇年代的年輕人來說是比較少有的。與男性相比，接受過相當教育的女性就更少了。而到了汪文宣與曾樹生的時代，教育已較前有較大發展，女性受教育的狀況已在逐漸擴大。他們在文化教育程度上的差距並不大。但同時我們不應該忽略的是，曾樹生非常具有商業氣息的充分都市化的職業文化背景同汪文宣勤儉、自守克己、自我犧牲等傳統意義上的缺乏流動與交流以及交換（通過資訊的交流來加快資訊與物質或文化、身份獲益的交換）的生活方式不同，曾樹生裝扮時髦、社交廣泛，與人合

夥做生意，這樣一種與其工作結合得異常緊密的生活方式已經有了
非常濃厚的都市商業與消費文化色彩。涓生和子君的文化勢能還只
局限在相互之間「啟蒙」與「被啟蒙」的自上而下的「宣講」或自
下而上的「聆聽」這樣一種單向的交流態勢中。因為在二〇年代，
人們對新文化、新思想的認識還多處於邊緣化狀態。在自由戀愛還
缺乏主流社會認同的合法性基礎的情況下，涓生與子君首先要面對
的是如何同庸眾抗爭、維護他們選擇的獨立性問題。這必然會導致
他們對外的交流和交換情況比較弱。而到了汪文宣與曾樹生的年
代，在多種新文化的觀念與實踐日益普及的情況下，人們之間的雙
向資訊交流與交換變得日益頻繁。

在解讀完前兩項構件之後，價值勢能與情感勢能就比較好解釋
了。涓生對子君在這兩方面的強勢是建立在文化勢能和經濟勢能
尤其是文化勢能基礎上的。由於文化勢能的強勢與文化交流的單
項性，涓生不可能從子君那裡獲得有效的交換和對等的交流。涓生
也正是在這樣一種情況下認識到自己當初對子君「我是我自己的」
宣言的誤讀，並承認兩人之間存在著真正的「隔膜」。這種「隔膜」
具有二〇年代社會文化背景的特性。同樣，汪文宣對曾樹生在價
值勢能和情感勢能上的弱勢也是建立在文化勢能和經濟勢能基礎
上的。

由此我們可以發現：在〈傷逝〉中，涓生與子君男女情愛締結
與分離的故事層面下蘊含著二〇年代男女兩性在啟蒙文化背景下
摩擦、衝突，聚合分散的底子。在《寒夜》中，汪文宣與曾樹生男
女情愛締結與分離的故事層面下蘊含著三〇、四〇年代男女兩性在
商業文化背景下摩擦、衝突，聚合分散的底子。這是造成兩個文本
在互文中兩性關係逆轉的重要文化因素。

現實生活的情感投影

文：武漢大學文學院 2005 級博士生　張贇

　　魯迅和巴金在創作〈傷逝〉和《寒夜》的時候都處在盡情享受幸福甜蜜的愛情婚姻時期。這是這兩篇小說共同的創作主體背景。二者又都控訴了黑暗腐朽的舊社會，並刻畫了掙扎在醜惡社會中的知識分子的悲慘遭遇。無論是子君，還是汪文宣，都沒有擺脫死亡的命運。儘管他們的願望都是卑微的，一個僅僅要求擁有自己的家庭，維持一份愛情，另一個僅僅要求為妻子、孩子和母親提供生活的最低保證，但在那時卻無法實現。對舊社會的揭露和詛咒是兩篇小說的創作重心。當然，僅僅這樣還流於一般。這兩篇小說的重要性主要還在於它們不約而同地對知識分子的人格缺陷和人性弱點進行了勘察。作品中的知識分子在當時社會的悲劇命運也暴露了他們自身的性格缺失。〈傷逝〉中的子君在與涓生同居後即淹沒在平庸瑣碎的日常家務中，逐漸使他們的愛情枯萎，涓生則不計後果地把無愛的真實推給對方，直接導致了子君的死亡；《寒夜》中的曾樹生只顧自己的自由和享受，在丈夫生病的過程中沒有盡到做妻子的責任，而汪文宣，作為深愛妻子和母親的丈夫和兒子，被婆媳之間無休止的戰爭和現實生活的重負壓垮，他表現出來的懦弱和無能也是讓人又憐又恨的。

　　〈傷逝〉作為魯迅唯一的愛情題材小說，創作於一九二五年十月。當時魯迅已與許廣平確立戀愛關係，隨後不久在上海開始了同居生活，在愛情的高峰期寫下的〈傷逝〉，沉痛，雋永，回味悠長。在〈傷逝〉中，魯迅寫出了社會的黑暗腐朽，追求個性解放和婚姻

自由的願望無法實現。同時暗示出，婦女只有經濟獨立，才能改變受支配的命運，這也是改變千百年來婦女受壓迫命運的一劑良方。魯迅是偉大的，他從根本上抓住了問題的實質。但是，在現實生活中，魯迅有沒有讓自己的愛人許廣平淪為「子君」呢？魯迅和許廣平可能不會遇到「子君」與「涓生」所面臨的失業的壓力，但是，從忙碌的做家務、抄稿子、取信件的許廣平身上，難道真的沒有「子君」的影子麼？許廣平大學畢業，工作能力強，她做雜務不是太浪費了麼？而且這也與魯迅所倡導的經濟獨立的女性有很大差距。為什麼魯迅對大多數婦女的熱切希望不在許廣平身上實施呢？並不是許廣平自己不願意。據許廣平後來說，是魯迅阻止了她。魯迅認為自己的工作更重要，許廣平應該為他做出犧牲。當然也許沒有許廣平的犧牲，魯迅的成就會受到影響。但這還是讓人無法釋懷。在〈傷逝〉中，魯迅提出，「愛情必須時時更新，生長，創造」，而瑣碎的日常生活只能使愛情枯萎。「子君」和「涓生」在貧困而又世俗的生活裡消磨掉了曾經的激情。儘管「子君」仍愛著「涓生」，卻無法阻止「涓生」要擺脫無愛的婚姻的腳步。那麼，在現實生活中，魯迅是否會在日益成為慣性的生活中對完全依附自己的愛人失去最初的感覺？魯迅在作品中讓「涓生」不負責任的離開「子君」，而在現實生活中，卻不讓自己的名義上的妻子朱安背負一生的惡名，而寧願不給許廣平「名分」。這說明，魯迅在創作中表達了他的在現實生活中無法實現的隱秘的願望和對婚姻家庭的擔心和畏懼。〈傷逝〉中所表現出的愛情來到時的慌亂、甜蜜和行動的勇敢及對無愛婚姻的決絕顯示出作家深刻的現實生活體驗和內心深處壓抑情感的昇華。

《寒夜》有著〈傷逝〉同樣的冷峻格調，和魯迅一樣，巴金此時與蕭珊結婚不到半年。儘管沉浸在新婚的甜蜜之中，但嚴酷的抗戰環境使巴金拿起手中的筆去揭露黑暗，把那些發生在身邊的不幸

的人們的痛苦、疾病和死亡記錄下來。現實的婚姻生活體驗使巴金在小說中對夫妻之間的情感把握也更細膩真實。小說的情節與作者的生活幾乎是同步展開的：訴說抗戰時期的重慶普通人家的悲慘遭遇。巴金曾經說過，寫《寒夜》是在作品中生活，他本人就生活在《寒夜》所描述的生活背景中。在那幾年中，散文家繆崇群、小說家王魯彥，還有他的老朋友陳范予，都是害著肺病痛苦地死去的；抗戰勝利後回到上海，他又親手埋葬了因病得不到很好醫治的三哥李堯林。所以，當小說中寫到汪文宣為生計而無著、為疾病而痛苦的時候，這些親友的面孔一一浮現在巴金的腦海中。這樣，外部的社會因素就有了依據，其餘豐滿的細節也有生活經驗的積累，而並不是僅僅靠作家的想像。巴金曾說：「汪文宣同他的妻子寂寞地打橋牌，就是在我同蕭珊之間發生過的事情」。《寒夜》中汪文宣和曾樹生曾是有著教育救國理想的熱血青年，然而在殘酷的現實環境的壓迫下，一個做著小文員的抄寫工作，以微薄的工資養家糊口，一個在銀行充當「花瓶」，他們不但無法實現自己曾經的理想，甚至連最卑微的生存要求都不能滿足。這是作品現實層面所顯示的社會意義。當汪母看到兒子愛兒媳更甚於愛她時，更是內心失衡，對兒媳惡意地辱罵。在她們的夾縫中掙扎的汪文宣處於一個兩難的處境。他們每一個人都是弱者，都在受著煎熬。作品通過對他們三者之間的矛盾的描寫，對人性弱點進行了精細入微的洞悉和展示。

　　《寒夜》和〈傷逝〉都是表現知識分子命運題材的作品。作為現代知識分子的魯迅和巴金對知識分子命運的關注和解讀，其實也是對自身命運的關注和解讀。他們從自身的經驗中直接或間接地書寫了現代知識分子所遭遇的困境，並引伸出對人性弱點的深入思考，表現出一種精神的激昂和感情的抑制，這是作者在現實生活中所獲得的體驗的流露。

女性解放的社會怪圈

文：武漢大學文學院 2005 級博士生　楊永明

　　〈傷逝〉和《寒夜》中包孕著如火的熱情和深沉博大的人道主義關懷，都體現了對豐富複雜的社會文化內涵的睿智審視。在對人性的細緻開掘中展示出對女性解放道路的深刻思索。

　　魯迅先生的小說〈傷逝〉揭示了女性解放運動中所存在的嚴重思想缺陷。子君是個受新文化影響的女性，她憧憬自由的愛情，勇敢地喊出：「我是我自己的，他們誰也沒有干涉我的權利！」然而，一旦衝破阻力爭取到了愛情，這種自由意識隨之泯滅，完全陷入到了家庭之中，將自己的一切寄託於愛人身上，完全喪失了自我，「女性」在她那裡僅僅只是一種「身體」存在，喪失了基於女性主體意識上的精神存在。作品的震撼力同樣體現在涓生身上，作為受新思潮影響的青年人，也認同了這種以男性為中心的男權社會的價值標準和倫理規範，把子君視為累贅。魯迅先生以男性第一人稱的敘事眼光，深刻犀利地揭示出所謂的戀愛自由、婚姻自主中，其實更多地隱含著傳統男權社會中「才子佳人」、「良緣難求」的封建文化時尚心理，而非真正基於「人」的意識的徹底覺醒基礎上的婦女解放，因此，他曾指出，婦女的解放首先是經濟權的獲得，但又悲歎，即便經濟方面得到自由，也還是傀儡。

　　女性解放曾是「五四」乃至更早一個時期討論的最熱烈的話題之一。限於中華民族當時所處的特定國際環境和厚重的傳統文化積澱，它一開始就存在嚴重的不徹底性。談論家庭革命也好，男女平權也好，都是文化先覺者基於保國強種、救亡圖存的根本目的來為

女性代言。也就是說，它始終與超越性別的民族、階級的革命實踐相伴生，而忽視了女性作為自覺主體的真正覺醒，即魯迅所說的真正的「人」的意識的覺醒，外表打著女性解放的旗號，骨子裡依然刻著濃厚的男權中心意識。女人被賦予的仍是孝女──賢妻──良母的家庭角色，封建女教價值觀和行為規範仍然滲透於中國社會的方方面面。

在《寒夜》中，男權中心意識無處不在。作為女性，曾樹生既像子君又不同於子君，她顯然具有更新更強的心理素質，體現著現代女性自我意識的真正覺醒；她同樣崇尚個性解放，婚戀自由，但她又越過了單純地追求個性解放和愛情自由的階石，勇敢地在時代大潮的沉浮中主宰自己的命運。她在內心裡喊道：「我愛動，愛熱鬧，我需要過熱情的生活。」針對汪母的侮辱，她回應道：「現在罵人做『花瓶』已經過時了。」作為覺醒了的女性，「家」已不再是具有維繫生命全部意義的唯一現實，而是可以同男性一樣在享有獨立人格基礎上建立起來的既能寄託感情又不妨礙自我生命價值實現的溫暖的港灣。而當家給予不了她所需要的這一切，反叛也就成了必然。作為丈夫，汪文宣孱弱自卑的病體與曾樹生青春健美的形象形成強烈的反差。他也是個受過大學教育的青年，他鄙視世俗的婚戀觀念，他與曾樹生自由戀愛，同居生子；但他內心深處希望妻子做到的仍只是一個賢妻良母式的孝順公婆的家庭婦女，男權至上的意識依然很深。他用自己，用孩子，用盡一切辦法想把妻子留在家中，對於妻子的不肯回家，他也說出了「請你坦白告訴我，是不是還有第三人，我不是說我母親」這樣的話，想用倫理道德那一套封建規範來壓服妻子，表現出一個男人對於女性的不肯順從的恐懼和卑劣心理。同是女性的汪母，則把媳婦視為家中一切不幸和苦難的製造者。她用來衡量女性的仍然是男權社會的傳統道德價值標準，「你不過是我兒子的姘頭」，把她視為不過憑著姿色取媚於男人

的「花瓶」。這種「花瓶」觀念是男權社會中男性慾望的心理投射，正是中國傳統文化中將女人視為「非人」的典型心理。在汪母看來，她既不孝敬公婆，也不伺候丈夫，更不管孩子，根本就不是一個好女人。男性特權潛移默化地「遺傳」於漫長的社會歷史的演進中，形成一種似乎是與生俱來的社會心理結構和性別心理結構，成為束縛女性的沉重枷鎖。

作為個體生命尊嚴的基礎，經濟權的取得是女性解放的首要問題。但倘若不能從根本上打碎封建社會建立起來的一整套倫理道德標準，則女性仍然是即定規範制約下的奴隸，仍然是泯滅自我的男性的犧牲，而這種獻祭註定使女性走向自我主體意識的死亡。女性主體的自覺程度，是無法為男性所取代的，也是決定女性解放能否取得成功的關鍵，這種自覺，應該是女性群體意識的覺醒而不僅僅是個別女性自我意識的覺醒。只要有汪母這樣的人和這樣的文化基礎存在，女性就不可能獲得真正意義上的解放。曾樹生的出走固然顯示出覺醒了的女性對男權社會的頑強挑戰，然而這種出走也是一種逃離，她是隨著陳經理走的。她所爭取到的自由固然有她自己出色的工作能力和社會適應能力有關，但也是一種男性的「賜予」，抗爭中又包含著依附的成分。這就形成了中國女性解放道路的怪圈：人格尊嚴和生命價值的追尋要以經濟權的取得為先導，而經濟上的平等又是在男權社會運作機制的潛規則下形成的，當這種包括道德倫理規範的男權社會價值觀得不到實質性的顛覆時，又反過來消解了所有其他方面解放的價值。路在何方，巴金先生沒有回答。「她該怎麼辦呢？走遍天涯海角去作那明知無益的找尋嗎？還是回到蘭州去答應另一個男人的要求呢？」或許時代還不曾賦予巴金和「她」找到答案的能力。「夜的確太冷了，她需要溫暖。」

理想追尋的錯層與斷裂

文：中國現當代文學 2005 級博士生　俞春玲

　　就廣義而言，魯迅的〈傷逝〉、巴金的《寒夜》主人公均為知識分子，從時間上看後者可謂前者的延續，值得注意的是，兩個知識分子家庭都從最初的甜蜜走向了分崩離析。其悲劇的根源是處於不同層面的知識分子在夢想上的分歧與變化，兩部作品的不謀而合實則體現了知識分子對彼此夢想的誤讀，滲透著作者對知識分子無法建立自己的理想家園的思考。

　　〈傷逝〉中子君與涓生共同邁出了反抗封建大家庭的一步，其夢想乍看似乎就是組建理想的家庭，但實際上他們對彼此的夢想存在著誤讀，支配其行動的潛在心理因素也不盡一致。子君是要為自己尋得幸福的歸宿，其革命性體現在破除父權主宰以及自主婚姻上的個性解放，愛情與家庭便成為她的全部理想與終級目標，這也是五四時代眾多知識分子尤其是女性知識分子的重大夢想。而對於涓生來說，幫助一個女性破除封建婚姻束縛也好，尋一個同路人也好，這僅僅是他理想的啟蒙道路上的一步，他的夢想絕不是停滯於溫暖的家庭港灣，而是要實現啟蒙知識分子拯救大眾的理想，相對來說此前的一步是實踐但也只是遠大理想中的微小一步。二者起初的夢想便不盡一致，只是一時受到溫馨愛情生活的蒙蔽，而這種分歧的明朗必然導致最終的決裂。〈傷逝〉在表層的愛情婚姻悲劇之後，實則體現了處於不同層面的知識分子夢想的差異，以及由此而導致的不解與誤讀，隱含著魯迅對當時知識分子諸多不同意見及矛盾紛爭的思考。在創作〈傷逝〉的前前後後，魯迅已經發現了同樣

處於風頭浪尖的知識分子卻有著諸多不同主張，有的意見甚至完全相悖，魯迅的這些認識與思考在其雜文中多有表現，應該說同時也滲透到了小說創作之中。

如果說〈傷逝〉是理想在本質上便相異的知識分子的悲劇，那麼，曾經志同道合向著同一目標進發的知識分子又將如何？《寒夜》便是對這個問題的回答。曾樹生和汪文宣得確是因著共同的理想走到一起的，但在生活中過去的一致已經發生了變化，現實的冷酷使他們認識到夢想不可實現，他們之間的精神支柱逐漸坍塌了。儘管他們還在做夢，但夢的內容與取向已有不同。汪文宣的夢是對青春逝去的追憶，是明知不可得的暫時心理安慰，其取向是向後的；而曾樹生更加深刻地認識到過去的理想都已化為泡影，而她「還年輕」「還有夢」，她的夢是對未來的追尋，更是對現實的把握。正是在新的環境中夢的取向的分歧導致了愛人的離開，導致了曾經志同道合的伴侶分崩離析，亦即曾經並肩作戰的知識分子在現實的冷遇面前繼而選擇了不同的方向。

由於主人公特定的知識分子身份，這些家庭悲劇從而具有不同於一般家庭悲劇的更為深重的含義。它們是現實社會的投射與縮影，反映著嚴酷現實對知識分子的種種磨難。狂飆突進的五‧四時代曾令眾多知識分子欣喜若狂，以為可以擔負起歷史使命啟蒙大眾、拯救社會，但殘酷的現實及啟蒙本身的不可預知迅速打擊了一代熱血青年，無情地摧毀了他們的美夢。同樣作為知識分子，子君與涓生並沒有真正地平等對話，他們的關係中充滿了錯層和誤讀，同為知識分子二者卻處於不同層面。涓生是要作為啟蒙者啟蒙子君的，但啟蒙知識分子對身為知識女性的伴侶的啟蒙都失敗了，則更彰顯了啟蒙的難以實現，表現了啟蒙知識分子理想的破滅和命運的悲哀。魯迅正是認識到了現實的悲涼、希望的渺茫同時又不願徹底放棄希望，從而陷入深深的思索，於是便有了經歷失敗但又懷著殘

夢的涓生。而二十年後的巴金寫作《寒夜》時則經歷了更多的淒風冷雨，身邊一個個有理想、有才能的好友如繆崇群、范予、魯彥都無奈地結束了自己淒慘的一生，巴金認識到「被生活拖死的人斷氣時已經沒有力氣呼叫『黎明』了」。原本處於同一層面上的知識分子在現實生活中仍然難以擺脫不盡相同卻又同樣悲涼的命運，於是才有了文宣這樣一個無夢了的男性知識分子，有了書生這樣夢已陷落的女性知識分子，有了在抗戰勝利的喜悅後卻滿浸著蒼涼與失望的《寒夜》。

彷彿為了印證自〈傷逝〉到《寒夜》知識分子這種不可扭轉的悲劇命運，從啟蒙思潮再次高漲的八〇年代到市場化、多元化的九〇年代，當代作家張煒的系列作品也呈現出知識分子夢想的誤讀與錯層。《古船》中的隋抱樸、《柏慧》中的「我」、《能不憶蜀葵》中的淳於以及《醜行或浪漫》中的趙一倫，他們均未獲得理想的家庭生活，而其追求即使在同伴眼中也越來越成為鬧劇。與魯迅筆下的孤獨者們相似，張煒筆下的正面知識分子亦曾企圖喚醒被迷惑的大眾，但他們的理想即便在周圍的知識階層中也難以被充分地理解，他們以自身的無奈遭遇探究了知識分子理想責任與現實處境之間的矛盾。

相同的悲劇主題，不同的生命感受

文：武漢大學文學院 2005 級博士生　徐茜

〈傷逝〉與《寒夜》具有共同的悲劇性主題：個體在困境中選擇救出自己而致使了他人的毀滅。在〈傷逝〉中涓生拋棄了變得怯

弱的子君,在《寒夜》中曾樹生離開了病重無能的汪文宣。在相同的主題事背後隱含了作者不同的生命感受。

　　個人主義是一種認為行為目的只能為我、個人價值至高無上從而把自我實現與個人自由奉為評價行為善惡的道德總原則的理論。魯迅也曾提倡「任個人而排眾數」,在〈硬譯〉與「文學的階級性」時還稱自己的「出發點全是個人主義」。但個人主義畢竟是西方的思想學說。把它移植到中國來時,必然要與中國的本土文化、道德產生矛盾和衝突。中國傳統文化講「仁」,講「兼愛」,講「己所不欲,勿施於人」,講「慈悲」,對利己哲學一直持批判態度。在個人主義與中國傳統道德中,怎樣的選擇才是真正的「正確」,這成為中西文化交匯的時代盤旋在新文化人心中的巨大陰影。魯迅的〈傷逝〉正是對這樣的生命體驗的真實記錄。〈傷逝〉展現在我們面前的是兩個個人主義者,他們各自為自己的行為和命運負責。涓生認為只要沒有子君的負累,自己便能走向新的生路。涓生的行為體現了典型的個人主義色彩。可隨著故事的開展,我們發現,子君的勇氣是因為愛,而不是因為主體的自覺。涓生最大的錯誤在於以己之個人主義去理解子君「我是我自己的,他們誰也沒有干涉我的權利」。正是這錯認使他能夠決然對子君講出「不愛」的真相。不少人指責涓生太自私和薄情,可涓生的選擇完全符合個人主義的應有之義:他只需為自己的生命負責,無需為子君的生命負責。而個人主義在當時的中國代表著西方先進文化,是新文化人大力宣揚和肯定的,具有「正確性」。可這「正確的」個人主義卻導致了子君的死亡。難道是涓生錯了嗎?若罪責全在涓生身上,就意味著對新文化立場的整體推翻,這顯然不是魯迅願意承認的。那麼是子君咎由自取?可在魯迅筆下子君又是如此讓人同情!〈傷逝〉揭示出個人主義在中國的窘境,同時流露了作為個人主義者的魯迅的困惑。

涓生和子君的故事還是一個關於先覺者與青年（群眾）的寓言。先覺者能承擔自己的生命，可青年（群眾）因為年齡、人生閱歷等等原因，無法完全承擔自己的生命。這時如果先覺者被假像迷惑，誤認了青年（群眾），把之視為是自己的同質者，如涓生誤認子君那樣，就必然導致悲劇的發生。既是先覺者的悲劇，也是青年（群眾）的悲劇。而涓生應不應該告訴子君真相，實際上是啟蒙的先覺者應不應該把現實的冷酷、生命的真實告訴青年這一問題的轉喻。告訴了，結局是死亡與絕望。不告訴，是永遠的愚昧和麻木。皆難！涓生的種種心路歷程正是魯迅的心路歷程。魯迅用涓生的故事展示了自己的焦慮，又用自己的人生體驗豐富了涓生，塑造出了一個複雜的靈魂。

《寒夜》中的曾樹生為了更好的生活毅然地拋病夫棄幼子。她確信「我有我的路！我要飛！」對於這樣的選擇，巴金沒有站在道德的立場上予以批判，而是持一種理解的態度，這源於巴金早年的生命體驗。巴金早期的不少作品都宣揚了人應該按照自己的意願生活，不應被家庭束縛的主張，最具有代表性的當然是《家》。曾樹生選擇追求自己的幸福，符合巴金的主張。但寫《寒夜》時的巴金畢竟不同於寫《家》時的巴金，年歲的增長使他對人、對生活的思考有了進一步的拓深。如果追求個人幸福的後果是間接導致別人的毀滅，選擇還能那麼果敢無畏嗎？巴金猶豫了，他不能回答。我們可以說，四十多歲的巴金與四十多歲的魯迅站在了同一平臺上，遭遇了相同的人生困惑。對於曾樹生和涓生，他們不願評判，也無法評判。

曾樹生選擇救出自己，可是擺在她面前的是一條絕路。她憑藉漂亮、有活力、會交際等女性原始本錢，依靠上有錢、有權、有辦法的陳主任。對於三十四歲的曾樹生來說，年老色衰的日子不會太遠。陳主任會不會拋棄她呢？如果被拋棄，曾樹生有沒有其他的能

力和辦法獲得好的生活呢？沒有。用汪母的話說，她只是一個「花瓶」，等待她的是逃脫不了的悲劇。為什麼要這樣安排曾樹生的命運？這是時代帶給巴金的生命體驗。《寒夜》創作於四〇年代。如果說〈傷逝〉時期，新文化人相信只要個人成為真正覺醒的主體，擔負起自己的生命，中國便將有新的希望。那麼四〇年代的社會現實打破了他們的幻想。這是一個嚴峻的時代，在民族的災難面前，知識分子普遍認識到個人的無用和渺小。巴金自述他當時看過了太多的人間悲劇，看到了太多的正直的、講良心的人被不合理的制度摧毀、被生活拖死，而沒有任何辦法，因此深深感受到無奈和憤懣。同時，巴金真心信奉和實踐的無政府主義對於中國的狀況又無任何實際作為，這也使巴金產生了深重的無力感。這種種的體驗彙聚在《寒夜》中便轉化為小說中人物在社會的巨大暗影下的無力、無奈、無可掙扎，形成了作品悲涼悽楚的氣韻。巴金說，他要通過這些小人物的受苦來譴責舊社會、舊制度。他有意把結局寫得陰暗，絕望，沒有出路，使小說成為「沉痛的控訴」。曾樹生的極力掙扎和掙扎的悲劇性後果，滿足了巴金的預想。正是在這一點上，《寒夜》顯示了與〈傷逝〉不一樣的價值取向。

從〈傷逝〉到《寒夜》——啟蒙神話的反思

文：武漢大學文學院 2005 級博士生　帥彥

　　二十世紀初，為了實現中國的現代社會轉型，新一代的知識精英把思想啟蒙作為他們的主要使命，彷彿只要將西方文化精神植入中國老態龍鍾的機體，中國便會重新煥發出青春的顏色。我們可以這樣說，中國知識分子精心編織了一個有關中國命運的啟蒙神話，

「女性解放」,「個性自由」等西方現代價值觀便是這一個「神話」的故事內容。然而,啟蒙理想是否存在有內在的缺陷?「女性解放」「個性自由」等神話內容能走多遠?思想啟蒙是否能徹底解決中國的問題?作為兩個時代的作家,魯迅和巴金在對啟蒙理想的反思中都發現了啟蒙神話的虛妄,洞察到了啟蒙神話的烏托邦色彩。在〈傷逝〉和《寒夜》中,魯迅和巴金用不同的方式打破了他們親手編織的個性解放的「啟蒙神話」。

魯迅的深刻之處就在於他代表了他所處時代的理想,卻又表達了他對於啟蒙理想的困惑。五四時期「娜拉」的離家出走成為中國女性解放的象徵。在五四思想啟蒙者看來,只要走出家門中國女性就會獲得自由和解放,將「走」作為女性解放和個性自由的終極目標加以絕對化的認同,彷彿是只要走出封建大家庭的藩籬,就會獲得所有有關「個性解放」這一西方現代價值觀的內容。魯迅在〈傷逝〉中通過子君的悲劇命運,形象化的展現了「娜拉出走」這一啟蒙神話的幻想特徵和烏托邦色彩。在〈傷逝〉的人物關係設置中,涓生是「娜拉出走」這一現代性價值理念的推行者,在涓生的啟蒙價值觀的推動下,子君大膽的喊出了「我是我自己的,他們誰也沒有干涉我的權力。」並進而與涓生同居。然而我們應該看到,子君的理想開始且終結於「出走」這一神聖的行為,按照啟蒙者的預設,走出封建家庭就意味女性解放和個性自由的全部內容,至此子君應該已經獲得了女性解放的全部價值觀內容,她的追求到此也就已經完成。但是啟蒙者們沒有看到,在子君與支配她生活的家庭和舊的價值觀念決裂之後,她並沒有真正獲得指引她走向新生活的現代價值理念,子君變得無所依傍,被拋於一處沒有座標的荒野。子君只能從與涓生不確定的關係中獲得支援,而最終的結局卻是她賴以依傍的愛情失落了,子君只能死在無愛的人間,女性解放的啟蒙神話也就至此崩塌。〈傷逝〉所展現的人生悲劇,表達了魯迅對啟蒙理

想的內在矛盾和內在缺陷的反思，對啟蒙者樂觀主義人生期待的懷疑，魯迅正是以他冷靜而清醒的現代理智深刻的反思啟蒙理想，置疑「娜拉出走」這一個的啟蒙神話在現實延伸中的命運遭際，揭示這一現代性命題的虛妄和幻想特徵。

在一定意義上，我們可以把《寒夜》看成是〈傷逝〉的續篇。掙脫家庭鎖鏈的青年男女由充滿激情的青春歲月走到相對沉靜的中年時代，他們的命運怎樣？現代個性解放的啟蒙神話在他們身上實現了嗎？巴金在三〇年代的創作延續著五四思想啟蒙的思路，在這一個時期巴金精心編織了一個「逃離」即「新生」的啟蒙神話，他將愛情的追求、擺脫封建家族的束縛作為「個性解放」的終極目標而加以絕對化的認同。愛情作為一個蘊含著新生希望的能指符號，被巴金賦予了多重的拯救功能，似乎青年一代從社會想要獲得的一切，都可以通過對愛情的獲得而得到。愛情被完全意識形態化，作為情緒細節存在的愛情本體退場了，愛情的全部意義都集中於青年知識者「反叛」封建制度的手段。彷彿只要走出封建家庭的大門，青年一代就會自然而然地走向光明的坦途，重塑嶄新的自我，獲得個性的解放和自由。走出家門，獲得愛情就意味著西方現代價值觀的全部內容嗎？「逃離」或「出走」後又會怎樣呢？在《寒夜》中，巴金通過汪文宣、曾樹生在四〇年代的家庭婚姻生活真實的表現了啟蒙神話在現實生活延伸中的蒼白和無力。透過《寒夜》，巴金打碎了他在三〇年代建構的以「愛情」「離家」為信念的個性解放的啟蒙神話，也反映出巴金對啟蒙理想、對啟蒙樂觀前途的深刻反思。走出家門，擺脫了封建家庭的束縛的知識分子的命運會怎樣？在《寒夜》中，巴金不得不痛苦地面對他不願正視的現實。汪文宣在抗戰時期的悲劇，正是知識分子離家後艱難而尷尬處境的體現。汪文宣在社會的威壓和家庭的重負下變成一個懦弱善良，膽小怕事，窮困潦倒的小職員，這個當年意氣風發、躊躇滿志的年輕人，

竟然「飛了一個圓圈又回到了原地」。正如巴金所說：「他為了那個
吃不飽穿不暖的位置，為了那不死不活的生活，不惜犧牲自己年輕
時候所寶貴的一切，甚至自己的意志……」汪文宣在青年時代有著
與覺慧、覺民一樣的反抗精神，但人到中年，他的性格逐漸與覺新
的性格靠攏，儼然成為覺新在四〇年代的重現翻版。其實，這並不
是巴金小說偶然巧合，而是蘊涵了巴金對標舉個性、獨立、自由等
主張的五四新潮某些殘缺和迷失的深刻反思。在《寒夜》中，巴金
通過對沖出了封建「大家」，建立了自己的「小家」，已經初步擺脫
了封建家族制度束縛的現代知識者們「寒夜」般的生活現狀的真實
描摹，打破了自己在「家」時代編織的「逃離」既是「新生」的「啟
蒙神話」。

從身體的反抗到靈魂的反抗

文：武漢大學文學院 2005 級博士生　劉慧

〈傷逝〉和《寒夜》表現了魯迅和巴金這兩位文學大師對西方
個性解放思潮湧入中國以後對中國知識分子，特別是女性的影響，
二人從各自角度出發對此進行了不同的思考。

子君和曾樹生作為知識新女性，都受到個性解放思潮的影響。
她們勇敢地衝破世俗樊籬，和心愛的人走到一起。她們的這一舉
措，無疑是對以「媒妁之言，父母之命」為代表的中國文化傳統的
激烈抗爭，體現了可貴的時代精神和個性氣質。但是，兩篇小說最
後都是以她們婚姻的失敗而謝幕，這是令人悲哀和深思的地方。她
們悲劇的原因迥異，而且她們的分野正是個性解放思想在中國曲折

發展的兩個極端：一個淺嘗輒止，然後倏爾回歸到老路上去；另外一個則是繼續發揚光大，但卻走到了另一個極端。

子君的個性解放意識相對於曾樹生只能說是剎那的光輝，僅僅限於接受了一些西方男女平等的思想，看了易卜生的小說，讀了雪萊的詩歌而已。她尚未有西方那種獨立的自我。無怪乎，真正進入家庭生活之後，子君就好像完全換了一個人一樣，整日忙於家務，將原來那些新思想完全拋在了腦後。子君只不過是用了新式的辭彙和觀念，來裝點舊式的、滲透在血液中的傳統感受方式和感情。所以，她被涓生拋棄後，只好憂鬱地回到父親的家中，重新回歸「在家從父，出門從夫」的老傳統中來。另外，不少自由戀愛而結婚的人都忽略了自由戀愛的先決條件——自幼培養的獨立能力，這也是造成了子君悲劇的主要原因之一。子君固然有種種個性解放的先天不足之處，而涓生極端自私的個性則加速了子君的滅亡。

曾樹生與子君不同，她深刻地洞悉了個性解放的奧義，也有著相當的獨立能力。但是她的境遇也好不到哪裡去：「沒有溫暖的家，善良而懦弱的患病的丈夫，自私而又頑固、保守的婆母，爭吵和仇視，寂寞和貧窮……」在這種情況下，曾樹生陷入了深深的苦惱之中。個性解放讓她懂得了追求幸福權利的重要性，面對命運的難題，她該怎麼辦？是被汪文宣拖向沒有光明未來，還是不顧一切去尋找新的生機？她選擇了後者，這是她作為一個新女性，繼「自由戀愛」之後，做出的又一個合乎個性解放邏輯的抉擇。曾樹生和汪文宣感情破裂的主要原因在於那個時代，其次是汪文宣和汪家的悲劇性境遇。同時，曾樹生過於張揚的個性意識也是一個誘因。

經過感情危機這個臨界點之後，子君無可奈何地轉向了中國傳統文化，而曾樹生也期期艾艾地走向了子君的反面——西方現代文化。一個回歸靜的、消極的、以倫常為本位的文化傳統；一個繼續走向動的、積極的、以個人為本位的文化傳統。結果，子君的肉體

和精神都無可避免地走向了終點,而曾樹生則在這兩個方面都得以
存活下來,獲得了雙贏,這不能不說是一個玄妙的隱喻。單單從女
性個解放的角度來看,子君的個性解放因為先天不足,故而隨後發
生了驚人的逆轉,因此也只是上演了一出鬧劇。而曾樹生的個性解
放因為觸及了靈魂,故而能夠在個性解放的道路上繼續前行。

　　臺灣學者吳森在將中西文化傳統的不同之處歸結為各自的心
態不同。中國人的心態以 concern 為主,這是一種關懷、同情和顧
念的意識。而西方的傳統則是 wonder,像天馬行空一樣的冒險和
探究精神。尤其是在「情」這方面,中國人更容易產生「相依為命」
和「天長地久」的感情,從而互許終身,相期自首偕老,但這種意
識不容易在 wonder 心態下產生。那麼,由此可以看出子君的心態
是偏向於 concern,而曾樹生則偏向於 wonder。如果說早期的子君
也是具有 wonder 精神的,但那僅僅是在身體的層面,遠遠沒有觸
及靈魂深處。而曾樹生無論是在身體和靈魂層面,都是以其一以貫
之的 wonder 精神為指歸。當然,其間也有些微 concern 的成分,
特別是在臨走之際對重病的汪文宣的眷戀。而涓生和汪文宣的情形
則恰恰相反。更加耐人尋味的是,具有 concern 精神的子君和汪文
宣雙雙逝去,而具有 wonder 精神的涓生和曾樹生則頑強地活了下
來。這彷彿又是一個隱喻,恪守中國傳統觀念的不可避免地走向了
死亡,而接受了西方現代精神的則迎接著點點曙光。當然,曾樹生
的選擇也有許多為人所詬病的地方。她在某種程度上,契合黑格爾
所說的,惡是歷史發展的動力藉以表現出來的形式。每一種新的進
步都必然表現為對某一神聖事物的褻瀆,表現為對陳舊的、日漸衰
亡的但為習慣所崇奉的秩序的叛逆。但是,曾樹生的反抗僅僅是為
了意義非常有限的塵世物質功利目標,因而她反抗的意義就必須大
打折扣,她只會被塵世囚禁得更加厲害。在《寒夜》的結尾,曾樹
生回來尋找汪文宣便是明證,或許她一輩子都不會走出陰影。

　　個性解放的出路到底在哪裡？是重新回歸傳統，還是在負「惡」前行？究竟有沒有第三條道路？不同的文化賦予了個性解放以不同的含義，代表了各自不同價值系統的文化，只是人類解決問題所採用的方法和所持的態度不同。要在其間進行調和，尋找一條適合的道路，那將是一個十分棘手的難題。

婦女解放的出路何在

文：武漢大學文學院 2005 級博士生　　胡朝雯

　　〈傷逝〉和《寒夜》寫的都是從封建包辦婚姻中解放出來獲得自由的男女，最終卻仍然沒能逃脫悲劇收場的厄運。單從這個角度看，這兩部作品比同時代大量的以爭取婚姻自主、個性解放的啟蒙思想為主題的作品顯得更加深刻。

　　〈傷逝〉以「涓生的手記」的形式，讓男主人公用一種憐憫自責的語調，以第一人稱口吻來回憶子君。實際上就是作者以女性解放的同盟軍的立場來替女性思考，幫女性說話。在大家紛紛推崇易卜生，高歌個性解放的轟轟烈烈的五四洪流中，魯迅先生提出來：娜拉走後怎麼辦？——他是清醒的。雖然，在小說故事展開時，作者借涓生的口說：「知道中國女性，並不如厭世家所說的那樣無計可施，在不遠的將來，便要看見輝煌的曙色的。」可是我們聯繫故事的發展與結局，便不難發現這句話強烈的反諷意味。事實上，作者看到的是女性全無希望的、均為虛空的未來，倘若這些女性光有追求自我的勇氣，卻沒有自立自強的能力的話。

　　子君的悲劇在於她僅僅邁出追求婚姻自主的女性解放的第一步，後面的路卻再也難以為繼。她雖然能放聲說出「我是我自己的」

的話，但是這個自我顯然是極其脆弱的，遠不足以把女性從幾千年的封建桎梏中拯救出來。

《寒夜》則是用一種全知敘述的方式，作者始終以一個旁觀者的身份在講故事。表面上看，這種敘述方式更加客觀、冷靜。巴金也早在自己的創作談中就說過，小說中沒有一個正面人物，也沒有反面人物。那麼作者就是絕對中立的嗎？其實不然。由於在透視人物內心時的敘述是有側重、有選擇的，也就相應地影響了我們對人物的價值判斷。在小說中，全知敘述者對文宣和樹生的內心進行了較多的透視。而在樹生和婆婆這一對關係中，對樹生內心的表現尤其充分。

如果我們只瞭解故事情節，即曾樹生最後拋下病入膏肓的丈夫、年老體衰的婆婆，懵懂無知的兒子，一個人避難遠走高飛。那麼我們對她的評價肯定是自私、軟弱、不負責任、貪圖享樂等等。可是因為作品中大量的對她心理的展示，縮短了讀者和她的心理距離，因此對她產生了巨大的同情。不管是在文宣和樹生夫妻這一對矛盾中，還是在樹生跟婆婆的衝突中，我們都可以清楚地看到樹生言行舉止背後的心理動因。只要細讀一下小說中多處寫到的她和婆婆的爭吵，就會發現敘述者對人物內心的控制的努力還是比較明顯的。敘述者把樹生的內心充分展示給讀者，讓我們看到她在貌似不道德的行為下的深層動因，看到她的掙扎，看到她的不得已。這時，如果我們拋開那些階級分析的眼光，只從家庭矛盾的角度來看，我們會覺得樹生其實是善良的、有責任感的，甚至是勇敢的、忠貞的。

作者曾說，他最初在曾樹生身上看到的是一個朋友的妻子的影子，寫到後來就看到了更多的人，甚至還有自己的妻子蕭珊的影子。可以想見，越寫到後來，隨著對樹生細微心理活動越來越多的揭示，作者與讀者給予樹生的同情就越多。因此，儘管同樣是表現女性，但《寒夜》能夠深入女性的內心來審視，既不是象他在《家》

裡偏於公式化、概念化地理解女性，也不是像〈傷逝〉中涓生那樣僅以同情者的姿態出現。可以說巴金在《寒夜》中以前所未有的角度，融入了女主人公樹生的內心，和她同呼吸共命運。這樣的女性形象更為清晰可感，引導我們更為貼切地思考女性的前途與命運。

如果說，子君的悲劇集中向我們揭示了女性解放的歷程之艱難，在於女性本身的自強自立之不可得，在於其對抗強大的社會壓迫時的絕對弱勢姿態；那麼，樹生的悲劇所展示的則由女性自身延伸到廣大的社會——即使女性可以獨立了，可是社會不能提供女性自立的正常空間。即使樹生各方面都看似強過男性（文宣），她在性格上更加堅強，在身體上更加健康，在經濟上不但自立，還能支撐全家。但在這個男權社會裡，不管她有著多麼強的獨立意識，有著多麼美好的理想和抱負，最終她的工作還是被婆婆不屑地稱之為「做花瓶」。（實際上作為銀行職員，與「做花瓶」無關，魯迅曾說過，當時的社會就是把一切職業女性譏為「花瓶」）而事實上，如果不依靠另一個男人（陳主任），她的職業前途也無從談起，繼之她在家庭中殘存的一點獨立地位、一點個人有限的自由也將蕩然無存。

在敘事者的引導下，樹生的形象比子君要更加完美。樹生作為晚於子君二十餘年之後的女性形象，在尋求女性解放與獨立的道路上，較之子君們更加成熟。她們在經濟上更加自立，在審視自己的人生追求時更加理性。可是卻仍舊以悲劇收場。可以說，樹生體現得越完美，她的悲劇命運便體現得愈加無奈。這不但是她個人的悲哀，更是整個社會的悲哀。

婦女解放是社會解放的天然尺度。從這個意義上來說，子君和樹生向我們展示了不同時代的女性行走在婦女解放道路上步履維艱的身影，也使我們清醒地看到整個社會前進的艱難步伐。婦女解放的問題不僅是女性自身的責任，不僅牽涉到極少數知識分子的終極關懷，它也應該成為整個社會關注的焦點。它不僅是子君、樹生

的時代的問題，也是我們現實社會的問題，甚至是我們未來社會長期存在的問題。

　　　　　　　　本文發表於《海南師範學院學報》2006 年第 6 期

尋找文學的夢想

——「八〇後」博士談文學

　　主持人陳國恩：文學是什麼，或者說人們為什麼需要文學，這本來不是問題的問題，現在已經成了一個需要重新思考並給出認真回答的問題了。隨著社會經濟的發展和高科技推動的人們生活方式、包括精神生活方式的變化，文學的功能以及它所擔當的角色正在發生變化，它所處的地位正在發生變化，它的存在形式和傳播方式也在發生變化。忙於生計的人們一般已經沒有時間和精力來靜靜地閱讀一本厚厚的小說；文學是要承擔意識形態規訓的使命，還是要傳遞基於人性內在要求的某種價值或意義，抑或是僅僅擔當平民主義的消遣娛樂的功能，人們的意見陷於分裂和混亂之中；網路技術的進步使一個人實現作家的夢想變得容易多了，市場原則又決定了一個作家不得不考慮讀者的口味，而讀者的口味卻並不一定是文學性的。在這些令人眼花繚亂的變化中，文學與日常生活的界限變得模糊起來，經典的關於文學的定義已經不可靠了。文學往何處去？這一問題嚴肅地擺到了人們面前，說得嚴重一點，文學的命運現在正面臨著一個歷史性的關頭，很有可能經典意義上的文學進一步萎縮，流行的文學形式像過眼雲煙，難以產生經得起時間檢驗的精品，文學的前途相當不明朗。在這樣的時候，我們很想聽聽年輕一代的聲音。他們是如何理解文學的，他們對文學有何期待，他們怎樣看待文學角色以及它的存在形式的變化？年輕人是新時代的

一部分，並且代表著未來，他們關於文學的夢想與文學的未來發展密切相關。為此，我組織了一個筆談，參與者都是武漢大學文學院2006級的博士生，基本都是上個世紀八〇年代後出生的青年。他們的意見可能不很深刻和成熟，甚至有些相互矛盾的地方，但這些都是年輕一代非常真誠的聲音，或許可以從中打探出文學未來發展的一點消息。

作為奢侈品和必需品的文學

文：武漢大學文學院 2006 級博士生　謝淼

　　對於效益的追逐和崇拜，是否同時也意味著對於審美的淡漠和遲鈍？作為常態的形色匆匆和爭分奪秒，順便也帶來了作為常態的憂心忡忡和不堪重荷？窮人們在咬牙維持生計，富人們在發愁擴張勢力，沒錢的人在馬不停蹄努力打拼成為有錢人，有錢的人也不敢怠慢唯恐淪落成為沒錢人。總之，人們活得緊張、透支、辛苦，壓力重重，就業、房產、醫療、教育，困難接踵而至，活著尚且不易，當然更加無暇關注精神世界，亦無心聆聽心靈聲音了。

　　從純粹精神產物的角度而言，文學已然從應者雲集的昔日繁華裡與這個不屬於它的年代漸行漸遠，迷失在城市鋼筋水泥的叢林和鄉村凋敝荒蕪的田野裡，迷失在人們越發沉重的負擔和日益麻木的神經中，並不昂貴的文學此刻成了名副其實的奢侈品。

　　對於大眾而言，勞苦奔波中偶爾的一次文學無異於一次奢侈，奢侈著寶貴的時間和殘留的精力，更奢侈著恒定的價值和莊嚴的信念。在那些給予人們深刻印象和強烈影響的精神產品裡，文學作為話語權力的主體性角色越來越少，作為點綴搭配的附屬性角色越來

越多，具體到當下的文學創作，自省的、反思的、嚴肅的主題越來越少，娛樂的、遊戲的、消遣的成分越來越多。當然，文學的優劣並不能簡單地以所謂趣味或者格調劃分，只是，等到終於有人想騰出時間精力來對文學奢侈一把的時候，卻發現可供奢侈的文學已不再如記憶中那般美好。

　　然而，那些只屬於文學的獨一無二的精神特質以及那些只屬於人類的獨一無二的精神追求，使人們終究無法終止對文學的渴望。想念，嘗試，文學或者說文學性精神產品對於現代社會尤其不可或缺。文學，自有其深邃的思想與別致的構架，自有其療傷的功能與獨特的品質，有如漫漫人生旅途中的一點火光，一縷春風，它所蘊含著的那些生命智慧可以照亮黑暗處境中一雙雙混沌的眼睛，它所絮叨著的那些生命呢喃可以撫慰困頓時運裡一顆顆破碎的心靈。孤獨封閉的都市魂靈，需要這樣一種非功利的方式，來瞭望蒼穹思考人生，來感受生活充實心靈，同時也激勵自我理解他人，排遣寂寞收穫快樂。從人類對信仰與愛的永恆的內心渴求而言，文學是一個不折不扣的必需品，只是有的人喜歡在一個個寂靜的夜晚裡獨自追求，有的人仍舊在一撥撥的文化潮流中被動感受。

　　不管人們有沒有認識到這種必需性，以及對這種必需性作了何種程度的感知，文學的魅力充沛豐盈，一如既往，它以各種不同的形式在我們的生活空間裡存留，滋長，蔓延，彌漫，層層疊疊，無處不在。文學在當下中國大眾生活裡的存在形式大致有以下幾種情形：

　　一方面是對於古今中外名著經典的文化傳承和資源接受。由於民間盛行的種種傳說，以及中小學語文教育的普及推廣，普通老百姓對於中國的四大古典名著有著一種天然的崇拜與信奉，認為這些作品是文學的正宗，《三國》、《水滸》於是順理成章地成為了他們的案頭之作。如果說，中國古典名著會因為順應了老百姓關於文學

的想像而得以留存，那麼西方文學經典無疑能憑藉滿足了青春期少男少女們對於「大部頭」的好奇而多次再版。事實上，也只有處在這個年齡階段的孩子，才有足夠的時間和幹勁啃完那一本本翻譯過來的優雅而晦澀的外國故事。當然，每個年齡段的人都會有他們的「經典」，《第二次握手》曾是五六〇年代人人手一本的小冊子，《花季雨季》則曾是七八〇年代人開口必談的一部小說。這些在現在看起來都顯得有些幼稚或者矯情的作品，構成了某些年代的人對於文學認知的典型個案。

另一方面是對於當代熱傳文學的文本認知和個案追逐。所謂熱傳，是指以各種方式熱情傳播著的各類原創作品，比如各大書店的暢銷文學書籍、高點擊率的網路文學作品、銷售量較大的報刊上的各類作品。這些作品常常會引發短期的眼球效應，只是在純文學越來越邊緣化的今天，這樣的熱鬧卻不過是整體寂寞裡一種相對的勝景，比起文學慘遭冷落的種種尷尬際遇而言，的確是杯水車薪，不成氣候。

當然，如果我們更加理性、寬容，或者說樂觀、有遠見一些，我們會看到文學在當代中國最為廣泛、最為深入大眾的一種存在方式，就是各種物質商品或者文化商品裡文學碎片的存在、傳播與流行，當然我們把它們理解為文學性在其他領域的延伸，甚至理解為廣義的文學也未嘗不可，包括影視臺詞、音樂歌詞、廣告語、手機短信等等。正是這樣一些帶有文學意味的日常生活，成就了人們對於文學需求的相當程度的追逐與釋放，也正是這樣一些彌漫在世俗生活裡的文學碎片，多少彌補了人們無心無力進行傳統紙媒閱讀的遺憾。

這種文學間接性彌補所帶來的美好體驗，使得商品中文學碎片的摻透，似乎等同於一種精神層面的附加值，更多地成了商家應運而生的策略和措施，也成了消費者貨比三家的又一個尺度和依據。

這樣的文學碎片，即便不是「偽文學」、「反文學」，也或多或少地變了味道。毋庸置疑，不論文學作品傳播以後產生了怎樣的影響，文學創作的最初緣由多半是無功利性的。然而，此時此刻我們將文學以「奢侈品」和「必需品」來稱謂並加以闡釋，是否本身就默認了文學在我們這個商品時代裡無法逃遁的商品屬性？

文學是審美的

文：武漢大學文學院 2006 級博士生　祝學劍

　　這是一個魚龍混雜、泥沙俱下的時代，也是一個眾聲喧嘩、人聲鼎沸的時代，文學已經向市場妥協了。作品銷量成為作家追求的主要目標，適合小市民口味的通俗文學興盛不衰，一些通俗小說被改編成電視劇搬上銀屏，在黃金時段熱播。許多純文學作家也經不住市場的誘惑，紛紛轉型或轉向，越來越媚俗。最典型的莫過於池莉。池莉早期的作品還有些人性的東西和歷史的厚重感，但近年來，她的小說越來越媚俗。例如「好看」成為她評判小說好壞的唯一標準。池莉雖然媚俗但還不庸俗。媚俗是取悅於讀者，庸俗那就完全是低級趣味的東西了。在市場經濟環境下，確實有些作家為迎合讀者的低級趣味，把文學變成庸俗的商品，赤裸裸地展示人體的本能，或自我美其名曰：美女作家。這些作家的小說裡再看不到多少有意義的東西，通篇多是赤裸裸的肉慾展示。當下雖然有少數作家仍堅持著文學的人文理想和精神價值，但這種聲音顯得太微弱了。文學為取媚於讀者，取媚於市場，走向通俗甚至庸俗，人文理想不保，文學精神喪失，已是一個不爭的事實。

是什麼原因導致這種局面？重要的一條是審美意識的缺失，這不能不引起人們的注意。《上海寶貝》這樣的作品，赤裸裸地描寫下半身，不僅不以為恥，反而鮮明地打出下半身寫作的旗幟，且大有引領寫作潮流之勢，而不少批評家竟還在為其捧場助威。這表明當下的文學創作對審美意識的忽視已到了非常嚴重的程度。在這種情勢下，我們不得不再重新強調：文學是審美的。文學是審美的，有自己的使命，應當負擔起提升人類精神，淨化人類靈魂的重任。古今中外的文學巨著之所以有震撼人心的力量，是因為讀者能夠從這些作品中得到啟示或者感動，得到美的享受，從而振奮自身的精神。文學是人類共同的精神家園，是人類靈魂棲息之所。文學是以自己的美來感動人心的，審美是文學的本質特徵。即使通俗文學作品同樣也應該是怡情悅性的，能夠給人帶來美的享受。而當下一些文學創作赤裸裸地展示權慾、錢慾、情慾、佔有慾等人的本能慾望，這些撩人眼睛的東西成了很多作品中常見的場景。這樣的作品能夠給人們帶來什麼精神享受？

或許有的作者擔心追求文學的審美屬性會失去讀者，但他們不知，當下讀者更加需要真正表現人類偉大精神的作品。魯迅的作品絲毫沒有迎合市場的媚骨，沒有半點刻意取悅讀者的低級趣味，但直至今天，魯迅作品仍然是市場上的暢銷書，喜歡魯迅的人依然很多。人們喜歡魯迅，就是因為魯迅作品中有博大精深的思想，有赤熱感人的情感。相比之下，當下一些作者因為學識修養有限，又不肯在文學作品內在魅力上下功夫，就只好簡單地以下半身描寫來留住讀者的注意力，或者靠一些粗暴的方法來蠱惑人心，如在小報上貶損魯迅，在網上排座次，惡搞文學經典，好讓自己出出風頭。思想和情感貧乏無力，怎能寫出動人的作品？

文學是審美的。一代又一代的文學作品經過歷史的大浪淘沙，若干年後真正能對後人產生影響被後人提起的作品恐怕寥寥無

幾，這些寥寥無幾的作品才是真正的能夠影響民族精神的美的精品，而絕大多數堆積如山的作品都會被塵封在歷史的角落。無論這些精品在當時是怎樣的命運，或者居廟堂之高，或者去江湖之遠，或者文名寂寞，但最終都會被人們所接受。這在文學史上是一條顛撲不破的規律。以歷史來參照當前的文學創作，當下作者還是應當坐下來多讀幾本書，給自己的思想注入一點新鮮的東西，在文學的內在精神品格上下些功夫，不斷提升自己的學識素養。你方唱罷我登場，看起來好像很熱鬧，也很吸引眼球，但實際上對文學發展是非常不利的。願我們當前的作家能夠創造出能夠影響民族精神的文學精品，不讓後來者提起我們這段時期的文學，感到是一片空白。

文學的歷史認知的幾個層次

文：武漢大學文學院 2006 級博士生　　吳翔宇

在文學理論史上，認為文學具有認知功能甚至將認知作為文學的本質屬性的文學觀源遠流長。所謂文學的歷史認知論，就是認為文學與歷史維度中的某一對象相符合，它類比、反映、再現了某一對象。其實，這種說法還比較含混，不僅因為某一對象在歷史語境中的多義性，而且因為文學符合了對象的什麼問題也還需要細化。結合對象的類型和符合點來劃分，文學認知觀有不同的層次，而且這些不同的層次還在以邏各斯為中心的深度模式思想觀中有等級序列的高低之分。

最直觀也最為古老的文學認知觀是認為文學直接模仿了客觀事物，它起源於柏拉圖的藝術模仿論。在柏拉圖的「理式－現實世界－藝術世界」的層次劃分中，文學藝術與真理隔了兩層，它是客

觀現實事物的摹本、影子，這是一種較低層次的認知。對自然客觀
事物的認知依然不能離開歷史的現實土壤。在此暫時拋開柏拉圖對
這種認知的價值判斷，可以發現，認為文學是人們以語言文字的方
式摩畫事物的外部形象這一觀點影響深遠，這種觀點裡不僅包含著
傳統知識論的基礎，而且直到語言論轉向之後的現代、後現代思潮
中，還可以見其痕跡，如利奧塔站在後現代的視野裡對傳統知識進
行分析時，還認為在知識分野之前的敘事知識裡包含著對氣候、季
節、動植物等狀況的指示性陳述。

　　與自然事物相對應的是社會現實，社會是一個人化的世界，在
較為複雜的一個層次上，文學被認為是對社會現實的反映，這一文
學認知觀最為典型最為集中地體現在十九世紀至二十世紀初葉的
現實主義文學思潮中。在文學創作上，巴爾扎克力圖在其小說中對
社會現實作一種全景式的描繪，在文學批評觀上，列寧認為托爾斯
泰的文學作品是俄國革命的一面鏡子。之所以說文學是對社會現實
的認知這一觀念具有複雜性，在於它和意識形態關係緊密，文學不
僅被認為能反映社會的客觀表像，而且還被認為能揭示社會的主觀
建構層面，進而讓文學擔當起認識社會深層結構的功能。二十世紀
三〇年代的中國現代文學史上，茅盾開創的「社會剖析小說」在一
定的程度上能窺見整個社會的發展的歷史走向，文學的認知功能在
文本的巨大歷史內容、宏偉結構、客觀的敘述、時代典型的書寫中
彰顯。

　　如果說客觀事物和社會現實都是一種實存，那麼人的精神世界
就是一種主觀的「虛無」存在，而文學自身也屬於這一世界，所以，
文學反映了人的精神世界這一文學認知觀更具複雜性。對文學來
說，前面兩種層次的認知是以虛描實，這一層次是以虛繪虛。在此，
有必要把伴隨啟蒙運動而來的浪漫主義文學思潮和深入人的非理
性精神世界的現代主義文學思潮聯結起來，這樣可見「文學是人學」

這種文學認知觀從沒有中斷過。儘管精神世界是一種非常虛無的存在，但精神世界有賦予其內涵的歷史現實存在，可見，文學描述精神世界也不是「無本之木」、「無根之水」。

按深度模式的思想觀來看，最高的一層同時也是最虛的一層文學認知觀就是認為文學是對這種深度本身的認識，無論這種深度叫作邏各斯、理念、本質，還是叫作真理、元敘事。這種認識所符合的東西被認定為客體或主體的根源，它是原因背後的原因。這種認知觀不僅體現在黑格爾的「美是理念的感性顯現」這樣的古典美學思想中，而且當二十世紀的凱西爾從神話中抽出「隱喻思維」作為人的最基本思維方式的時候，當伽達默爾提出捍衛精神科學的真理而探尋藝術合法性的時候，文學認識觀已經同真理直接掛鈎，當然現代的真理觀本身也在發生分裂。這一層次是前面幾個層次的原因，也就是說文學能反映客觀事物、社會現實、人的心靈是因為它能以自己的方式認知這些對象的本質。

以上只是從劃分層次的需要出發而對複雜觀念做出的歸納，實際上在某一派文學思潮或者某一位批評家那裡，文學認知觀的不同層次常常是交錯在一起，比如在現實主義文藝思潮中，不僅含有文學認知社會現實的認知層次，而且含有對人的主觀精神的認知層次和對主客體背後的深層根源的認知層次。

伴隨著文學認知觀不同層次的建立和展開，認為文學不具有認知功能或者應該逃離認知的文學觀也在發展，這一脈從否定的角度讓文學與認知的關係變得更加清晰起來。康德提出審美無利害、無目的的合目的性、無概念的普遍可傳達的美學觀，正是基於他認為審美判斷與理性認知不同，他在審美和科學之間劃分了明顯的界限，「沒有關於美的科學，只有關於美的評判；也沒有美的科學，只有美的藝術。因為關於美的科學，在它裡面就須科學地，這就是通過證明來指出，某一物是否可以認為美。」（康德：《判斷力批判》

上卷，宗白華譯，第一五〇頁，商務印書館一九六四年版。）康得在這裡認為科學認知就是對象能符合人的理性能力，所謂證明，就是對象與某種東西達到了同一；而在審美活動中，美是無法被認識能力所證明的，此活動得到的是主體的愉快或不愉快的情感。康得美學思想的豐富性還在於：雖然他認為審美不同於科學認知，藝術不同於作為知識的科學，但審美活動又處於與理性認知活動的相互遊戲狀態裡，通過審美活動，受理性認知能力限制的主體得到了一種解放。在以德里達為代表的解構理論中，文學不僅不是對某一中心本質的認知，它反而在隱喻性中以自由的差異運動和無限的替補遊戲拆解了某中心的決定性地位，在文學語言中，不是某種東西與對象相符合，而是能指自身、能指與所指在相互遊戲中呈現意義。

亨利・詹姆斯曾說過：「小說乃是歷史，這是唯一相當準確地反映著小說本質的定義。」（亨利・詹姆斯：《小說的藝術：亨利・詹姆斯文論選》，第六頁，上海譯文出版社二〇〇一年版）其實藝術的其他樣式如詩歌、戲劇、散文等無不是在歷史的特定維度裡發生著審美功能，它們的認知功能同樣是對客觀物理事物的描摹、社會人生的剖析、人精神思想的展現，在現代商品大潮蔓延的文學視界裡，把握好「歷史」這個維度，文藝的批評才可能是客觀的、合理的。

文學：人類靈魂的詩性空間

文：武漢大學文學院 2006 級博士生　王俊傑

佛說人的生老病死都是苦的，莊子更是把人生比作贅疣和疔瘡。但就是在這苦難而又無謂的人生中，人們並沒有放棄追求，人

們始終在尋求著精神的超越，始終在尋求可以安置靈魂的空間，尋求的結果就是發現了宗教與文學（藝術）。宗教以其虛幻性把人類的未來指向彼岸世界，而文學則以其審美性成為可以安頓人類靈魂的詩性空間。之所以這樣講，可以從以下四方面加以闡明。

　　文學是無奈塵網中寧靜的「桃花源」。人類雖然生活在太陽底下，但是太陽底下的世界並不全是光明，陽光下面還有陰謀與罪惡。由億萬人以各種關係組成的社會更是紛紜複雜，可能處處有陷阱。魯迅筆下的狂人翻開歷史一查，在仁義道德的字縫裡只看到兩個字：吃人。人與社會、人與人之間，總有解不開的疙疙瘩瘩。生活在複雜而又無奈現實中的人類，渴望逃避這張無形而又強大的網，渴望有一個精神避難所，而文學就是一個可以暫時逃避塵囂的桃花源。「少無適俗韻，性本愛丘山」的陶淵明，不為五斗米而向鄉里小兒，毅然歸隱，為我們描繪了一個遺世獨立、充滿田園牧歌情調的桃源世界。而文學何嘗不就是人類逃避紅塵世界的一種選擇呢？王維在充滿禪意的詩歌創作中忘卻了塵世的紛擾，曹雪芹用他的筆勾勒出一個玲瓏剔透的「大觀園」，消解著他胸中的塊壘。千載之後我們閱讀經典名作，心靈也會由浮躁歸於寧靜。文學是人類精神的家園，是寧靜寬廣的港灣，是人類精神的隱居地，是充滿詩意的桃花源。

　　文學是沉重人生中的快樂「遊戲」。人生是很沉重的，有時會壓得人喘不過氣來。如果生命的砝碼一直往上加，人們就會像柳宗元筆下的「蝜蝂」終會被生命的沉重所壓垮。在沉重的人生中，人們需要放下種種包袱以尋找快樂，而遊戲則是人類尋求輕鬆快樂的一種本能。關於文學的起源，就有一種遊戲起源說，遊戲說認為文學與遊戲一樣，是一種非功利性的純粹審美的生命活動，文藝起源於人類擺脫物質與精神束縛，追求輕鬆快樂的遊戲本能。韓愈的〈送窮文〉和〈毛穎傳〉向來被視為「遊戲之筆」。《西遊記》也是「遊

戲之作」，魯迅在《中國小說史略》和〈中國小說的歷史的變遷〉中一再強調說「此書則實出於遊戲」。金庸夫子自道，說自己的武俠小說創作是為了「娛己娛人」。作家以創作為「遊戲」，他們在文學裡找到了自由、輕鬆與快樂。讀者在接受這些作品時，精神也能超越功利，獲得審美的滿足與愉悅。

文學是世俗生活中的純真「童心」。李贄曾提出著名的「童心說」：「夫童心者，絕假純真，最初一念之本心也。若失卻童心，便失卻真心；失去真心，便失卻真人。人而非真，全不復有初也。」（李贄〈童心說〉）。人從赤條條來到世間的那一刻起，就開始了「社會化」的過程，已有的文明雕塑著每一個人。隨著人的逐漸「成熟」，他們接受了這樣或那樣的社會規則，種種社會規矩制約著人們的思想、言論與行為，兒童特有的天真爛漫都消失殆盡。這個社會化的過程在某種意義上也是「世俗化」的過程，人們戴上了各種各樣的面具，在人生的舞臺上，自覺或不自覺地飾演著各種角色。人們在這世俗的生活中呼喚著真純。冰心老人的作品，冰清玉潔，天真爛漫。巴金的「隨想錄」被譽為「說真話的大書」，在書中巴金以其永遠不泯的童心，揭櫫歷史、拷問靈魂。優秀的文學作品承載著社會的良知，使生活在世俗中的人們的胸腔中還跳動著一顆顆赤子之心。

文學是荒誕世界中的美麗「夢幻」。我們所生活的這個世界，有時很像哈哈鏡中的影像，扭曲變形，滑稽可笑。人生有時又像剪輯錯了的故事，時空錯亂，荒誕不經。唐傳奇中的《枕中記》的「黃粱美夢」和《南柯太守傳》中的「南柯一夢」，揭示出功名皆是幻象，映襯出人生的虛無與荒誕。西方現代主義作品更是毫不留情地把世界的荒誕性展示人前。人類的生活，就是以上帝為編劇，命運為導演，歷史為舞臺上演的一幕幕滑稽而沉重的荒誕劇。然而，即使中國歷史中無比倫比的悲觀主義思想家莊子，在不遺餘力地批判世事的荒誕的同時，還是給人們描繪了一個美麗的夢幻：莊生夢

蝶。文學除了揭示世界的荒誕，叩問人類的生存意義，在一定程度還要擔當起為人類指示未來的責任：這個世界還有真、有善、有美，人類還有燦爛的明天。只有這樣，人類才不會氣餒，才會有繼續生活下去的信心，才會有創造美好未來的熱情與勇氣。換句話，也就是說在荒誕的世界裡人們還需要用文學對未來做夢幻般的憧憬。

文學與宗教一起共同撫慰著人類的靈魂，宗教使人們有了信仰，文學則使人類的情感有了歸宿。文學使陷落塵網的人們找到了精神上的隱居地；文學使名利場中的人們擺脫功利，卸掉沉重，在文學中獲得遊戲帶來的輕鬆與快樂；文學是世俗人生的防腐劑，使人們超越虛偽與羈絆，走向純真與自由；文學在荒誕的世界中為人們點亮了一盞指路的明燈，讓人們看到光明與希望。總之，文學以其獨有的審美形態為人類靈魂營造了一個詩性的空間。

文學的「語言」特性

文：武漢大學文學院 2006 級博士生　陽燕

有人說，十六世紀是戲劇的世紀，十九世紀是小說的世紀，二十世紀是電影的世紀，這個判斷不言而喻是從文化演變的角度論述不同門類的藝術形式在不同歷史階段所佔據的主導地位。換一個角度思考這個論斷，我們可以發現不同媒介對不同藝術的決定性作用。媒介是區分藝術類別的一個重要標準，文學、音樂、舞蹈、繪畫、雕塑、建築、以及戲劇和電影，每一種藝術都有其各自的表意媒介，比如旋律、節奏、造型、色彩、線條、光影等等，文學的媒介無疑是語言。

　　我們當然不能用「文學即語言」這樣的簡化之辭來解釋什麼是文學，比較通行的文學概念是：「文學是包含了情感、虛構和想像等綜合因素的語言藝術行為和作品」（童慶炳《文學概論》），「文學是作家用語言塑造藝術形象來表現他對人生的審美感受和理解的一種藝術樣式」（劉安海、孫文憲《文學理論》），文學的歸結點是「語言藝術」，但對這種語言藝術又有許多的限定性修飾。

　　在中國傳統文學觀念中，往往以「義」「道」「情」為中心來闡釋文學，「言」僅僅是傳達「意」的一個工具，「言不盡意」和「辭達而已」都是站在貶抑語言的角度來說明「言」「意」之間的關係。在世界文學發展歷史上，對語言的理解也有一個從文體意識到現代意識的過程，前者主要限定在工具論以至修辭學、風格學的層面，後者則從文學本體的角度論證語言的作用。語言規約了人的精神建構，會對藝術家的感受方式和思維方式產生一定的制約作用；同時語言還是歷史的產物，語言在形成的過程中積澱了深厚的文化內涵，在參與文學活動的時候必然帶有民族、傳統、時代等內容。所以語言不僅僅是文學的工具，更是其基礎和核心，語言的變化絕不僅僅是出於技術主義的動機，語言的革命往往是新的價值體系登場的前兆，如五四的白話文運動，以及先鋒文學的語言探索都是這樣。

　　高爾基說，「文學的第一要素是語言」，從感受、體驗到思維到表達，文學創作的每一個環節都離不開語言，文學家以語言為媒介來實現對自然、社會、歷史的審美把握，表達主體的思想和情感。對文學而言，語言文字的抽象性、概括性、模糊性使文學的表達不能如影像藝術一樣獲得「直觀化」的效果，但它恰好吻合了文學「想像性」、「虛構性」的要求，給讀者以更加開闊的審美空間。文學固然追求真善美的統一，但它的核心價值是審美，文學語言的目的不在於抒情狀物的精確性、清晰性，而在於對作者感性洞見的個性表達，引領讀者超越純感官體驗進入更自由、複雜、深邃的藝術世界。

文學語言也有其獨特的藝術價值：文學語言擁有不受時空限制的自由度、靈活度，能夠更大容量地反映社會人生的各種內容，在傳達人物的思想情感、心理世界時，文學語言特別細膩、深入和銳利，使文學相比較其他藝術形式來說能具有更豐富的精神深度。

文學話語不是日常語言的複製和效仿，文學語言往往源於日常語言而又高於日常語言，以日常語言為仲介但又對日常語言疏離和超越。「詩句衝擊著日常語言的法規，並成為一種媒介，以傳達在現存現實中緘而不語的東西，同時，正是詩句的節奏，先於所有特定的內容，使得不現實的現實和真理的湧現成為可能。在這裡，『美的規律』建構著現實，以便使現實清澄可見。」（馬爾庫塞）正是文學語言的個性化、陌生化、創造性的表達，使文學作品能夠與其他的以實用為目的語言形式區別開來，從而使文學的審美特性、人文特性得以最終實現，甚至語言本身的美感也得以充分體現。

自從索緒爾將語言描述為一個自足的體系之後，語言被強調到了近於極端的程度，語言成為一種可以自說自話的事物，能指可以無限制地演繹、變化、增殖，形成語言的狂歡或語流的宣洩，在這個過程中，語言參與現實的能力被抽離了，所指變成了空洞無物的符號。對語言的極端化強調將導致一種所謂的「不及物」寫作，語言不再是橋樑反而成為障礙，這種遠離大眾的文學作品最終只能依靠專業人士的闡釋才能完成其傳播功能。由此可見，文學語言終歸要在恰當的限度之內作為文學的依託而存在，文學語言的目的仍在於呈示人性存在的深廣透徹、文化內涵的博大深刻、文學審美的豐富多彩。文學的價值是由多種因素共同構成的，文學語言難以也無須「至上」，它應該是必不可缺的「基礎」。

回到開始引述的那句話，「十六世紀是戲劇的世紀，十九世紀是小說的世紀，二十世紀是電影的世紀」，從二十世紀下半葉開始，視聽融合的影像藝術大肆拓張，「讀圖時代」的來臨改變了根深蒂

固的「語言中心」傳統文化結構,文學的確變得弱勢了,但遠遠未到「終結」的時候。每一種藝術都有它自身的優勢和存在的理由,重要的是對自身特點要持一種堅守的態度,保持個性才能獲得生存的位置。文學固然可以吸納其他藝術,比如電影的蒙太奇、形象性等優點,也可以形成語言文字的色彩感、音響性和節奏性,但這應該在堅守自己本性特點的前提下進行,文學總歸是用語言來表達的藝術形式,即便是蒙太奇轉化、對色彩、光影的描摹,也應是以語言為依託的,人不能揪著自己的頭髮離開地球,文學當然也是這樣。

文學:為「可能」還是為「可以」

文:武漢大學中國傳統文化研究中心 2006 級博士生　葉李

　　也許,對於文學來說,這是最好的時代,這是最壞的時代。一方面,在當代消費社會和市場經濟環境下,電子媒介文化霸權式的文化力量一與蒸騰沸揚的消費慾望相媾和,便催生出海市蜃樓般繁華似錦的文學氣象,文學不再獨居廟堂之高,不孤處文壇學苑之遠,而是遍地開花,觸手可及。為文學之根本的文學性風流雲散般碎片化地彌散於流行歌詞、手機短信、網路文學、影視臺詞等文本樣式之中。個人對於世界與自我的整體性的文學經驗與感知雖難再得,終歸是「風流總被雨打風吹去」,然而那種零碎的、彌漫著的、滲透式地存在於日常生活中的「無邊的文學性」卻自當代文化圖景中浮現出來。儘管有論者不無樂觀地將這種日常生活審美化之中普泛的文學性視為文學在當代文化領域開疆闢土,拓展自身邊界的佐證。但與此同時,另一樁令人憂慮的事實也同樣存在著,即文學主體的虛無或虛化。創作主體迴避心靈與現實的正面衝突,放棄自我

對於個體存在之真實困境的質詢的理性、關懷的熱情與突圍的勇氣，喪失向著終極意義深抵寫作核心價值層面的信念與渴望、終止個體面對這個複雜的世界和嚴峻的時代追尋人的豐富與完整、尊嚴與榮耀的焦慮，甚至於輕鬆的褻瀆和逍遙之中將自我虛化，將心靈抽空。文學主體拒絕了自我承擔之後，虛無主義成為了最後的選擇——這是我們這個時代的「文學病」，在朱大可那裡，它被稱為充滿腐敗氣息的文學「空心化」。一邊是播散在日常生活中的「無邊的文學性」，一邊是橫亙在文學內部的巨大的虛無，文學的面目就在這樣的「存在與虛無」的悖論中變得晦暗起來。何況，「無邊的文學性」到底意味著文學高歌猛進地佔領了其他文化領域，還是暗示著文學之獨立地位不復存在，失落了自身？面對這樣的困惑，文學在今天是「to be or not to be」就具有了值得我們再度追索與探尋的現實意義。

　　文學在這個「最好或最壞的時代」經歷的另一重悖謬式的尷尬還在於：一九八〇年代中後期以後，當整個社會的運行機制逐步建立和完善，社會政治經濟秩序複歸正常並良性發展，積聚在文學領域的過多的社會心理能量漸次轉移與回落。文學在經歷所謂「邊緣化」的過程中，卸載掉以往過度承載的社會功能，獲得向其主體審美功能復位的前所未有的契機與多樣可能的同時，消費與複製正在以「去質取量」的方式使文學的意義變得有限而局促，文學終結論與危機論甚囂塵上。不過，確切地說，危機首先並不歸結於文學的外部環境與形態，恰恰是體現在文學內部審美力量的增生不足上。當「短、平、快」成為文學寫作的風向標，贗品製造被熟練操作並大行其道，而真正的寫作在今天變得更像是一次悲壯的冒險時，我們就有理由也有必要重新回到原點思考並回答「文學如何存在」，「文學何為」。

357

　　十九世紀英國學者馬修・阿諾德在〈當代文學批評的功用〉（1864）一文中談論文學批評的功用時曾聲稱：「文學批評的任務……僅僅是探究世界上曾經知道的和想到的最好的東西，並把它昭示於世人，創建真正新穎的思想潮流。」這種「世界上曾經知道的和想到的最好的東西」正是文學。然而，這個暗含著「夢想力量」與「希望原則」的判斷置於今日幾近失效。或者說，現今，我們對於這世上能夠「想到的最好的東西」的想像力竟是如此驚人的貧乏和膚淺。文學之消費性與娛樂功能的無度膨脹，文學內部詩與思的被擠壓甚至抽離，表明作為世上能夠「想到的最好的東西」、值得被當作目的來追求的文學，如今更多地被作為滿足慾望、填補空虛、追逐利益的手段而存在。作為手段而不是目的成為了最重要的文學現實。如果我們保持足夠的清醒和冷靜的話，可以說，當文學之中主體人格被虛化、精神始終不在場，生活永遠在別處時，彌散在文化商品中間或提供給消費者一點補償性文學體驗的「無邊的文學性」並不應被樂觀地理解為文學的擴大化，而恰是這種不容樂觀的文學現實的一種力證。作為手段的文學可以是現代人放鬆神經、撫摸情感暗傷的按摩器、離「活著」越近，距「存在」越遠；可以是於現實之苦放逐自我的麻醉藥，寧願「消解」，而迴避人的存在與這個世界的本質「衝突」；可以是獲得快感的興奮劑，滿足或宣洩每一點隱秘的慾望，但與靈魂無關。最為重要的是，凡此種種意味著現在文學「可以被用作什麼」取代文學「可能成為什麼」成為最顯赫的價值。它更容易被定位為方法論被熟練操作，而非目的論被執著追求，它看上去更像是現象學而不是存在論。或者說，在這個瞬息萬變、擁有最多可能的時代，我們對於文學的想像力竟就此囿限於「器用」之維。

　　「可以被用作什麼」的文學即使以「無邊的文學性」視之，所謂的「無邊」突顯的也正是此種文學經驗的有限、蒼白與狹隘。因

為，真正的文學顯然是比這更好和更值得期待的事物：「文學大概就處於一切的邊緣，幾乎是超越一切，包括其自身。它是世界上最有趣的東西，或許比世界更有趣。而如果說它沒有界說，這正是文學所傳達與所拒絕的東西無法與他任何話語等同的原因。」（德里達：《文學行動》，趙興國等譯，第四頁，中國社會科學出版社一九九八年版。）「沒有界說」和「超越一切」表明文學不僅是自由的，更是開放的和擁有無限可能的。所以，就目前的現實而言，文學從為了「無限開放的可能」降格至為了狹隘的「可以」乃至失格，無疑是一次「危險的旅程」。從某種意義上講，前述種種文學的尷尬與危機包括文學內部審美力量增生的不足，正是文學降格乃至失格的症候。文學當然可以為「可以」，然而，如果僅僅是「為可以」，那麼就連深蘊於敘述之中、吟詠之間的夢想、希望、勇氣、力量、激情都失去。如果連夢想都失去，那麼榮耀也必將遠離。只有啟動並恢復對「可能性」的發現與追尋，才能重建文學的光榮與夢想。

德里達說：文學是能夠「講述一切」的原則，「一種反規約的規約」，「一種傾向於溢出規約的規約」，「它永遠不會屬於科學的、哲學的、會話的。然而如果不是對這些話語的任何一種開放，它也就不會成為文學。」（德里達：《文學行動》，趙興國等譯，頁十四，中國社會科學出版社一九九八年版。）儘管德里達對文學的理解自是源於其學術立場和理論框架，但並不妨礙這一闡釋所傳達出的關於文學的具有普遍意義的判斷，文學是突破，是自由，是不斷開放和生成的歷史可能性。同時，由於「文學的本質當在價值論與生存論的關聯上來思考。」因此，這種自由與可能又密切地與人的「存在」綰系在一起，它不僅關涉著人的生活世界，更關涉著人的精神之維。如果說為「可以」的文學證明了我們如何在現實世界中活得更多的話，那麼為「可能」的文學則印證了人如何面對真實的存在，懷著超越的熱望去活得更好。換言之，作為「存在論」的追尋「可

能性」的文學正是精神的還鄉、自由的冒險、生命的呼吸、超越的想像。為「可能」的文學是自有限的存在之中不斷逼近無限與自由的動態的歷程，它永遠「在路上」，只有起點，沒有終點，也正因為如此，它還意味著始終在創造、在發現、在豐富、在成長，並永難預設未來的模樣。它決不因對現實的道德關切而失去那偉大夢想的能力。相反，亦不因幻想而迷失對現實的洞察力。

　　為「可能」的文學至少在三個向度上為我們展示了這種可能的豐富性與值得期許的價值，即提供給我們經歷高於我們自身的生活的能力，理解高於我們自身的信念和建構一種更為豐富的文化身份的能力。我們與這個世界相遭遇或許有如存在主義所宣稱的是拋入世間的無根的漂浮，或許是一場冒險。然而，無論如何，困境和衝突不可避免。在為「可以」的文學文本中，我們總可以輕易地懸置這種困境和衝突，只是經歷生活、玩味生活、佔領生活，從而以「佔有得最多」遮蔽最真實的生存經驗和模糊本真的存在處境，生存之困由此得到消解而非和解。消解的背後則是我們為現實生活所綁縛，迴避生存之困，放棄超拔的努力。但這絕非唯一的選擇。伴隨存在之真展開的真的文學向我們昭示了更值得追求的生活價值以及這種追求的可能：即寫作或文學不是用來複製生活或拉平生活，讓我們沉湎於其中。我們完全可以由最真實的困境出發，用深達靈魂核心的書寫直抵存在之層面，去蔽存真，敞開和呈現最深切的生存體驗而不僅是生活經歷，在存在的層面上堅定地對抗苦難、困境和來自現實生活的壓抑，尋求衝突的緩解和非消解，懷著希求更好的信念與勇氣獲致超拔的可能，經歷高於我們自身生活的可能。文學之中可貴的詩意也正由此流瀉出來，因為詩意本身就源於對現實的超越與人的可能的追尋。而從真實的困境出發，正是我們於文學之中經歷高於我們自身的生活的起點。

文學的消費性

文：武漢大學文學院 2006 級博士生　周文慧

　　中國社會的發展日新月異，從農業社會到工業社會再進入後工業社會，中國用了短短幾十年的時間經歷了西方國家百年的歷程。後工業時代的來臨，消費成為整個時代與社會的關鍵字。消費社會也應運而生。街頭的巨幅廣告，影視的飛速發展，時尚的興起與更新，整個社會被籠罩在眼球經濟中。文學作為一種社會現象，也無法迴避與偏離社會的整體發展趨勢。消費時代的到來，改變了我們傳統的消費觀念、生活方式與價值觀念。文學作為直面現實的上層建築之一，最直接的反應就是如何把現實的變化用文本的形式表現出來，如何深刻地反映人們心態的變化及社會思潮的更迭。

　　文學的消費性在新時期文學發展變化中可窺見一斑。上世紀八〇年代末興起的先鋒文學因為曲高和寡慢慢消退，隨之而起的新寫實文學開始關注平常的生活狀態，日常生活的瑣事、私人化的描寫正是對前段的先鋒文學的有力反撥，這使得文學與大眾的距離又一次接近，並且是一種生活化的接近狀態。文學一時又成為大眾關注的焦點，池莉、方方名聲大噪一時，大批量的銷售量成為九〇年代文學的亮點。池莉的走紅及作品的暢銷正是印證了文學的消費性。文學作品的受眾群是讀者，他們是文學產品的消費者。當適銷對路的產品上市後一定贏得廣泛的市場，新寫實文學的興盛也可以說是文學消費性的佐證。

　　隨之而來的美女文學，應該說是文學消費性的一個有力的證明。以「美女」為噱頭是出版社推出作品的一個手段，而文學作品

內容本身也成為文學作品引起關注並且暢銷的一個重要原因。私人化的寫作、慾望化的寫作，夜生活的渲染等等是以前的文學作品中所沒有的，新的消費理念的出現，新的價值導向的出現，這些都成為美女文學作品暢銷的原因。從產品的製造者到產品的流通方式再到產品的內容及品質都有足夠的賣點，因此，七〇年代出生的衛慧、棉棉等這批美女作家作品成為出版商的新寵兒。

還有一些值得關注的文學現象，例如金庸、瓊瑤。金庸的武俠小說風靡整個華人圈。他的作品有廣大的讀者群，也正因此，多次被改編成電視電影，進一步擴大了他作品的影響力。瓊瑤的言情小說從上世紀七〇年代末開始流行，幾十年的熱銷也證明了文學強大的消費能力。還有王朔。他是從上世紀七〇年代的《渴望》開始，一直成為人們關注的焦點。他的作品《頑主》（被改編成電視劇《血色浪漫》），《過把癮就死》、《空中小姐》等等都有很大的銷售量。王朔的文學作品能有這麼大的消費量主要歸於他的調侃式的語言打破了傳統的正式的言語方式，調侃、戲謔的筆調，後現代的思想為他的作品贏得了廣大的市場。再有海岩。他的作品可謂是新時期文學的熱銷品。從八〇年代的《便衣員警》到近期的《永不瞑目》及《玉觀音》一直有強烈的反應。他的作品的模式是公安題材加上情感糾葛，把探案文學和言情文學有機結合，找到了迎合市場的賣點。

眾所周知，任何產品變為商品都要經歷生產——流通——消費的過程，文學作品同樣如此。只有被廣大讀者閱讀並認可的作品才能稱為佳作。當然，文學作品的消費價值不同於一般產品的消費價值，它是有個體差異性的，不同的閱讀者對同一個閱讀對象的反應是各不相同的。但能被大多數讀者認可的作品可以稱為佳作。

在當下的文壇，隨著各種媒體的介入，文學消費的方式也存在著多元化的趨勢。出版行業在文學作品的流通領域中扮演著重要的角色，他們可以充分利用市場的導向性，選擇性地出版作品，並運

用多種營銷策略，以擴大產品的銷售量。在近期的文學作品市場上，影視劇改編的同名小說熱銷。從《橘子紅了》、《大宅門》到《血色浪漫》、《達芬奇密碼》等等的熱銷再次證明了文學作品的強大的消費市場。而因「新概念」作文大賽成名的韓寒、郭敬明、李傻傻等八〇年代出生的寫手也佔有了大量的市場。青春化寫作佔據了文學市場的重要位置。《三重門》、《夢裡花落知多少》等等的熱銷一方面借助了比賽的形式，另一方面源於作品中流露出的青春期的叛離和眾多的年輕讀者一拍即合。

隨著科技的不斷創新，網路的興起與發展，遊戲產業的大發展，手機的普及等等也催生了新的文學，並有很大的消費性。遊戲文學，玄幻文學，手機短信文學等等既為文學的多樣性做出了貢獻也為投資商進一步擴展了市場。這些文學既是網路和遊戲產業的附加產品，也是文學消費的重要市場。近些年的出版行業推出了各色的排行榜，「暢銷書排行榜」、「一個人的排行榜」、「最新暢銷書排行榜」等，作為出版社的重要促銷手段對讀者起著重要的導向作用，對文學的消費市場也有一定的指導意義。

文學的消費性還有另一個層面，就是文學作品中所渲染的消費觀念。在今年的文學作品中，消費觀念已經深入人心。追隨時尚、享受名牌、香車美女、信用卡、超前消費成為近些年文學作品中頻繁出現的辭彙。這也是對讀者的一個引導，對傳統價值觀念的反叛。提倡消費，提倡超前消費，慾望化的創作也是文學的消費性在文本中的體現。

文學的消費性是文學本質之一，也是文學的工具性之一。當然，它並不是否定文學的審美性、教化功能等其他的功用或者目的。它只是文學的一個眾多功用的一個方面，與其他功用共同承載了文學的社會價值。

本文發表於《海南師範學院學報》2008 年第 6 期

後記

　　在編完《學科觀念和文學史建構》（中國社會科學出版社即將出版）一書以後，還留了一些文章，其中有一些是今年剛剛發表的，另有一些是近幾年為朋友和學生寫的序和以前發表而沒有收入過集子的，我想乾脆再編一本書吧，於是就有了這本書。要說明的是，書中的〈四〇年代左翼期刊譯介俄蘇文學文論的流派特色〉與〈四〇年代左翼期刊譯介俄蘇文學文論的時代特色〉兩文主要是孫霞所作，〈論魯迅小說的時間意識〉主要是吳翔宇所作，〈靈魂沒有國界——〈過客〉比較研究述評〉是當時在武大讀本科的吳寶林所作，〈新文學論爭中的語言暴力問題〉是周建華所作，〈文學的審美泛化〉是莊桂成所作。附錄中的兩篇筆談由我組織，作者是當時在讀的博士生，組稿的目的我在兩篇筆談的「主持人的話」中已經作了交待。

　　把陸續發表的文章收集起來，感覺好像是在回顧自己的生命歷程，心裡有那麼一點顧惜，也相當的溫暖。感謝相識和不相識的編輯刊物的朋友，因你們的支持而使文章得以發表；現在又得到臺灣秀威資訊科技股份有限公司的支持，有了出版的機會，我在此一併致謝。

2011 年 12 月 14 日夜記於武漢大學寓所

新鋭文學10　PG0755

新鋭文創
INDEPENDENT & UNIQUE

中國現代文學的觀念
與方法

作　　者	陳國恩
策　　劃	韓晗
主　　編	蔡登山
責任編輯	林泰宏
圖文排版	蘇榆茵
封面設計	陳佩蓉

出版策劃	新鋭文創
發 行 人	宋政坤
法律顧問	毛國樑　律師
製作發行	秀威資訊科技股份有限公司
	114 台北市內湖區瑞光路76巷65號1樓
	電話：+886-2-2796-3638　傳真：+886-2-2796-1377
	服務信箱：service@showwe.com.tw
	http://www.showwe.com.tw
郵政劃撥	19563868　戶名：秀威資訊科技股份有限公司
展售門市	國家書店【松江門市】
	104 台北市中山區松江路209號1樓
	電話：+886-2-2518-0207　傳真：+886-2-2518-0778
網路訂購	秀威網路書店：http://www.bodbooks.com.tw
	國家網路書店：http://www.govbooks.com.tw

出版日期	2012年6月BOD一版
定　　價	450元

國家圖書館出版品預行編目

中國現代文學的觀念與方法 / 陳國恩. -- 一版. -- 臺北
市：新銳文創, 2012.06
　　面；　公分. -- (中國文哲叢書；1) (語言文學類；
PG0755)
　BOD版
　ISBN　978-986-6094-83-5 (平裝)

　1. 中國當代文學　2. 文學評論

820.908　　　　　　　　　　　　　101007858

讀者回函卡

感謝您購買本書，為提升服務品質，請填妥以下資料，將讀者回函卡直接寄
回或傳真本公司，收到您的寶貴意見後，我們會收藏記錄及檢討，謝謝！
如您需要了解本公司最新出版書目、購書優惠或企劃活動，歡迎您上網查詢
或下載相關資料：http:// www.showwe.com.tw

您購買的書名：＿＿＿＿＿＿＿＿＿＿＿＿＿＿＿＿＿＿＿＿＿＿

出生日期：＿＿＿＿＿年＿＿＿＿＿月＿＿＿＿＿日

學歷：□高中 (含) 以下　　□大專　　□研究所 (含) 以上

職業：□製造業　□金融業　□資訊業　□軍警　□傳播業　□自由業
　　　□服務業　□公務員　□教職　　□學生　□家管　□其它＿＿＿

購書地點：□網路書店　□實體書店　□書展　□郵購　□贈閱　□其他

您從何得知本書的消息？

　□網路書店　□實體書店　□網路搜尋　□電子報　□書訊　□雜誌
　□傳播媒體　□親友推薦　□網站推薦　□部落格　□其他＿＿＿＿＿

您對本書的評價：（請填代號　1.非常滿意　2.滿意　3.尚可　4.再改進）

　封面設計＿＿＿　版面編排＿＿＿　內容＿＿＿　文／譯筆＿＿＿　價格＿＿＿

讀完書後您覺得：

　□很有收穫　□有收穫　□收穫不多　□沒收穫

對我們的建議：＿＿＿＿＿＿＿＿＿＿＿＿＿＿＿＿＿＿＿＿＿＿

＿＿＿＿＿＿＿＿＿＿＿＿＿＿＿＿＿＿＿＿＿＿＿＿＿＿＿＿＿＿＿

＿＿＿＿＿＿＿＿＿＿＿＿＿＿＿＿＿＿＿＿＿＿＿＿＿＿＿＿＿＿＿

＿＿＿＿＿＿＿＿＿＿＿＿＿＿＿＿＿＿＿＿＿＿＿＿＿＿＿＿＿＿＿

11466
台北市內湖區瑞光路 76 巷 65 號 1 樓

秀威資訊科技股份有限公司　　　收

BOD 數位出版事業部

. . . .

（請沿線對折寄回，謝謝！）

姓　　名：＿＿＿＿＿＿＿＿　年齡：＿＿＿＿　性別：□女　□男

郵遞區號：□□□□□

地　　址：＿＿＿＿＿＿＿＿＿＿＿＿＿＿＿＿＿＿＿＿

聯絡電話：(日) ＿＿＿＿＿＿＿＿＿　(夜) ＿＿＿＿＿＿＿＿＿

E-mail：＿＿＿＿＿＿＿＿＿＿＿＿＿＿＿＿＿＿＿